Staread
星 文 文 化

九州

NOVOLAND
PEARL
ECLIPSE

斛珠夫人

萧如瑟 著

长江出版社
CHANGJIANG PRESS

伍·华鬘不耐秋　　　107

陆·飒然成衰蓬　　　131

番　外　　　145

前传·缬罗　　　159

目录

壹 · 容颜若飞电　001

贰 · 时景如飘风　017

叁 · 草绿霜已白　031

肆 · 日西月复东　075

容颜若飞电 壹

1

采珠船出得港来，乘风尽驶了两天光景。初秋海上，粼粼碎金的日光眩得海市睁不开眼。

阿爸坐在船帮上，把孩子拢在自己身侧："海市，阿爸教的，都记住了吗？"

"记得的。"名叫海市的孩子使劲点头，拍拍缚在腰上的绳索。阿爸第一次带海市出海采珠，她把阿爸的吩咐记得牢牢的。"只要潜下去，看见漂亮的姊姊，就拉她上来，她会给我们好多珍珠，咱们今年的贡珠就有着落了，是不？"孩子只有七八岁模样，脱去了小褂，裸露着黧黑的身与平坦的胸，晒黄的发梢凝着盐花，与男孩并无二致。只有那莺啭似的话音，证明她是个小小的女儿："阿爸、金叔、柱叔，我下去了。"

阿爸紫棠色面皮忽然皱作一团："海市，你不怕吧？"

海市脆爽地笑起来，吸足一大口气，翻身扎进海中，激起熔金般灼亮的水花，旋即拖着腰间的绳索鱼儿似的消失了。

阿爸跪趴在船沿上，紧攥着缚住海市的绳。过了一会儿，海市约莫是被拽住了，于是在海下扯扯绳，催他再放长些。阿爸手里绷紧了绳，犹豫着。阿金闷头一边坐着，只伸过一只手来，拍上了阿爸的肩膀。停了片刻，阿金不见动静，又加了把力气。阿爸身子一战，一撒手，绳子就刺溜往下走。阿爸的筋仿佛随着那绳被抽掉，人也就瘫下了。

半晌，才嘶声说："海市妈还不知道我带海市下鲛海……她准要恨死我的……"

阿金讷讷地道："我先前没敢说，咱们出海的前一天夜里，收贡珠的官兵到了西屿村。西屿村只差半升珠子交不出来,屋子和船就全被官兵烧光了,男女老少用锚链拴成一串,说是预备秋市卖了去瀚州给蛮人做奴隶。这贡珠实在……实在逼人,今年的珍珠又少得见鬼。不、不然咱们怎么能把孩子……"终究是没有说完。

阿柱啜嚅着对阿爸讲:"等会儿海市带着鲛人上来的时候……还是我来吧,你不好做的,海市妈会恨死你。"

阿爸把脑袋埋进膝盖里,直着眼睛喃喃说:"不管你们谁来做,我都恨你们一辈子。海市乖囡仔,日后是不会作祟害人的……我自己来,自己来……"声音渐渐低了下去,化为呜咽。

阿金与阿柱都不敢再注目这个被长年讨海生活磨折得枯焦了的汉子,各自别开了头。

一只黑尾鸥疾掠而过。烟波万顷,茫瀚无涯。

纵然人间翻覆了千遍万遍,饿殍塞道或是盛世华年,环着这一片大陆的,总是那样无动于衷的浩瀚海。因其广袤,而生漠漠,久远恒长,胜于任何王朝或国家。

小舟如沧海之一粟,浮沉着三名褴褛的珠民与他们的愁苦。虽终有一日沧海会干涸成为桑田,但是,他们这些微尘芥子般的存在,是看不见那样一天的。他们的愁苦也就如同世间一切氓民的愁苦,湮没于海水永不动容的潮汐之间,无声无痕。

"越州东,浩瀚海南,有鲛海,方圆不过百里。海中有鲛人,水居如鱼,其眼泣,则能出珠。有鲛鲨为鲛人护卫,闻血气则发狂,可噬小舟。帝旭爱珠,地方官吏逢迎上意,索珠苛酷。珠民所采不敷上贡,辄以绳系小儿腰缒海,引鲛人浮上,即扼杀小儿,令鲛人见之。鲛人性慈柔,每为垂泪,见风遂成明珠,夜中有光。因防小儿血气引致鲛鲨噬人,故采扼杀一法。"

——《徵书·后妃·桓懿太后》

千条万条碧与蓝的滟光交织暗涌,仰头看去,稀薄的阳光透过水纹,变幻迷离。海市摸到胸前皮囊,凑在嘴边吸了口气,一面慢慢吐出气泡。那些气泡晶莹地往海面浮去,最后化为闪耀的微光。她向更深郁的黑暗中潜下去。

人溺死的时候,往往是抱着水底的石头。海市知道,那是因为水底有光,那些可怜的人便拼命地往那里去,抓住一样东西不肯放手。渐渐黑暗消散,前路明亮起来。她对自己说,就快到了。迎着光亮游去,脚尖触到了温软的白沙。

海市仿佛从天而降,踏上了另一个世界的土地。深海隔绝一切声响,唯有水波流动,神光离合。群鱼游弋,珊瑚枝条纷拂如柳。在那些皎白玛瑙红的柔软枝条中,海市分辨出了几道异样的颜色，心下纳闷：哪有湛青的珊瑚？

顺着水流小心绕过珊瑚丛，海市猛然张开了嘴，险些呛着。

那柔曼飘舞的，并不是珊瑚，而是女子湛青的长发。那女子卧在珊瑚中，懒懒抬手，以指尖自海水中搅出丝缕缠绕的澄碧冷蓝。女子将澄碧经线一线一线横展于面前，以冷蓝为纬，纤指穿梭，把那些颜色纺作一幅几近无形的轻绡，姿态宛妙，犹如采撷无数梦幻空花。

那不就是阿爸说的，能给他们珍珠的姊姊么？海市双腿一并，纵身直蹿过去。

女子一惊。但海市已经扑上了她的膝，欣喜咧开的嘴角里逸出气泡，像只无邪黝黑的小海兽。女子似也迷惑于这可爱的生物，探出妖娆手指抚过海市的短发，那指间荡漾着晶蓝明透的蹼膜。

海市胸前皮囊里的气已经不多，不敢耽搁，即刻牵起女子的手，脚底一蹬向上浮去。女子身形轻盈无骨，在水中挽折自如。海市看得羡慕，绕着她转了数圈，女子似是觉得有趣，亦绕着海市转起来，一大一小玩得起兴，一路浮向海面，一路交相缠绕不休。有时海市腰上系的绳子几乎要将女子缠住，却只见女子轻巧摆腰，扶摇直上，闪避过了。渐渐她们离开了水底，沉沉的黑如丝绒一般围裹过来。黑暗中时有流火，漂游不定。有一星火光直冲她们而来，海市将脸凑过去端详，那头顶悬着灯笼的怪鱼被她骇了一跳，旋即掉头游开。海市想探手去捉那鱼，女子侧身拦住了她。似是为了安抚不死心的海市，女子展开双臂，周身竟缓缓燃亮珠白的晕光。无数怪鱼如萤火一般趋光围拢了她们，盘旋不去，流丽惑人。海市毕竟是孩子，立刻忘了捉鱼，睁大了眼惊喜地看着。

四围的海水由黑而黛，自水波里漏下阳光来，染作溶溶的碧蓝。海市一手牵着女子，一手攀着腰间绳索向上浮，觉得身上越发轻松，终于泼喇一声，她们一同露出水面。

"阿爸，阿爸！"海市挥手喊道。

阿爸朝她伸出双手，一把将她捞到船上。海市腋下怕痒，在阿爸怀里缩成一团咯咯地笑，却觉得三两滴滚热的沉重的东西打在她头上脸上。不待她回头探看，阿爸竟忽然伸手从背后攥住了海市细弱的脖颈。海市吃痛，直连声唤："阿爸！阿爸！"阿爸不答话，手上的气力反而更大了，几乎把她的小身体提离地面。她还想喊，嗓子却只挤出粗哑的声音。海市踢腾着，两手去掰阿爸枯瘦的手，掰不动，耳朵里起了渺茫的呜呜声，仿如飓风来临前从螺壳里听见的回音，又隐约杂着阿爸的声音："海市啊，海市，你乖……不要回村里来作祟啊……阿爸年年给你供清明、普度、七月半，不会叫你在下面饿着……"

是要死了吗？

平日最疼她的阿爸，这时候是要她死么？既是要她死，为什么又哽咽？

海市拼尽了气力，扭头一口狠咬在阿爸手上，腥热的血淌进她嘴里，一股铁锈味的咸。阿爸的手骤然没了劲，海市一下跌坐到船板上，咳嗽起来。透过满眼的泪，她看见柱叔和金叔不知何时跳进了海里，在那女子身边起伏伏地捞着什么。

那女子！

那女子半身在水面载浮载沉，焦急地看着海市，湛青的眼睛里，泪纷纷跌下来。那泪一见了风，光华璀璨，一颗颗入水即沉，即便沉到了水面下一两尺，也还是宝光流转。海市是珠民家的女儿，可是也从没见过这么上品的珍珠。柱叔和金叔狂喜地浮上潜下，不住地捞着那些泪滴而成的珍珠。

他们谁也不曾注意到，阿爸神色呆滞地站在船头，盯着海中的某一点。他粗糙硬瘦的手上，被海市咬出的血淌出了数道赫黑痕迹。

造孽，造孽……

阿爸看着海中那滴早已溶散无痕的血。淡薄的腥气漫向未知的深海。平静的碧波底下，起了看不见的暗涌。

一点细小的喧声引动了阿金注意，他抬头，忽然脸色骤变。远处晴好无风的天空下平白掀起巨浪。目之所及，方圆数里的整片海洋四下滚沸了。翻腾的白沫自四面向他们迅疾包围过来，浪尖里，十数条硕大无朋的铁灰背鳍踊跃隐现。

这片海的名字是鲛海。

转瞬间一个大浪已然逼到近旁，却忽然缓和了来势，就在原地像堵翡翠墙般，一尺一尺眼看着高了起来，荫蔽了日光。

"阿爸，阿爸呀！"海市尖锐的童音嘶喊着，扑向她那面若死灰的阿爸。一拽之下，阿爸回了神，满脸纵横的泪，嚅动枯敝的唇，像要向她说什么。就在那时，已有两三人高的恶浪劈头坍下，掩去阿爸的脸容。海市眼前一白，耳中轰然鸣响。

不知过了多久再睁开眼，才知道原来人已被浪拍入海里丈把深，仰头看去，浊绿的海面犹如另一个世界的天空，采珠船的残骸四散沉落。一个巨大的影子自海底直纵上来，打海市身边擦过，泼喇跃出水面，又重重砸下，潜入黑暗深处。在水沫与乱流中，海市还是看清了那影子。那是比采珠船更长的鲛鲨，没有鳞片，铁灰的皮色在海水中泛出青光。

旋即又是梆的一声，一样什么东西从高处跌落水中，在海市面前沉落去。

那东西转了一个面，海市几乎要在水中尖叫出声。

那分明是阿爸，人却只剩了上半个。

小小的她猛蹿过去,死命拽住阿爸下沉的尸身,拖着薄红的血雾向海面游去。身后隐约感到水流推涌,想是鲛鲨嗅知血气,又自海底追袭上来。她咬住牙回头一看,远远的竟有三条!水流越发紊乱狂暴,那些嗜血的巨物逼近了。惊惧绝望的泪自眼内泉涌而出,流散在海水中,了然无痕,体内那一点温暖似乎也跟着流散了。

她终于浮出海面,喘息不定,却也再无路可去了。天与海广漠浩大,四顾茫茫。无可凭依,无可攀附。

抱紧阿爸的尸身,她阖上了眼睛。

四下的暗流却逐渐平伏。

海市惊疑睁眼,良久,方鼓了鼓气,将头埋入水中。沉青的深杳之处,有一团荡漾的白光。那奇异女子头发如海藻飘舞,正伸出一手,阻挡五六尾鲛鲨去路。那些凶猛的鲛鲨竟被女子手中白光慑服,畏缩不前,片刻便各自悻悻散去。海中渐渐平定如初,木块与衣物残片旋绕着徐徐沉落。

海市这才觉察,原来她已经耗尽了最后一丝气力。手足颤抖,揽着阿爸的左臂僵死不能稍动。她放弃挣扎,再度阖眼,绵软的躯体直沉下去。

一时间海市恍惚还是躺在采珠船船底,刚刚自深甜的睡眠中醒觉。闭目不看,敛耳不听,却还是清晰感觉身下碎浪起伏,扑面阳光温煦。然而立刻,皮肉破损的疼痛、筋骨劳顿的酸痛、脑仁隐涨的郁痛,也都渐次苏醒过来。

她蹙紧眉头,张开了眼睛。

面前是一望无际的海,与一道铁灰的鱼脊,竖着旗帜般的背鳍。海市惊觉自己竟是骑在鲛鲨的背上,而那鲛鲨正要向水中潜去!她想逃开,却被腰间的一双手紧紧揽住,顿时尖喊挣扎起来,呛了一口水。片刻,鲛鲨又浮上海面,海市才稍为镇定,低头看去,那双自背后拥着她的手,手指间有着晶蓝明透的蹼膜。

正是那女子。日光下方才看清了她,尖薄的耳、湿滑肌肤、湛青鬓发,湛青的眼里只有乌珠,不见眼白,轻罗衫裙下露出纤美的踝——踝上向外生着两片小小的鳍,随着水花泼溅怡然摇摆。海市不由心惊。那女子原来不是人。阿爸叫她下海去寻的,究竟是什么?

那女子见海市回头,便指指前方。前方的海平线上,隐约有一抹灰淡影子。陆地不远了。

鲛鲨一起一伏地游着。海市的心里空茫,不是一无所思,却又不敢深思,只是掉下泪来,打在鲛鲨背脊上连个印子也没有。

如此过了一个多时辰,距岸还有三五里,水浅了,鲛鲨不能再向前。那女子打身后取出一个包袱，替海市缚在身上。包袱皮浅蓝轻碧，说不上究竟是什么颜色，却是绝薄，包袱里累累明珠约有七八捧之数，白昼中依然透出夺人华光。女子牵过海市的手，以手指在海市手心上书写，指尖所触之处白光漫起，写成"琅嬛"二字，在海市手心隐隐发亮。原来这女子，名叫琅嬛？

琅嬛轻轻一推，将海市推落鲛背，手指海岸，似是要她回家去。一入水，海市发觉手心的"琅嬛"二字光芒大盛，潜游片刻，毫不气闷，索性又游了半里路途，竟不需换气。海市露出水面，回首张望。琅嬛骑在鲛鲨背上，碧波中衣袂飞扬，无有言语，想来亦不能言语，只是湛青的眼睛静静望着海市。

海市握紧胸前横捆的包袱带子，向陆地游去，再也没有回头。

"就这么多？"官兵中头领模样的一个，将手探入盛着珍珠的木桶中，抓起一把。

"回大人，就这么多……"里长战战兢兢答道。

头领抽回手，从指甲缝里弹掉一颗细如米粒的珍珠。"这叫珍珠？沙子也比这大！"他从虬髯胡子里环视周围的村民，大喝："你们这些偷懒的刁民！"

里长佝偻着答话："回大人，今年飓风多，惊扰了珠蚌，珠都养不大。咱们的男丁日夜下海，一点一滴才攒到这么些。咱村往年的贡珠都是上好的，看在咱一贯……"

头领一脚飞起，把木桶往里长脸上踹去，珠子哗啦散了一地。"把人都带走！"

远处的小山上，一辆青油布马车正辘辘行来。

车中人将窗上帘子掀开一角，低声问道："是收贡珠的吗？"那看似朴素的青油布帘子，竟用的明黄缎子衬里，甚是奇异。

一名清秀少年紧跑两步凑到窗边，恭谨回答："是的。官兵正在那村子里捉人，看架势怕是要烧屋子呢。"

"且再看看。"车中人吩咐。遥遥地，山脚村子里起了喧哗骚动，于是那放下帘子的手停了一停。

一道小小的身影冲进村口，拦阻在官兵与一名妇人之间，黝黑的脸孔上全是倔强："不要锁我阿母！"

不待官兵发作，妇人猛地从尘沙与渔网中支起身体，将孩子一把拦到身后："海市，快跑！去找你舅公，不要回来！"

海市却不动，自顾解下身后包袱，掏出一把珍珠，举给那官兵看："你看，这不是珠？"

那些逃散着的、追逐着的、哀泣着的、呵斥着的人们，忽然都忘却了自己原先在做着什么。他们的神魂都被夺去了。

珠子并不硕大，亦非金黄、鸽绿、缁黑等珍奇之色，只是难得匀净圆润。可是，暮晚天色里，那一捧珍珠益发光彩照人，竟在地面上投下了海市的淡薄影子。夜明鲛珠，千金不易。可是这孩子单只手里就是满满一把，那包袱里的，又抵得多少？

官兵头领排众走上前，摊开巴掌，海市便将满把珍珠悉数放进他手里。头领那呆滞的脸被珠光照亮了。片刻，他终于醒过神，眨巴着眼，嘿嘿笑起来："兄弟们，你们看见了没有？"

"校尉爷，咱可什么都没看见。"

海市听在心里，激灵灵打了个寒战。

头领的眼神，像海蛞蝓一样紧紧黏着海市怀里的包袱："那你们说，这村子的贡珠，算交齐了没有？"

"差得远呢。"一声两声压抑的笑，稀疏响起。

"这破村子里哪有什么珍珠啊？"头领说着，一面扯开衣襟，将手中珍珠放进怀里。

"可不是，校尉爷，咱们上下都搜了，可实在没有什么珍珠哇！"官兵们提着刀，打四面向海市一步步围过来，眼里熊熊的，都是阴间的绿磷火。

海市不由抱住包袱倒退一步，却被身后树间张挂着尚未织就的渔网阻住了去路。

她的手在渔网上触到了一点锋锐冰凉，心中蓦然有了莫名的笃定，于是将那点冰凉握紧在手心，屏息等待着。她不想死，她要活下去。

头领一刀朝海市抱着包袱的手腕砍去。刀光斩落的那一刹，海市纵身扑向头领，不知是牵着了什么，那树上张挂的一丈多长的渔网竟顷刻扯散了一小半。因她身形幼小，行动迅捷，扑到头领胸前时，头领手中的大刀才堪堪扫过海市后背，砍了个空。

"大家别待着，快跑啊！"海市抬头喊了一声，村民如梦方醒，相互搀扶着急急逃散。

头领左手拎住海市后领，正要发力，隐隐却觉得肚腹间一股麻痒，旋即锐痛起来。他怒目瞪视，放开海市，不能置信地捂住伤处。伤处扯出一根麻线，血沿着那麻线缓缓凝垂成了一滴，坠下。

海市又退一步，看着头领再度运劲欲要挥刀，她只是将麻线在手上绕了绕，狠劲往回一拽。一蓬血点，喷上了她那稚小的脸。

头领的身体随那一扯之势向前缓缓倒下。他到死也不知道，那没入他肚腹，又最终要了他的命的东西，不过是海市妈平日织渔网用的硬木长梭。

海市甩下手里的麻线，掉头便往后山上跑。

远远地从山下传来叫嚣声音，车内的男子询问："濯缨，怎么了？"

"那孩子杀了个官兵，正在往我们这儿跑。"名叫濯缨的少年说话不急，声音却有点绷紧了。

"那么，咱们且试试他的运气，看他能不能跑到咱们跟前吧。若是这孩子没有运气，今后跟着咱们也只是死路一条。"车中的声音依然澄静。

濯缨轻轻一揖，再不作声。天色渐渐全黑，凝神谛听，只听得数人脚步踏着草，沙沙地向山上奔来。不到半盏茶工夫，人声已近至数丈开外，听响动，一名官兵似已追着了那孩子，却仿佛吃了那孩子死命一咬，痛叫不已。旋即阵阵风声锐响，想是官兵们赶上前来挥刀急砍，又是嘶啦一声，孩子应是挨了一刀，脚步立时颠踬起来，足音凌乱，却片刻不停。

濯缨将腰间金刀柄紧握在手，手心渐有薄汗。

车中人低声说道："差不多了，去吧。"

"得令！"濯缨语音未落，人已掠至两丈开外，听声辨位，伸手拎了那孩子照马车方向一丢，脚下却毫不停顿提气向前。金刀铮然出鞘，夜色中寒光隐隐翻滚，干脆利落五六道衣破血溅之声，官兵们应声——仆地。最后一记横刀右斩，借那一刀劲力回旋半周，轻身落地，便抬眼寻那孩子，却不由得窒住了气息。

孩子扑跌在地，胸前包袱散开，滚出来的不知是何物事，黑暗中竟灼人眼目。那宝光，是活的，犹如蜃气一般起伏涌动。有一颗珠子一直滚到了车轮下，撞出清脆的声音。车帘掀起，一人下车，旋即伸出一只劲瘦的手拣起珠子，送到眼前端详。珠光荧荧地照亮了那人的脸，秀窄丹凤眼睛，右嘴角边一道半寸长的旧刀痕轻轻上挑，在端方而温和的一张脸上，画成了一抹似是而非的笑。

孩子匍匐在地，抬头望他，身形不动，手里却是不闲着，慢慢地、轻巧地将滚散的珍珠一颗颗拢回胸前。那孩子的眼睛是兽的眼睛，虽有惊惧神色，却绝顶明敏。不是不逃，只是要审时度势，伺机而动。只要他有一点异动，这孩子便要本能地翻身而逃，或许还向他撒一把土。

男子缓缓蹲身，伸出一指，牢牢地定住了孩子细微蠕动的小手。两手相触之处，传来孩子身体的战栗。男子一使力，将孩子抱到胸前，孩子却抵抗着，一对眼瞳近乎仇视地盯视男子。男子并不闪避，只是伸手轻抚过她稚小尚不盈掌的脸庞。孩子撑拒的双臂颤抖了片刻，猛然一头埋进男子的肩窝中，死死抱住他的脖颈。男子唇边浮现隐约笑意，抱紧孩子，直身站起，任由明珠自他们身上簌簌滚落。

"你叫什么名字？"男子淡静的声音询问。

嘶哑的细小声音，哽咽着回答："海市。"

"愿意和我们一起去北边吗?"

海市不曾松开抱着男子颈项的双手,想了一会儿:"去北边,能赚钱养活我阿母吗?"

男子静默了片刻:"做我的儿子,除了安逸,什么都有;做我的女儿,却是除安逸之外什么都没有。"

"那,我要做你的儿子。"男子胸前干燥柔软的衣料,有着微淡的香气。海市将头埋得更深,身上酸痛的筋肉一点点松懈下来,声音逐渐模糊,沉沉睡去。

濯缨将散落的鲛珠收拾了,燃亮一盏白绢灯笼,打起帘子。男子抱着海市登车,濯缨跳上车辕,车马无声前行。灯笼摇摆,濯缨的髻发与眼瞳,从纯乌中映出暗金光泽。

"濯缨,当年我在红药原十万乱军中拣到你的时候,你的眼睛也是这样的,像个兽物。"

濯缨只是简短地应道:"是。"

"转眼四年了。"

"是。"

他们都不再言语,夜色掩了下来。

II

  少年坐在棋枰前，姿态端凝，指间捻着一枚黑色的琉璃棋子，心思却像在极远的地方，视线出神地飘向窗外。

  禁城高居山巅，这间棋室更是地位绝佳，临窗远望，天启城尽收眼底。近晚时分，城郭的轮廓消隐，灯火却一星一点亮了起来。满眼暮烟里，道路坊巷的模样逐渐连缀出来，数十里浩瀚绵延，堆金剔彩。

  "我是老了吗？你小时候和我下棋，有时候会急得哭起来。"棋枰对面的人探出劲瘦的两指，无声落下一枚白子，"不过十年，棋力长进，竟然有了发呆的余暇了。"

  少年仍望着窗外，似是微不可闻地叹了口气："再过几天，就看不见了。"

  "天启的夜色，确实壮丽之极。大徵朝治世至今六百六十一年，已是自古未有的长久。可这天启城，却是东陆两千年未变的帝都，一代代君王废立，世人生死，不过是为了争夺它。"棋枰对面的人拈起紫铜签，拨了拨灯花。风中的烛焰微微爆响，再度明亮起来，氲出龙涎香的浓馥芬芳。"也许离它远些，倒更平安。"

  少年忽然转回头来，手中黑子不假思索落了棋枰，嗒然一声脆响，在极静的室内如同一枚钉子凿进石墙。那颗黑子深深突入白子的势力中去，成了一颗孤子。

  "棋须依理，不可强行。"剔灯人放下铜签，说道。

  白衣少年抬起脸，模样不过十六七岁，麦金肤色，长眉入鬓，似是极俊美的少年，又恍如极英气的少女。"宁弃数子，不失一先，这不是义父你一贯的教诲么？现下义父既无把握一口吃掉我，又不能容忍我扬长而去，待要如何呢？"

棋枰对面的男子面容清峭，气度沉静，微笑起来时眼角一丝细纹，看得出年岁经过的痕迹。他从棋盒里拈起一枚白子，不急不慢地落下，扳了一手。

少年亦不假思索，再落一子。

男子的右手食指轻轻点了点棋盘。

少年看他所指位置，不由得脸色微变，口中却还是强词道："尚未收官，若是一目半目与你计较，未必就输了呢。"

男子闻言抬眼，右嘴角边一道半寸长的旧刀痕轻轻上挑，在端方而温和的一张脸上，画成了一抹似是而非的笑："所以啊，海市，我怕你毕竟还是气太盛，这个黄泉营参将，你若是做得不舒服，倒不如回帝都来，我再替你安排出路，嫁个好人家。"

海市捻着棋子，沉默不语。

恭谨的叩门声响起，濯缨隔门说道："海市，你订的衣裳送到了，织造坊等着你呢。"

海市将棋子静静搁回棋盒里，说："义父，若不能嫁我想嫁的人，那我倒宁愿在关外自由自在地待一辈子，再也不回天启。"

男子眉间蹙出的纵纹转瞬即逝，依然低垂了眼，右手棋子攥在手心，只是不肯落下。

海市一推椅子，起身开门出了书房，濯缨正在门外等着。男子抬头望着他们并肩离去，终于无声地呼出一口长气，张开右手。手心中，一道新伤不知从何而来，琉璃烧制的白子已被染得鲜红。

男子默然无语，亦不包扎，只是看着一痕鲜血淌下，嗒然滴落于青衫上，晕染出不祥的暗赭色。

往霁风馆前庭的路上，海市与濯缨并肩走着。

有别处服侍的宫人来霁风馆送礼的，路上远远望见濯缨一身正六品武官服色，莫不避让在侧，敛衽施礼。都是些十六七岁的女孩儿，天性烂漫，等他们略略走远，便小声议论起来。

"羽林军一个个风吹日晒，哪里来的这么白净好看的人？"

"嘘，可不要对人家挤眉弄眼的自讨没趣。那是凤庭总管方公公的义子，高个子的那个是长子，在羽林军里前途大好，将来娶个名门淑女不在话下，哪能看得上你。"

其实濯缨与海市皆是习武之人，听力敏锐，字字句句听得清楚。海市憋着笑，用胳膊肘直捅濯缨，只见濯缨一张净白脸孔微微涨红，步子迈得奇大，仿佛能把那些闲言甩开似的，却还有一句两句隐隐追了上来："只可惜那个年少的方海市，任命刚刚下来，是要去北疆，从此就难得见到了。"

濯缨忍不住笑出声来，任由海市涨红了脸，拽着他急急向织造坊跑去。

织造坊主事施霖见他们来了，忙不迭搁下茶碗，起身一揖，从绢纸包裹里拎出一件衣裳，向他们抖开了，面团似的一张脸上大有得色。

"啊呀，施叔叔好偏心！"濯缨脱口而出。

原是一件烟灰缎子箭袖短袍，显是海市的尺寸，后背各色青紫丝线绣了只苍隼，毛羽爪啄无不逼真飞扬，眼里点了一点翠色，灵光闪动。凤庭总管方诸得势，连带两个义子，大的进羽林军当差八年，不到二十四岁便授羽林千骑的正六位官职；小的今年武试中了探花，也派往北疆去任黄泉营参将。他们织造坊向来是着意逢迎，一应衣物被服裁剪针工都是顶好的。

海市倒不好意思起来，道："这衣裳倒是好看，可施叔叔把我打扮得戏子似的，到了黄泉关人家非笑话不可，却怎么带兵？"

施霖撺掇着海市这便换上试试，海市接了衣裳，避进厢房。

濯缨的衣裳是羽林千骑的正六位朝服，玄黑底子，绣丹紫色飞廉神兽，下襟滚青碧白三色海浪纹。濯缨只穿了身紧窄箭袖衣袍，当堂披上朝服，果然合身修长，未戴武冠，只结上五色绦络，衬着他白皙肤色高鼻深目，十分华美。

正赞叹间，海市从厢房出来。那短袍正掐着少年纤细腰身，体格秀挑，肤色倒比濯缨还深些，光丽动人，那背上绣的苍隼竟是活了一般，一对锐眼似盯着人不放。

"前阵子昶王闲走到我织造坊，看见柘榴起的绣稿，硬嚷着说柘榴是照着他养的那只隼绣的，这件衣裳该归他。嘿，不要说祖宗规矩不准携鹰犬进宫，就是准了，柘榴又哪能看得见呢？我好说歹说，这件绣品是用西南雷州注辇国贡上的精细铜线绣成，虽然亮闪好看，却沉重得很，又粗刺刺地扎人，武将穿着倒也罢了，万万配不上昶王那矜贵气度。还是等新丝缫出来，叫柘榴绣个细软密实活灵活现的给他送去。好一通奉承，他这才舒坦了。这位王爷啊……"施霖一面唠叨，一面将衣裳重新折好。

海市也不好应他的话，只得笑笑罢了。帝旭至今没有子息，唯一的皇弟昶王又浮浪奢逸，不成大器，偌大帝国，自乱离中统一起来不过十四年，倘使帝旭出个岔子，竟无人堪可继承。

濯缨并不说什么，只是探手抚着海市后背的苍隼，那猛禽似是就要裂帛而出，神光熠耀。

施霖微笑着说："不敢怠慢了大公子，您袍子上那只飞廉也是出自柘榴手下，这丫头为了两位公子的衣裳，真是下了死力，一个人在黑洞洞的屋子里埋头只管绣哇。"

"何必如此呢，并不是什么要紧的物件。"濯缨脱口而出。

海市转回身去，看定了濯缨，只笑眯眯地不说话，直看得濯缨雪白的脸皮潮红起来。

"小公子明日随军驻防黄泉关，闲杂人等不能前去相送，这儿先给您道个吉利。二位公子也代我向方总管带个好，我这便告退了。"施霖啰啰唆唆说罢，拱拱手，转动敦实矮胖的身躯退出门去。

浓碧的水流穿过指间与发间，万千银砂般闪亮细碎的气泡摇曳着汩汩上浮。

而她在下坠，在没有声音与光亮的黏滞的海水中，像是为无形的手所牵引，向着窅暗的、不可知的深处缓慢沉落下去，却永远无法到达海底。

海市茫然仰头，浊绿海面如同异色的天空，越来越高，渐渐不可触及。闪耀钢青光泽的巨大身躯无声经过她的面前，消失在黑暗深处。一道殷红颜色丝丝缕缕蔓延开来，随着水波荡漾拂过她的脸颊，留下冰凉腥腻的触感。

琅嬛向她伸出手来，绝美的面孔上有焦急神色。

她亦竭力向琅嬛伸手，却只是在海水中抓了个空，依然缓慢而无可挽回地下坠着。她绝望地看着自己的双手，它们幼小柔软，恍然是回到了孩童的年纪，昏暗中，手心亮起蒙蒙白光，一笔一画，眼看便要完成两枚娟丽的字。

海市猛然睁开双眼，手足冰冷，夜中微寒的风如水拂过面颊。十年了，这个噩梦还在纠缠着她。

她在枕上稍稍转侧，望见卧房窗扉大开，茫茫夜色中，无数灯火川流不息，勾勒出永安与永乐两条帝都大道。

"也该起来了。"方诸穿着苍绿唐草纹的大典朝服，自窗畔转回头来。

海市静默了片刻，低声道："又做梦了。"

"这么大的人了，还怕噩梦吗？"男子微微笑着。

海市垂头看了看自己毫无异状的手心，终于还是披衣起床，走了过去，与他比肩而立。因黄泉营、成城营、武威营定例的每五年换防之期将届，今年边关吃紧，又各增兵三万，共十八万兵马明日一早在承稷门外受阅。本就是不夜之都的天启，越发喧嚣了。

宫中也不安宁。禁城中遍植了枫槭诸木，每每秋到浓处，深邃青天之下，一丛一簇赤霞朱锦地燃了起来，映着玄黑粉白的宫室楼阁，静穆中平白显出炽烈的美。现下是夜里，宫中盏盏琉璃提灯穿梭如织，树影摇曳，照得红叶繁华剔透，唯有帝旭所居金城宫一派寂寥。虽则朝臣都已起身整装，却也大抵知道明日的阅兵，帝旭是照例不去的了，可也难说他或许心念一转，真要摆驾承稷门阅兵，因而偌大天启中依然彻夜人马调动，洒扫张幔，唯恐有失。

"为了天子说不准的一个念头，竟有这么多人在奔命——可是，真是美丽。"海市叹道。

"你也该整装了。中夜宁正时分，入营调兵往承稷门列阵，虽然有老参将照拂，你也不可怠慢。"

海市的朝服是正八位武官服，与五重由浅至深的青纱内袍一并齐整放在床头。她抖开最内一重烟青色内袍披上，试着将内襟丝带交叉绕至背后。自六岁起女扮男装，绝不要人贴身服侍，然而朝服重叠繁缛，无人帮助却也极难穿着。

"义父……"海市为难唤道。夜风梳理她披落的及腰长发，平日里那雌雄莫辨的容颜，此刻却是娟好动人。

方诸将头偏向一侧，道："我叫濯缨来替你收拾。"

海市微微笑道："想来他也忙着整装。"

方诸摇头："纵使你十年来男装示人，与濯缨厮打到大，到底也要记得自己是个女孩，早晚是要嫁人的。"

海市满眶的泪，只是忍住了不肯流下来，反而含笑道："义父在宫中当值时候，不也常常服侍娘娘们起居？濯缨哥哥好歹是个男子，于礼法多有不妥，还是请义父帮我吧。"

——好歹是个男子。听在宦官耳中，怕再没有比这更犀利嘲讽的言语了。

方诸眼中，却仿若镜湖冰封，不动声色，只是绕到海市身后，为她系紧袍带。

正是夜色深重至极的时辰，寒露节气的凉风吹送，不知何处宫人消磨长夜，隐约弹响琵琶一声两声。海市伸开双臂，像个精巧玩偶，一任他用纱衣与锦裳将自己重重叠叠围裹。方诸轻柔触着她脸颊的手指，稳健温暖，即使是一滴灼热沉重的泪珠直直打碎在他手上，也只是教他的双手停了停，并无颤抖。她满头檀乌发丝亦被他细细绾起，罩上玄黑缎子的武官冠戴，系冠丝绦分作五色，一一在颔下结紧，最终将佩刀与镶金狻猊腰牌悬于她腰间。那腰牌穗子上一线缀着三颗黄豆大的珠子，幽暗灯火下荧然含光，海市认得，那正是取自她幼年时候鲛人赠予她的一斛珍珠。抿唇再转回头来的时候，她已分明是个勇武清俊的少年武官模样，目光冽如寒霜，再无分毫缱绻。

方诸与濯缨送走海市，便往金城宫，预备侍候帝旭起身。

澜中时分，宫中传出话来，皇上昨夜批阅奏折劳累，今日不往承稷门阅兵。

黎明前天地如同泼墨，十八万精兵跪地山呼万岁，十里钺声铿锵，城头火把连绵，甲胄起伏似暗夜海涛翻涌。旌旗引领下，大军分部依序离开天启，武威营取道河西往麇关，成城营往莫纥关，黄泉营向西往黄泉关，各自换防。

行至歧钺隘口前，海市停下了马。自天启向北，铭泺山脉形若一弯强弓，成为帝都盆地的天然屏障，只有山脊正中这一个宽阔隘口可以翻越，正隔海遥指着黄泉关。"过了这里，就再也看不见天启了。我十五岁第一次去黄泉营的时候，还是个小小步卒，走到这儿便哭了。"张承谦与海市并辔而行，眼望着天说道。这张承谦三十二三岁年纪，是黄泉营本营派来交接名册粮秣的参将。

"怎么，张兄那时害怕？"海市曼声应道。

张承谦笑出一口白牙："哪里，终于不必在乡里跟父亲学杀猪，可以打仗立功，光是想想，都高兴得哭了。"

宏大的都城依然自顾沉睡，晨曦中，承稷门外一带丹枫如烟。或许这便是最后一次看见帝都的红叶。也罢，说了那般尖刻的话，纵再相见又能如何？海市自嘲地笑笑，拨转方向，催马一路小跑绕过隘口，将天启抛在山后。

时景如飘风 贰

大军自泉明渡海至瀚州港口歧城，便往霜还城去。三百多年前，霜还城还名为北都的时候，雷州北来的商人将火蚕丝贩卖至此，重金雇佣东陆工匠，趁着每年七月那短短三十日最荒旱的气候，将火蚕丝织缂为厚重锦缎。据说即便是在铁甲被冰的殇州极北，这锦缎制成的一领单衣，霜气亦不能侵袭，人称为霜还锦，名贵之极。渐渐地，地以物名，徵朝的疆土亦渐渐向北推进，蛮族北退之后，东陆人便索性将北都改名霜还，成为大徵瀚州领土的首府。

自霜还渐行渐西，景物便与东陆大异其趣。一路上凡有水源之处，草甸丰美，牛羊遍野，城郭富庶，除此外尽是沙砾戈壁。北地气候寒苦，每到冬季，蛮族鹄库部落便越过毗罗山峪向南迁徙，夺占草场牲畜，因此每隔五年的换防之秋，本营中七万老兵与三万新兵同在黄泉关驻守，待春季再遣三万老兵退入东陆。

先皇在位时，僭王褚奉仪便是趁秋冬换防、帝都防卫薄弱之机起兵自立，叛将王延年、曹光、罗思远等亦四起割据作乱，东陆乱离动荡。当年方才十七岁的旭王褚仲旭率近畿营与各路勤王兵马苦战八年，一统天下，登基践祚，称"帝旭"，定年号"天享"，至今已是天享十三年。今年秋季的三大营换防中，除了各营定例的三万人以外，又分别增派了三万新丁，兵赋与徭役一下沉重起来。朝中对此多少有些非议，京城无形中就会陷入险境。因为这新征发的九万人马本是要充实近卫羽林与二十万近畿营的。京畿兵力一旦有所削弱，站出来反对的多半是老臣，二十一年前僭王褚奉仪的叛乱，委实在他们的记忆中留下了太过惨痛的烙痕。

"奇怪……"张承谦迎着夹杂黄沙的朔风,微微地眯起了眼。

海市从后边赶上来,问道:"怎么了?"

"咱们自东南向西走,每年十月大雪封山之前,多少能遇见些不怕死的雷州商旅赶着运红花、吉贝和麝香进迦满。按说今年黄泉关共有十二万人马过冬,鹄库人也不会拣这时候来啃硬骨头,瀚州的路上该更安全才是。"说着,豪壮的边将把眼光转到自己执辔的手上,嘟嘟囔囔着,既像是在对海市说明,也像是在自言自语:"可是这一路上静得出奇,南毗人、注辇人、尼华罗人,一个也没有。娘的,真冷。"

"你是说鹄库人已经到了黄泉关……"海市望向西北。戈壁坦荡荒凉,阴霾的天空却十面埋伏,变幻莫测。

"他们要是攻打黄泉关,我们过霜还时就该有消息。可是这时节,戈壁沙漠里所有的季泉都该干涸啦,除了毗罗山峪沿河一带还有水草,别的地方都光秃秃的,又险峻无路。他们不闯黄泉关,那还能去哪里呢?"

疾风挟裹着一片白影划过海市眼前,落在她手背上,再定睛看时,那羽毛般的东西竟然化成了一滴冰寒混浊的水。她吃了一惊,仰头看天,如铅的云层翻涌不定,零星洒下一点点黯淡的白色,风骤然变得干冷干冷。

才九月末,竟下雪了。

雪片渐渐浓密,才过了一刻,竟已看不清数里外的前路。一时间,长龙般的队伍里,起了轻微的骚乱,海市刚要令各队千骑安抚麾下兵士,却冷不防被张承谦一把捏住了肩膀。

"冰川,他们是从冰川上进来的!"

"什么冰川?浮山冰川?那里根本不能通行啊!"海市吃痛,蹙紧了眉。

"这几年来,天气暖得蹊跷,冰川多少有所消融,冰舌与岩石之间那些数丈深的深罅渐渐被水挟泥沙填补,冬季再冻结起来,就平缓得多。但这样的话,冰川便容易滑动崩坍,根本无法行走,若是震动太大,还会引动山上的雪崩,因此咱们在浮山冰川前只留了水井屯那不到两千的人马。可是今年瀚州路上九月末就下了雪,鹄库人那边,怕是九月,不,八月底就被雪埋了草场!"张承谦的胡髭上落了雪,他猛一转头,那雪片便瑟瑟抖落下来,"这么几十年一遇的寒冻天气,冰川都被冻得结结实实,除了走毗罗山峪到黄泉关以外,这冰川就是最好的一条大路了,再加上地势崎岖,容易掩蔽人马,换了我是鹄库人,我也宁愿去走冰川!"

"他们带不来多少粮草,那么一定是要去掠夺了?"海市急问。

张承谦咬紧了牙,脸颊上凸现出强韧的肌肉:"是的,冰川出来后二十里便是水井屯。那里驻军不到两千，屯垦的百姓也只有两千多人，东西来往的商旅都在那里补给。现在咱们离黄泉关五百五十里，离水井屯二百一十里，还押着十二万人过冬的口粮，不能妄动，这水井屯，恐怕已经……"

"张兄，你押粮回营里，让我去水井屯吧！"海市忽然说道。

张承谦不由得细细地端详了这少年同僚一回。早听说新参将方海市是新科武举探花，张承谦出京之前只见了他两次。承稷门下那一回，这方海市身穿大典朝服，少年身姿英挺，肤色蜜金，眉宇秀丽仿如女子，又听说是个得势太监的养子，直看得张承谦心灰。官少爷见得不少，没一个有出息，已不抱什么指望，只求他不要死在边关教他们难做，也就很好了。但这一路来，他觉出这少年心性坚忍，什么苦都吃得，像借了旁人的躯壳还魂似的，毫不爱惜自己，现下听海市这么一说，更担心起来。

"你这是初阵，也没个人带领，这……"

"张兄，十二万人的冬粮都着落在你身上，自然不可分神，可是这水井屯，我们也不能见死不救。不然这事情传扬出去，今后还有谁敢来屯垦？"

张承谦心知他说得有理，却又恐怕他是个不知战场深浅的初生犊子，只得叫过几个老练的千骑来，分派了八千精锐兵士给他，看这一彪人马在猎猎风雪中，急若卷蓬似的往水井屯方向去了。张承谦抹去髭须上的雪末，回过头来，瞧了瞧身后的大队，喝了一声："都站着干什么？快点！明天天黑之前一定要赶到本营！"

次日近晚，六万二千人的大队押着过冬粮草抵达毗罗山下的黄泉营。商议之下，决定令两名五千骑率其部众驰援水井屯。入夜，西南路上人喊马嘶，张承谦跳出营帐，只见天已黑透了，一路松明迤逦而来，领头的少年身上染满血迹，面色惨白如死，老远看见张承谦，便纵马向他奔来。

"怎么样？"张承谦见海市下马时有些趔趄，急忙拎了他一把。

海市吞了吞唾沫，张开干枯的唇说："去迟了，水井屯的人……没了一大半。"

粗豪汉子咬紧了牙，片刻又问："鹄库人呢？"

少年的脸容映着火焰光影，眼神灼人："三千两百名鹄库人，逃了七百，其他的不肯降，好容易留下了二十来个活口。现正赶着在冰川出口掘壕沟，守备不足，想着回来讨些人手，刚好路上迎面遇见了鹿千骑和陈千骑，请他们先往水井屯增援，我回来报个信。"

"有鹿千骑和陈千骑就足够了。"一名披着天青斗篷的男子，不知在他们身后站了多久，此刻开声说道，"你不必再去水井屯，就留在营中。待到壕沟挖好，冰川这一条路也就算堵上了，少留些人。怕他们也是声东击西，关上正是用人的时候。"

张承谦躬身作揖："汤将军。"

海市心知这一定是黄泉营主将汤乾自，跟着行礼如仪。汤乾自三十余岁年纪，驻守黄泉关不过六年，声名却流传在外，是个极强悍的人。鹄库滋扰多年，边塞屯民多有男丁被杀、妻女见辱、牲畜遭掳种种仇恨。是以每每俘获鹄库探子，汤乾自便将探子丢给屯民处置，待到俘虏受尽折磨死去，再命兵士将这些死相凄惨难言的尸身悬在关上。鹄库人再度来犯之时，这些屯民已无周旋余地，必然拼死反抗。想不到这等厉害角色原来不过身量中等，容色堪称秀雅，不似一军主帅，倒像个幕僚谋士。

汤乾自点了点头，道："和伙头说，赶紧安排水井屯回来的人吃饭。方参将今夜与我们一道。"

水井屯折损了近两千守军，汤乾自与几名参将心绪都不轻松，是以大营中这餐饭吃得极静。食物并没有什么特别的珍馐奇味，与兵士一样是粗粟麦、牛羊肉，不过做得仔细些。亲兵端出一个硕大盘子，是边民家常的烤羊羔，拔出刀来大块脔割了，每人奉上一份，还滋滋冒着细小油泡，各人自以刀切碎取食。海市拔出佩刀，切开一角，羊肉呈嫩红色，血水登时涌了出来，恍然就是刀刀斩碎鹄库人血肉的感觉。她不禁脸色煞白，胸中烦恶欲呕。

张承谦偏过头来瞧瞧身边的少年同僚，关切问道："怎么，不舒服？"

海市勉强笑笑，不愿教人看轻，并不解释。

汤乾自道："方参将年轻初阵，战况又如此惨烈，一时反胃也是难免，当年大家也都这个德行，久了自然就好了。只是怕被怨气冲犯了，不妨去祠堂拜一拜。"

张承谦猛地拍拍脑袋："疏忽了疏忽了，本该早点带你去军祠的。"

所谓军祠，不过是主帅营房西侧的一厢，点了长明灯，昏黄灯后供一卷画轴。纸色虽不新鲜，保存得却极整洁，想是几经辗转侄惚，不知经过多少人手泽。

张承谦教海市点上三炷香，躬身跪拜，趋前将那线香插入画轴前的香炉去。海市偶一抬头，正对上一双秀窄丹凤眼睛，神光敛含，似有无底之深。她双手一颤，香灰和着火星掸落下来，在手背的刀伤上，灼出了几点红。定睛再看，画中的戎装少年身负长弓，一手轻按腰佩紫金螭吻环刀，与诸人一同拱卫着居中作皇族装束的青年男子——不会错的，戎装少年端方温和的脸容上，半寸长轻轻上挑的旧刀痕，犹含着似是而非的笑意。

"这是，这是……"她喃喃自语。

张承谦点头道："不错，这就是当年，皇上还是旭王的时候，从承稷门之乱到红药原合战的八年间，曾追随皇上平叛讨逆的六位大将，名动天下的六翼将啊。"

汤乾自凝视着画轴上神采飞扬的七人，历历数道："顾大成，原是芪县巨寇；郭知行,本是越州粮仓的小小胥吏;鞠七七,勾栏坊粗使婢女出身;苏鸣,名将苏靖非的庶出次子;阿摩蓝,身世不明,渡海从真腊国亡命而来。正当中的这两人,一个是旭王——也就是如今我大徵的皇上,帝旭。而这一个,"汤乾自的手指移向了那戎装少年,微不可闻地叹了一声,"是已故清海公的世子,方鉴明。"

海市的声音深处,有着轻微的战栗:"可是,平叛的六翼将,不是都已经不在世了吗?"

"是啊……郭知行的坐骑发狂将他甩了下来,摔断了他的脖颈;鞠七七年近三十有孕,难产而死。过了半年,一名死因告发,原来阿摩蓝与郭知行素有不和,遣人在鞍鞯与马背间放了真腊特产蒺藜子,镫子上又涂了虫胶,谋害了郭知行。阿摩蓝事发逃亡,途中死于乱箭。方鉴明旋即急病猝死。"

这言语,句句都不曾逾越本分,却又隐含着危险之极的气息。一丝冷锐的寒气,随着汤乾自淡漠的声音钻进了海市的脊梁,寸寸盘绕深入,像是要冻结了她的骨髓。

不是的,海市心中分明知道不是。六翼将,至少有一人还活着。可是,那本该急病猝死的六翼将之一方鉴明,为什么隐姓埋名,深居内宫,做了凤庭总管方诸?又是什么让十数年前纵横疆场、天矫不群的年少武将敛去锋芒,最终成为那个养育了她十年的温蔼平和的青衫男子?

"接着,顾大成放纵部下劫掠,为民间游侠击杀;苏鸣出使殇州,还未出国境,在瀚州西南便遇到黄沙风,在居兹和都穆阑之间的大漠中失去了形迹。开国不到五年,六翼将,竟然已经一个不剩。真是,翻云覆雨,天命叵测啊。"最后的一句判语,仿佛有形有质的物体,森冷地滑过了海市的皮肤。

海市转回头来,望着隐匿在昏昏阴影中的黄泉营主帅,回想起出征前夜,明丽的天启夜色衬托下,方诸交代她的话语。一如既往平静,极寻常的口吻,仿佛只是要她为他关窗,或是研墨:"我要你护卫汤乾自,如同你护卫我。然而一旦我自京中寄信给你,无论内容如何,都要尽快杀了他。"

于是,这俊秀得如同少女一般的新参将点了点头,不经心似的向主帅说道:"天命叵测,可不是吗。"

黄泉关的春夏秋三季极短,更迭分明,唯冬季冗长,漫无天日。雪一下起来就收不住,山巅雪盖渐次向苍蓝的山腰蔓伸,远望像是山脉上匆匆开了白色的花。这个冬天来得急而严苛,可见开春融雪也会尤其迟些。"今年溟朦海的候鸟,怕要四五月才会经过关上。"张承谦说。候鸟每年春秋一来一往,总要经过黄泉关。

那时从霜还往黄泉关的路上,张承谦曾指了溟朦海给海市看。东陆人唤它溟朦海,不过是为着它夜间雾起,溟朦不现,边民又不管淡水、咸水湖泊一概叫作"海",因此给它一个简便的名字。尼华罗商人管这个湖叫作措鄂穆博，"措鄂"即是湖海，"穆博"则是青碧之意。鹄库人叫它"库库诺儿"，意即青色之海。

戈壁原野上，看山跑死马的事不是没有，那溟朦海看着不过三五里路似的，真要到得近前，怕是要撒马跑上小半天。海市淡淡说："我不喜欢水。"也就没有去。只是远远烟尘里，看见黯灰的一汪水色，也不知冻上没有。自七岁后，便再没有见过海。北方的水，再怎样壮阔浩淼，也总有边际，而海没有。那无际无涯的咸苦碧水沉沉压着胸臆的记忆，令她时常夜半自噩梦中醒来，尝到自己唇边密密冷汗，是海水的味道。

相传越过毗罗山后，再往西三千七百里，殇州的冻土平原深处，比冰炎地海更北更北的极北之地，天池山下，有一座比溟朦海更大的湖泊，唤作勃喀儿海，是候鸟夏季的麇集之地，亦是龙神居隐之处。传说前朝曾有澜州平民被飓风掠去，一直带到了勃喀儿海。那人被卷去的时候不过十九岁，逃回来的时候已是年近七十的老人，满手的指头全冻掉了，都只剩下一节两节，像是拆散了的人偶的手。然而在东陆人的想象中，所谓极北之地，也就是黄泉关罢了。

毗罗山脉到了黄泉关，陡然错开两截，为东毗罗山脉与西毗罗山脉。西毗罗山脉位置稍北，其南麓上有一道不冻泉，毗罗河便从此发源，流向南方，最终汇入溟朦海。于是，两座高耸入云的雪峰交叠之间，便冲刷出一道"之"字形狭窄河谷。而从不冻泉源处向北，有一条艰险山峪直通山口外的红药原，这便是近两千里毗罗山脉上，唯一可交通南北之道路。虽说是河谷与山峪，仍是比平地高出三百丈，若有走熟了的向导，一日夜便可翻越。毗罗河到了稍南的东毗罗山脉河谷，即改道潜入地下，到山脚处又涌出地面，只在地面留下一段千万年前冲刷出来的四十里长的干涸河道。黄泉关即坐落于这段干涸河道上，扼住了这一要道，成为徵朝西北难攻不落的一道关口。过了毗罗山脉之后，瀚州便是一马平川，乘船南渡后，往帝都方向二千余里少有天险屏障。黄泉关一旦失守，西北瀚州便要门户大开，东陆各郡情势可危，黄泉关之要，可想而知。

海市站在山下大营前，仰头望去。沿河谷曲折向上，夜色里燃着数十点明珠般的火光。据张承谦说，每三个时辰均有二百名兵士在关口轮值待命，另有望哨若干，分布于北面的通路上。

"鹄库人若是遇上水草丰足的年景，拿鞭子赶他们也不肯朝南边挪一步的。可是，若是哪年旱了、冻了、牲畜遭瘟了，他们啊……就像蝗虫一样来了。"张承谦摇摇头。

数名衣衫褴褛的孩子欢笑撕打着奔过海市身边，绕着大营口哨兵的大腿拉扯抓挠，把那哨兵夹在当中，推搡得几乎站立不稳。哨兵满脸是笑，呵斥着脏兮兮的孩子们，每个人轻轻给上一脚。海市听得那些孩子说一口陌生蛮夷语言，甚是惊奇："军营里大半夜哪来的小蛮子？"

张承谦只是摇头:"那些黑毛黑眼的都是迦满人,说是今年雪灾,饥寒交迫,拼死逃到我们这里来的,这几天已经到了好几拨了。"

"就这样养在兵营里?"

"哪儿的话,现在雪那么深,只好先留着他们,等到了千把人,便一起送去水井屯教他们谋生。"

正说话间,关上叫喊声起,山头上有人挥舞火把。张承谦眯起眼睛瞧了瞧:"正说着,又来了一伙。你看那火把,一竖在先,来者非敌,六横在后,来者六百人。"

海市却紧蹙了眉头放慢脚步,凝神看着身边那条从营前绕过的毗罗河。伙头带着帮厨们在河边凿开了冰面,放下水桶汲水,此时不知为什么喧闹起来。

"怎么了?"张承谦觉察海市不曾跟上来,回头见他蹲在帮厨们身边。

他的少年同僚匆匆赶上来,将左手心里湿淋淋的东西摊给他看。那是半截木牌子,因长年使用,已被摩挲得光滑乌润,原是刻着字的,现下只分辨得出是半个"泉"字。

"张兄,这是……"

张承谦脸色骤变:"这是轮值守泉眼的人的腰牌!"

"到关上的路上,一定要经过不冻泉的吧?"

"那是……必经之路。"张承谦转头向守门兵士下令:"举火为号,叫上面的不准开闸放人。"

"我先带几个人上去!"海市说罢掉头便向自己营帐方向跑去。

"慢着!"张承谦唤住了海市,"你带几个腿脚快又老练的,先去悬楼上候着,多带些箭。"

"是!"海市已然跑远,银子般的声音穿透了夜色。

可不要就这么死了啊。张承谦一面向中军跑去,一面默默想道。

海市一面奔跑,一面将右手在衣襟上悄悄擦干,手心那珠白的光芒才渐渐减退,终归于无。

海市等人一路疾奔,半个时辰不到便赶到关上。轮值的参将符义是名四十来岁的黑瘦精干汉子。听了海市匆匆将异状通报一遍,只见符义一双眉越拢越紧,沉默不语。

"符大人?"海市微微蹙了眉,一双明丽的清水眼从战盔底下凝视着符义。

"方大人,您请向那边看看。"符义说着,便有兵士将他们让到箭眼边上。

海市透过巴掌大的箭眼向下窥看,不由得轻轻抽了口气。

黄泉关依山形而建,门面极窄,却极高峻,正像是"之"字通路上的一扇门。出了关北,东为迦满,西为鹄库,放眼望去辨不出两国边界,尽是荒原,大徵立国六百七十四年来亦从未北犯。建此一关,原为通商,门幅还稍为宽阔,也才仅容两马并行。

鹄库立国,也不过是三百余年前,帝庄、帝毋两位先帝治世年间的事。端朝年间,瀚州近宁州地界的彤云山北气候恶变,一支自称鹄库的蛮族被迫离开了他们世代居住的故土,自此流浪游牧于瀚州草原。在鹄库的传说中,他们的部族是由天马所生,而天马是龙的女儿,"鹄库"在蛮语中即是"龙孙"之意。而草原上其他的部族则轻蔑地称呼他们为"卜勃洛",杂种的马驹儿。因鹄库人的身材较一般蛮人更高些,又是金发碧眼,人都说他们是蛮族与夸父族、羽族分别多次混血的杂种,甚至不能算是蛮族的一支。然而这个四处流浪的部族却如同一只离群的孤狼,默默长大。在他们离开故土四百年之后,巴蓝王统领下的鹄库,已成为草原上屈指可数的强盛部族之一。有人说,巴蓝王的血管里淌着的是帕苏尔家的青铜之血、谷玄之血,他降临人世就是为了收割人命,如同东陆的农人收割稻谷。当然这终究只是谣言,青阳的帕苏尔氏早在昭武公吕归尘去世后便开始衰败,到了端朝年间,更是没落到不知去向。在巴蓝王的年代里,东陆徵朝的疆土已推进到毗罗山脉以南。鹄库部横扫瀚北、吞灭右金部、淳支部之后,继续举兵南下,数度攻入黄泉关。自那以后,为易守起见,黄泉关更将关门闸口改建为只容一人牵马而过的提闸门。

而眼下,在那狭窄的积雪通路上,一团团浑浊的幢幢黑影佝着背,安静而紧密地挤在一起,队伍一直排到远处不可见的窨黑深处。人丛里偶有一张两张脸仰起来,面目浮白,向城楼看上一眼,也不抱什么指望似的,复又低下去淹没在黑影里。

"那些人,是真的迦满难民,黑发黑眼。鹄库人金毛碧眼,在蛮族中是独特的一支,一眼便可以分辨,这才要挟裹了迦满人来做挡箭牌。"符义说着,站起了身,拿起手边的战盔。

楼梯上听得脚步响,又是几名校尉随后赶来,传了汤将军令:"开闸北进,把他们顶出去。"

"开闸北进啊……"符义脸孔黑得浑然一色,轻易看不出表情,"大队什么时候到?"

"回符大人,大王千骑与小王千骑各领四千人,三刻后即到。"

符义叹出一口长长的气,伸手捶着后腰,骨节咯咯一阵响动:"十三年不上红药原,身子骨都老喽。"

一个苍凉的微小声音在山壁上撞出重重回响,海市定睛看去,城楼下,从黑眸迦满少女破敝的毡袍里,探出个小小的羊头。

"方大人,听闻您通晓诸般武艺,其中最精的是骑与射。今年的武试高中探花,骑试与射试却是技压群雄，满场叫好。"符义走了几步，忽然回头道。

"符大人谬赞，那是同年们谦退。"海市答道。

"那么，悬楼便交付与方大人。叫几个好射手随方大人去。"

"是。"海市行了礼，起身轻捷地奔了出去。

悬楼其实并不是什么楼，不过是在黄泉关口以北两三里东侧山壁上的几个天成岩洞，只有从关内一条陡峭的壁虎路才能抵达，居高临下。说是充作箭楼之用，其实关上久无战事，根本不曾使用过，里边积存着箭矢、粗毡、桐油与少许粮水，形同废弃。

海市领了二十名弓兵攀上悬楼，便在洞穴内隐了身形，屏息待机。南边溪谷里渐渐有些细小声响，绕出一彪人马来，皆是白袍白马，在清光照人的雪地上无声疾行，约有一百五十骑。

"好家伙，把麒麟营拉了一小半出来。"身边卧伏着的弓兵一面用牛脂拭着弓弦，一面压低了声音说，"那些迦满人是没有活路了。"

"咱们能怎么办呢。"答话的人摇着头，"今年冬天鹄库蛮子怕是都饿疯了，这闸门一开就怕关不了了。历来兵书上只教用火牛阵，没有教用活人做挡箭牌的。为了夺到咱们大营的粮草，这么缺德的事情竟也做了，归根到底不能怪咱们呀。"

从悬楼上已隐约可见鹄库骑兵悄然拨马向南而来的影子，而麒麟营已在关口前列了队，后续七千多人马与麒麟营拉开八丈距离，沿着委蛇险隘的溪谷排出五里开外去。夹在前后两股蓄势待发的峥嵘铁流之间，那六百个褴褛的迦满人只是静默地瑟缩在一起。

"今年鹄库蛮子饿慌了，知道咱们关上有粮，就跟狼嗅到了血腥气一样。进水井屯被全歼了，现在连黄泉关也敢攻——不过，要是从西边迂回三千里过来找粮，怕还找不着粮，就全饿死了罢。"

"看那阵势，这一回可是来拼命的。"

黑冷洞穴里，絮絮人声如同无数无形的手缠绕过来。海市忽然觉得胸口银锁子甲扣得太紧，憋闷得喘不过气来。

黄泉关的乌铁提闸门极厚重，十六根熟铜铰链均有碗口粗细，转动起来却静无声息。迦满人群中起了轻微的骚动，少女怀中的小羊猛然挣脱出来，四只纤细的小蹄清脆轻响，踏上了雪地。小羊通身洁白，面上由额至鼻一道黑亮绒毛，形体轻捷，眼珠乌溜溜的，大约是预备重整牧场时做种羊的羊羔子，才一路揣在怀里带来的。小羊好奇地向前走了两步，看着提闸门后露出的林立的白色马腿。门越收越高，数百副银亮胫甲在雪光中刺人眼目。

小羊探着柔嫩的颈子,咩了一声。一道从天而降的劲风穿透它幼小的身体,将一簇血溅上白纸般的雪地。从黄泉关的城头与箭眼里,弓弩手射出飞蝗般的箭矢。一只鲜血涂染的手向小羊探去,却被一支啸鸣着的箭矢钉入雪地。

一声呼哨,麒麟营一百五十骑如银蛟一涌而出,踏过狼藉的雪泥与尸首,怒潮般扑向第一列策马冲来的鹄库骑兵。鹄库人一手使环手刀,一手持盾,盾上再出尖锥,灵活有力。帝庄、帝毋两位先帝治世年间,黄泉关守军在这上面吃了不少亏。后来武库司特为黄泉关造了五尺五枪,堪堪与一名矮小男子身长相当,在狭窄山道上亦施展自如,且锐利敏捷,可直攻鹄库人盾与刀之间的细小空隙。麒麟营来势迅猛,远远地见雪粉飞扬,一道银白向北推进,白光过处,山道上积起了鹄库的人尸马尸,半刻不到,第一阵十数列鹄库骑兵大多被冲溃踏死。后面的鹄库人高声扰嚷,第二阵迎上前来,麒麟营中又是一声呼哨,百多条染血的五尺五枪齐齐前指,突入阵中,缠斗成一片。

悬楼位于关门以北,正对着鹄库前锋兵士的后背,与城上弓弩成夹击之势。

海市单膝跪在悬楼洞口,从腰间摸出一枚镶水绿琉璃的金扳指,细细端详过了,又戴在大指上。那扳指原是男子用的,她戴来嫌大,便如寻常闺阁女子缠指环般,用绿丝线将它缠过了。

"穿甲箭。"海市说着,呵了呵弓弦,一手摸出三支鹞子翎穿甲箭,夹在四指之间,拇指将一张六石弓稳稳开满,瞄向鹄库第三阵后背,"放。"

箭矢如蝗群向鹄库第三阵中落去。鹄库人料不到后背受敌,一时相互拥塞践踏,却又被前后二阵夹住动弹不得。第二阵鹄库人听得背后哗乱推挤,疑是中了伏,心中惶急,两名小头领厉声呼喝,重整了队形,率众向麒麟营阵内搏命撞来。麒麟营阵前军士将五尺五枪交叠刺出,绞成一线挡住鹄库盾牌,纷纷抽出窄刃环手刀砍杀起来。

"射倒第五阵,咱们替麒麟营打开这条路。轮番三连射,我不喊停,谁也不准停。"少年武将低缓地说着,二十一张六石弓无声地开到满圆。

"放!"

弓弦铮铮之声如疾雨破空,鹄库人被困在山道上无可回避,南端最前的第三第四第五阵百余人已被凌厉的箭雨从北方本阵切断,承受着麒麟营银色潮水般的冲击。阵形越来越薄,而那箭矢的雨幕犹不肯停息。

待到海市喝一声"停",那百余个鹄库人恰只剩下最后一排,旋即如同秋末的庄稼似的被麒麟营前锋刈倒。

海市耳边猛然一凉,身旁一名弓手捂着肩膀,地上跌落一支鹄库人惯用的海东青翎羽箭,显是受了箭矢擦伤。

悬楼下的道路早被乱箭与尸体覆盖，再往北，却因悬楼朝向所限，是看不见的。她冒险探出悬楼洞口向北张望，见鹄库人本阵中，几名弓手正向悬楼上乱箭射来，而另有十数名弓手已阵列在前，向步步推进的麒麟营张开了弓。而麒麟营此次是为近战冲阵而来，并无盾牌装备，眼见得要损失惨重。

"你们两个，捉住我的腿。"海市咬咬牙，缩回身体，背向洞口而坐，向近旁的两名弓手说道。她自己却将三支箭咬在口中，指间又笼了三支，左手持弓，一个仰倒将上身垂到洞外的石壁上，倒悬着向鹄库本阵中的弓手们连环三箭，均无虚发。这当中她早觑见阵中一名弓手身形高大壮硕，盔甲也格外醒目些，想是弓手头目，便取下牙间咬着的三支箭，势同流星一气向那人射去。海市用的箭有些讲究，先是两支穿甲，接着是一支放血，意在洞穿盔甲连结之薄弱处，再以带有沟槽的放血箭头重创敌人。她方坐起身，便听得嗒嗒几声响，鹄库人的箭接二连三打在石壁上。海市回头看去，只见那高大弓手握住喉头上攒成一处的三支箭，大喝一声拔出。远远雪光里看不分明，倒见他身边拥上来的人倒退两步，抹了把脸，想是被喷了满面的血。

海市趁乱再倒悬下身子，也管不得乱箭横飞，倏倏连发，鹄库阵中的弓手相继应声而倒。

"方大人！"悬楼上兵士呼喊起来，声音惶急得竟都破了。

她视线一转，一支箭正破空而来，转瞬即到眼前，避无可避，连埋在三棱箭镞中的血槽皆历历可见。

她死死睁大了一对明丽的眼睛。

悬楼上弓手们自上俯瞰下去，只能看见海市一芽尖俏的下巴颏儿仰着，那箭却牢牢钉在她倒悬的面孔上，箭杆嗡鸣着震颤不已。

此时麒麟营前锋已撞入鹄库本阵，步兵随后一拥而出，不过丈把宽的通路上登时人马蠕蠕地缠杀成一片。而阵中那放箭的青年男子，却依然踏着马镫长身立于鞍上，向悬楼上望了望，才纵身下马，立即有人将先前死去的弓手头目尸体抬了过来。那青年伸手揭去死者的战盔，握住死者一把金发，抽出佩刀砍下头颅，将那头颅送到眼前，亲吻再三，却听见身边亲随喊叫，抬眼一瞥，见一支长箭疾射来，脸色骤变。正在这一瞬间，旁边一名白袍打扮男子急急挡在那青年身前，不要命了似的伸手一挡。海东青翎的长箭箭镞自他手心擦过，铿然有金石声，旋即跌落地面。鹄库人的阵列中，起了小小的骚动，那白袍男子却是分毫未伤，浑不在意地退后一步，侍立于青年马侧。青年仰头远眺，山崖上那倒悬着的大徵弓手脸上长箭已然不见，再细看方才挡开的箭，正是他自己先前射出的那一支。想是那大徵弓手生生以牙咬住了来箭，再趁他不备，抽冷射将回来。

鹄库青年染血的唇上露出一丝笑容，向山崖上轻慢地勾了勾手指，旋即将人头悬在鞍后，喝令兵士掩护，一面拨马带队掉头，消失在北方山道的拐弯处。

海市舔着前牙，轻轻啐出一口血，道："这个男人古怪，像是用了什么秘术。咱们得快点追上去。"

"方、方大人……"一名年纪与海市相仿的小弓兵哆嗦着唇，断断续续说道。

"什么？"海市背好角弓，一面应道。

"鹄库人起了黑旗，王者阵亡的黑旗……我听说，他们都不下葬，尸首随地丢了给鬣狗秃鹫吃，只有他们的各部藩王死在战场上，才把头送回去，和黄金打的身体拼在一起下葬的……"小弓兵抑制不住地咧开嘴笑起来，惨白起皮的嘴唇挣开一道道血口子。

"方大人，您射死的是个王，是个王啊！"

鹄库人似乎并不恋战，大张旗鼓来攻，退却时却也如潮水般迅疾。海市从悬楼飞奔而下，夺了一匹马，向北直追而去。夹在大队中追出了二十余里，眼前道路已尽，唯有溯着溪流涉水而上，折过东毗罗山脚，攀上西毗罗山，经整整三十二里溪谷，抵达毗罗河之源头不冻泉。自泉源再向北，才是一条山峪小道。次日近午时，海市终于赶上了领头追击的符义部。鹄库人退得虽快，一时却也甩不开符义部，只得由他们不紧不慢地衔着。

"方大人好眼力，鹄库人向来不用仪仗，那左菩敦王混在人群中，谁也不曾分辨出来。"符义慢吞吞说道，"这左菩敦王逞勇好斗，袭击水井屯的那三千人也是他的部下。原说让他们打前锋平整道路，大军随后即到，没想到他自己掉头杀来黄泉关，却将那蒙在鼓里的三千人抛在水井屯作为佯攻。现下他死了，这新左菩敦王是老王的异母弟，听探子说原本就不很亲睦的，便立即下令撤兵了。"

鹄库阵中已不见原先苍青的旌旗，每队起头处飘扬着的，尽是缟黑的全幅苎麻布。

"那就是新的左菩敦王。"符义指指鹄库队尾被重重拱卫着的一名青年。那青年人影为翻飞丧旗遮掩，看不仔细，醒目的是一颗人头，整把金发绞成一绞悬于鞍后，随着那匹乌云踏雪的步伐摇来荡去。

海市微微蹙起眉心，策马快走两步。此时鹄库人已行至山峪出口，已隐隐可见下面广袤的极北雪原，刚拐过风口，浩大的风挟着雪砂扫来，丧旗唰啦一声向天空扬起。那一瞬间，那人恰恰面目微侧，露出个高挑清拔的轮廓。海市仿佛被当胸塞进了一把雪，怵然惊心。那是她看了十年的模样，绝无可能错认。

"濯缨——"她脱口喃喃说道。

那人似是听见了海市的声音，回转头来，带着一抹寻衅的笑，再度勾了勾手指。高鼻、深目、浓眉，与濯缨如出一辙的面孔身段，唯独一对眼睛荧荧地蓝着。蓝眸青年一把将战盔摘去，散下一头光丽的金发，以蛮族语高声下了命令。鹄库人齐声答应，忽然全体扬鞭打马，急速向山下移动。先冲出峪口的数队在雪原上左右列阵，扼住峪口以为掩护，其余则毫无旁顾地直奔向北，全员脱离山峪后，原先呈两翼形掩护的数队即刻变阵，汇入本队，数千人马扬起雪尘滚滚，极迅速地消失于北方天际。

"那就是红药原。"符义勒住马，将鞭柄在空中画了个圆，把山峪以北的那片雪原框在里面。

红药原上冬季积雪，夏季荒芜，没开过一朵红药，得名是由红药帝姬而来。红药本是宗室女，亦是举兵叛乱之僭王褚奉仪的异母姊，早年和亲鹄库，到三十二岁上已辗转嫁过三名藩王，颇有权势。十四年前褚奉仪兵败北逃，经过黄泉关进入鹄库境内，红药帝姬遣军来迎，当时尚未登基的帝旭亦率军追击至此，鏖战四日五夜，歼敌五万余，叛军全灭，鹄库军大折。六翼将中的苏鸣斩得褚奉仪头颅，红药帝姬则被踏死于乱军之中。此战过后，二十里原野雪泥血肉红黑杂错，次年正逢异常和暖的天气，红药原上竟瘌瘌痢痢生出薄薄春草，牲畜不食，老人叫作腐尸草的便是。

那年头的时势，好似壮阔无情的怒涛巨流，史官笔下不动声色溅起一星细浪，便是几千几万条人命。

"每逢清明，二十里红药原上，全都是设祭的妇人与孩子。"符义顿了顿，道，"十四年了，妇人眼见得老了，孩子也眼见得大了。这世道，也该平靖了罢。"

回到营中的时候，已看不见一个奔跑的迦满孩子了。那天晚上，营内的迦满人久久不见同胞进关，继而发觉大军上山，哗乱起来，终于全体断送了性命。可是，即便不哗乱，他们亦没有活路。

"总不能放他们出去四处传扬，说咱们见死不救。"符义一张脸膛黝黑，依然是看不出半分表情。

草绿霜已白 参

I

　　帝旭变得昏聩暴戾，已不是一天两天的事了。在那夜夜目不交睫、枕戈待旦的八年里，耗尽的似乎不仅是他的高逸优雅与清明持重，还有他的寿数。从登基的那一天起，坐在帝座上的已是一具无魂的、日渐腐朽的躯壳。

　　他知道人们都这样说。人们都还避忌他，因为他是皇帝，并且，是个暴戾的皇帝。从内宫到朝堂，无一人敢于与他视线相接，即便如此，他还是能看见弥漫在宫廷中的恐惧与腹诽的云翳。八年天地倒错、十面埋伏的乱世里，他是怎样东征西讨连横合纵，红药原一战血流漂杵，十里赭红。如今分崩离析的国土已被连缀起来，他至少有权不要再去整理那些千头万绪的事情，只要天下一统，人们自会料理自己的日子。可是，他端详着掌上玲珑小巧的榕树盆栽，轻轻掐去了一条逆枝。修剪树木并不需要询问树的意见。那样未免太麻烦了。

　　二十一年前，叛乱起时，正是麟泰二十七年的夏末。那年天气瘴热，天空晴得发白，人都说是乱象。他那年十七岁，立春大社刚刚受封为旭王。他的父亲帝修病殁，叔父仪王褚奉仪托词镇压京畿动荡，假勤王之名进军，意图篡位。一时四面兵起，蜂拥城下，夜间举火，映得承稷门外半天炎红。三大营换防兵马出发已有月余，往麇关与莫纥关的六万人马更会同叛军掉头合围帝都。帝都内只余近畿营三万，禁卫羽林二万，天启失陷已成定局。唯有他率众抵抗，一面冒险撤下三千羽林，欲护卫太子伯曜杀出帝都，以图再起。谁想他苦战不退，手刃逃兵三名、攀城叛军数十，终于熬到三千羽林折返承稷门，却不见伯曜人影。太子伯曜一贯畏懦，却有一股顽愚的死节，竟宣称与国共命，已绝望悬梁自尽。先帝遗下四子，三子叔昀早年夭折，末子季昶自幼被送往西陆雷州注辇国作为质子，如今伯曜又死，皇室嫡子，中州竟只余他一人。

"枉费我拼死为他布下一条生路，伯曜。"仲旭奋力斩落一名攀城的叛军，"就这么不吭一声地死了。"

城上的人一茬一茬倒下，又一茬一茬补上。三千羽林往返不过半个时辰，城头尸首已堆得有半人之高，于是便干脆充作木石，推下城去。

"殿下……不，陛下！请容臣等护卫您往瀚州召集兵马，扫灭逆贼！"羽林千骑身着重甲，双膝跪地铿锵有声。

仲旭转回头来，细细端详那年轻千骑为战盔遮掩的容貌，而后轻轻一哂，指向城下纷乱的叛帜中，火光掩映的"苏"字大旗："你是苏靖非的什么人？"他声音不大，周遭听见这话的几个人，都是心头一凛。

年轻千骑仰起了脸，干脆地答道："庶子苏鸣。"城头烽火映照下，坦荡的一张面容，分明与叛乱的涂林郡太守苏靖非十分神似。

"苏鸣，你护卫我，就是要与你父亲兵刃相向了。"仲旭微笑着，身上也不披甲，鲜血涂污了他冠玉般的面庞，便偏头擦拭在肩膊的锦绣袍子上。

"末将十四岁前不知有父，今后亦不打算认父。"

"你佩的刀，却是苏家子弟惯用的雕虫斋钢口阔刃直刀。"

"是母亲遗物，末将立誓以此刀与苏靖非一决高下，今日便请为前锋，为陛下清扫路途，亦请陛下成全苏鸣偿此夙愿。"苏鸣说到此时，压抑不住声音里的波动，眼里泛上了一点光。

"你年纪尚轻，城下这些叛将却都是运兵老辣之辈，你这竟是要带着这些手下送死了？"

苏鸣倔强地抿唇不答。

"那倒大可不必。方才为掩护伯曜死了那许多人，已是白费了，我们再经不起这样折损人马。"仲旭抬眼看了看天色。时辰已近中夜，承稷门上疾风逆扬，他取过角弓，仰天放出一支鸣镝。那鸣镝的声音与众不同，做苍隼声，锐烈响亮。

那鸣镝之声方才消失在夜空深处，城下叛军阵营右翼里忽然起了异动，一支打着"清海"旗号的人马斜刺里撞向城门，正是清海公麾下流觞军。事出突然，叛军措手不及，被流觞军冲开了阵列。城门前正是仪王褚奉仪的嫡系河源军，反应迅捷，便在城门前厮杀起来，两侧及殿后的王延年部、曹光部、罗思远部、苏靖非部皆是各地守将纠集而来，此时只是按兵不动，不愿贸然卷入混战。河源军左右包夹，流觞军的阵形愈战愈薄，渐渐变成一条长龙形，自城门委蛇向外一里多长。正在此时，流舫军中朝天放出一支鸣镝，与先前承稷门上褚仲旭所放竟是一种声音。城门应声霍然洞开，一彪人马自都城中直冲出来。

流舫军阵形虽薄，却极强韧，难以截断，河源军正苦战间，不防流舫军中又是一声鸣镝，原本背对背抵抗两侧河源军的兵士们猛然各自向前冲杀，一道长龙阵瞬时劈为左右两道，竟从城门前开了一条血肉的通路出来，而都城中冲出的六千余兵马便从那通路中一气奔出，长龙阵又随之合拢，节节收束，围裹着那六千余骑，共四万余人就此脱出帝都。领头的少年身边，招展着一面黑地金蟠龙纹大旗。河源军中早有眼尖的识得那一面帅旗正是本朝高祖当年起事所用，一直供奉于禁城太庙中的，即刻报于褚奉仪。

流舫军临阵倒戈已是始料未及，羽林军与流舫军高张此旗，必是有宗室嫡子脱逃。褚奉仪虽得帝都，心内却极为不快，待到叛军进入禁城，得知脱逃的并非太子伯曜，而是旭王仲旭，不由顿足再三，连道："此子凶险，此子凶险。"

四万余兵马出了帝都，一路北行。叛军罗思远部紧咬不舍，吃了几回亏，只得尾随其后，伺机进攻。褚仲旭等人且战且走过了歧铗隘口，已是次日正午时分，队伍渐渐收拢。

苏鸣策马走在仲旭身边，不时望他一眼。旭王年纪不过十七，那张脸却全无稚气，目光清厉，可见是个胸有丘壑的人。苏鸣心内不禁起了思忖。

清海公方氏乃是本朝少有的异姓王公，封地在澜州擎梁半岛的流舫郡，兼掌流舫军，自恃为开国元勋一脉，与帝修素来有些不睦。此次仪王叛乱与清海公有所勾结本不足怪，奇的是那清海公的流舫军，竟是早与旭王议定了一套办法，城下兵变，里应外合。连那阵法，似也是早先操演熟练了的。旭王原先所说为伯曜布下一条生路，原是这个意思。

"旭哥，旭哥！"

仲旭听见这声音，忙勒住了马，只见一人控着一匹瀚州骏马，逆着大军行进的方向朝他来了。到得近前，兴高采烈地摘下战盔，露出一张秀逸白皙的脸孔来，显见是个贵族少年，身形高大，年纪约比仲旭更少一两岁。

仲旭见少年嘴角有一道浅浅的新刀伤，便拿自己袖子擦拭少年的伤口，那血却总也止不住。"鉴明，你是怎么回事，这就破相了？"

少年笑容爽秀，答非所问道："父亲身子不好，又要提防四周乱军流寇，因此将流舫军拨了一半与我，只说都交给你了。"

仲旭转头向苏鸣说道："这是清海公大世子方鉴明。方才城下的流觞军便是他统领的。"

苏鸣抱拳为礼，暗暗心惊。三万余流觞军夹在乱军之中，队形依然丝毫不乱，变化自如，这孩子，竟是个领兵的良材。

夜间宿营时，仲旭与方鉴明同帐而眠。鉴明嘴角的伤口已滚了尘土，结了痂，赫红的一道，似笑非笑的模样。

"旭哥，那个苏鸣，不会是苏靖非的什么人吧？"鉴明忽然折起身子，凑到他耳边细声说道。

仲旭不曾睁开眼睛，开口低低说道："他自己开门见山，说是苏靖非的庶子，却与苏靖非势成水火。"

"能信吗？"

"苏靖非有许多侧室，不过后来纳了个歌伎，十分宠爱，将他那些侧室遣的遣，卖的卖，孩子流落在外一节，我看是真的。不过这苏鸣，一听说伯曜死了，便立即改口叫我'陛下'——精明固然好，太过精明，令人不可不防。"

"旭哥。"

"嗯？"

"咱们两年没一起习武念书了。人家只当我在京中做质子，却万想不到你与我最是亲厚，我回流觞的时候，姨娘她们还问你可有欺负我呢。"

"追兵不远，明天还有硬仗打呢，别啰唆，睡罢。"

"你是想着早点到霜还见紫簪姐姐罢，忒心急了。"鉴明嘿嘿地笑。

仲旭并不答他，只屈起手指凿了他一个爆栗子，自顾侧身睡了，唇边抑制不住浮起一点笑影。

流觞军与旭王所率羽林军转战百日，于秋季金风初起时节抵达瀚州首府霜还城，沿途收纳义军与各地勤王军队，四万余人马已成了七万。原本驻守黄泉关的兵马，并夏季新发的三万，亦共有六万可用。

东陆动荡，海港泉明城被僭王占据，物资难以运输；闵钟以东的航路已被封锁；西面的莺歌海峡时有白潮为害，三条航路，已有两条半成了死路。整个西陆的运输补给，十有三四是依赖着这仅存的半条航路。滁潦海上，只有那些信奉龙尾神的雷州商人，仗着他们的木兰船与经验老到的羽族水手，往来于西陆与北陆之间。霜还城与歧城成了北陆的通商枢纽，带着夸父力士的雷州商队反而越发多了，卖马的、卖盔甲的、卖粮的、卖油毡的,乃至希图附骥军中的巫医僧道、民间谋士,各色人等麇集于此。注辇、吐火鲁等国更遣来使节,声言愿意出兵帮助平叛。然而仲旭心中明白,在同一时刻,这些西陆国家恐怕也向天启的僭王派出了负有同样使命的使节与商旅。广阔九州上,已知的黄金矿脉几乎全都存在于东陆,也就是徵朝的领地上。西陆最富庶的注辇与尼华罗两国,虽然出于盟约,还勉强支持着仲旭,但是这个趁火打劫,向东陆低价换取黄金的机会,他们是不会放过的。

注辇与徵朝本有盟约,仲旭的幼弟季昶在注辇学习雷州语言风土,实则是充当质子,注辇亦有一名公主送到徵朝养育,预备与皇族男子婚配。那公主不喜东陆气候,一年倒有半年居住于霜还,正是仲旭心仪的紫簪。紫簪肌肤光丽,流盼动人,天生一股温柔气性,连首饰簪环也少用。注辇人长于航海通商,奉鲛人为龙尾神,紫簪笃信犹深,日常只戴一枚注辇王室的鲛人纹章坠子,素洁无匹。

霜还城下,他们远远便望见白衣当风,是一抹几欲飞去的影立于城头,远眺红尘来路。

仲旭弃马奔上城楼,紫簪看着他只是微笑,半晌开口说得一句:"半年不见,你就老了。"

人都说,这辗转苦战的百日内,眼见着旭王与一干年轻将领老练起来,渐渐有了名将之风。唯有紫簪,像个没见识的寻常妇人,只疼惜着他身形消瘦,容颜老损。

父兄死难、帝都陷落,他亦不曾露出一些惨痛神色。可是就因紫簪那一句话,他落了泪。他是旭王,未来的皇帝,平叛的统帅,他什么都是,唯独不能是个有喜怒、可病老的常人。乱世里,只剩下她,拿他当作一个血肉之躯看待。

追袭的罗思远部围城不足两个月,瀚州的冬天便来了。风雪苦寒,粮草难继,罗思远部只得渡海退走。自十月至四月,七万人在瀚州休养生息操演锻炼,静静蛰伏到了次年的春天。仲旭始终不肯称帝,新娶的紫簪也只加了旭王妃的封号。

麟泰二十八年至三十一年,时光匆忙流逝,徵朝版图上狼烟四起。战况纠缠翻覆,民无宁日,不少村镇连一名成年男丁也无,田野荒废,粮秣布帛几不可得,百姓褴褛,率人相食亦有听闻。寄寓注辇的皇子季昶已经从孩童成长为青年,在他百般周旋折冲樽俎的努力下,王师的补给还由注辇国勉强地维持着。仲旭能够夺还帝位的话,注辇的公主紫簪就会顺理成章地成为徵朝的皇后,这就是注辇人的算盘。

至麟泰三十二年春天,徵朝十四郡道畿府中,唯有京畿与面海的极东三郡仍在僭王褚奉仪手中,其余皆已光复。以霜还为陪都,仲旭与六翼将麾下王师已壮大至近三十万规模,另有各地义军近十万人马。人皆以为夺回京畿至迟不过当年冬季,全境平定亦指日可待。然而,就在那年夏季,初定的大势再度板荡。西北鹄库骑兵七日内迂回三千多里路途，由黄泉关西面的芭林铎侵入大徼国境，直向霜还逼去，却又不与阻击的王师多加纠缠，仗着骑兵精悍快捷，一战即退，四处掠扰。清海公方之翊率东北合安、赤山两郡王师围剿涂林郡叛军，却遭亡命反扑。褚奉仪亲率七万五千人马，自京畿南下，两个月内已夺回嵯峨、麋州、离澜等西南三郡，一时间宛南、越西尽树叛旗，京畿与广路、涂林二郡叛军更是大举西进，如虎狼之势。

那一年方鉴明年纪将满二十，身姿秀拔英挺。六翼将中，他是最年少的一个，戎马生涯却已五年有余。褚仲旭较他又年长三岁，阵前决断持重、洞察敏锐，已俨然有了王者气象。战事中举凡掩护接应包抄种种，二人皆可遥相呼应，灵犀相通，直如一对亲生手足。王师中多有出众年轻将领，数年征战中同袍情深，不乏舍命驰援、浴血死守之事迹，然而人人心里明白，旭王能以性命相托的，怕只有清海公世子方鉴明一人。

七月，清海公方之翊战死的消息传到了霜还，探子陆续回报，流觞、合安两郡先后陷落，方氏一族皆遭灭门。口信递到时，八万大军正待开拔，奔赴新近陷落的宛州离澜郡首府通平城。方鉴明闻信默然良久，仲旭在马背上唤了他一声。少年副帅稍稍抬起头，望着眼前亦兄亦君的青年，开了口，终究没能说出什么，默默离了阵列前。再回来时，铠甲内已换了丧服，依旧轻身上马，目眶微红，表情却已平静如常。

王师急行十一日，于通平城西门外五十里处驻扎下来。先是遣出小股兵力叫骂骚扰数日，叛军开城迎战时，便佯为退却，反复再三，终于激得褚奉仪亲率主力出城，沿着离澜江畔狭长平原展开阵势。

离澜江是建水支流，自白水起，至柳南入海。通平城一段，江南岸平原阔不过五六里，再向南，便是一带绵延丘陵。拂晓前天空浅白，山岭苍郁，草木轮廓森然罗列于山脊。刀剑与轻甲偶然相击，在宁静空气中激起小小涟漪，鲜红的流觞军旌旗在蒙昧的天光下褪成浓黑——方鉴明已是本朝第五十三代清海公，流觞郡领主。非黑即白，树木投下昏灰的影子，再没有第三种色彩。

仲旭仰起头看着马上的少年。

方鉴明的甲胄下依然穿着缁黑丧服，凝黑的眉头掩在战盔下，仲旭只能看见他薄白的唇，绷成一线。少年转动头颅，仲旭猜想少年是在看着他。凌晨静寂清凉的空气中，少年那不可见的眼光散出凛冽寒意，一股压抑的、凝冻的怒火，黑色透明的火焰，没有热度，却要将一切焚烧殆尽。那怒火不是冲仲旭来的，少年胸臆中翻滚着的，是渴血的战意。

"鉴明，"仲旭低声说道，"记得，明日日出时分冲锋合围。"

鉴明微微领首，拨转马头，向南方丘陵中无声行去，很快消失在浓绿的林间晨雾之中。庞大的阵列延伸成为纵队，沉默地追随在他身后。无数脚步与马蹄践踏过夏季初露的草丛。

年少的清海公带领二千精锐骑兵与三万步卒，在丘陵中向东绕行六十余里，当日午后近晚时分已潜至通平城守备薄弱的东门外。此时黑云四合遮天蔽日，继而下起狂暴大雨，雷鸣动地，令人两股战战。

离澜江南平原上，雨打铁甲，十里铮铮声响。仲旭已带领王师与僭王褚奉仪嫡系军队开战。天地昏黄，血泥糅杂。进退拉锯之下，通路渐渐为尸身堵塞，豪雨中，狭窄平原几成黄泉道。王师甲胄厚重，衣衫浸雨后行动不便，而褚奉仪嫡系军队已在西南转战数年，早已见惯暴雨天气，身轻刃利。近一个时辰后，王师已败退至中军大帐前三里。鼙鼓轰鸣，巨大的震动自地底钻上人的脊梁芯子里。叛军的阵形渐渐收束，一场一鼓作气的冲锋正在成形。王师前锋亦渐渐聚拢成为尖锋形状，预备着搏命抵抗。

鼓声乍停。除了离澜江浊怒的咆哮，以及滂沱大雨拍打刀脊、铠甲的声音，平原上一片静寂。死了的不会再有声息，而活着的，也不发出旁的响动。男人们无声地喘息着，面孔上流淌着血和泥，肮脏的雨水自头顶冲刷下来，模糊了视线。下一阵交锋过后，许多人就要与他们的同袍一样跌倒在泥水中，留下他们无知无觉的冰冷躯壳，任由大雨将那些致命的伤口冲洗干净。

忽然，自东而西，叛军中传递出一阵骚乱的波澜。

"看啊，城上！"一个嘶声的叫嚷，刺破茫茫雨帘。

东面天空中，数道狼烟冲天而起，半刻过后，暴雨中一角天空显露微红，真是通平城上起了告急的烽火。

"是东军，东军开始攻城了！"王师中猛然爆发出欢喜而残暴的呐喊。

通平城已为王师东西夹攻，情势岌岌可危。叛军阵中，僭王的帅旗开始向东移动，想是褚奉仪急着要赶回城中解围。狭长平原上，只留下叛将罗继翰与二万五千名叛军苦苦支撑。

褚仲旭统率王师西军，稳健地向东推进，罗继翰部缓慢向通平城中且战且退，每一步都在泥泞红黄的地面上留下死尸与残肢。

入夜时分，通平城东门起火。叛军首尾受敌，进退两难，打开南北两门，欲逃出城外，却惨遭伏击，亡损惨痛。叛军遇此重创，反而激起了一股困兽犹斗的志气，拼死抵抗。褚奉仪部前锋方才回到通平城西门，方鉴明的东军已有半数由南北两门分头进入城中，集结完毕，严阵以待。东门依然在夜雨中熊熊燃烧，火舌飘扬，巍巍矗立于王师东军背后，仿佛是阴暗的空中横亘着烈火地狱的拱门。

城门已全烧成了炭与灰，火星迸射，终于轰然崩裂，焦木与红热的铜轧轧碎落。百十名军士头顶盾牌，一拥而入，火焰炽炽的背景下，黑色的人马剪影令人心惊。数匹骏马随后而来，自叛军尸身上昂然跃过。因这一跃，旗手所举的湿透的巨幅旌旗猎猎展开，火光中呈现出不祥的殷红乌沉色彩。黑马的毛皮在火把映照下明亮如同缎子，马上的少年缁衣银甲，使一柄极重的银枪，银盔遮挡了他的眼，雨水与血水混杂，自线条骄傲的下颚滴滴坠下。少年扬头看向身后已被攻陷的城门，银盔系带松脱，铿然落地，露出一张端正俊秀的面孔。雉堞上，叛军的旗帜尚在燃烧。

少年唇角旧伤微微上挑，似一抹莫测的笑。他将污血流淌的枪尖指向褚奉仪的帅旗，周身燃着毁灭的火焰，如一尊杀神。

"战者杀，降者亦杀！"

应和着副帅的简短命令，东军兵士们发出野兽的嗥叫，如铁流冲向叛军。

控弦怀刃，威动海内。麟泰三十二年七月十四，大破通平，斩贼万五千数。

——《徽书·列王纪·百四二·靖翼王》

下半夜时，雨已停了，积云散去，显露出群星密布的清朗天空。盛夏深夜，寒气与血气自地面凛凛而起，顺着人的小腿肚子，野葛藤一般径自向上攀爬。

王师西军已逐渐抵受不住东面强大的压力。返回通平城的叛军主力又被逐出城外，与罗继翰部合流，总计仍有近五万人马。城池已破，后有狂虐如狼的王师东军追逐，叛军已成穷寇，转头向西亡命杀来。

"东军提前冲锋了！那帮兔崽子在做什么？"西军兵士们大声咒骂，挥舞砍刀，竭力阻挡颓势。次日他们才听说，那天夜里，统领东军的副帅方鉴明传下手令：斩僭王首级者，赏十万金。但是，并不是他们中的每一个都能活到次日。

褚仲旭安抚着躁动的坐骑，自小丘顶上俯瞰战局。两军相接已过七个时辰，双方聚集在平原上的十二万兵马，至今只余下不足九万。叛军向西突破，王师向西退却。

六翼将之一的阿摩蓝身背长弓，与他并辔而立，满怀忧虑道："殿下，照这样下去，很快就要退至平原最狭的出口。那出口会大大限制王师行动的速度，我们至少要付出数千兵力的额外代价，而且，与东军的合围也再难以完成。"

仲旭无声颔首，眉头愈加收紧。这一趟南下离澜郡，莫非要平白折损万余军士，空手而还？

顶不住了。他听见空气中有个声音在耳语，轻微而宏大的声音，无所不在，如一阵瘴风在混战的人群中穿行。那是人们的心声，脱离了肉体与意识，汇集成命运的低语。男人们持刀的手已失去知觉，臂膊麻木，虎口裂至见骨，他们只是不停地砍，砍，砍。

只是一瞬间。仲旭看见记忆中无数的光与色流转，在身边飞旋掠过，疾如转蓬。

父皇一只死青的手在半空张握不已，另一手猛力抓挠自己的咽喉。诊不出的怪病，来势凶猛，一夜即崩。

大军压城。

瀚州道上押粮兵士屡屡哗乱，幼弟季昶设法自注辇国搜购而来的粮草泰半被劫。

刺客潜入霜还城中王府，紫簪受惊，失去了两个月大的胎儿。

鉴明眼角微红。

仲旭握紧手中弯刀，深深呼吸。

造化小儿，你如此弄人。可是为什么——青年抹了抹面颊上沾染的血迹，直直昂首望向云破天开的星空深处。冷诮的眼神，不像是要寻求答案，倒像是在挑衅——为什么我非得听命于你不可呢？

苍穹浩瀚，星垂四野。天幕下，他的身影渺小已极。

仲旭将弯刀向耳侧一送，格开一枝细小弩箭，继而纵马直前，向阵前奔驰过去，仿佛一道闪电劈开叛军的行列。

"冲锋！想活命的跟我来！"

嘹亮的声音高高飘扬于战场上空。王师每一名士卒都听见了他们的主帅，他们的王，也是第一次，他们听见了他们的皇帝的声音。

白刃交加的金声猛然密集起来，另一个磅礴真实的巨大声音自人丛中升起。那是四万余人发自肺腑的狂热呐喊，起初还参差杂乱，接着便渐渐清晰起来，排山倒海——

万岁——万岁——万万岁！

那声音在身后如潮水一般越涨越高，然而仲旭什么也听不见。突入乱军丛中，手中弯刀唰地挥出，强悍凌厉的弧光，像是朝着命运的咽喉。

温热的鲜血溅上了他的脸。阿摩蓝的惊呼，他也听不见了。

王师东西两军终于胜利合围时，距离原先预定发起冲锋的时间还有小半个时辰。东军提早发起冲锋，几乎将全军推入覆灭的境地，尽管如此，眼看着东军的帅旗在平原尽头的夜雾中浮现，战局至此已然扭转，西军的军士们才从肺腑里吐出一口气来。

东军真杀红了眼，竟坚不受降，叛军存活不足三万人，皆向西军弃甲乞命。收兵的鸣金之声直响过三回，东军才算开始平静下来。

仲旭的黑地金蟠龙纹帅旗下，阿摩蓝眯起眼睛眺望东方。赤红的清海军帅旗高高耸立于蠕蠕人头之上，正向这边穿梭而来。俘虏们拖着伤腿，畏惧地向两旁闪开，露出清海军旗下的纯乌的骏马，以及那马上的少年将军。渐渐离得近了，阿摩蓝看清他的长枪已不见了，鬓角旁凝结了蜿蜒血痕，大小伤口约有近二十处之多，周身上下皆留着恶战的痕迹。但那双眼，那少年的眼，如同滚沸铁水刚刚铸就，还迸发着钢花与火星。暴虐焦躁的火焰，仿佛要把这少年的身体燃烧殆尽。

"褚奉仪呢？"他的唇翻起了白皮，一说话，便渗出血来。少年舔了舔唇，吞下铁腥的鲜血，"褚奉仪找到了吗？"

阿摩蓝并没有回答，只是摇了摇头。

少年的眼神在一瞬间变得更加灼人。他沉默地迅速掉转马头，扬鞭打马正欲再度向东疾奔时，阿摩蓝一把握住了他的肩。少年未能甩脱，反被阿摩蓝拽得转了回来。他的眉头拢紧了，右手已按上了腰间的佩刀。

"旭王殿下，"阿摩蓝微微停顿一下，仿佛在斟酌辞令，接着指向西面，"旭王殿下正在中军大帐中。"

年轻的清海公疑惑地看着他。这个与方鉴明同为六翼将的男人年纪约有三十出头，南海异族的紫红肤色、深浓眉目，衬得清茶色的瞳仁如同猫眼。即便是仲旭，也只知道他从南海真腊国来，善赌、善驯马、善骑射，至于真名为何、本籍何处、为何流亡东陆，一概不明，亦不多问。帝修年间，阿摩蓝投入王师服役，默默无闻地过了七八年，前年才受旭王拔擢，成为近卫长，至今一口官话已说得十分漂亮。

阿摩蓝抬眼左右扫视片刻，方鉴明身边跟随着的亲卫军士终于稍稍后退。阿摩蓝策马贴近少年身边，将手心朝上摊开。少年的呼吸骤然停顿，唇角伤痕绷直，那张原本因愤怒与嗜杀而令人不敢逼视的面孔，蓦然失去一切表情——像是一张被血与火染得脏污的面具，非人间的俊美，冷硬而毫无生气。

阿摩蓝的手心里，躺着一个骨牌大小的精巧柏木人偶。人偶已劈裂两片，胸口蝇头小楷写着数行文字，裂面的新鲜黄白木纹间渗透赭色，髹过清漆的小手小脚上满是半干的暗红指印子，腻腻地黏人，像是新近在血泊里浸泡过。鉴明认得那东西——出战时，不少军士怀中都揣有这样一个人偶，民间称作"柏奚"，用以抵挡灾厄厌咒。若主人不幸急病重伤，便将人偶劈开烧化，让柏奚替主人承受灾厄，是个护身的玩意。紫簪偶然见了，即亲手为没有家室的将领们做了十数枚柏奚人偶，书写了各人的名姓生辰，鉴明与阿摩蓝亦各有一枚，出战时藏在甲胄的护心镜后。

而阿摩蓝手中的这一个，他们都认得，那是仲旭的。

"一个时辰前，殿下中了流矢，这东西被箭镞穿透，碎了。为防军心涣散，殿下忍痛斩下箭杆，只将镞头留在胸前，直到大局已定，才肯让我将他送回大帐内。医官说——"

阿摩蓝猛然截住了话头，仿佛有些话，说出来便要成真。他默默地将人偶残片放进鉴明匣里，回头轻声打了个呼哨，旗手便打着仲旭的黑地金蟠龙纹帅旗跟了过来，随阿摩蓝向横尸遍野的平原深处走去。收容俘虏、打扫战场、整顿编队，他尚有许多事情要做。

肩上的甲胄，忽然沉重得不可承受。黑衣银甲的少年摊开手，俯首看着手心上那些血糊糊的小木片，才昂起头来，大力朝马腹踢了一脚。乌骓长声嘶鸣，继而放蹄向西面中军大帐驰去。

守卫军士来不及拦阻，骏马已跃过营外搭设的鹿角障碍，马上的人拔刀出鞘，接连震飞了帐前近卫的数柄金刀，连人带马几乎冲进营帐中，才猛力收缰勒马。乌骓怒鸣，人立扬蹄，近卫军士刚要张弓齐射，马上的人已轻身跃了下来，暴风似的卷进大帐中去。终于有眼尖的认了出来，连忙高喊："且慢！那是副帅！"

右手佩刀已经抛于帐外，左手心里牢牢握着的木片却还在，攥出了汗，满手泥粉与血迹，扎了木刺的地方，凝着一点艳异的红。

空无一人的外帐里生着火，冻木了的手脚仿如浸入温暖的水中，痒酥酥地发痛。少年伫立原地，眼睛也不瞬一下，盯着地上一串铜钱大的滴溅血迹绕过帐幕，向内帐去了。内帐里点着灯火，将几条忙乱人影投射于帐幕之上。

医官长鼻尖上悬着豆大的汗珠子，顾不得抹，不住摇头，低声向那躺卧的人影说着什么。

仲旭清冷悦耳的声音扬了起来，虽虚弱，却执拗："要我说多少遍？给我拿出来。"

医官长急得也拔高了嗓门："殿下，此时拔不得啊！箭镞正在肺腑之间，若是拔了出来，这出血一时止不住，那可——"

"此时拔不得，难道明日后日，"仲旭嘶哑喘息，话语里有着破碎的气声，"就拔得了？"

医官长无言，只是反复地搓着两手。帐幕内有人探头出来望了一眼，向内帐里说道："殿下，清海公来了。"

像是刚要开口说话，却被什么呛住了似的，仲旭猛烈地咳嗽起来，每咳过一阵，吸气时都发出长长的嘶声，是有气漏出受伤的肺管。内帐里一片惊惶，几个声音高呼着："殿下，殿下！"

如此嘈杂的人声中间，鉴明依然听清了帘幕上，那噗噗的两三声轻响，如同几滴急雨落在油布上似的。众人忽然都噤了口。从厚重的帘幕内里，缓慢地，有微细的红丝渗透，沿着经纱纬线伸展出来，逐渐沁开。

鉴明心头凛然一惊，高声喊道："旭哥！"不及多想，便撩开帷子一步迈进内帐里去。

医官长正用大叠大叠的布巾死死压住褚仲旭胸口，近五十岁的人了，急得手脚发颤，早已不管什么礼数，口里不住唤着："殿下，您这是不要命了呀！"

方鉴明后退了一步。

褚仲旭整个人是铁青的颜色，身形仿佛比平日小了一圈，从颈下到脐上全是血，干了湿，湿了又干，色泽发黑的血痂上覆着一层鲜红的新血，是方才喷出来的。他在翕动嘴唇，然而站得稍远的人们已听不见他的话了。

鉴明抢到床前，慌得说不出话来。

仲旭微微地笑了，眼光示意他再近些。鉴明照办了，见仲旭像要说话，便将一耳凑上前去。只听得仲旭艰难近乎无声地道："你看……就算死，也不能带着那么个玩意啊。"

鉴明大惊，掰开仲旭的右手，果见一枚血淋淋的精铁箭镞，只连一寸多箭杆。

这时候，帐外通传，说是有人从流觞郡给清海公送了信来。听得流觞郡三字，鉴明喉间一紧。名义上，他还是流觞郡的领主，可是如今父亲与族中兄弟皆战死，褚奉仪已下令将方氏灭门，流觞郡沦陷叛军之手，是谁，会自那里送信来呢？

营门外，等候着的快马急递信使连站立亦不稳，周身伤口均已溃坏，散出恶臭。见方鉴明从帐中出来，抖抖索索自怀里摸出封套来，软烂腌臜，想是经过雨淋汗浸。开了封套，里面只薄薄一片纸，从流觞到离澜，东北至西南，走了一月有余。

　　鉴明吾儿：方氏血脉独存汝身，好自为之。

是过世的老清海公方之翊的笔迹，想是匆忙写就，字行歪斜，依然是端方凛然的家传台阁体。

原以为是丹红纸的封套，辗转传递中褪旧了颜色。见内里的纸笺亦染了一半赭红，与两枚指印，才晓得是血。

他知道父亲是不在了。他是贵胄子弟，自小入宫伴太子读书，逢着庆典入朝，父亲时时来看他，他倒觉得陌生。父亲也不恼，总是水波不兴地笑着，塞给他一两件玩意儿，若他不躲避，还摸摸他的头。他六岁那年秋天开始习射，父亲给了他一枚镶水绿琉璃的金扳指，开弓用的，以防弓弦割伤手指。扳指是成年男子尺寸，母亲拿绿丝线将它缠过了，他戴着恰好。

今日一战，他虽立心要杀了褚奉仪报仇，心底总还存有些侥幸。父亲看来样子温煦，据说年轻时也曾是个武艺出众的人，方氏一族又枝繁叶茂，哪有那样容易都死了呢？可是等这信到了手里，亲见了父亲的血浸透过的白笺，他才算是真的明白过来了。

他们都不在了。即便他亲手斩了褚奉仪的头颅祭在灵前，也没有人会来应答。这话已无人可诉，只有在脑子里静静对自己讲起，说不出的空虚与凄凉。

受伤的士卒已有小半被抬到中军近旁，方便医官们救治，哀哀呼痛的声音此起彼伏，有的像丢了崽的狼，有的像风箱，有的什么都像，只是不像人。他吩咐将那信使送去医治，架着信使的兵士低声嘟囔："自己人都救不过来。要不是他姥姥的东军冲锋提早了，哪能死这么多人。"

日头还不曾出来，东方熹微，远远望去，像是通平城上依然燃着熊熊的火。眼前平原上，他看见他的人马，每一个都负了伤，驱赶着俘虏去掘坑掩埋他们的同袍。他看见一个叛军的兵士，左臂上缚着绳索，与旁的俘虏连成一链，拖着折断的右臂，用左手掘土。他看见这数万人，经过半日一夜鏖战，个个饥寒交加，还流着血，倒在泥土地上便能睡熟。他看见生前厮杀的敌人，一个的刀锋还穿透在另一个的胸膛内，却被埋在一处，在地下做永远的邻人。他们在家乡或许还有妻儿老小，但，即便他们寻到了这里来，也再找不到他们的亲人。那样多的枯骨，谁能辨认呢。

他并不怜悯。虽然他年纪还轻，却已从军多年，心里深深明白，若败降的是他们，敌人未必能待他们更加慈善。只是初出的太阳将离澜江映成一江血水，数万人迎着那宏大的朝霞眯起眼睛，十里平原皆红，不由得叫人觉得满目哀凉。

然而，若不是因他一念之差，有些人是不必死的。想到这里，他猛醒过来，掉头疾步奔入大帐，手里一面将书信揣进衣襟。经过取暖的火盆时，他将手里的那些柏奚残片倾入火中，火舌一瞬间舔了上来，又低伏下去，吞噬着木片，再看不出人形来。

外头天已半亮，帐内却还像是深夜。仲旭脸色白得骇人，心口的布巾换过几次，勉强算是止了血，恐怕也只是身体里再没有多少血液可流的缘故——若不是因他一念之差，仲旭不会是这样。

见他进来，仲旭双眼张开一线，几不可见地牵了牵嘴角。

鉴明在他床前半跪下来，握住他的指尖，铁石一样冰冷的修长手指，在这昏黑的空间内，隐约勾起幼时不祥的记忆。

像是用尽了周身的气力，仲旭的声音还是轻细得如同耳语："鉴明，你痛快些了？"

少年副帅震愕地抬起眼，正撞上仲旭望着他的眼。那眼光衰弱昏蒙，却含着笑。

他们同是丧父的孩子，一族中最后的遗子。从自小相伴的友人，成长为可以性命交托的同袍。这世上，只有他，与他不需言语。

——原来，他都明白。

方鉴明忽然流了一脸眼泪，哽咽道："旭哥……"

"……就要做主帅的人了，这样难看。"说着，仲旭自顾合上双眼，似是十分困倦。他还活着，只是这极度耗弱的身体，怕也支撑不了两日。

少年终于放声哭了出来。

天大亮时，清海公将医官长等人全数遣出大帐，只点二十名亲卫轮班守在外帐门前，另叫人送了一鼎冷水、半斤磁石与独活、银朱等几味药进去。

过得半日，医官长欲要探视旭王伤势，门口亲卫却将他拦在门外，说是清海公交代，只要里边没人出来，外边即令是王妃亲临亦不许放行，违者立斩，茶水药汤之类也一律不用。

医官长怒极，正喧哗争执间，营帐的门帷哗啦一声掀开，清海公自帐内走了出来。医官长转过身刚要发作，一时竟说不出话来。

眼前这少年，已成了另一个人。

容貌、身姿、衣装，说不出如何不同，然而短短半日间，少年飞扬神采收敛无踪，眼里却有了沉实的决心与气魄。他已长成了一个年轻的男子。

清海公方鉴明派了一小队人马，将医官长与曾在帐内救护旭王的八名医官都送回霜还城中去，另选一名医官长来顶替职位，救治伤兵的三十五名医官则可留下。此令一下，人人皆默不作声。瀚州到离澜，王师此来八万大军费了月余路途，如今即便轻装肥马，往返一趟也需跑上二十五六日，待到新任医官长抵达，旭王怕是早没了。只是既然主帅已不能视事，万事当然遵从副帅命令，众人只得暗暗狐疑罢了。

方鉴明令阿摩蓝主持善后，阿摩蓝静静点头，转身临走时，不禁再回首多看一眼。年轻的清海公正撩起门帷，迈步走入大帐。他站立过的半干的泥地上有血，积成小小的一汪。

前往瀚州迎送医官长的人马一路快马加鞭，跑死了四十余匹骏马，十九日后，竟已将新任医官长送到了通平。王妃紫簪亲制的新柏奥人偶不能送入帐去，只得交阿摩蓝暂存。

这十九日，旭王的营帐内日夜燃着灯火，起初尚有水滴与器皿相击声，到了末了的三两日，却像是里边一个活人也没有，若不是守卫的军士偶尔听见一两声高烧呓语，怕是真要以为旭王殿下与清海公都已不在人世了。几名性急的五千骑要闯入营帐探视，阿摩蓝拔刀拦了下来。

新来的医官长到了军中，打听了状况，颇有些坐立不安，便决定先往诊治伤兵。刚要替刀伤破溃的军士重开一帖外敷方子，忽然听得外边喧闹起来。几名年轻步卒闯进营帐，不由分说将他拽了出去，直拖到大帐前。

原来是帐内有了动静。兵士们丢下磨刀石与饭碗，飞奔着聚集到大帐门前，乌压压几千号人，皆屏住气息，凝神静听。离澜江的水声隐约自三四里外传来。

帐内，甲胄一处处扣合的铿锵声历历可闻，佩刀铮然出鞘，想来主人只是检视了一回，又还入鞘内。继而，那个脚步从内帐里出来，向外帐的门帷处过来了。是一个年轻男子的步履，虽然稍显虚弱，却还轻盈稳重——只是一个。清海公在帐内不眠不食十九天，体力不济，也是不足为怪的。至于旭王，谁都知道，那多半是没了。

医官长原本强捺下的那些畏怯，一瞬间全都翻腾上来。早先听闻清海公将前任医官长遣回瀚州，不准他人入视，他心中便有了根底——此来宛州，凶多吉少。只是妻儿皆在霜还城中，不由他不随这些军汉动身。旭王若当真死了，清海公便是王师中头一号人物，日后定了天下，往漭荤迎回昶王，自家做个监国将军、影子皇帝，那是水到渠成的事。旭王天潢贵胄，尸身自是非经医官长的眼验过不可。他若想保住项上人头，只得虚与委蛇。可是，看这阵仗，倘若他说一句昧着良心的话，怕是也不能活着出了这个军营。他倾听着那渐渐接近的脚步，心尖子直打战。

哗啦一声，大帐的门帷被撩了起来。医官长打了个寒战，周身的寒毛像是被人拽了起来，皮子都绷紧了。

四下里爆发出一阵叫喊，响亮得像是要将人猛然抛进天空中去。置身于万人中央，医官长已然分辨不出那声浪是愤怒、失望还是欢喜，他只是木然看着眼前步出大帐的年轻人。

年轻人面色苍白到不似人类的地步，如阴晦天气里日光投下一抹影，风吹即散的样子。纵使撩起门帷的那只手尚在颤抖，一对眉依然狷傲地扬着，清锐逼人。

他开口说话。

"你是医官？"曾是刀锋般明亮清晰的声音，因多日未曾言语，已然沙哑。

医官长听见了自己上下牙间敲出的颤抖声音。他本该舒一口气的，可是，这样匪夷所思的事情，他悬壶三十年来从未见过。重伤如此，十九日后，怎能下地行走？

旭王一手仍拢着门帷，一面眯起双眼，盯死了他，一字字说道："你进去看看。"说着，向帐内侧了侧头，冷厉的眼却始终没有离开医官长的脸。

医官长慌慌应了"遵命"，便一猫腰向帐内走去，一面听见阿摩蓝上来向旭王禀报,查实当日通平城上烽火起后,僭王褚奉仪原来未曾亲返救援,只向东行了数里,便令人执掌帅旗,假充主帅折返城中,自己则领了数十亲随,直向北去。急行数里到了水边,寻到船只逆流而下,逃至白水城上岸,现已遁回天启。

医官长回头看去,阿摩蓝正将一枚小小木制人偶呈给旭王。旭王接过那玩意儿,端详良久,默默地解下胸甲,收入怀中。

清海公方鉴明独力看护旭王,不眠不休达十九日之久,终于精力不继,身染恶疾,不可搬动,在通平城内卧床三月,又回瀚州休养,直到次年元月才重返阵前。

命运手持天平,在一端盛放着人类的灵魂。至于它的大手在另一端的秤盘上放下了怎样的砝码;或那枚最最致命的砝码会何时落入秤盘,从而宣判死亡的降临,这些,都是盲眼的人类所不能知道的。所谓灭顶之灾,在墟与荒的巨灵掌中,或许只是指间无心漏下的万千流沙之一。

一年后,麟泰三十四年二月的红药原合战前夕,打霜还传来消息,褚奉仪的秘党死士潜入城中,在水源内下了慢毒,死难者近万,紫簪与腹中的胎儿亦未能幸免。死讯传来时,他在褚仲旭身边,看见仲旭张开口,却说不出什么,只是把手掌静静覆盖着胸甲,仿佛还能触到曾经抚过这冰冷金属的另一双素手。胸甲下面,藏着细小的柏奚人偶。仲旭仰头看着铅云滚滚的天空,那是反扑的猛兽的目光。

"你以为,这就算胜了我了?"

红药原的鹅毛大雪中,鉴明仿佛听见仲旭的声音,但他疑心,那只是他自己一时的臆想。

红药原合战中叛逆全灭,仲旭率十二万王师重回天启。自他十七岁脱出帝都以来,已过去了整整八年时光。

踹开经年锁闭的紫宸殿门,尘灰呛人。旧年余下的陈腻残香,如一缕不肯散去的幽魂般,被夏夜长风撕碎抛散。在昏暗的大殿深处,帝座上累累的珠玉金翠隐约闪烁微光。仲旭走上前去,步伐极慢,像是那帝座与他之间隔了一条虚空的河,要涉水而过,生怕哪一步踏得不实。在这条路上,多少人为了拦阻他而死,多少人为了卫护他而死,又有多少人,手无寸铁,扶老携幼,却被阵风一般的乱军——叛军,或是平叛军——扫去了性命。足音空空回响。二十五年人生,前十七年是水波上神光离合的浮华倒影,后八年却是狰狞杂错的刀痕,一刀一刀地,将他那一颗人心尽数斩碎。重返紫宸殿时,眼角已刻上纹路,二十五岁的鬓角,也居然霜华斑驳。

仲旭伸出手，从帝座上拭起一指尘埃，端详良久。接着转身，整拂衣袂坐下。帝座上腾起烟尘。

　　人群像潮水般拜伏下去，从大殿上，到重重丹墀，再延伸至禁城的每一角落，山呼万岁的宏大之声震荡着帝都的夜空。从这一天起，旭王褚仲旭正式登位，称帝旭，改元天享，紫簪进为皇后。帝座旁，那个属于皇后的侧位上，裹在凤纹袆衣里的只是一面灵位，各色金玉锦绣团团围簇。

　　方鉴明立于群臣前列，仰视着年轻的皇帝。

　　年轻皇帝在鼎沸声浪的冲刷下，忽然从四肢百骸中生出一股深深的倦意。他望着那些曾经并肩作战的最亲密的人们，一言不发。掌管灯烛的宫人们此时终于挤入人丛，一盏一盏地将灯火全部燃亮。华丽高广的宫室就像一颗通体透亮的明珠，镶嵌于禁城正中，帝都之巅。谁也不知道，在此之前，帝座上的新帝，曾在黑暗中无声地哭泣过。

　　注辇人很快送来一名公主，一路掩去面容身姿，到得御前，揭去十八重皂纱，殿上惊声四起。那公主身着金红孔雀蓝衣裙，脖颈间垂着注辇王室的龙尾神鲛人纹章坠子，眉目神气分明是紫簪再生。那便是缇兰，紫簪的侄女。帝旭初见缇兰，一时竟说不出话来，然而也不十分宠爱，待她犹比旁的嫔妃更薄些，后位亦一直为紫簪保留。与缇兰同路自注辇返回的，是时年二十一岁的昶王，褚季昶。

　　而方鉴明嘴角的刀痕，自麟泰二十七年起便再没有消退，令那张脸始终似笑非笑。当年言笑晏晏如三春丽日的飞扬少年，如今即便换回王公华服，面孔上却始终消退不了肃静警醒的神色——

　　"一望而知是杀过人的。"那是缇兰说的。帝旭听了只是笑笑。他自己又何尝不是。

　　那之后，史称的"自断六翼"便开始了。

　　徵朝的青年贵族已经所余无几。在长达八年的乱世流离中，死的死，散的散，即便是天享二年新春，帝旭降旨命天下寻访皇亲贵胄，招来的也大多是冒充的赝品。

　　寻访皇亲的旨意下达后不久，一对青年男女出现在千里之外的百雁郡官衙，自称鄢陵帝姬褚琳琅与驸马都尉张英年。当年在封地夏宫被乱军卷走之时，鄢陵帝姬年仅十三，驸马都尉二十岁。八年后，宫内已找不到曾贴身服侍过他们的宫人，想这八年中，帝姬形貌成长，又饱受颠沛风霜之苦，必然不复当年姿容；而驸马都尉张英年的家人在南渡避难途中遭遇匪盗，尽数罹难。似与不似之间，谁也不敢断言，只得由帝旭亲自定夺。

　　帝旭与昶王在金城宫召见了他们。那一对人影自甬道缓步向正殿行来，因身份尚未定夺，为免僭越，只穿着普通衣饰，步态却风仪高雅。时序正是暮春初夏，气候暄和，风过檐下，吹得风马铮铮而响，恍然似又看见当时年幼的帝子初降张家，归宁回宫，身着已婚皇家女子的九重纱缎，自挽一篮剪枝玉版牡丹，环佩珊珊地向他们走来。那时候，多少人事更迭，倥偬难险，都还不曾将他们分隔天涯，在那孩子似的凝白脸颊上，也还没有今日的道道霜痕。

昶王腾地站了起来，唤她的乳名"牡丹姊姊"，只一声，便泪流满面，像个孩子似的扑了过去。

褚琳琅且笑且泣，道："小七儿，你已是个大人了。"

帝旭远远在殿上笑说："牡丹，那年赌棋时候还欠下你一支簪子，这么多年，利滚利已是不得了，一次还清了你罢。"

迎回鄢陵帝姬褚琳琅的消息，次日便张告天下。先帝的五名公主，至此只存活了褚琳琅一个。是以帝旭对她极为宠溺，赐禁城内凤梧宫居住，食禄百八十万石，仆役五百，另赏种种珍奇宝玩，不计其数。

那时候，帝旭已渐渐不理国事。起先还每日早朝意思意思，后来干脆连朝也不上了。然则也没有什么特别宠爱的妃子或倾心的玩物，文官们欲要劝谏，亦无物可废。只是握有重兵的武官相继死去，天享二年，六翼将中即有三人相继因马惊、难产、获罪而死。

天享三年正月初七日，清海公方鉴明清晨觐见帝旭，值夜宦官代为通报时，帝旭正在缇兰淑容所居的愈安宫。

"什么事情，都等朕起来再说，管他是要——你方才说，是谁在外面？"

"回陛下，清海公请奏陛下，准他昨日奏折。"值夜宦官压低了尖锐的嗓音，伏得更低了。

愈安宫内外，静了片刻。

"宣他进来吧。"

方鉴明走进愈安宫内殿时有种错觉：那繁丽藻饰的巨大注辇式床榻上，其实并没有人，只有层层锦缎薄被与茵枕，多得就要从床上淌下来。

"鉴明，你也觉得我错了罢？"堆叠的锦绣中，帝旭缓缓坐起身来，露出一身素白袍子。

方鉴明一时用了旧时称呼，道："旭哥，时局未靖，你一个人在宫里，我不安心。"

帝旭对他凝视良久，低声说："傻孩子，我唯一信的就是你。天下的兵权，除了我自己，就是你的，你只管安心做你的清海公。别忘了，若你死了，我也活不长久。"

殿下站着的青年武将迎上了他的目光，唇边的刀痕似笑非笑，神色晴明豁达：

"臣下只想让皇上安心。"

帝旭合了合眼，仿佛忽然无法逼视那张已熟稔至极的脸孔。半响，他喃喃地说："缇兰，你起来。"

帝旭身后的锦被蠕动着，女子韵致纤丽的裸背与黑绢般长发渐次从被中露出来。她背向帐外，困惑地回头望了望她的君王。

"站起来，向着这边，站起来。"帝旭指向方鉴明。缇兰犹疑着，转身站了起来。锦被滑过她细腻光润的腿，褪落在地。

方鉴明的视线没有闪避。

帝旭说："你好好看着她。我把她赏给你，或者比她更美的女子——只要你想要，只要天下有，我都给你。你真不留恋？何况你才二十四岁，还没有子嗣。"

方鉴明微笑道："方家代代重臣，也不曾听说有哪一个男儿是得了善终的。不是死在沙场，就是死在官场。又何必让孩子来世上一遭，受这样倾轧杀戮的苦楚？"

帝旭怒极反笑："好，好。朕准了，卿要去便去吧。"

门外当值宦官见清海公走出愈安宫，躬身施礼。半响不见清海公离开，偷眼一望，年轻的清海公正仰头看向明晦不定的冬日积云天空。

"小骆子。"

"欸？"小宦官抬起那阉人特有的疏淡眉毛。

"你对皇上忠心耿耿，这很好。"

小骆子哈了哈腰，赔笑道："那是自然，咱们净身进宫服侍的人，不能带兵打仗，也不能跟丞相大夫一样为皇上分忧，只能尽心伺候着呗。"

"是啊……不领兵权，不干朝政，可算是最不图权位的了。"清海公微微笑着，似是很欣悦的神色。

那之后方鉴明回了一趟流觞，处置了田产屋宇，再入天启的时候，便没有来觐见帝旭。

天享三年闰二月初四，清海公方鉴明急病心痛而死，赐国姓。柔德安众曰靖，刚克为伐曰翼，因追谥靖翼王。

又过了半月，冬天最阴冷的日子里，内务监来报，方诸已净身入宫。帝旭登上步辇前去看他，宽广的宫院里，只有朔风一阵阵卷来细碎的雪。

昏暗的蚕室内，不知是燃了多少盆炭火，推开房门，只觉得一股灼炙之气扑面而来。帝旭即褪去重裘，交与随身内侍捧着，一面环顾四下。屋内只得一张矮榻，别无他物。炭火的蒙蒙红光，反将那床上垂下的一只手映出了死青的颜色。帝旭疾步趋前，霍地掀开床帷，登时退了一步。管事太监赶忙趋前半步蹭到身边，觑着他的面色,却不敢贸然开口。

一时室内死寂,只听得炭火毕剥轻响。

管事太监几乎以为帝旭不会再有什么言语了。

矮榻上那血污狼藉的人,紧蹙了眉,稍为转侧,却因了药物的效力不能醒来,只有唇边的刀痕,犹自顽固地似笑非笑。身下的纯素棉布茵褥,为血水重重浸透僵结,几成暗赭颜色。新血淌到这茵褥上,不能洇散,亦不及凝结,刺目的一道殷红痕迹汪在那里。

"鉴明……你,何苦来?"微细渐至于无的声音,低回叹道。

管事太监偷眼望去,帝旭的瞳仁中似有莹光绽露,流转欲出。那眼神,教人觫然回想起十一年前,承稷门上,逆风挽弓的少年旭王。然而那面色,却又静默端凝如同石像。

又过了一刻,帝旭转回头来,向身后侍立着的一干人等说道:"摆驾,回宫罢。"此刻的他,已宛然是近年朝堂上的神情,漠然地俯瞰着,一无所视,亦似乎一无所见。方才眼中那一瞬璀璨的神光,已尽化灰烬——甚或是从来就不曾燃烧过。

自那之后,便有传说,宫中有一支黑衣羽林,专为皇上行秘密之事,执掌这支黑衣羽林者,是名宦官。近畿营与各大营内,亦有黑衣羽林势力。六翼将中的顾大成因放纵部下劫掠,为游侠击杀。民间却流传说,杀顾大成的,是那支黑衣羽林。

天享三年十月三十,鄢陵帝姬企图毒害帝旭,未遂脱逃。为羽林军追赶至外城角楼,身中两箭,高呼:"我本汾阳郡王庶女,僭帝杀我父母弟兄,生不能手刃僭帝,宁愿不得超生,永为厉鬼,世代纠缠!"自拔了穿胸的箭镞,从五丈高的角楼一仰而下,跌死在繁丽的永乐大道上。当年随褚奉仪叛乱的汾阳郡王聂敬汶,是先帝聂妃之弟,鄢陵帝姬与昶王的母舅,其女与鄢陵帝姬乃是表姊妹,面貌相似亦不足奇。而驸马都尉张英年贪图富贵,竟助此女冒充帝姬,次日审结,即被当众车裂。民间又有流言,说那鄢陵帝姬却是真的,为了要扶助昶王篡位,亲身前往毒杀帝旭,却失了风。为求保全昶王,不惜诡称是汾阳郡王庶女,坠楼而死。这流言,世人多当笑话看待,昶王的浮浪短志,即便在民间亦是有名的,谁却有那本事将这把烂泥糊上墙去呢。

天享四年四月十一,六翼将中存活于世的最后一人苏鸣出使殇州,还未出国境便遇到黄沙风,在居兹和都穆阑之间的大漠中失去了形迹。消息传来的那一天,六月十五,正是各地上贡新珠的日子。

帝旭搁下手上的榕树盆栽,蹙眉看了半响。那枝叶已被掐得不成个模样,便随手拿起案上一壶新煮的茶，照准盆栽的根须浇了下去，一面开声问道："今天是什么年月啦？"

内侍恭谨答道："回陛下，今天是六月十五，早上陛下看了今年的新贡珠的。"

"我是问你，今年是哪一年了。"

"……天享，呃，十四年。"内侍心内暗暗想道，皇上似是真的糊涂了。

II

自东南海上吹来的潮热季风，纵贯千里到达帝都时已很是干燥，扑面炙人，并不能带来丝毫降雨与凉意。京畿庶民称这风为焚风。焚风一起，天启的苦夏便开始了。

海市一行向南翻越铭洓山脉，尚未来得及看清尘烟中天启的城郭轮廓，歧钺隘口内已涌来了浩荡的风。

"今年天气出奇，这风里竟有水汽。"海市不禁深深呼吸，一面捺住身下跃跃欲嘶的坐骑。

符义笑道："哪里，不过是寻常的焚风罢了，今年怕还比往年更干燥呢。"

"可是……"海市露出疑惑的神色。那风虽称不上清凉，却实实在在含着一缕水汽，吹拂在他们久经风沙的肌肤上，竟觉出周身毛孔噼噼啪啪地舒展开来。

"咱们是打黄泉关来，东陆什么样的焚风，咱们总是觉得潮润舒服的。方大人出身帝都吧？那还好些。沿海诸郡的兵士刚到关上，鼻衄的鼻衄，皴皮的皴皮，总得要过个一年半年才好呢。"汤乾自转回头来，扬起眉。

"末将父籍临碣郡海滨，不过在帝都长大。"海市恭谨答道。

说话间转过隘口，到了下坡路上，马儿轻快地小步疾跑起来。海市小心地控住马，低低惊叹一声。隘口离承稷门尚有二十里路途，鸟瞰下去，已可见到一股人马与旌旗的巨流正缓缓绕过外郭集结于承稷门外，正是去夏三大营换防开拔前受阅的校场。那支军队红旗红甲，训练有素，每二千五百人抵达，便列出纵横各五十之方阵，每阵间相隔三丈，依令旗指挥，行列斩齐，起坐转折皆有章法。先头已有十数阵抵达，人马却依然源源不绝自南方绕城而来，蔚为大观。

城上的龙旗与近畿营旗一侧，升起了朱红的角旌，那是驻扎麇关的成城营旗。

"被麇关那班猴子们抢了先。"汤乾自摇头，对身后诸参将道，"咱们且住，把队形整肃利索，莫要叫猴子们笑话了。"

海市转头看去。焚风一过，遍山碧绿蔓草眼见得枯作一片荒凉灿烂的金黄，山道上蜿蜒着靛蓝衣甲的队伍，如奔流其中的河川。命司旗传话下去，身后即有雄浑呼应之声潮涌而起，愈传愈北，直响出三五里开外去。每逢关上换防的次年夏天，自三大营撤回的老兵均需回帝都受阅，依例集结于承稷门外校场听宣，各营主帅亦需上朝觐见述职。他们身后，亦领有四万人马。

山下烟起，一骑天矫而上，渐渐看清了身形眉目。海市纵马跃出队列，挥手喊道："濯缨，濯缨！"

喊声方落，濯缨已到跟前，穿着轻便玄色衣衫，未戴武冠，肩负长弓，想是听说换防回来的三营兵马已到承稷门，便从禁军校场打马直奔上隘口来的。濯缨深浓的眉目里满含着笑，看了她片刻，道："糟糕，人没长高，倒被风吹出一脸褶子来了。"

濯缨的面貌轮廓浓秀挺拔，若是金发碧眼，便分明是蛮族模样，偏生他眉眼浓黑，久居东陆，人只道是个格外俊美的男子罢了。海市一时说不出话，只是上下打量濯缨，忽然奇道："你什么时候从千骑进了万骑了？"一面指着濯缨腰间悬着的腰牌，镶金驺虞纹并紫色穗子，分明是武官万骑的徽饰。羽林禁卫武官品位本比同等普通武官高出两级，羽林内万骑即同于正三位，只受羽林主帅与四名万骑长节制，与黄泉营主帅汤乾自亦是同秩。

濯缨但笑不答，只解开左肩一枚搭扣，自肋下解下一个月牙形银壶递过来。那酒壶薄巧贴身，隐于肋下，若是披上外袍甲胄，更是无迹可寻。海市接过喝了一口，爽快地抹抹嘴，笑道："真是醉狂，亏了有这么个不露形迹的好酒壶，走到哪都有好酒喝。"

"义父扣下了一坛三花酿，你不回来他便不肯开，这回总算有指望了。"濯缨乌金色的眼瞳温煦地望着海市。

海市微不可闻地叹了口气。那个永远似笑非笑的人，始终当她是个男儿。这么想着，面上便不觉露出些寂寥来。

濯缨将马并过来，伸手摸了摸她的脑袋："我央织造坊的柘榴替你做了套新衣裳，藏在你床上了，回去试试吧。"

"我又不是孩子。"海市勉力笑笑，垂下眼睫，神色郁郁。

濯缨笑道："今夜我与义父均轮值金城宫不得脱身，你且回霁风馆歇一夜，明日给你洗尘。"说罢便打马往山下去了。

海市怅然望着濯缨身影消失在一川烟草中，忽然心觉有异，放眼一扫，见符义正转回头来，目光灼灼地盯住了从他身边轻捷掠过的濯缨。那眼神她是知道的，像霁风馆水榭亭台旁潜泳的锦鲤，伏在荷叶之下，盯上了浅栖的蜻蜓。

　　海市收回视线，掩藏了失惊的神色——毗罗山道上，符义也是见过那鹄库新左菩敦王的。符义那眈眈的目光亦不着痕迹地转淡，面孔黝然一色，看不出表情。

　　黄泉营于承稷门外扎营不到半个时辰，成城营亦自莫纥关开抵，三大营集结城下听宣。按例，各营四万人马中各分派参将一名、精兵二万留京充实近畿营，余下的解甲还乡。黄泉营归入近畿的参将是年近五十的符义。

　　宫中传出话来，三大营主将明日早朝上朝述职，另宣黄泉营参将方海市一同觐见。

　　夜里，海市告假回霁风馆。

　　天享三年，帝旭将先帝帝修第三子叔昀居所昭明宫赐予内宫凤庭总管方诸居住。昭明宫废去宫名，更名为霁风馆，以示与皇族有别，方诸养子役等一干人亦准予居住，特许宫内走马。

　　仪王之乱前，宫中并无方诸此人，八年战乱中，亦不曾听闻有何功绩，方诸一介内侍，来路不明，权势煊赫何以至此？民间朝野一时非议沸沸。帝旭疏于问政，总该有个缘由。那样明敏睿智的君王，八年内辗转征战未遭败绩，披阅政务缜密无过，即便是对那位未能活到光复帝都便去世的皇后，情操也是极坚贞高洁的，怎的就失心丧志了？黑衣羽林追袭复国诸功臣虽行事隐秘，却也渐渐露出端倪，这些见不得光的武者只是傀儡，密如蛛网的傀儡线，全都系于一名宦官之手——怨愤的潮头登时转向凤庭总管方诸。方诸也并不与世争锋，种种苦谏折子自各地雪片似的飞来，皇帝懒于过目，便叫方诸念来听。他也便坐于御榻下，面无难色地念出妖孽阉竖等字句，绝不避忌掩饰。有传言说方诸形容丑陋、心思毒辣，亦有人说他容貌秀美如好女，以色惑主。然则十四年来，未尝听闻方诸踏出内宫一步，在宫内除了侍奉帝旭，亦不常走动。朝臣也好，武将也好，宫外竟无人见过凤庭总管的形貌。

　　方诸所居霁风馆，也就成了传闻中黑衣羽林之巢穴。霁风馆进出车马不受盘查，夜间皇宫禁门关闭后，唯有霁风馆外的垂华门可由馆内随时开启。在世间巷谈中，方诸已不是一个人，而是附生于帝旭身边的妖物。

　　禁门守卫接过海市递出的门敕，见那门敕上篆刻一"霁"字，登时面露惊骇神色，将门敕双手奉还。

　　海市冷冷俯瞰那守卫，也不开声，只管拨马向霁风馆中疾驰而去，守卫亦不敢多言。

　　纵有特权，霁风馆人亦少骑马出入禁城，使用夜间自开垂华门的恩典更是罕有，海市在霁风馆住了十年,多是义父与濯缨带她翻墙出入禁城。然而她也清楚地知道,霁风馆的人,从来是有权入宫不下马的。

她的房间依然照旧时摆设,与一般贵族少年男子无异,只是那黄花梨木床上,端端整整搁了个湖绿绸缎包袱。海市解了包袱,摊开内里衣物,一看之下,却拧起眉,露出稍许为难神色。衣裳倒是绝美的,凉滑的青绿鲛绡如碧波裁成,其上就势缀有点点白鸥,领沿腰间繁复白藻纹,均是手绣,状极工巧。夏季衣物本来不尚刺绣,多取印花织染之术,唯恐绣纹厚重,使穿者海热不适,衣物重垂。若针脚稀薄,袖裾固然飘逸,却又失了刺绣本身一番浮凸玲珑的好处。这衣裳绣工却不寻常,针脚细密,绝无堆叠板结,绣工巧如天成,更因使新缫的原色桑蚕丝挑绣,光泽润滑,自然有了浮凸之感,触手却依然如清风流泻,不滞不涩。好一个柘榴姑娘,看这衣裳手工,即便是在禁中织造坊内也是一等一的,想见其人,该是何等灵秀剔透。

海市将那衣衫左披右裹,总觉得多有不妥,终于丧气地坐回床上。自六岁起改扮男装,不可令人贴身服侍,已不知晓襦裙要怎么穿着了。回想着宫人衣装的模样,勉强穿好了,伸开双手低头看看,又急忙站起身,跑到桌前去,倒了一杯新茶,想一想,又将那杯茶倾入官窑茶托里,俯过脸去照出影子来——她房中历来没有镜子。一照之下,又叹了一声。既是穿了襦裙,头发也再不能如男子般绾在幞巾内。海市干脆拆散发髻,两手胡乱梳理一瀑长发。

门上响起轻叩。海市方才已屏退了所有下人,心内想着定是濯缨偷空回来了,面露喜色,胡乱撩起曳地裙裾奔去开门。

海市屋子正迎着馆内的霜平湖,开着半湖新荷。门扉一开,好风长驱直入,扑灭了烛火。月光有如银浆泼洒进来,将人从顶心洗至足踵。海市自觉得四下顷刻里静了,虫音噪噪切切似一时都寂灭了。

笑影凝在她麦金色面孔上,风鼓衣袂,满头青丝不绾不束,直欲飘飞起来。

门外的人约莫也吃了小小一惊,面容震动,嘴角刀痕抿成一道直线。

平日男装打扮,掩去了海市大半丽色,乍见她改换豆蔻少女装扮,纵然襟歪带斜,神情惊疑不定,那一种不自知的鲜妍容华竟摄人心魄。少年时候,他自己的眼瞳,怕也是这样清澈得自乌黑皎白里直透出钢蓝色来吧?

"义父……"海市轻声唤道。

方诸的眼里,一道神光暗了下来,暗至混沌无光,如太初鸿蒙撕不开斩不断的浓稠窅黑。岁月于别处都尤为宽宥于他,三十六岁的男子,容貌身姿均只得二十七八模样,唯独那一双眼睛,是再也回不去了。倒也并不浑浊,只是目光总隔膜了什么,再难有那样的剔透无伪。当年的清俊少年将军,只像是百年一梦,是别人了。海市这一声,将他自恍惚中唤醒过来。

"你到底是长大了。"他太息着，低声笑道，"知道要嫁人，倒比成天喊打喊杀的好。"

海市凝神看着他，脸容上浮现了疑云，像是他说的是异国的言语，她听不懂他。

"心里若是有了什么人，便找个空隙销了军籍，改回女儿模样，回雾风馆住上一年半载，义父去替你说合。"他微笑地说。他亦知道自己忍心，看着眼前那一张天然清艳的面孔神色逐渐哀戚，他只是微笑着说下去，如少年征战时候，在沙场上将刀送入敌人胸膛，深一寸，更深一寸，手下分明觉出骨肉劈裂，一拔刀，血雾便要喷溅出来似的。他却只是微笑着说下去："即便是王公子弟，也手到擒来。"

海市眉间似有解不开的锁，唇畔却含了一丝凄凉笑意，说得一句"你明知道的，又何必如此"，就顿住了，像是被一句话生生哽在喉间。

"你睡吧，我回御前去，一会看不见人，又该发脾气了。"他丢下话来，便洒然回身走了，步子不急，却极大。

海市猛然双手掩住了面孔。再抬起脸的时候，手心纵横的泪迹下竟荧荧闪烁出零星白光，支离破碎的两个字，琅嬛。

次日，海市随主帅汤乾自一同觐见帝旭。因海市射杀鹄库老左菩敦王有功，赏金百两，上好铁胎熟藤角弓一张，白隼翎箭一百支。海市谢了恩，正待退下，殿上忽然发了话。

"慢着，抬起头来。"本是得天独厚不输少年的清冽明亮嗓音，却像是常年未校的琴弦，带出浓浓不耐与倦怠的震颤。那是帝旭的声音。

海市犹疑着仰起了脸。紫宸殿最深最高处，珠玉帐帏攒成神龛样一处所在，那是帝座。帝座太深了，日光永远不能直射。帝座上的人，也就永远掩在日影里，一束没有面目形容的锦缎而已。

她却认得站在帝座边纱帷里的那个青衣人影。那个人本是绝不随侍上朝的，也亏得他这许多年谨小慎微，雾风馆内服侍的皆是信得过的人，黑衣羽林耳目广布天下，御前之人更是不敢对外闲话半句。如今殿下百余文武官员，已无一人识得他面貌——即便识得，他亦总是侍立于帝座边的阴影内，仰头望去，只有一团青灰的影子。

可是她认得是他。不必走近，也无须求证，就是斩钉截铁地知道。心内牵念的人，不需要看到面目五官，只要远远看见他举手投足，纵然是千万人里，亦能将他分辨出来。

帝座上的人对身边的人道："这就是当年那个被鲛人所救的男孩吗？"

方诸低声答道："是。"

"这孩子生得真俊俏。"帝座上的人勾起一边唇角，声音低如耳语，仿佛不打算让任何人听见。

侍立于侧的内侍也就不曾听见似的恭谨低着头，青色宦官衣装的广袖沉沉垂翳，连一丝波纹也无。

静寂的正殿内忽然轻轻啪嚓一声，百官端然长坐，眼珠却都不动声色地向声音响处瞟去。昶王满面晦气地自怀里捞出一团湿糟黏腻的黄白丝绵，托在手里不知怎生处置，更有碎蛋壳和着蛋清流将下来。一边小黄门赶忙上来接了，另送上湿手巾来，百官看在眼里均窃窃而笑。昶王最爱斗鹰耍猴子把戏，常招江湖艺人进府，一养就是几年，清晨王府各别院内禽兽飞走，百戏丝竹皆操演起来，比城内教坊还要热闹三分。近来传闻昶王得了个驯养苍隼的法子，说是饲主亲身孵化苍隼蛋，养出来的小苍隼即视饲主如母，通人心意。昶王听了大喜，便当真孵化起来，听曲也好，踏青也好，就寝也罢，怀中均会揣着一枚苍隼蛋，连宠姬也不许近身，说是怕压着了，传为京畿一桩笑谈。

昶王领有近畿守的闲职，照例是要参加朝议的，昶王府内笙歌中夜，清晨懒起，平时三天倒有两日托词感了风邪不来上朝。今日怕是在朝堂上盹着了，不慎压碎了他怀里那苍隼蛋。

海市跪于主帅汤乾自身后，侧目看去，不禁悄然展颜而笑，英武中隐隐漾出少年女子的娇媚来。

昶王讪讪笑着环顾四周，目光向海市这边扫去。海市自觉失礼，忙低垂了眉眼，盯着地下的红雀毡。汤乾自的影子拖得极长地斜斜投在海市眼前红雀毡上。武将上殿，礼节与文官长坐之礼不同，只右膝点地即可。海市分明看见那影子抬起手指，在左膝上笃定地点了三点，似是对谁示意。满朝文武都望着昶王，想是谁也不曾留心汤乾自的微细动静。海市抿唇又是一笑。

自大殿深处遥遥望去，她那一笑并不如何媚人，只觉得这少年爽秀明快，说不出的蕴藉风流。

帝座上的人看在眼里，唇边浮起淡薄的笑意。

上朝回来的路上，濯缨与海市并肩而行。海市特意错开御驾与宫人，兴致勃勃专拣小路向内宫行去，过了宁泰门，向西绕过仁则宫与愈安宫，便是宫内杂用人等聚居之北小苑。

"接着怎么走呢？"海市含笑转回头来，看着濯缨。

濯缨面上稍露疑惑，很快便有些窘迫起来："要回霁风馆，只有掉头折回去。"

"谁要回霁风馆，我是要当面谢谢那织造坊的柘榴姑娘。"海市眯起秀长眼睛，笑出一排贝齿。

织造坊内有几处偏院，柘榴住的院子分外易寻，墙内开出满枝榴花，犹如风翻火焰，直欲烧人。趁清早凉爽，柘榴将绣绷子摆到屋外柘榴树荫下，身边小凳上搁了针剪书籍等物，各色丝线分别夹于书页间，埋头刺绣。

海市蹑手蹑脚凑上前去，见柘榴正绣着一条十二尺长的连珠芙蓉带，用双股捻四色金在纱地上作铺地锦绣，娇妍精细，不由轻叹了一声。

"姑娘有什么事吗？"柘榴微笑着停下针，抬起眼来，一对明澈的茶色瞳仁望着海市。

海市一时语塞。她还穿着武官朝服，束胸绾发，明白是个少年武将模样，怎么这女子，一眼便看透了她？

柘榴侧了头，向海市身后轻声招呼道："方大人，您来了。"

濯缨应了一声，道："这便是我妹子，说要来谢你为她做的衣裳。"

柘榴满面盈着浅笑，说："小姐能喜欢，柘榴就高兴。"正当是时，清风疾来，满树玛瑙重瓣一时翻落如雨如霰，似要映红了柘榴苍白的面容。书页啪啪翻动，三两绞丝线掀落在地，海市急忙拾起，拍净尘土递回柘榴手上。柘榴摸过书来逐页检视，若有所思，复又将那三两绞丝线捧到海市眼前。

"小姐，烦你告诉我，哪一绞是拱璧蓝，哪一绞是大洋莲紫？"柘榴一双浅茶瞳仁一瞬不瞬，却没有望着海市眼睛，只盯着她的右脸看。

海市愕然回头看了濯缨一眼，濯缨无言颔首。

"这是紫，这是蓝……"海市犹疑着，伸出手指来指点。

柘榴敏捷地将丝线分别夹回书页中去："那么，最后一绞就是浅玉色了。多谢你，小姐。若不是二位碰巧在此，我自己分辨不出，那可就糟了。"

海市怔怔地说不出话。

回霁风馆的路上，海市只是闷头走路，偶尔抬眼看看濯缨。濯缨见她欲言又止模样，不禁苦笑起来："你不必操心，即便这样，我也觉得十分美满了。"

"可是，柘榴她的眼睛……"

濯缨低声答道："那是……是被药瞎的。"

海市震惊地睁大了眼。

濯缨眉目间神色沉重，声音越发低下去："你可知道前代的盲绣师？"

帝修年间，涂林郡出了一名技艺绝顶的绣匠。此女原是绣工，二十六岁重病双眼失明。绣工这活儿，本来也做不到老，到三十岁上，个个几乎都成了半瞎，迎风便要流泪。谁想这绣工不甘天命，凭记忆设色，令女儿为她递线，单凭双手指尖抚触，心内百般揣想未瞎时所见风物花草，绣品圆润灵动，巧思迭出，竟胜过普通绣工十倍。后声名大噪，奉召入宫传授技艺，宫中咸称绣师。仪王叛乱中，绣师走避民间。天享五年，帝旭召回绣师，命买民间孤女入宫，随绣师习艺。天享十二年，绣师病死。徒弟们哭瞎双眼者有之，自毁双目者有之，其中大多遣回原籍休养，另有几名极出色的，留在宫中专门侍奉上用精细绣活。柘榴便是其中之一。

"这……未免太出奇了……"海市喃喃自语。

"绣师死后，某日晨起，绣师的徒弟们全都瞎了。当时便有人投井自杀，而其余不能盲绣者，却被遣回了原籍——可是，她们本是孤女，回乡命运可想而知。柘榴她……算是好的了。"

"是谁的主意？不能是——"海市心中惊疑不平，"不能是主事的施叔叔吧！"

"绣师病死的时候，施叔叔在柔然采买新丝，等他回来的时候，该被遣走的都被遣走了。"濯缨乌黑的眸子里含着一层沉郁金芒，"出事前夜，是金城宫的人来赐了一回杏仁茶，特给绣师的徒儿们的。"

"金城宫？"海市茫然地停了一停。"是——皇上？"

濯缨没有答她。回首望去，墙内榴花纷飞如血雨。

III

　　天启之夏燠热欲焚，城西昶王府内的水榭凌波厅却是有名的水晶洞府。曲院风荷，十里平湖，凌波厅上水月风华，歌女曼声清唱。

　　执事来禀，说是卖苍隼的召来了。昶王屏退歌女，早有侍女放下水榭四面细竹帘子，复鱼贯退下。

　　执事引上厅来的三名鹰贩，饶是这样暑热蒸人的夜里，亦裹着黑色披巾，将头脸颈身遮掩起来，在腰间缠过两缠，最后垂于膝上。鹰贩中左右二人屈身按胸向昶王致礼，唯居中一人挺立着，昶王亦不讶怪，只懒懒问道："鹰呢？"

　　领头的鹰贩稍稍环顾左右，不作言语。

　　昶王笑道："让我瞧瞧货色。"

　　屈身在地的两名鹰贩子霍然揭开披巾，昶王微微眯了眼："……嗬，羽毛还真光亮。"

　　鹰贩怀中并不见什么鹰隼，耀人眼目的是他们那一头灿烂的赤金头发与冷蓝近乎无色的眼瞳。

　　"是一等一的好苍隼吗？"

　　"没有再好的了。"领头的鹰贩说的是官话，稍带京畿口音。

　　"若是不值那个价钱，我可一个子儿也不会付。"昶王依然是嬉笑神色。

　　四面竹帘忽然琳琅作声无风自动，自水榭顶上直坠下一道黑影来，黑影中清光一闪，杀意凌厉如一道霹雳直取领头鹰贩顶门。事起突然，左右两名金发男子并无言语，目光亦不及交会，已有一人纵身而起，尚看不清是如何动作，那清光便铿然一声被击飞出去，直钉入另一人身侧澄泥方砖中，嗡鸣不已，原是一柄青芒绽露的长剑。空中飒飒，飘风骤起，压得人不能仰头而视，四面缚于水榭柱子上的竹帘为疾风鼓起，数十道丝带齐齐斩断开，沉重的帘子蓦然飘扬起来，哗啦啦如暴雨声骤临。

"啊，召风师。"昶王低声自语，眼里绽出沉潜而喜悦的光芒。

那是传说中修习纵风之术的法师，无论是在东陆或是北疆，均已迹近于仙人，百年难得一见。在这一片异象之中，已全然觉察不出方才直袭而下的那道黑影有何气息。昶王心知这诚然是因为自己习武不精，更是因为那金发男子唤来的风实在过于磅礴浩大。方才那当空一刺纵然犀利如电光石火，在这样强大的暴风中，也只算是燧石击发的一点火光。不过数瞬的工夫，两道影子各自落下，分开六七尺，黑影已为一束小小的飓风困在当中，风势凶险，恍如夹杂着无形的利刃，令他动弹不得。而地上屈身行礼的另一名金发男子始终沉静如山，方才那剑正钉在他身边，他却连身形也不曾晃动一些，一双冰蓝的眼睛流露满不在乎的神色。细看之下，才发觉此人脸上浅淡一道白痕，竟是剑刃擦过的痕迹。

领头鹰贩气息平静，低声笑道："好一着孤注之杀，心无旁骛，意凝一线，府上既有这样人才，大业易成，何必不远千里求购苍隼？"

"他试过。"昶王面上如常淡笑，"十年前正当壮年时，与另一名与他功力不相伯仲的人联手，然而败了。"

"哦？倒是我小觑了徵朝的禁卫。"领头鹰贩目光一转，看向堂下二人，忽然笑道："原来是你。"

被金发男子困在风之牢笼内的人听闻此言，扬起一张黑脸来，仍是浑然看不出什么神情。

"放开，那是东陆的将军，不可造次。"金发男子闻言立即将双手收回胸前，只见那束小小的飓风渐渐薄弱，符义抽出双臂，炯炯地看定了领头的鹰贩子。

昶王微微笑道："不错，毛色好，爪啄锐利，但愿能一搏毕功。"

"倘若大事成就，还望殿下赐我当初议定之酬。"

"此事若成，贵国与迦满之间交战吞并，吾国均不干预，一言为诺。不过，阁下不肯以真容示人，将来便要偿付，也不知是要付与何人哪。"

披巾下传出低笑，领头鹰贩伸手一扯，披巾便落至腰间，露出浓秀英挺的容貌来。

昶王轻轻地啊了一声。

"你是……左菩敦王！"符义眼里火花四迸。

"毗罗山峪匆匆一晤，将军好记性。"高大的金发青年双目荧蓝，清朗有神。

"这一个，便是当时山道上空手为你挡下一箭的近卫？"符义冷睨着依然单膝跪地的那名沉静男子。

左菩敦王微微一笑，不置可否。

"吾国禁军中有一名万骑，与左菩敦王容貌绝似，方才可骇了我一跳。"昶王道。

左菩敦王扬起金色的眉。"容貌绝似？那人多大年纪？"

"二十四五岁罢。"符义答道。

"如此说来，我确有一名弟弟夺罕失散于红药原战场。夺罕容貌身材均与我肖似，近乎孪生，只是承继了吾母红药帝姬的黑发黑眼。合战时他与叔父婆多那王同乘一匹马，东陆军撤退后，我们去战场上找了四天四夜，只找见叔父的尸身，人头已被你们东陆人割去，夺罕不知去向。"

"那名羽林万骑，名叫方灌缨。"符义道。

"灌缨……"年轻的左菩敦王东陆官话说得极为流利，此刻却带着浓厚的鹄库口音，像是极怀念的模样，晶蓝眼眸中有道错综的暗流经过。片刻他含笑地望向昶王，开口道："那一定是夺罕，那年刚十岁。"

那年夺罕刚满十岁。鹄库男儿一生只剃两次头发，一次在十岁，一次是死前。草原上牧民逐水草而居，妇人难以受胎，婴儿多有夭折，是以孩童极受宝爱。十岁前的男童都视同婴儿，保留着胎发发辫，在十岁生辰当天，家人才将孩子胎发剃去，以血酒灌顶，从此便是可上战场的男丁。鹄库各部落交战时若杀伤了有胎发的孩童，是灭绝人性的罪愆，必遭灭族以报。

"那时候，你是个小光头，大约是刚过完生辰没几天吧。"方诸闲淡摇着一柄团扇，夜风拂动白衣，雍容雅静。

灌缨已经不记得那个十岁的生辰究竟是怎样。然而他记得初见方诸的那一刻。

还是个孩子的他，不知为何独自被抛弃在万军奔突的红药原上，昏了过去。醒来的时候，厮杀的喧声已退到极远之处，而许多东陆人已脱离战场，陆续经过他身边，重新整饬队形，浑然不把稚弱的他看在眼里。他坐起身来，攥紧了腰间小巧如玩具的匕首，不知道是不是该哭。正在这时，一匹红马在他身边停了下来，鞍上的东陆青年俯身注视他。

东陆青年卸去了甲胄，底下锦绣袍子已尽为鲜血沙尘遍遍渍染，血色中浮凸现出原本鲜明精巧的花纹，有种惊心的美。鹄库人向来看不起东陆人的绫罗衣裳，不御寒，不耐久，禁不起撕扯，像他们的人一样娇弱无力。可是，也有这种东陆人，坦然地微笑着，脸上身上干凝着血痕，浑不畏惧。

孩子乌沉美丽的瞳仁绝顶明敏地向上盯着青年，像小兽一般，显出幼小的决心与意志。

"我问你叫什么名字，你答了一句奇怪的话。我才想到，你是不懂我们说话的。"方诸丢开团扇，伸手为濩缨续茶。

濩缨茫然笑道："我回答了什么奇怪的话？鹄库话是怎么说的，我几乎不记得了。"

方诸也笑："一大串，我听着开头像是濩缨二字，便拿来做了你的名字。"

濩缨不语，茶杯内月影破碎离合，他着了迷一般看着。

"十五年了，可有想过回瀚州去？"

濩缨胸臆中，像是瞬间开了个空洞。瀚州……本以为一生也回不去的地方。

那塞外平川冬夏无尽更迭，一年到尾皆是飞沙走石的日子，只有夏季短短三四个月里牧草疯长，迫得草原上的人们只能纵马奔驰，跑在豺狼的前头，跑在日子的前头，跑在暴雪严霜的前头，跑在死的前头，跑得停不下来。天赐予草原之民的，就只有那样严苛的生涯，可是在这样的日子中草原之民依然保有他们的游戏歌咏之心。他们坦然地活着，将生命视作愿赌服输的一局骑射摔角，迟缓者死，犹疑者死，衰弱者死，技艺不如人者死，毫无怨怼。

那有着说不出的快意与酣畅的故乡啊。然而，正因为是鹄库男儿，所以更是一诺千金，不移不易。

濩缨垂眼看着手里的薄胎茶碗，明透如镜的碗沿渐渐无声绽裂冰纹，黑曜石似的眼瞳泛起微淡的金："义父说这种话，真够稀罕。我回去了，您那三年工夫就算白费了？您不是天下最恨徒劳无功的人吗？"

方诸唇边笑意更浓："人说，数千年前北方草原上有个叫寺九的人，为了驯服龙裔天马，耗费了十二年时间与之周旋，直到身如石，发如草，才终于找到机会骑上了龙裔天马。天马嘶鸣，在天地间踏着虹霓云电又狂奔了十二年，寺九就在马背上待了又十二年。终于龙裔天马甘心驯服，化为女子，与寺九生下了四个孩子，这四个孩子，就是鹄库四部的祖先，亦是龙孙。"

濩缨笑容里，起了微微的酸楚："怎么，讲古么？我比义父还熟些呢。"

"我见你第一眼，便明白你是一匹烈驹，怎样威压也是不屈的，除非让你败得心服。三年时间，已经是便宜的了。"方诸转向霜平湖。对岸海市的屋里点着灯。

"你已是个男丁，那么，从今日起我营帐外不设守卫，武库的刀枪弓弩也随便你拣选。三年内你杀得了我，那么就由得你回瀚州去，任何人不可阻拦。可是，若是杀不了——"少年武将自马上弯身，含笑的唇边刀痕宛然，"你得唤我义父，听我派遣。"

孩子听了军士传译的话，小兽般纯乌眼眸里金芒流转，吐出一串鹄鹄库话来。传译军士听了颇为踌躇，方鉴明淡淡说："你总不至于怕了个孩子吧。"

军士急怒交加，额边冒出了细汗："这小蛮子说，他说，不止杀，他要把清海公烤、烤了吃……"

方鉴明长笑起来，手臂轻探，已将那孩子拎到马背上，继而扬鞭打马直向大队飞驰而去。其时老清海公战死已有两年，方鉴明以弱冠之年承继父爵，红药原合战时，也才不过二十二岁。

天享三年，开始有人留心到，年轻的清海公身边那名英挺少年称呼他为"义父"。

二人心内各怀旧事，霜平湖上莲叶起伏，只是无人言语。

"——可是，这么一匹好马圈养于犬豕群中，是暴殄天物。早晚你是要回瀚州去的。我养育你十五年，教你武艺经略，是为了有朝一日看你风驰电掣。"方诸轻喟。

"义父，你身边局势未明，我愿留在天启。"濯缨急切道。

"近来昶王府内渐渐有了动静，眼看变乱将至，我亦想留你在京中。"方诸稍有动容，复又悄然叹息，"只是有些事，非你不能。自海市见过你哥哥后，亦不免对你身世有所猜想，更不必说当天山道上那许多军士。你已不能再久留京中，要回瀚州，又难免遭同族猜忌。唯今之计，只有这一个办法。"他搁下团扇，站起身来，"这几天，你们兄妹好好叙叙吧，往后要见面亦不容易了。"

濯缨看着方诸飘然行去的背影消失于回廊拐角，重又坐下，将握着茶碗的右手伸出临水的美人靠之外。那茶碗早已为濯缨握碎，只是被手掌生生箍住一刻之久，施力极巧，是以薄脆碎片之间如刀锋互切，却密合得滴水未漏。那筋络分明修长美丽的手渐渐展开，茶碗亦随之分裂为六七片，清茶薄瓷，在月色下闪耀着剔透的光，纷纷落入霜平湖中。

义父，你身边局势未明，我愿留在天启。这话，恍然就出自当年自己的口中。方诸在九曲水榭中漫步走着，不胜疼痛似的合了合双眼。

"夺罕从小是头狼崽，没有什么东西拘束得了他。"金发青年沉吟着，"不过听王爷这么一说——在狐狸窝里养了十五年的狼崽，我还真想看看。"

"若日子凑巧，这两只好苍隼是一定会与令弟有一搏的。"水光粼粼地映在昶王脸上。

"只可惜我不能亲见。"左菩敦王侧首而笑，"还赶着过莫纥关向西回去，路上探探迦满情势。"

昶王心知这左菩敦王夺洛与右菩敦王额尔济之间向来有些芥蒂，怕是急着要赶回鹄库，亦不愿留下行迹，便轻笑道："那么，这个月的朔日夜里，同候佳音吧。"

左菩敦王将金发与脸容掩回披巾之下，抬头向十数里外的禁城看去。禁城高居山巅，天启内随处仰首可见，宫室逶迤如一带明珠。

重烟楼台十里。无数青金琉璃瓦的檐顶在月光下起伏连绵成一片静默的碧海，浪尖上偶然一颗金砂闪烁，是吞脊兽眼中点的金睛。

时辰刚打过了三更。离地六丈的重檐歇山顶上，海市做少年劲装打扮，恬适抱膝而坐，下颔亦搁在膝上，看打梆子的小黄门与巡夜羽林军从脚下经过，谁也不曾想到宁泰门檐顶上竟有人闲坐。宁泰门是分隔内宫与外廷的中轴正门，从那里俯瞰下去，东西六宫的缦回廊腰与高啄檐牙均历历可见。

西南角门外有车马声，那是掌管御用冰藏的凌人们自黯岚山脉下的冰藏取出冰块，趁夜间凉爽运送进宫来了。海市轻身提纵，沿着宁泰门顶脊飞奔而去，继而一跃而起，在殿顶与殿顶间无声穿梭，很快隐身于未央宫重檐之中，正俯瞰着西南角门往御膳房方向的道路。运冰的骡车由数名羽林押运，凌人们随行。到岔路口处，凌人中的一名自顾拐过一边，向西北方向走去，奇的是那数名羽林皆视而不见，其余凌人亦不动声色直向御膳房去。

海市转动点漆般的眸子，看着那名凌人的去向。那条路走下去，只能抵达凤梧宫与愈安宫。凤梧宫自鄢陵帝姬事发后便始终空置，愈安宫则为注辇公主淑容妃缇兰的居所。

愈安宫还亮着灯，风中翻飞的绯紫轻纱窗帷是注辇样式。

海市自檐下脱身出来，跃上未央宫顶，一路向愈安宫疾行。

凌人装束的男子行至愈安宫侧门，稍稍环顾左右，伸手方欲推门，宫墙上夜鸟惊起。侧目看去，一只不知什么鸟儿扑棱棱飞去，静夜里空悬着一钩清冷的弯月。他小舒一口气，推开了虚掩的侧门，回身将门扉扣上，也不张望，轻车熟路地拣园中小径行去，经过愈安宫的廊下，绕过宫人轮值的偏殿，直上了小阁。

小阁门前的宫人似对夜半来访的凌人已是见怪不怪，施过礼，便侧身让出门来。

"震初！"微沙的女声唤着他的字，他还不及反应，只听得一双柔软裸足在乌檀地板上奔跑而来，下一瞬便有女子曳着艳丽衣袍如蝶般扑进他的怀抱。

"缇兰，你总是这样不谨慎。"男子微微蹙眉，眼中却没有苛责神色。

淑容妃红唇皓齿绽露出融融笑意来："汤大将军上回到天启，嗯，我想想，"她歪着头，鸦黑的发丝垂落下来，"是前年夏天的事，我若再谨慎，怕是见不了你就要老了。"她那般娇俏地说着说着，竟然抑制不住哀愁起来，有了凄凉的神色。

汤乾自无奈笑笑："你看你二十八九的人了，还是孩子一样。多少年没有一点长进。"

窗半开着，绯紫轻纱窗帷重重涌动。檐下斗拱旁，倒挂着个纤细的黑影。是海市。

原来如此，海市轻扬浓眉。汤乾自是戍边大将，一旦入京便断不了觥筹笙歌的应酬，要见朝中的什么人，总不是甚难的事体。他如此冒险在朝堂上传递消息，既不是为了见朝中官员，定是要与内宫之人相会。

海市听说过，早年注辇人依两国旧例送来紫簪公主，要求换得一名皇子带回注辇为质。彼时恰逢昶王母聂妃争宠不敌昀王母宋妃，十一岁的昶王季昶即被送往注辇，随行宫人若非老朽便是稚弱。皇子出行照例要拨一名羽林五千骑与军士五千随扈，兵部受宋妃指使，从当年投考禁军的新丁中拣出武试最后一名，玩笑似的擢了那十五岁少年一个五千骑职位，配以五千新兵随昶王往注辇。昶王一行凄凉光景与流徙无异，便是注辇使者也敢于呵斥这名皇子。昶王一行出发一个月后，禁军兵法文试卷子拆封，那被玩笑般封了个五千骑的少年汤乾自，竟是文试第一，追之不及。三年后，仪王叛逆，汾阳郡王亦随之作乱，其人乃昶王母舅，聂妃之兄。季昶即遣人自注辇投书仲旭，痛切自陈绝无二心，此后八年间源源有粮秣情报自注辇经莺歌海峡送往瀚州，助益不小。帝旭践祚后，昶王即自注辇返回，同回的尚有注辇进献的公主缇兰，与五千骑汤乾自。即便十年间职位未得晋升，二十五岁的五千骑也算是年轻的了。二十一岁的昶王几乎还是个少年，每日耽于嬉乐，本来对季昶抱有厚望的臣属们很快地失望了。八年之乱中，曾经解了燃眉之急的那些粮秣与密报，据说都是汤乾自独力操办的。

窗内人声絮絮，海市稍稍侧身，自纱帷的缝隙间看进去。

汤乾自被让到矮榻坐下，缇兰却不胜炎热似的赤足席地而坐，将头伏于他膝上："震初，你近来须得小心些。那个人，他越发怪诞了，你若是锋芒太露的话，说不定又……"

"这些事情你不必理，你只要好好过你的日子，教我放心。"汤乾自抚着缇兰浓黑冰凉的长发。

缇兰急切地仰起头望着他："你不知道的，震初，那个人已经不像人了，我——"她双唇战抖难以成言，只是撩起石青嫣红的注辇丝绸袍袖，白皙的臂上遍布瘀紫。

"你……"汤乾自双拳猛然在身侧握紧。

"我怕啊，震初。"缇兰终于哭出了声音，"我怕死，我怕我死了你还活着，或者你死了，我还活着。我怕我熬了十四年，到头来还是与你活不到一起。"她猛然攀上汤乾自的肩，流着泪一口咬了下去，不是撒娇，不是斗气，是下了狠命的，真要留下伤痕的那一种咬。

他不是壮健的行伍汉子，从军多年不曾使过刀剑，瘦挺的肩膀像个少年书生。然而他只是咬牙忍着，由她去咬。

"我日日夜夜向龙尾神求告，只怕她不肯赐我那个福分。"缇兰松了口，泪水淋漓的娇小脸孔埋在他肩上，乌发掩盖了半个身体，支离破碎地说着，"我恨你，我恨你把我亲手送给那个人。"

"你后悔了吗？后悔跟我来东陆。"汤乾自握住缇兰的双肩，将她的面孔正对着自己。

"后悔。"缇兰的唇染了泪，红艳欲滴，"我早该斩断你的腿，把你留在注辇。"

"就快了，缇兰。就快了，苍隼今夜已该送到昶王府内了。只要那个人死，我绝不再亏欠你一分一毫。"

缇兰的眼里燃起了熊熊火焰，悲欣交加："震初，那个人……是会死的吧？"

"一定会的。"他保证。

缇兰口里的"那个人"——海市霍然惊觉，缇兰说的"那个人"，是帝旭。

海市潜行回霁风馆，见方诸房中灯还亮着，举手欲叩门时，却又犹豫起来。正踌躇间，门内那沉静声音问了一声"怎么了"，她倒忽然横下心来推门进去，原来濯缨亦在，才觉得少了些尴尬。

听完海市的叙述，方诸面色如常，淡淡说："汤乾自这个人，做武将是委屈了他。昶王心怀反意，汤乾自跟随他十一年，是他的肱股之臣，要成反事，少了此人万不可行。早先叫你留心着他，就是这么个道理。如今事态有变，你回黄泉关后，纵使我自京中送信给你，也用不着对他动手。即便他不死，他们这事也成不了。你先出去吧，我和濯缨这里有事商量。"

海市傲然忍泪行了礼，二话不说出门去了。脚步声按捺不住地越来越急，最终几乎是奔跑着离开了方诸的院子。

濯缨听得分明，心内隐隐不忍："义父，这事不告诉海市，万一……"

方诸打断了他："海市这孩子没有城府，若是露出痕迹反为不妙。你要回瀚州，这正是难得的机缘，不可大意错失。你哥哥左菩敦王与你叔父右菩敦王额尔济向来不合，你回去正可有一番作为，我亦会遣人去襄助于你。"

"……是。"濯缨答应了，却似有什么欲言又止。

方诸莞尔一笑，拍了拍濯缨的肩："那柘榴，我会照拂她，不会令她委屈。"

濯缨深深领首，道："誓死不辱使命。"

方诸又是一笑，清雅面孔犹如少年："这亦是你自己的前路啊。记住，本月朔日，你我轮值金城宫。"

"义父——"濯缨起身出门前，忽然踌躇着说了一句，"海市她，她对您……"

那端方温和的白袍男子不容他再说下去，苦笑着摆了摆头："濯缨，我已是这样了，何苦拖累一个孩子。"

濯缨怔了片刻，匆忙行了礼，便向门外一路寻去。

寻到海市时，她正躺在屋顶，听见他来了，依然合着眼睛。她不会是睡着了，只是气闷——如此凹凸冷硬的琉璃瓦，若不是他们这样有根基的人，根本难以安然躺卧，遑论睡眠。

濯缨亦不啰唆，自肋下解了银壶出来在海市脸前摇晃。海市眼也不睁，伸手抓过银壶，拧开便是一气痛饮。畅快地暖了口气，才眯眼望了望濯缨，嫣然一笑。

濯缨在她身旁并肩躺下，问道："怎么了？"

"也没什么。"海市低低回答，"只是方才听淑容妃说了那么句话，心里忽然憋闷得慌。"

濯缨接过银壶一气饮尽："什么？"

"淑容妃对汤将军说，她恨他，恨他将她亲手送给别人。我总觉得义父他，早晚也要将我亲手送给别人去。"

濯缨转头看她，海市却又不胜酒力似的合上了眼。他看着月渐西沉，隐现于林间的，已是细细一钩——朔日将近。

第二日，濯缨往织造坊探访柘榴。花期已至尾声，满树烈烈如荼蘼。小院中数日无人洒扫，遍地锦红重重堆积于紧闭的屋门外。柘榴数日前被昶王府接去传授绣艺，至今未归。

又过了一日，方诸不知为何忽然起了饮酒的兴致，教濯缨去城西醒醐楼买一坛千年碧。濯缨出门前，方诸嘱了一句："你施叔叔今日派人去昶王府接柘榴回宫，你快去快回。今日不能一见，以后怕是更难。"

濯缨答应一声，便急急退下，牵出马厩中最得意的"风骏"来，打马直向最近的垂华门奔去。

监守垂华门的十二名禁卫远远听见宫中蹄声动地向这边来了，方转头欲看个究竟，谁想那一骑转瞬已到眼前，势同风雷直掠出垂华门去，险险要带翻了门口的一辆青布小骡车。

车内人儿听得人喊马嘶，撩起了帘子，一名老宫人急忙迎上前来扶着她的手："绣师，没惊着您吧？"

柘榴摇头轻笑："没事。刚才是怎么了？"

"哎哟，老身也不明白啊，现在宫中这些年轻禁卫，越发不讲规矩了。"

禁卫道："婆婆，不是咱们不善尽职守，那位是我们羽林的万骑方大人，御准宫内走马的。"

柘榴微微笑道："苏姨，算了，人家大约有什么要紧的事情。咱们走吧。"

老宫人扶稳柘榴的两手："来，绣师，咱们到垂华门了，不是御用的车辇不可进宫，老身扶您进去吧。"

送得柘榴到了别院，那老宫人又絮叨起来："这满地是花，真不像话。"便执意将柘榴安置在院中石凳上，自执了一把细帚，清扫起院落来，柘榴也只得由她安排。那日天气晴好，蜂蝶穿梭，偶有细碎花瓣钻入柘榴后领内，她便垂下削如莲瓣的小脸，不胜娇痒似的抚着后颈。听见渐渐近前的脚步声，她诧异地侧过脸去，想了一刻，面孔上浮现困惑神色："您是……"

"这柘榴树，再过数日怕是就要开始结实了吧？"来客嗓音温醇，和煦如春风拂面，柘榴只觉那人声音似曾相识，却一时回忆不起是谁。

"这柘榴是千叶红花，但凡柘榴千叶者皆不结实，即便结了实，里面亦不会有子。"柘榴恭谨答道，忽然轻轻掩口，连忙起身施礼，"方总管，柘榴无礼，还请恕罪。"

"不必拘束。"方诸轻声笑道，复又轻轻一叹，"如此说来，这满树红花，竟是白白开过一夏的了。"

柘榴不知如何对答，只得低下了脸。

"柘榴姑娘。"

"是。"柘榴茫然抬起头来。

"濯缨他现在有性命之虞，迫在眉睫。"依然是平淡温雅的声音，觉不出一丝波澜。

柘榴搁在裙裾上的纤巧双手无声地绞紧。

"他是鹄库王与红药帝姬的末子，单凭他那与鹄库王绝似的容貌，便有资格继承王位。如今昶王与濯缨的亲生兄长鹄库左菩敦王勾结，欲揭发他的身世，借皇上之手除去濯缨。"

柘榴那浅透茶色的瞳仁一瞬不瞬地向着方诸，仿佛那双盲了的眼睛还能自他脸上看出些什么来。

"我要濯缨回瀚州去投奔他叔父，然而他是个重情的傻孩子——他说，不与你一起，他便不走。可是前路如此凶险，纵然他武艺超群，怕也只能堪堪自保。我怕这孩子，是决意了要送死的。"他不急不缓地说完，也不像是要等她的回话，久久不再言语。

焚风呼啸而过，残红断绿萧萧如织。积了一地的玛瑙重瓣随着低低的气旋飘舞倒飞，像一阵无声的红浪拍上了她的裙裾。柘榴宁静地转回身来，方诸发觉，这盲女唇边噙着决然的笑。

"方总管，我晓得怎样做。"

"你晓得？"他扬起了一道眉。

"只请方总管转告他一句——若是他不珍重自家的性命，柘榴这一条命，就是白白断送了。"

方诸没有答她，只点了点头，像是她真能看见似的，旋身走了。

柘榴听他去远了，开声唤道："苏姨？"

啪嗒一声响，像是扫帚倒在地上，老宫人颤巍巍地空着手从屋后绕出来，半晌说不出话，只是向柘榴跪倒。

"苏姨放心，柘榴绝不牵累于你，趁现在没人，你快走罢。"柘榴微笑着，十分歉意。

老宫人稍为犹豫，便急急奔出门去，途中踉跄，撞得门板铿然作响。

柘榴摸索着掩了院门，向屋内走去，身后焚风翻动一院寂寥焰红。

醍醐楼当垆卖酒的皆是蛮女，酒名亦饶有风情，唤作绿腰、羯鼓、胡旋等，方诸指名要的是千年碧，却不曾列在垆前的酒名牌子中。柜内红发蛮女正低头算账，听濯缨要一坛千年碧，懒洋洋抬头瞥他一眼，髻上插着的鹄库样式金步摇顿时摇曳生姿，成串柘榴石与橄榄石璎珞繁丽动人。那蛮女转身唤小二选坛好的来，依旧低头算账，碎金子拨弄得叮当作响，口里却悄声道："夺罕尔萨。"

濯缨心头一震。夺罕是他的蛮名，尔萨则是鹄库人对少主之尊称。已有十五年不曾听人如此唤他了。他开了口，说出来的鹄库话，他自己也觉陌生犹疑："你是夺洛的人？"

蛮女抬起艳绿的眼睛，飞快地又垂了下去："左菩敦王忌讳夺罕尔萨都来不及，怎会派人来寻您下落？是右菩敦王命我们在此接应夺罕尔萨。"

"是额尔济叔叔……"濯缨百感交集。亲生兄弟尚且没有骨肉天性，叔侄又能指望些什么？不过是当他一只鹰犬，一枚棋子。

小二搬了酒来，替濯缨牢牢缚在马背上。

那名蛮女一面往戥子上撮了一撮碎金，一面低声道："酒坛的泥封中有各地接应处的地图，可以换马。请夺罕尔萨务必于八月中赶到莫纥关外。出了关，便有人护送您穿过迦满国境回鹄库去。"

濯缨点了点头，掂了掂找零的碎金，微微蹙眉："一坛子酒八钱金子？"

蛮女掩口而笑，换了官话，放亮了声音道："少爷富贵人家出身，不常出来走动罢。往日市面上金铤子难得一见,可是国库放赈以来,黄金就跟水一样哗啦啦流到大街上来,已经不稀罕啦。眼下一铤黄金只兑四十二铤银子,就这价钱,还不知道能顶多久呢。"

濯缨亦不与她计较,出门上马,看看日上中天,柘榴当已从昶王府回宫,便急急催马,转眼奔出一条街去。小二正咋舌间,忽然听闻马嘶,濯缨纵马而回,自店堂外信手一抛,将那包碎金同另两个金铤子掷回柜上,人影旋即掠入,复一闪而出,照旧上马驰去。蛮女怔怔抬手欲抿起散乱的鬓发,这才发觉步摇已然不见,马蹄声也去得远了。

夏日花事盛极,已到了强弩之末的时分。风骏过处,青天下扬起一路落花。濯缨一鞭递一鞭地抽着,只想着早一刻回到宫中也是好的——柘榴,柘榴。

过垂华门时,门内忽然转出一辆木推车,此时风骏已快得飘然欲飞,眼看闪避不过,门口守卫与推车人惊喊逃散。濯缨眉头一紧,干脆放开了缰,任风骏自辨方向,四蹄发力,直跃过那木推车,闯入门中,绝尘而去。

"好险好险。"一名跌坐于地的守卫嘶嘶吸着凉气,撑住推车车板站起身来,忽然失声喊道:"嗬!这是——!"

车上覆盖的白布已被掀开,原是一具尸体,身量瘦小,面皮枯瘪,穿着宫人服色。

"这不是那伺候绣师的婆婆?清早儿好好地进了宫,怎么过午就死了?"

推车的小黄门哭丧着脸答道:"谁晓得啊,在长祺亭底下那十来级台阶上居然就摔折了脖子,连声儿都没有,等咱们发觉的时候早就断气儿了。"

濯缨将风骏送进马厩,拍开坛口泥封,取了地图放进怀里,便拔足向织造坊方向飞奔。海市喊他,他亦不及答应——

柘榴。

此别经年,今生亦未必可期。她的脾性是端正剔透不劳人挂心的那一种,他知道,无须他叮咛多添衣、加餐饭、少思虑、仔细珍重种种,柘榴亦能将她自己安排妥当。然而总是要听她亲口答应了他,才算是就此别过,便要等待,也总有这一句叮咛的念想。

院门倒锁着,数拍不应,濯缨单手撑住墙头稍一使力,人便如燕子般斜飞进去。海市随后追到,在院墙前刹住脚步,两手扣住双膝喘息不定,仰着的脸上露出极惨痛的神情,却久久不见动作。她面前空空如也,只有一道白粉墙,墙内探出柘榴树。这东陆独有的花树,无声立于郁蓝天空之下,自顾擎着一蓬烈红,任风掠去。静而美,以至令人心惊。

海市长呼出一口气,仿佛想要吐尽胸臆中沉沉的块垒。

小院内静寂欲死,乱红飞渡,任性零乱得像是也知道它们从此便无人收管似的。

自正午至日暮。天色层层染染，一笔笔添重靛蓝，着上艳橙，又晕散了绯紫，终于黑透了。

门闩终于响动，背靠门板坐着的海市跳起身，转头，门便在她面前敞开了。濯缨一身武官衣装依然整齐，连个褶皱也不见，只有那一对乌中含金的眼睛，蒙了尘灰。海市将怀里抱着的剑递上去，道："殇时的更子响过，该去当值了。"

濯缨默然接过，拇指轻轻推剑出鞘，只一寸，举到眼前，似乎要从如水剑刃上照见自己的眼睛。

星子如满盘银砂，然而没有月——今夜是朔日之夜。

日西月复东 肆

I

金城宫是不夜之宫，寝殿内终夜燃着灯火——帝旭不能一刻没有光。丈烛已不堪使用，宫内用的是特制落地灯笼，隔十五步便安放一个。灯笼约一人半高，长鼓形，均是整张白牛皮蒙制，不使针线缝合，用以锻压收口的黄金亦打造成空花宝相纹，内里安有河络工匠造出的精钢灯盏，燃鲸脂蜡与剑麻芯，少烟少热，明亮耐久。这上百座灯，使得金城宫中从此没有了影子，一切行止无从遁形。

廊道宁静深长，两列白牛皮灯映得通明，两名宫人无声拱立于廊道尽头，容颜模糊雪白，恍如一对人俑。玄黑铺金虬龙纹的后袍在白玉地面上拖出窸窣的声音，一步一步，不紧不慢，像是有无尽的时间可供消磨，只嫌人生冗长。

忽然，脚步若有所思地停驻下来。"你说，我会是怎么个死法？"人影背对着他们，扬起了脸，饶有兴味地问道，并没有指明是在问谁。

那想必是个曾经金声玉振清凉无垢的声音，如今却已经满含着疲惫与厌烦的沙砾，像根僵脆的琴弦，或许下一刻那便会滑出变徵的异声。

身后的两人中，年轻的一名垂目不语，年长的却抬起了眼："陛下，您是万寿——"

"万寿无疆，不老不死吗？"悦耳而冷淡的声音截断了他，声音的主人霍然转回身来，玄黑的华丽广袖随之卷起气流，"鉴明，朕已经糊涂到需要你来哄瞒的地步了吗？"

方诸默然，退后一步俯首告罪。

帝旭并不是帝修四子中最俊秀的一个，那一种眉目间的飞扬冷峭却不寻常。八年之乱间，世人均以开国帝褚荆转生来比拟这名年轻的旭王。乱世中叱咤万军、独挽狂澜，登基大典当日在六翼将的簇拥下，英武宛如天神降世。十四年来，岁月不曾损毁他的面容，那脸孔，那身姿，始终与《军神卷》中所绘盛年形影一毫不差。然而还是眼见得一天一天地老了——飞逝的时光洗去了所有的清峻与锐气，就是这样，难以言说地老颓了。

"濯缨，你说呢？朕要怎样的收场才好？醉死？堕马死？还是死在缇兰的床上？"

帝旭眼看着面前的两人面色骤变，笑意更浓。就在此时，始终恒定的纯白灯光变化了。金城宫的灯是风吹不摇的，但是这白光中，如今隐隐有了影子。

影子是从帝旭身后那座灯的白光中出现的。是人形。有如窗上魅影，眼看着由淡而浓，自虚而实，紧接着光芒一划，白牛皮蒙子自内而外被破开，一道人影疾刺而出。

濯缨锵然拔出长剑，一跃而起，仗剑横隔于帝旭面前。方诸单手揽住帝旭的腰身，向后连退，转瞬二人已退出二丈开外，方才落地，身边一座灯竟又哧的一声破开。方诸这次看得分明，那人原是匿身于牛皮内的精钢灯盏之后，紧贴墙壁，灯光发于外，因而竟得以藏身。空气急速流动，隐隐形成一道锐利的锋刃自灯盏中冲出，向二人扫去。方诸却将帝旭向侧推送出去，自己低身而进，隔着白牛皮向那人手肘拍下。那人一声痛叫，向后倒向火焰，灯内狭厌，一时躲闪不开，竟也十分气概，忍痛撒手，喃喃念着蛮子语，只听得唰唰几划，牛皮上竟凭空割出豁口，让他自灯内脱了身。原来与方才现身的刺客一样，均身着白衣，金发碧眼蛮族容貌，空着两手，手中捧有一球流动着的小小的风，因速度太过迅疾，看起来竟像是什么有形有质的东西。这是一名召风师。民间一向传说有此类异人，然而世间所见之召风师，即便真有异能，亦不过能吹起半刻和风，聊充江湖卖艺的噱头，其余大多干脆是流窜于各地骗财的寻常人罢了。如此能够化风为刃运用自如的召风师，恐怕是天下独一。

而那第一名刺客亦不见双手有何兵刃，却根本不管濯缨密不透风的剑势，如扑火蛾子长身直上，浑不畏死。濯缨见他门户大开，乘势将剑身一偏向上疾送，剑尖直抵刺客咽喉，眼看便要穿项而入，然而——长剑铮然鸣动，竟是金石相击之声！

剑尖已然微微陷入那蛮族咽喉肌肤，却被就此阻住不能再入分毫，濯缨心头一凛，翻腕变招向颔下最柔软处刺去，这一回，剑尖像是刺到了什么极为坚硬的东西，竟然侧滑出去。"伊瓦内！"濯缨脱口而出。伊瓦内是鹄库清修教中密技，意即"血中金"，原是河络炼金秘术之一支，专门研究自牲畜血中提炼黄金之法，数百年均未成功，只能自血中炼出精铁来，于是渐渐衰败。后来不知如何，伊瓦内渐渐演化为一门以身化铁的武艺，修习者亦称为伊瓦内，传说容貌无异常人，却可令肌肤如铁。濯缨年幼时见过一名修习二三十年的河络清修僧,亦只能令双掌化铁,击掌有刀剑声。今日这个伊瓦内,不止咽喉,连领下最柔软的皮肤均已成铁,犹如周身被甲,兵刃难伤。

那伊瓦内听闻"伊瓦内"三字,露出骇异神色,定睛看了濯缨容貌,亦失声道:"夺洛尔萨!"

"我是夺罕。"濯缨轻声一哂,挺剑向蛮族碧眼中刺去。蛮族偏头闪避,剑锋在脸颊上撞出成串火花,他却不以为意似的抬手抹抹脸,无关痛痒的模样。这一抬手,濯缨瞥见他右手中指上一枚粗大铁指环深嵌入肉,不由得脸色一肃,无暇回顾身后战况,只得扬声喊道:"义父!"

背后却没有回应。

无风的廊道内,渐渐起了气流之声。起先略为疏薄,像是一片两片枯叶乘风悠然飘落,触地微响,继而宛如肃杀金风呼啸穿林,万千木叶萧萧而下。濯缨听得那声音自缓而急,忽然清风贯耳,衣角袍袖竟都真的被掀动起来,面前伊瓦内的金发亦随风飘拂,碧蓝的眼眸含着隐约笑影。濯缨双眉一紧,心知方诸与帝旭遇上强敌,眼下只有奋力缠住这一名伊瓦内,令他们不能联手。既然此人伊瓦内已修至大成境界,刀剑倒碍事了。心念一定,纯乌的瞳子中便燃起凌厉金芒,将手中长剑向后一抛,道:"陛下。"

身后有轻巧提纵之声,是帝旭接剑入手,手腕一振,长剑龙吟不已。

濯缨棱角分明的美丽唇边,扬起了轻慢的笑。平平伸出右手,手背向上,不攻亦不守,就那样伸着。

草原上的男儿都知道这个手势的意思,自孩童时起,到成人,到壮年,甚至鬓发斑白的老人,也常常这样伸出手来。

来摔角吧。

对方一怔,却也笑起来,将右手覆在濯缨的手背上。冰冷僵直的手掌,触到濯缨温热的手背,泛出铁腥气味来。濯缨一式反手握住那手掌,左肘发力猛顶。那伊瓦内没料到他如此快手,合身不住前倾,濯缨身形低侧,以肩承住伊瓦内腰侧,低喝一声挺身直立,已将偌大一条汉子拦腰扛到肩上,又乘势向廊道尽头摔去。鹄库摔角本无定规招数可言,单凭双方的敏捷与气力决胜负。濯缨在鹄库时虽然年幼,却常年与军中壮汉互搏,练就了一身机巧灵变,长成后更添了过人膂力,已是摔角的不世好手。伊瓦内之术却讲究潜心清修,戒争斗,此人既是其中翘楚,应是不擅技击。濯缨心思清透,稍加思索,遂有了这以己之长搏人之短的主意。

伊瓦内重重撞到墙上,声音铿锵,仿佛身着重甲,复跌落下来,撞着了身边侍立的宫人——宫人!濯缨暗自心惊。那两名宫人身后的门内便是金城宫的上书房,只要躲入门内,便可由侧门唤来禁卫,为何半刻时间过去,她们依然纹丝未动?那只能是因为——她们早就死了。被伊瓦内撞着的宫人缓缓地倚着背后的白玉石墙滑了下来，脑后拖下一条黏腻稠红的痕迹，而另一名宫人却还直立着，低垂眉眼，只是头上的金珠，因了伊瓦内方才那一摔震动，仍兀自颤动不已。

"陛下，您先走吧。"方诸说道。平时温煦的嗓音变得果决，在密闭的廊道内回响如钟。

"不。"答他的是一个含笑的冷清的人声。那是帝旭。像是岁月陡然倒流了二十年，那声音中，透出无可言说的威压与逆时而动的猖狂。

飒飒风动，密林翻涌如狂涛，似有徙鸟急急投林，百兽奔走哀鸣。

"翼垂图南，这召风之术都说是绝迹世间，原来传人却在蛮族。"帝旭似是感叹，又似是欣喜。"鉴明，活着倒还有些意思。"

卫护在前的男子亦淡淡一笑，与帝旭联袂而进。

廊内已卷起狂风，压得人双目难开。灯火跳动，百影摇曳，只听闻身后剑与风刃相击铮铮。

濯缨听见二人言语，心内稍宽，不待面前伊瓦内直起身来，便纵身扑上将他死死压住。那伊瓦内却扬起脸来，冷冷一笑。濯缨知道他的意思——纵然将我打倒，却杀不得我。濯缨亦冷笑，左手将那伊瓦内的脸一板，右肘便运了气力向那脸上颚骨咬合的关节猛碾下去。只听得轧轧如碎铁皮的细响，伊瓦内关节受压，不由自主张开了嘴，又似是想到了什么，脸色骤变，嗬嗬作声。

"不服？我说过要与你赤手相搏么？白生了一身好皮肉，脑袋却如此愚笨。"濯缨微笑着，腿上加力，镇住了伊瓦内欲要踢腾的腿脚。

那伊瓦内惶急扭头，却已不及。一道流丽的金翠光芒急划而来，自他大张的嘴内穿入上颚，直透脑髓，瞳孔立时散开。血与涎水混杂着淌下嘴角，满口里是精工镶嵌的柘榴石与橄榄石璎珞。

濯缨探手进去拔出那染了血与脑髓的金步摇。伊瓦内口中流出的鲜血里，渐渐羼杂了白色的丝缕。

此时帝旭方诸联手，与另一名蛮人正战至酣处，三人于飘风中卷作一团，起落交错，间有剑光划过。方才帝旭说那蛮人使的纵风之术名叫"翼垂图南"，濯缨亦曾听方诸提过，是前朝流传的秘术，取鲲鹏御风而行、浩大迅疾之意。徽朝开国帝褚荆当年起于蓬蒿，百战立国，一名前朝武将坚不求降，苦战万军之中，施展此术法，杀伤二百余人，终不能脱困，力竭战死。

帝旭猛然跌出战圈，三尺青锋寸寸断裂，正倒在那伊瓦内尸身一侧。那蛮族召风师竟直追而来，全然不顾自身后背暴露于方诸掌风之下。帝旭顺手拎起伊瓦内的尸首挡于身前，蛮人弃剑用掌，眼看就要打在尸首后心上，濯缨却跃身撞开帝旭，单手拨转尸首肩膀，一掌拍在背心正中。只见那尸首手足格格而动，自胸口肩头各处射出十数枚菱形铁刺。那蛮族怒喝一声，戟双指弹出无形气流，一瞬间弹飞十数铁刺，却不提防方诸自后背追袭而来的一掌。那一掌亦不是怎样快，却极稳静，势大力沉地印在那蛮族人后颈上，激起一声劈裂响动，蛮族人立时脊梁颓缩，嗒然落地。

方诸不理会蛮族人死活，直奔帝旭身侧，将他扶起。濯缨亦自地上起身，向那蛮族人走去。蛮族人脊梁震碎，煎熬异常，却不能立死，双眼瞪得眦毗欲裂。濯缨蹲下身子，俯视着他浑浊的蓝眼。那蛮族人看着濯缨，眼里转过最后一线碧蓝的神光，挣扎着，低声断续吐息，依稀组成了一个句子："卓音·罕察努塔巴音……"

那是许多鹄库男子一生的最后一句言语。

再深的仇怨，赢家亦不会不允许这样的请求。

卓音·罕察努塔巴音——杀我，予我战士之荣耀。烈战而死，成败皆坦然，是最终之荣耀。那亦是当年幼小的夺罕对方鉴明所说的第一句话，他东陆名字的由来。

濯缨翕动双唇，却没有出声。

巫吉塔那——泉下再会。

蛮族读出了他无声的言语，于是安心地合上了眼，等待致命的一击降临。濯缨背着身子，不动声色地将金步摇刺入他的心口。那召风师面色一舒，眉间展开，登时消除了痛苦的神色。

脚步杂沓，禁卫终于觉察有异，匆匆赶来。濯缨起身，去搀扶帝旭。帝旭并未受伤，只是被蛮子的血糊了眼睛，右眼视物模糊。见濯缨过来，便微笑道："濯缨，你想要什么赏赐？"

濯缨亦微笑，双眼似是深不见底，灯光下流转动人："臣恐太过僭越。"

"无妨。只要国中有，你皆可自取。"帝旭倚靠在濯缨肩上，伸手擦拭右眼血痕。

"那么，臣无礼了。"

濯缨说着，指间金光翻转，如一道凶险的虹直插帝旭心口，快如飞矢。

帝旭避无可避，连面上笑影亦不及收起，眼看便要横死于一支步摇之下。

原来如此——两名刺客，其一身负纵风术法，其二炼血为铁，藏于周身经脉交接之处，纵使化风为刃也杀不了帝旭，尚可尸杀。即便两人皆殁，帝旭与方诸已有耗弱损伤，更不会提防濯缨暴起伤人，仍有一记绝命之杀——这是局中之局，杀中之杀。

鲜血喷溅，继而在青绿的丝袍上急速扩散一片污黑。步摇深深刺入骨肉，缀饰的璎珞犹在珊珊作响，珠声清丽。

"鉴明！"帝旭惊呼，数十禁卫此时执刀赶到，亦惊呆当场。

帝旭跌坐在地，面染血污，凤庭总管方诸肩头血如泉涌，仍保持着以自身翼蔽帝旭的姿态。羽林万骑方濯缨却飞身踢起地上的一柄剑，舞起电光缭乱，直向禁卫群中杀去。

方诸面容青白，一手紧压伤口，厉声呵斥道："濯缨！"气息催动，血便从他指缝间小小缝隙喷涌出来。

濯缨已杀至廊道出口，运起轻功身法且战且走。刀剑交击中，只听他冷然扬声回答："世上本没有濯缨这个人。我是夺罕。"下一瞬便跃出人群，腾身上了金城宫的重檐庑殿顶，失去了踪迹。

"陛下，养子谋逆，臣……"方诸清朗眉目微微拧结，低声道。

帝旭却摆了摆头，喃喃道："你我的交情是在战场上以命抵命换来的，我心里明白得很。再说我若死了，你也是活不成的。只是——"他讥诮地说，"我本以为这金城宫是无影之宫，什么也藏匿不住。谁知到头来，就是这些长明之灯，几乎要了我的命。"

方诸已满额冷汗，唇边刀痕轻轻抽搐："陛下请珍重龙体。"

"不会死的……朕就在这里等着，这个天地乾坤，到底什么时候才能降罪于我，到底什么时候才能杀得了我！朕就等着天谴降临。"他轻哼一声，"在那之前，朕不会死的。"

帝旭的眼光狂热而桀骜地瞪向头顶。那里并没有茫瀚深邃的天宇，有的只是无动于衷的白玉石穹顶，灯火通明。

II

　　洁净白布刚覆上伤口，转眼便沁出深浓的血痕。年轻宫人手足无措，忙又抓了两张布巾胡乱捂上，用力稍大，男子秀长的眼微微一眯。

　　"方总管……"那年轻宫人骇得丢开布巾，含泪跪倒在地，肩膀颤抖不已。

　　方诸漠然睨视那娇怯可怜的身影。她们怕他，也无可厚非。一柄杀人累累的剑，即便不是指向你的脸，只从旁看着那血珠自剑脊滚落，亦是令人觉得胆寒的。

　　"你走吧，我来收拾。"海市一身男装青衫子，倚在门口冷冷道。

　　宫人忍住泪，抬眼觑方诸，见他不曾反对，如获大赦，蹑足急急退出了屋子。

　　方诸左肩血污衣裳褪到腰间，肩上覆着白布，亦是朱痕斑驳。海市反手掩过门，走上前去，轻柔揭开布巾，登时无声地抽了口凉气。伤口径寸不过绿豆大小，却极深，血流已稍稍收止，仍像细细的泉一般，将肩背与上臂皆涂染了鲜明的红。海市绞着眉头在榻边坐下，以布蘸着冷酒为方诸擦拭血污。

　　肌肤原本的色泽渐渐被洗了出来。每拭一下，海市眼内的神色便沉暗一分。

　　因多年不见阳光的缘故，方诸少年时麦色的肌肤褪成了苍青的白。那袒露着的肩膊上，密密杂错着殷紫的、浅白的大大小小伤痕——形如铜钱贯穿肩背的是箭伤，纵横浮凸的是刀伤，黑紫永难消退的，是火伤与冻伤。

　　"义父……你杀过多少人？"海市将布巾在盆中冷酒内浸了一浸，淡薄的赤红洇散开来。

　　"不计其数。"男子侧着头，并不看她。

纯白布巾已被染成轻红，海市敛眉垂目，仔细轻巧地绕过新伤："最后一次，是什么时候？"

男子沉默片刻，答道："七年前吧。"

"七年前？"海市的指尖停住了。停得久了，手下肌肤的温度便透过潮湿的布巾，缓慢地渗透出来。她看着自己的手指不受控制地蜷曲起来，将布巾捏出水痕："七年前？"

方诸仍是沉默。

"你骗人。"海市垂着头，肩膀上，似是用了极大的力。她猛然仰起脸，一对清水眼盈满了恨痛的光："就在今天早晨，你杀了柘榴。你只用那几句话，就杀了她。"

方诸只是不看她。那样一个雅静秀逸的侧影，石塑般无喜无悲，只是不肯看她。

"那个老宫人临死前，破口痛骂柘榴害了她，还有——"海市的浓密眼睫上，沾了细碎的泪光，"诅咒你不得好死。"

方诸淡然一笑。生于公侯家，习艺帝王苑，转战千里，一身数反——所谓不得好死，他一早已经觉悟——生亦不得好生，又何必计较好死不好死？

"为什么？你究竟要濯缨为你做什么？他重然诺胜过性命，自从十三岁上被你收服追随至今，你的命令，他可曾有丝毫违背？那样的皇帝，柘榴盲眼是因为他，六翼将死绝是因为他，我六岁上被投入鲛海父亡母散是因为他——只要你一句话，他也愿牺牲了自己的命，去保住那样一个皇帝。即便柘榴自昶王府回来后便立刻自尽，他要复仇亦只会去昶王府，怎会找到皇帝头上？"

海市探出手去。她的手指颤抖着。他的眼秀长深湛，仿佛龙隐之渊；他的鼻梁挺而窄，宛如刀锋；他面庞瘦削，思虑沉重。她的指尖轻悄地拂在他面颊上，像五瓣联翩的落花，徒劳地要将他的视线挽回。

"为什么柘榴非死不可？自小到大，但凡你要我们做些什么，纵是多少为难，性命不要，我们亦会为你做到。可是柘榴，她真不能不死吗？不过是个盲女！她死了，濯缨没有一声哭，他怕是这辈子也哭不出来了！"

"所以，那盲女不能不死。"方诸终于正眼看着海市，低缓说道。

脆响乍起，方诸面孔被抽得偏过一边，黧白的脸颊上浮起五道红痕。

海市揪紧他右边衣领，不能置信地看着那张淡漠的脸，泪水决眶而出。她与濯缨，原来都是他指间无情拨弄的棋子。他根本不曾拿濯缨与自己当作儿女，甚至不当作是人——除了帝旭，旁的人原来根本不算是人。濯缨于海市是兄长朋党，可豪饮论剑、齐驱并驾，亲如一胞同出。方诸却是她的师，她的父，她的友，是她混沌世界里开天辟地的电与光。她原知道她与他是不能的，亦没有奢望过什么。不问前尘，不顾后路，杀人如麻只为得他一句称许，结果，却换得了这样一个下场。

她紧紧攥着他的衣衫，逼视他的眼，泪如连珠打在他左肩伤口，生生抽痛。这孩子像只小兽一般天真而倔强地依恋着他。她是他亲手抱回的小东西，可是，他忘了她会长大。有时候，即便是男装，那遮掩不住的美丽依然会炫人眼目。

她大睁着黑白分明的眼看他，那么多泪纷纷坠落，却紧咬着唇，不肯发出一声哽咽。她一向骄傲勇敢，连哭泣的时候也不肯示弱。

他觉得自己紧握的手无声地展开。指尖犹疑着逐一抬起，经过漫长的时间，终于伸展成一个小小的探寻的姿态。倘若再扬高一尺，便可以拥住她细瘦的肩。

然而他没有。手在空中停留半刻，骤然握成了拳，重又落回身侧。不动声色，她不曾发现。

她的美丽如一道谶语，无时无刻不在提醒着他：他早已决意斩断了自己，此生已废。

他不能不回避她的眼光。歧流的河川永不倒灌，他与她的命运，一往无回。

门上响起了轻叩。馆内宫人隔门唤道："小公子，宫里传话来，催促即刻动身哪。"

海市周身一颤，乍然松手放开他的衣襟，待了片刻，又粗鲁地以手背抹去满面泪痕，打怀里摸出一枚镶水绿琉璃的金扳指，摔在方诸身上。那扳指原是方诸自用的，她戴来嫌大，便如寻常闺阁女子缠指环般，使绿丝线将它缠过了。

方诸似是视而不见，向门外答道："去回他们，小公子马上就来。"声音竟不含一丝波动。

海市深深吐息，而后站起身，一步步走到门前，忽然又回过头来，眉宇间锁着困惑与凄凉："养育我十年，灌缨十五年，难道你——就是为了让我们今天自相残杀？我到底能信你多少？"

她就那样站了一刻，始终没有等到他的回答。

III

  七月朔日夜中，夺罕刺帝旭，不成，伤内侍禁卫数十，衔夜北逃。近畿营副将符义与黄泉营参将方海市率兵士五百，夜开帝都永祚门，举火缉捕。辗转往返中路、赤山、合安三郡，行程千里，毙马无算。夺罕狡黠，数扑数逸，王师折损近百。八月中，终杀之于莫纥关外，尸身为迦满军夺去。

——《内阁大库·奏章合牒·天享卷·十四年八月》

  追至莫纥关时，正是八月望日午后时分。关外便是迦满国境，这剩余的四百骑既非使节，亦非商贾，不便公然武装进入他国境内，遂遣便衣探马出关探听。眼看约定时辰已过，天色向晚，十名探马无一回还，草原中曾先后响起两声示警鸣镝，此后再无消息，这十人想是已遇不测。

  为防故旧徇私，出京的五百人马不从羽林中调拨，均选自近畿营，多是符义自黄泉关带来的旧部。据宫中传言，凤庭总管方诸本是要亲身缉拿方濯缨，因重伤在身，由另一名义子方海市替代。追缉半月，数次设局、埋伏、围堵，那方濯缨只身一人，行踪飘忽如鬼魅，从中州至瀚州数千里路途竟拿他不着，反赔进去几十名精壮汉子。如今又是十条人命损失，剩余的四百骑内，起了无声的骚动。

  符义挽住马，闭目思索。海市从旁看着他那张黑得难辨眉目的脸。片刻，符义高举起右手，截然向前一指，淡淡道："出关。"

  草原的黄昏分外炽烈艳丽。天际垒起万状云堡，金乌未沉，冰轮已然东升，日月星辰皆明媚硕大,与关内所见的天穹竟似是全然两样。夏草芃茂,高与马背相齐,夕阳下,眼见得那离离之草如赤金的波涛,自广袤远方一浪浪涌动而来。

濯缨眯起眼,夕照将他俊秀的脸孔涂泽金红。他信马由缰,任胯下骏马停停走走。北地天候迟晚,莫纥关内一城柘榴开得如火如荼,即便是七八里开外,亦看得见那流溢泼洒的红。青天下远远扬起一道尘土,自东南朝西北方向奔驰而来。

来了。

濯缨稍稍夹紧马腹,那匹九花虬便轻快地跑了起来。

呼喝声渐渐散开,向他围拢过来。他侧身回头望去,苍茫碧野上,黄尘呈半圆形状自后包抄过来,已不过两里左右路程,骑者的身影踊跃隐现于草浪中。

濯缨周身的血脉里,忽然涌起了难以言喻的欣快。果然,他还是个鹄库人,寺九的子孙。他长笑一声,打了一个响鞭,伏身向马耳边用鹄库语言低声说道:"飞光,让我瞧瞧,你到底是不是匹好马。"

飞光听懂了人言似的,猛然厉声嘶鸣,扬蹄腾跃,果然足不沾尘地飞奔起来。

濯缨亦觉得自己的身体一寸寸活了过来。

心与眼都无遮无翳,身轻如燕,马上衣袂飘飞。夏荣冬枯的万顷碧野里,人们代代繁衍、朝生暮死,忙着纵马扬踏高声歌唱,生于旷野,没于旷野,如草芥一般渺小,却快意自得。

回来了。真的回来了。

"那是他吗?"符义问道。

海市面无表情答道:"那声音,应该是吧。"

符义冷笑道:"够逍遥的,唱起歌儿来了。包抄过去。"

"大人!"猛然有人惊呼。西北方亦有一道滚滚黄尘卷来,有人吹响草叶,尖厉的声音飘浮在金红色的暮霭中。马蹄声整齐划一,队形严整,显是训练有素。

"是迦满军?"

"不对,他们穿着便衣!"

"不会错,那些马清一色都是黄骠军马!"低声的议论登时传遍了四百骑中。

"迦满人……"符义拧起了眉,"原来是这样……"

鹄库东部与迦满接壤,南为左菩敦部,北为右菩敦部,两王素来不和。左菩敦王夺洛近日似对迦满有所图谋,迦满自然要竭力拉拢右菩敦王额尔济。那方濯缨是夺洛之弟,额尔济想要对付夺洛,最名正言顺的手段莫过于扶植方濯缨,争夺左菩敦王之位。迦满为了扳倒夺洛,竟然也不惜出兵来与徵朝抢夺方濯缨。可恨的是迦满人又藏头露尾，把军装换了牧民衣裳，日后交涉起来，大可推搪说是流寇劫去。迦满向来畏服徵朝，左菩敦部最初来滋扰时，迦满亦曾经向天启求援，帝旭却打发了使者，不闻不问。如今看来，迦满已对徵朝彻底断绝了指望。

"然而，即便如此，"符义恨然道，"迦满人情急之下，若是举国反扑，亦是可畏。"他一个近畿营副将，没有在迦满境内轻易开启战端之理。

"符人人，不妨让末将一试。"身侧的年轻武将催马前进一步，符义转过头去，看见了方海市清秀的侧脸。

方濯缨纵马迎向迦满军，眼见得只隔一里余地，便要没入那千人阵中，追无可追。

符义点头道："去吧。"

海市一抖手中缰绳，连下两鞭，轻捷地追了出去，少年清瘦身姿直像是要消融在夕阳中。

风声盈耳。海市松开辔头，单手取下背后六石强弓，又一手自箭壶摸出一支白隼翎箭，上弦。左持右挽，箭平于眼，壮汉亦未必能开满的六石弓，这少年不动声色便开到满圆。开弓的右手拇指上没有了原先惯用的扳指，草草用熟革裹了几层。

意定神明，无妄无断。万念俱灰，万心同灭。

六岁初习射艺时候，方诸曾如此说着，自身后握住她的双手，引着她将弓开满。

唯如此，那脱手的一射方能不偏不倚，正中鹄的。这一射不能有一点差池，非中不可。右手的挽力乍然松脱，箭方离弦，身后便起了喝彩。这一箭眼看着要正中濯缨左心，断无偏差。

海市，果然是你。

濯缨拍马直直向西，迎着半没的巨大落日，仿佛只要再加鞭跑上半个时辰，就能跑进太阳里去似的。蒿草自身侧飒飒倒伏，如同破浪迎风。他不能躲闪，海市这一箭非中不可。那孩子自小骑射天分过人，他信她，一定能中。

犀利之声破空而下。

强劲的力道呼啸着刺入后背，濯缨的身子猛然向前一弓，跌下马来。温热的液体，淋淋漓漓淌了满背。

"濯缨，这是我与你打的最后一个赌。若你相信海市平日待你的情分，信她宁可抗命也不愿杀你，咱们就赌这一场。若是赢了，你便赢得自由，还有——这七千里瀚州。"

身体腾空而起的时候，那个男人的音容依然历历在目。

他趴伏在潮润的土地上，听着迦满人的马蹄声将他围绕起来，徵军疾驰而去。他支撑着身子，艰难地坐起身来，箭依然深深扎在背上。濯缨拔剑削断箭杆，将右手探到左胁下，解下了贴身银壶，棱角分明的唇边浮现一丝苦笑。

义父，你这一生，竟是从未失算。

箭头穿透了银壶，酒漏出大半，而他的伤口，不过半寸深浅。

他无声地大笑起来，满面是泪。

我与海市各自一意任性行事，到头来，原来事事皆如你计算。我们苦苦与天挣命，不过是不知身缠丝线的傀儡，唱着你点的戏码。

织造坊主事施霖畏葸地站着，看着那些纤细得不似男子的手指，在眼前沉香桌上随意叩出一串响动。

"想不到……这老狐狸。"年轻男子收起了一贯的嬉笑表情，"我们费尽心思拣选的两只上好苍隼，反而成了他局中的踏脚石。现在可好，这方濯缨投身关外，因身负刺杀徵朝皇帝的死罪，鹄库庶民非但不疑心于他，更当他是个忍辱负重十五年的少年英杰。方诸这一手算盘，呵，打得实在精细。"

施霖的胖脸涨得通红："是小、小的不够伶俐……没想到方诸为了将祸水引到殿下身上，竟连那柘榴也杀了……小的本该想到……"

昶王抬手示意他不必再说："这倒不怪你。那盲女不死，方濯缨回瀚州后一样是要与我们作对，多了盲女那一条命，不过是使他心意更坚罢了。就好像——就好像牡丹姊姊不死，我一样是不能任旭哥这样下去。"说罢，昶王扬起秀丽的眉目来，微微一笑："啊呀，本不该与你说这些的。"

施霖周身从里凉到了外。

当年鄢陵帝姬目睹民间夫役税赋沉重，痛恨帝旭暴虐无道，因劝说昶王弑帝自立。昶王自觉羽翼未丰，时机未足，人前人后有意摆出嬉浮模样来，竟连鄢陵帝姬亦瞒过了。帝姬愤然而去，数日后自携鸩酒与帝旭对饮，不料为黑衣羽林所阻。鄢陵帝姬脱逃，禁军追赶至外城角楼，帝姬身中两箭，自拔了穿胸的箭镞，从五丈高的角楼一仰而下，跌死于永乐大道街头。为求保全昶王，诡称是汾阳郡王庶女，死不瞑目。

"如今也就只有等明年开春，左菩敦王如约佯攻黄泉关，趁着京中防卫空虚……"手指依然叩击着桌面，灯影下的年轻男子露出幽冷的笑，"不过，在那之前，一定要将方诸的爪牙全数斩断。牡丹姊姊她实在太傻，空有胆色，智谋全无——不过，我总要让她死得值得。"

伪帝姬死，府内弦歌不改，宾客大醉，王有召侍寝。

天亮问曰："吾夜来醉语否？梦呓否？"

美人对曰："否。"

王曰："妮子机伶，亦只到今日。"拔剑杀之。

——《徵书·列王纪·百卅一·昶王》

因追缉蛮人夺罕，海市错过了回黄泉关的时日，瀚北大雪阻途，只得南渡，在东陆耽搁到来年开春。

回天启的途中，她在赤山城外病倒了。到驿馆的时候，人已经伏在马背上，一气昏睡不醒。请了郎中来诊治，延至别室看茶开方，说是风寒内侵，女孩子家气血两虚，顺便开个补养方子。符义听了不说二话，重金赏了郎中。郎中回家当夜暴毙，得来的打赏银钱恰好操办丧事。

方子确是对症，却不见得高明。海市的烧渐渐低了，只是难退，符义留了几个人在驿馆照料，待她痊愈后再追上大队。她倒对自己不管不顾，九月天气初凉，依然披着单衣四处走动，亦不知道避风，烧总也不退。回天启的日子，也就一天天地延宕下去。

到了十月，新添了咳嗽的毛病，发烧时好时坏。她并不焦急，仿佛迟一点回京也好似的，将照顾她的兵士一个一个遣了回去。

十一月，鹅毛雪铺天盖地而来，海市每日依然在驿馆后院习射。

眼中恍如无箭，手中恍如无弓，心静似水。新的一箭，将旧的一箭从翎羽破到镞头，劈为两半。反反复复，只有一个靶心，残箭渐渐攒成一束，初看神乎其技，久了便十分无聊。

在驿馆帮佣的十五岁女孩名叫小六。有时小六端着盆子经过廊下，会驻足看她挽弓射箭，饱满的脸颊冻得透红，眼里含着些晶莹的意思，海市只有暗自苦笑。

有一日，小六不知为何壮起了胆子，怯怯来询问海市的生辰，海市随口告诉了她，她却又局促不安起来。犹豫片刻，忸怩地从怀里摸出一枚"柏奚"来。海市晓得，所谓"柏奚"，是柏木制成的三寸人偶，每当孩童出痘或是家人久病，平民人家多半会随手做一个柏奚，在心口写上病人的名讳生辰，将人偶劈裂两爿，意在让柏奚替病人承受灾厄。小六不会写字，只得让海市自己写上。海市并不十分相信这些巫蛊玩意，看小六兴冲冲的模样，亦不好拂她的兴致。写好后，小六便将那人偶摆在劈柴桩子上，用斧子一劈两分，又慎重地拿到灶膛里烧化了，欢欢喜喜将烧出的灰烬捧来给海市看。怪的是，那之后海市的病果然有了起色，发热的日子渐渐少了。

小六出生的时候，仪王之乱当已平定。赤山郡光复较早，加之天然富庶物产丰足，人民亦不会像海市的父辈那般，土地枯碱耕种无获，只得沦为珠民，在风涛鲸鲛中讨一份生活。这女孩虽然出身微寒,帮佣过活,却赶上了十几年平静的日子,得以一派纯真地成长。大约她不会知道,那一点鲜艳青春的颜色,加上那分天真,在乱世中亦会成了她的祸端。

或者就这样以武立命,做一辈子男人也好。再挨上二十年,待到容色衰老,便连这一点被少女注目的烦恼也不会有了。念至于此,海市自己也觉心灰,淡淡摇头一哂。

前边驿路上人声马声,老军曹扯起破锣嗓门喊那帮佣女孩:"小六!小六!"

小六慌慌答应一句,趿着鞋子啪嗒啪嗒地迎着声音跑了过去。大雪天没别的客人,全是跑文书急牒的军吏,招呼起来总是特别费劲,进门就嚷嚷着"温酒来""喂马去""替军爷把斗篷烤干""拿饭来老子吃了赶路",总得叫小六折腾上半个时辰。

海市仰头看天,雪片茫茫洒洒,栖落唇上,渐渐融为一点刺人的冰寒。那混沌的天,却是怎么也看不清楚了。

廊下的破地板又是一阵啪嗒啪嗒响动,海市侧目看去,小六竟又折了回来,手里挥舞着一封书简,老远嚷道:"方大人,你的信。"递过来时手指相触,涨得她满脸通红。

海市窘迫地接过书简,边走边拆。书简极薄,封套上落了下款,简单一个"方"字。与他三个月未通音信,于海市是少有的事。她微微咬啮下唇,显露出少年般的负气神情,探进两个指头,将内里的纸张抽出来。

小六兴致勃勃跟在她身后,忽然诧异停住。眼前那年轻将军骤然间背脊硬直,又像被刺到似的,猛然松开手指。素白封套内飘落了烈艳的红笺,在雪地里灼灼直欲烧人。她伶伶俐俐地抢前一步蹲下身子,打算替她拾起来,却忽然被人按住了手。那只手劲瘦纤细,掌心带有微烫的温度,觉得出许多处薄薄的茧。小六只觉得脑袋里轰的一声,耳郭烧成了透明的嫣红。

"别动它。"海市蹙紧挺秀眉毛,神色冷冽迫人,几乎起了杀机。

小六登时脸色一白,红潮尽退,眼眶里泪水亦不敢流下来。这个俊秀爽朗的少年将军,怎会一瞬间叫人觉得毛骨悚然起来?

海市拾起红笺,犹豫一刻,将它展开。一看之下,飞长眉眼间现出惊愕神情,扭头追问小六:"那送信的人呢?"

"在……在前厅等……等着。"小六稳不住声音,抖抖索索地答道。哗啦一声响,骇得她肩膀猛然一战,偷眼看去,积雪的小院里散了一地的箭矢,海市已不见人影。

海市急奔至驿馆前厅,那里等着的是个寻常中年军汉,容貌平凡得简直难于记忆,却觉得有几分眼熟。见了海市,那军汉便起身来行了礼,举止渊渟岳峙,令人难起轻慢之心。不错,在霁风馆内,确实见过此人数次,想来亦是黑衣羽林内分量不轻的人物,可见方诸对这书简的慎重。

"你可带足了银钱？"海市问道。

"回小公子，带足了。"

"那么，你自己买一匹马回去，你的马，我骑去了。"海市一面说着，一面就出门往马厩方向去。

那人骑来的是馆中最快的风骏，原是濯缨的马，鞍鞯还未卸下。海市牵它出来，它也还认得海市，眨巴着湿润乌黑的眼睛，很是温驯。她怅然拍拍马背跨上去，抽了一鞭，风骏便飞电般地跑了起来。

自赤山城至天启六百里路途，飞凤金字牌急脚递亦需快马跑上一日一夜，寻常脚程更需五日六日。大雪弥漫前路，风骏破开雪雾，直向南方奔去。

朔风飞雪，拍窗有声。

方诸忽然睁开了双眼。风雪声里，远远地一路马蹄声驰来。多年戎马生涯在他身上留下的痕迹已经消退，挽弓的茧、刀剑的伤，年深日久都平复了，唯有夜中警醒浅眠与锐利耳力未改。那蹄声在约莫两三里开外停了停，想是唤起当值羽林，开了垂华门，纵马一路直向雾风馆，静夜中，清越铮铮。

这不是海市，还能是谁呢？

霜平湖早已结了冻。回想那一日，窗外夏荷亭亭，蘋花涨池。半年时光，又是这样过去了。

门外有轻盈奔跑足音，以及侍卫的悄语劝阻。侍卫低低哀叫一声，想是挨了揍。他不禁微微苦笑。谁能阻挡得了她？

海市径直进了他寝室，掩上房门。一路奔驰如风，肩上片雪不沾，只是颈前迎风的领沿已经积起了一道细细的雪粉。看着她疾步走上前来，他也不惊异，只是稍稍坐起，待她开口。他的瞳仁深邃难解，教人看不清神光所聚，像是不见底、不通透的灰。

屋内炭火暖热熏人，海市这才发觉自己的手足脸颊原来已经僵冷得没有了知觉，渐渐地，她觉得了自己灼热高烧的呼吸。炭火暖不了她，让她暖回来的，是她身体里的病。她勉力探手入怀，摸出红笺，将手臂缓缓直伸到方诸面前。

"这算什么意思？"清丽面容上抑制不住地涌起怒色，"奖赏么？因为我亲手替你杀了濯缨，用这个，来奖赏我的忠心不二？"

男子隔着红笺望她，却不曾回答。

泥金双鸳鸯红笺，折子是首尾相连的经折装，取团圆聚首寓意。

合婚庚帖。

展开的半页红笺上，只露出左右两个名字。

方鉴明。

叶海市。

墨书笔致端正清圆，一望而知是大家子弟自幼教养的台阁体。他用了本名，亦还记得她本姓叶。他知道她与濯缨手足情深，知道要她对濯缨亲下杀手是怎样艰难——所以，他终于肯给她一点补偿了吗？

烛火猛然蹿升，爆出毕剥声响。海市心血如沸，五内如煎，一股苦涩哽在喉间，稍有挑发，便要喷薄出来。握紧了拳，合上眼，用尽全部气力，将那一腔悲愤强咽下去。

再度睁开眼，她惊异于自己，竟能这样平静冷淡地一字一字说着："我没有杀他。我知道他左胁下向来藏着个酒壶，我射中的只是那酒壶。我违逆了你，这辈子第一次。"声音陡然微微扬高，"但是，说不出的痛快。"

"我知道。"平和温雅的声音，染上了笑意。

"你不知道！"猛然袭来的辛酸冲开了她紧咬的牙关，海市以为自己会喊出声来。最终，说出口的，却只是压抑沙哑的话语："你要我杀人，我从不多问一句为什么，可是，既然我与濯缨总有一天要自相残杀，又何必让我们兄弟相称，何必让我们自小同寝同食、同习艺、同读书？我对你空有一片心思，却从来不敢指望能有怎样的回报，只要不让你为难，我便宁愿自己忍耐，绝不会有一句怨言。"她眼里滚动着灼热的荧光，"可是，既然是要我做杀人的刀剑、忠实的鹰犬，何必把一个空无的婚姻当作饵食与甜头，你也未免——太轻贱了我！"

面前的人却不闪避她的犀利目光，面孔上漾开了一点笑影："我知道，濯缨也知道。你是个极灵透的孩子，即便我什么也不曾说，你也知道该这样做。如今，濯缨在大徵户籍上已是个死人，在鹄库人中却是亡命归来的夺罕尔萨，不经此一箭，昶王一党一定不能善罢甘休，濯缨在鹄库亦难以立足。你那一箭，射得极巧，恰在我与濯缨希望的地方。"

海市渐渐变了神色，满面迷惘。

方诸却淡笑着自顾说下去："你太任性，你想要的，我本不能给。可是，我知道你这一回有多么委屈。"端方温和的脸容上，半寸长轻轻上挑的旧刀痕犹含着似是而非的笑意，秀窄丹凤眼睛里，有少年般的清亮神采瞬间飞掠，"而且，我也多年没有任性过了。"

海市茫然地眨了眨她明媚的双目，神思飞快流转。还来不及明白他说了些什么，手与肩已止不住颤抖，血脉中急速奔流着幸福的酸楚。过了一刻工夫，她扬起面孔，脸颊上晕染了两抹嫣红。

他披衣下床,双手笼住她紧握的拳头,一点点扳开,将攥成一束的庚帖抽了出来,低声笑道:"别捏坏了,还有用。虽然只有你与我,亦不能这样不讲究,我交代了厨房,明晚做些吉利菜色。"

本朝规矩,宦官可娶宫人为妻,称为"对食",更有在宫外置别宅、纳妾者,并不避人,反而引以为傲。宦官的婚姻,人人皆知道实际是怎样一回事,仿佛为了争口气似的,此类婚仪往往做足规矩,纳采、问名、纳吉、纳征、请期、亲迎六礼俱备,若在宫外迎娶,更是排场铺张。为防老来无人奉养,收养贫民子女亦不稀罕。

可是,唯独他与她是不能的。在人前,他们是内宫总管与边疆武将,养父与养子,阉人与少年,每一重关系皆是耸人听闻、悖逆伦常。若是此时揭露了她的女子身份,当年以男子身份参加武举选试钦点探花,便成了无可推托的欺君大罪。这庚帖,注定是不能公然奉祀于天地宗亲前的。

她双膝软弱,耳中轰然作响。不食不眠抱病奔波六百里的疲倦掏空了她。狂喜与哀痛交缠着汹涌而来,终于如凶暴的浪潮吞没了海市的意识,心中一空,向侧倒了下去,才被方诸拦腰揽住,又模糊听见有人叩门。她强支着要推开他直起身来,腰上的那只手却收紧了劲力不容挣扎,温厚的声音说道:"硝子吗?进来。"海市旋即觉得耳后一麻,便彻底陷入了深沉的睡眠。

推门进来的正是送信到赤山城的中年军汉,想来也是全力随后赶来,只比海市迟到了近一个时辰。见方诸臂弯揽着少年纤瘦的肩与腰,那名叫硝子的军汉面上毫无异色,稍一拱手,也不提什么尊称,便开口说道:"线奴传来消息,昶王那边已定下计策,借他后日的生辰,请皇上准许将小公子调入王府担当侍卫长一职,直至明年初夏黄泉关路途通畅,小公子回黄泉关驻防为止。另外,线奴窃听时,听得昶王管小公子叫'方家那丫头'。"

方诸已将海市安顿于床榻之上,探了探她光洁的额际,热度稍有减退。那双晶透明丽的眼眸一合,她熟睡的脸孔竟显出了意外的娇弱。

"好一个性急的小王爷,开春之前,就打算把我手下的人赶尽杀绝吗?"他说着,并不回头,端详着她的面容,伸指拭去她眉心的薄汗。

"总管……"硝子说话向来慢条斯理,此时也不禁稍稍提高了声音。

方诸转回身来,平静道:"原是我的错,不该心存侥幸。你回去吧。明日歧铖围猎,你仔细盯着昶王他们,莫要让他们提前发难。海市进了昶王府,可就再难出来了。"

"可是,这么大的风雪,皇上明天怕不会行猎吧?"硝子道。

烛火下,方诸的脸色稍显苍白:"明天若是皇上不往猎场行猎,这孩子的性命,怕就要毁了。"

　　硝子那夜后来出了一趟城，天亮前才赶回宫中。他怀揣着刚刚得来的一只小小鹰雏，坐在重仁门的歇山顶上，纷飞大雪中，看得见霁风馆侧院的如豆灯火一直点到天明。寅时，彻夜通明的金城宫内，宫人走动起来。

IV

　　这一夜她睡得太深沉了，连梦也不曾有一个。在熟悉的气息包围中，终于像回到巢穴的幼兽一样安下心来，放任意识涣散在温暖的黑暗中。
　　不要醒就好了。
　　她蹙起眉头，躲避着轻轻拍打在脸颊上的微凉大手。恍惚还是七八岁年纪，清晨不愿起床习字，义父来拍她的脸，她将脑袋深埋入被子中躲避。濯缨使坏，总要哗啦一声掀了被子，让她打三五个喷嚏。睡眼惺忪中海市微笑起来，本能地揪紧了被子，提防濯缨来扯，过了片刻，始终不见动静，甜浓睡意于是渐渐消散。时光电转，记忆犹如一枚冰冷玉饰紧贴在心口上，未睁眼，已觉得了一点心酸。她已不再是梳双丫角的孩童，而那相伴十年的兄长濯缨，乌金色眼睛的少年，怕也是永远不会回来与她嬉闹了。
　　她睁开眼睛，用力合上，再睁开。
　　濯缨走了，这里只剩下他和她。不错，这是他的屋子。衾褥帐帷素净雅洁，浸染了淡薄墨香。他的枕，他的髓玉腰珮，他压在床头的惊鲵古剑，他停栖于她面颊上的温凉手掌。屋内清光明亮，窗纸上有飞絮般的雪影悠然飘落。
　　海市眨动浓密的眼睫："下雪了。"
　　"嗯。"他答应着，欲要抽回的手却被她握住，依然贴在面颊上。她的手极轻，胆怯而窘迫，像是唯恐他稍有不悦，随时预备着撒手逃开似的。
　　"我想脱去军籍，留在帝都。"
　　"不喜欢边关吗？"他扬眉。

"喜欢啊。"她望了望他，又立即低下眼去，"可是，边关离你太远。皇帝也好蛮王也罢，这些东西我都不怕，只要你身边始终有我，只有我，那便很好了。"

他一时语塞，胸中如有冰与炭杂错填堵。她那一瞬的波光，潋滟而温软，竟然令他心生畏惧。她在一日一日长大，那种雌雄莫辨的美已越发秾丽起来。纵然肌肤晒成了蜜金颜色，只要放下长发，便流露出不自知的韶华与风情，不容错认。在战场上她决断如铁，冷定更胜男儿，在他身边却时时只当自己是个孩子，一味信赖着他，一味耽溺于眼前的幸福。而他唯一能为她做的，只是伸出手去，亲手毁弃这短暂如泡影的幸福。

她忽然抬起脸，明丽的眼里神光璀璨："我从小武艺最好，一定不会拖累你。"

他搁在海市面颊上的那只手依然轻柔，身侧的另一只手却不为人知地缓缓握紧："今日皇上冬狩，你随我去吗？"

"冬狩？要去要去！"海市一听是狩猎，立刻有了劲头，赤足自床上跳了下来，就要往自己的屋子去，"我换衣裳！"

"手。"

"嗯？"海市疑惑地站定了，犹犹豫豫伸出一只手，一枚冰冷沉重的小东西随即落入她的掌心。镶水绿琉璃的金扳指，因是多年相传的旧物，光泽尤其温润饱满，内面新缠了厚厚的绿丝线，她试着套上右手拇指，大小恰好。她对他靦然一笑，他亦淡笑以对，眼睛里却有着她看不透的窅暗漩涡。

节气大雪。

彤云四合，六出雪片翻飞，帝旭却执意要出猎。

御驾出城冬狩之日，永安、永乐两大道与承稷门照例不许庶民通行，路旁馔饮买卖商肆一概歇业。五十里积雪大道两侧张设着一丈高的连绵锦幛，为防车辇打滑，路面更洒有匀细海沙，宽广平直、澄黄洁净，有如足金铺陈。永安大道上五色衣冠仪仗自成鲜明方阵，相衔而行，一时旌旗冠盖遮天蔽日。

大徵崇尚缁、金、朱、青、紫五色，以缁地金龙纹为帝后衮服，其余诸色依爵位官阶等而下之，即便冬日外披裘服亦不可僭越本色。因是随狩，百官皆做骑射装扮，卸去冠戴，将朝服左肩褪下，露出内里的同色深衣，前后长裾亦挽结于右腰侧，外披本色皮裘。海市平日少用皮裘，一时寻不着本色青貂，只得胡乱找了件银狐应数，在武官行列中尤为醒目，立即便有同袍前来攀谈。海市自报了名姓籍贯，诸官听得方海市三字，心内皆明白是方诸养子，一时面面相觑，沉默下来。海市便不再言语，自顾策马前行。到了永安大道与永乐大道之交叉口，前头便有小黄门下来传了消息，命文武诸官行列暂且停下。此时帝旭御驾与文武官员之间已有了半里间隔，原先等候在永乐大道上的一行队列便插入间隔之中。行列中骑马领头的年轻男子披一件极长大的赤红火狐风帽掩去了眉目，皮袭下摆里露出精工紫金马镫。朱色是皇亲用色，那年轻男子必然是昶王无疑。昶王勒住了马，将脸转向百官行列，却不知是在看谁。过了片刻，他扬手将风帽拂至脑后，不经心地转头向前。昶王的面容较帝旭秀丽，日常总是萎靡不振，唯方才那一转瞬中神色异常清峻。纵然有人因那一瞬心生惊骇，约莫也很快便要怀疑自己眼花——昶王随即仰天打了个毫不避人的大呵欠，才策马带领随从侍卫等列队趋前，紧紧尾随帝旭御驾。

巳时三刻，御驾抵达围场。歧钺围场在歧钺隘口之下，三面为天柱山脉环抱，是离京最近的一处皇家猎苑。本朝立国以来六百七十余年，每年大雪冬狩典礼均在此举行，只在仪王之乱中间断了八年。大雪冬狩原本意在以猎获禽兽之多寡与种类来占卜来年年景，猎获中应有豹、貂、鹇与兔，各象征财货、温饱、风调雨顺与繁茂多发，后来逐渐演变为冬狩典礼，在御驾前依次放出四种动物，由皇帝象征性地予以捕捉或射杀，作为立春大社供奉天地山川的祭品。

常年驻守围场的官员名为狩人，约有百余人数，出迎时亦均将朝服卸去一肩，挽结衣裾，作骑射装扮，另成一队附于五色官员行列左侧。海市见狩人们各司其职，擎鹰鹇者有之、持兔笼者有之，更有十六人专职运送豹笼，其中尤为醒目的是两名身披杂灰银鼠皮大氅的少女。那两名少女容貌只是中等，举止不似女官，也不若世家之女，皆是乌发垂肩，不经梳挽亦毫无簪饰，灰鼠大氅自脖颈裹到踝下，在御前是极为无礼冲犯的装扮，众人也仿佛视而不见。像是觉察了海市的注视，其中一名少女转回头来望了一眼，那眼神纯良而畏缩，如她身旁笼中的白兔。正在此时，前边文官让出一条道来，内侍传话，说是就要放豹子了，命武官全体列队上前护驾。海市随着大队牵马步行向前穿过文官行列，在羽林禁卫丛中发觉了那名骑着"风骏"送信至赤山的军汉。昶王与帝旭为青衣的羽林与武官团团簇拥，火狐与玄貂皮袭均光润得如同上好贡缎，是满眼雪白与石青中最烈艳夺目的两抹颜色。方诸隐身于内侍群中，一色的紫貂外袍，风帽遮着眼，身姿仪态依然醒目，已有不少武官注目于他，窃窃揣测起来，传闻中从不出宫的方大总管，就是这样一个人吗？

前面人群中微微起了骚动——豹子出笼了。

豹是自小驯养在上苑内的锦文云豹，与负责喂养的狩人十分亲昵，爪甲亦每日由狩人修剪。不靠得太近的话，不过是安全的玩赏兽物。刚出笼的豹子四足戴着叮当作响的金铃，茫然走了几步，在雪地上留下梅花足印，然后在一旁的人群中发现了熟识的狩人面孔，便轻巧欢欣地向那边奔跑过去。

一声厉喝在人群中炸响，杀气暴起，闻者无不惕然心惊。只见帝旭随手将玄貂皮袭向身后一抛，扬手发力，空中弧光疾落。云豹嗥然痛叫，立时大力跳踉刨抓，激得金铃铮铮疾响，四处雪粉飞腾。羽林郎一拥而上，以手中军棍将云豹绞住，足足用了近二十人，才将那云豹压服在地。众人定睛看时，帝旭掷出的精钢小斧正嵌在云豹两眼之间，是致命的一处伤。司祭官上前祝祷完毕，羽林郎将云豹移开，百官于是皆伏地山呼万岁，称颂圣武。帝旭一面从年轻内侍手上接过方才解下的玄貂皮裘，一面回头看着华服宝带匍匐在地的数百文臣武将，满眼的倦怠与漠视。

海市抬起头来的时候，只能看见帝旭自顾披上皮裘的背影，飞扬起来的沉重貂裘像一对巨大不祥的黑色羽翼。

"貂女呢？"帝王澄澈的嗓音里含有笑意，如同任性少年期待着恶意的游戏。

百官几乎同时不动声色地侧目看向左面的狩人行列。那两名身裹杂灰银鼠皮大氅的少女勉强走出行列，对视一眼，肩头都不由得瑟缩起来。

啪。极轻的一声响，是帝旭稍显不耐地用鞭柄轻轻拍打左手掌心。

两名少女脊背猛然僵直，面上木无表情，只有失了血色的圆润玲珑下唇，皆不易觉察又不可遏止地战抖着。两名狩人走上前来，解了她们的领扣，一拎大氅的后领，温暖厚实的裘皮便无声地脱离了她们的身躯，再从后背使力一揉，她们便被推入了还残存着云豹鲜艳血迹的雪地中，暴露在数百名男子的目光中。

她们的大氅内几乎空无一物，只有一件极薄的白缎无袖短裙聊为遮掩，小靴亦已脱去，肌肤乍然遇寒，在雪地映衬下泛出娇软的嫣红色来。

"再往前走。"优美冷冽的声音命令道。"分开往前走。"

少女们柔嫩的裸足踩过雪地，足下积雪寒冷沁骨，使得她们的步伐反而分外轻捷迅速，像是在火焰上舞踏。

"停下，就待在那儿。"帝旭扬声道。于是那两名少女停在十丈开外的空阔雪地上，伶仃的两条白影子，朔风中飘扬着齐肩的乌黑的发。狩人们打开貂笼，放出笼子中的二十四只玄貂。玄貂们脱出樊笼，纷纷避开人群，奔过雪地钻入林间。偶有几只经过少女们身边，好奇地贴着少女足边转了两圈，便绕着少女的踝将身躯盘了下来，安适地卧在少女足背上。

人们皆不自觉地放轻了呼吸。狩貂是冬狩大典中最易出娄子的一环，没有人担得起那罪责。

那天的雪是入冬以来最大的一场。天空中翻搅着浓密的白翳，雪片如杨花般落在貂女们肩上，触到体温便溶为涓涓清水。很快地，少女肌肤失去了温暖柔软的光泽，雪片不再融化，新雪不断洒落下来，越覆越厚。像是不堪冰凌重压的枝条颓然折断，一名貂女向前跪倒，旋即仆卧下去，再无动静。她足边的玄貂纳闷地转了一圈，嗅嗅她的面孔，而后仰天发出呦鸣。海市狠狠吸了一口气，强迫自己垂下眼睛。

过了一刻，另一名貂女纤细身形亦微微摇晃，而后直挺挺地向后仰倒，如一桩枯树跌卧雪地。庞大的皇家仪仗沉默地观望着她们。风愈加凶暴，松散的新雪卷成一阵阵细小的银浪，少女们的乌发很快被掩埋，眼前只余下一个崭新纯洁的银妆世界。

海市听见轻轻一声手指骨节握出的脆响。她转动视线，看见了她左侧的那个人。那人从青狐裘里露出的拳紧紧地握着，指节发白。她右侧的人手里执着鞭子，拇指焦躁地抠着鞭柄上裹的熟革。她身前的人将手垂在身侧，仿佛是很有些悠闲地用食指轻叩大腿——倘若不是御前不许佩剑，那正是平日长剑该在的地方。他们沉默着，她看不见他们的面孔。海市抬起头来茫然四顾，齐整明丽的五色方阵一丝不乱。这静默浩大的奢华队列里，人人都在思索着什么？

树林里传来细小的呦鸣，先是怯怯的一声。貂女身边的那两只玄貂立即昂起头来急切呼唤。树林里应答的呦鸣声又多了一个，两只润泽纯乌的玄貂将脑袋钻出树丛，灵巧地跑到雪地里同伴的身边，畏缩地嗅了嗅貂女，一面呜呜呜叫，一面用身体磨蹭貂女的脸颊。树丛中簌簌作声，一只又一只玄貂钻了出来，全然不顾十丈远处便有数百人类，纷纷奔向貂女身边，在一片冷白中攒成乌茸茸的两团，像一床活的貂绒毯，严密地遮挡着寒气的侵袭。

几十名狩人牵开四丈宽的网罟，蹑足向貂群走去。玄貂们不闪不避，偶有一声两声呦鸣，身体却反而将貂女护得更紧，挤挤挨挨地缩成一团，终于被一网打尽。此时便有一名狩人头目将网罟的抽索送到方诸面前，再由方诸转呈帝旭，将那数十只网中之貂象征性地牵住。狩人们戴了牛皮的手套，探手入网，将玄貂逐只捉出，它们这才明白了自己的处境，慌乱抓挠起来，发出尖锐的婴儿般的哭喊。网罟内的貂渐渐少了，才看见貂女怔怔地坐在一片斑驳的红中间，隔着网罟，转动惶惑的眼，过了许久，终于发出凄厉的叫嚷。那声音仿佛一道冰冷刀锋冲破网罟，在同一瞬间刮过每个人的后颈。貂的皮毛一旦破损玷污便失去价值，捕捉它们不可使用刀剑兽夹，即便将它们骗入陷阱，它们亦会疯狂地互相撕扯，将彼此稀世的皮毛抓得支离破碎。北方诸国传入的貂女诱捕法能够最大限度地保存它们的毛皮，对这些无知善良的动物来说，貂女是最好的诱饵，亦能减少许多互相抓伤的可能。

帝旭冷淡地丢开手中的网罟抽索，小黄门立刻上来接下了，另有人送上弓箭。

貂女坐在网中，低头俯视自己的双手。从脸面到躯干手足，貂爪挠出的鲜红伤痕交织密布。寒冷没能冻结了痛楚，一滴泪从眼眶淌至指尖，处处牵痛，最终滴落之时，在雪地上溅出一点触目的血色。

冰原上恍如远远开了两簇违背季节的野火花。海市的眼睛失去焦距，不过是单纯的红与白，却仿佛在她面前猛然展开了千里无垠的蓝。沉重凝滞的蓝色涌动起来，向她兜头压下，不能呼吸。钢灰的鲨鳍、湛青纠结的长发、流光溢彩的鲛珠、兵士狰狞的面容，记忆砰然迸碎，无数锐利碎片塌落。腥咸滋味在牙间泛开，右手手心隐隐作痛。海市低头俯视双手，并没有伤痕，她却渐渐觉得了那疼痛的形状。

她抬眼慌乱地在人群中寻找他的身影。千人万人中，她亦能一眼分辨出他来，如同林中独秀的杉树，并不如何魁伟，却自有挺拔傲岸之气，超然出群——纵然是背负着那些屈辱的名分。他与帝旭都已将裘皮脱去，教个小黄门一旁捧着，露出里面骑射装扮，单手拎着仪典用的八尺长弓，容姿依然英武豪旷如贵胄少年。

本朝六百七十余年，经历了五十三名褚姓皇帝之统治，其中不乏昏君暴君。氓民的立命之术不外一个"忍"字。六百余年间最浩大的动乱就发生在二十二年前，宵衣旰食、执法明峻的帝修麟泰年间，昏君治世的年头却往往更加平靖。这个国家太过庞大精巧，即便放任不管，它亦能自己经营自己，支撑着走上许多年——帝王却总是要死的。人生数十年，昏君与暴君的多半还要更加短些，在万民与帝王的角力中，帝王是永远的败者。然而帝旭令他们畏惧。民间或有传言，仍指望着帝旭是一时为佞臣所欺。可是朝臣们知道他不昏聩、不蒙昧，他深知何谓天理仁道，并亲手将其破弃。他杀戮时大睁着双眼，毫不避忌罪愆，即便绝情狠辣如方诸，亦只不过是他的身外之身。可怕的是，十四年已然过去，这两人的躯壳却不曾沾染一丝衰朽的气息。人人都知道世间不会有不老不死的暴君，但常识永远阻挡不了恐慌的巨流。

如同透过各色皮裘看见了那些若有所思的手，海市亦仿佛听得见身边那些压抑的声音，一遍又一遍地无声自问。

这两个人，为什么还不死呢？

围场中深沉的静寂，令每一瓣六出雪花落地的声音皆清晰可辨。可是，那些无声的铅灰的言语仿佛依然凝冻在空气之中，压迫得人难以呼吸。

帝旭随手拨响弓弦，高亢的声响刺穿了沉默的帷幕，随着骤然响起的无数纷乱振翅之声，数十只猛禽自四面同时扑梭梭冲出林梢，扶摇直上。那是二十四只鹰，应二十四节气之数，另有一只白翎青背鹞混杂其中，象征天地玄黄风调雨顺，皇帝需得将其辨识出来，并以仪典用的八尺长弓亲手射杀，之后由皇亲与正二位以上官员将二十四只鹰全数射杀，不可有一只漏网。

帝旭眼明手疾，刹那间长弓铮然鸣弦，箭似流星，直直穿透了青背鹞的一边白翅。鹞子痛挣着凄惨长嗥，歪斜地向树林滑翔下去。帝旭微微蹙起浓黑的眉，旋即补上穿胸透背的一箭，那鹞子登时挣直了双翼，如石头一般跌落下来。司祭官高声唱颂丰年，昶王与重臣们纷纷随之张弓搭箭，方诸亦是其中之一。像是感应到海市的视线，他转回头来，匆促地向人丛里的她投去一瞥。

她望着他清癯的脸容，终于稍稍安定了心神。自他将六岁的她抱到肩头上那一刻起，她已认定这熙熙攘攘的世间，唯有他堪为倚靠。他这样冷漠自持的人，只要心中有她一席之地，她也觉得心足。

他的视线在她脸上流连片刻，又稍稍移向一侧。海市顺着他视线回头望去，正看见那个送信至赤山城的军汉在她身后不远处，目光炯炯地盯着她。身贯箭矢的鹰尸相继自天空落下，百官仰首赞叹，羽林郎们则忙于取下鹰尸爪上的金环送到司祭官手中，人们均无暇旁顾。她眼看着那军汉打怀里摸出个小革囊，从中取出一只挣扎扭动的小东西——稀薄柔软的灰色羽毛、娇黄的喙与爪——是只孵化不满月的鹰雏，在男人阔大的手掌里显得稚弱可怜。

手掌缓缓收紧，鹰雏梗着脖子，嘶声咻咻叫着。天空中瞬间划下一道巨大黑影，那是母鹰收起双翼，愤怒地向军汉头顶俯冲下来。海市看在眼里，脱口喊道："当心！"

那军汉闻声向她看来，眼里竟有了然明澈的悲悯神情，他的眼光越过她的身形面貌落在她身后，像是从那里洞悉了她自己亦不可化解的命运。

海市觉得她的心脏就像那鹰雏，在虚空中被一只冰凉的手绞紧，攥成模糊的血肉。她幕然回头看去，方诸正向着她张开了弓。

"硝子，闪开！"

"陈硝子！"羽林郎们欲要救援同僚，却苦于手上没有弓箭，只得顿足呼喊。

而方诸已张开了弓。他们三人位置正是一条直线，与其说是她恰巧站在了方诸与那名叫硝子的军汉之间，不如说是硝子有心站在她的身后，引来了母鹰。在旁人看来，方诸引而不发，是要谨慎精准地抓住解救硝子的一线生机，她却知道，他是在等待着别的什么。

她隐隐地明白了他要做什么。

她早该知道，幸福不会来得如此轻易。他是何等绝情无义的男人，怎能奢望他独对她一人真心以待。他那样轻易便舍弃了濯缨，又怎么不能舍弃了她？

然而奇怪的是，她不愤怒，亦不悲伤。许多年来，他的瞳孔内仿佛始终有面镜子，隔绝内心，只是将外界投映的一切冷冷反射回去。可是那一瞬间，镜面劈开一道裂痕，她深刻清晰地望进了他的眼底，浓烈沉潜的窅黑在那双秀长的眼里沸腾翻搅着，却被死死按捺住，不能夺眶而出。

只要脚尖轻轻一踢，让胯下的坐骑小跑数步，又或者是弯身藏匿于马腹，躲过这一箭不是难事。可是，他是世间唯一能伤她的射手，如果是他要如此，她就不闪避。就在这里，等待他亲手将她的人生葬送。

明明只是一刹那，却有亿万念头汹涌决堤而出。

箭已离弦。

挟着锐利的啸鸣，箭镞自海市头顶擦过，深深贯穿了已几乎抓到硝子头颅的母鹰身体，长箭劲力依然未消，一直将毛羽戟张的母鹰钉到了不远处的杨树上。

海市这时才觉得顶心一凉，她一向仔细绾结遮掩的满头乌发，竟然在空中高高飞扬起来。长箭在半途撕开了她束发的锦绣幞巾，长发如一股乌黑芬芳的泉水淌至腰间，华美得令旁人呼吸凝窒。从披散纷拂的乌发中，她仰起脸来，明眸朱唇，容光慑人。

那扑朔迷离的美，如临水照影，总也看不真切，只觉得难以逼视，炫人眼目，是不容错认的少女风华。

她看不见百官喧哗惊艳，看不见昶王阴沉如雷云的脸，亦看不见帝旭扬起左眉颇为玩味的神情，她只望着他。

她那总是与忧虑、畏惧无缘的脸容，此时却带有某种奇异的表情。那表情，他无从形容。像沙漠旅人眺望海市蜃楼，又像孩子在送灯节的河川边追逐河灯。像一切遥不可及的幻象，渴望着，却也知道无论如何不能得到。唇角含着的一丝震颤，一点点扩大、勾起，几欲溃散，却又终于艰难地拼凑起来，成为一个凄凉的微笑。那微笑着的面庞上，两行泪毫无预兆地划然落下，在冷冽的空气中散成冰晶。

你大可不必如此苦心设陷，步步为营。只要你想，不论多么为难，我总会为你办到。她的眼睛如是说道。

他终于没有回避她的眼光，坦然望她，眉宇间浮起欣慰而悲凉的神色。

周遭喧杂人声渐渐止息，五色旌旗冠盖两侧退散，从人群中让出一道通路，有人控着马悠闲地向她走来。那人服色内外皆是高贵的黑，箭袖与挽起的前裾上密布金线缂九龙。到得近前，才看清他眉眼生得冷峻飞扬，与昶王极为相似，神情虽也倦懒，唇角轻勾着的笑意却令人胆寒。

"呵，是你。"醇清优美的嗓音，较往日少了些不耐与倦怠，多了一股玩赏的兴味。海市认出了那个声音——永远掩在日影里，如同一束没有面目形容的锦缎，帝座上的人，帝旭。

海市尚来不及反应，便觉得自己身体一轻，离开了马鞍。原来是帝旭伸出一手箍住海市的腰，将她整个人轻轻巧巧从马上拉了过来，安放在自己身前，顺手抛弃了海市身上的银狐裘，将她裹入自己的玄貂中。玄貂绒毛柔细丰厚，乌缎子般的裘面中隐着均匀的白色针毛，俗语所说的"墨里藏针"，得风愈暖，指面如焰，着水不濡，偶尔沾上的雪珠，也自会瞬间消融。

假充男子参加武试本是欺君之罪，如何处置都不为过。群臣见帝旭并无追究之意，自然也不去自讨无趣，做严明纲纪之谏言，心中却都怀有惴惴之意。自从紫箬皇后殂后，帝旭少近女色，后宫空虚，除了淑容妃缇兰，只有嫔御、女史各一二人，终年难得召幸。帝旭行事任性古怪，未可逆料，此端一开，废止已久的后宫选秀难保不会重开。

　　狩人们恭谨地垂目低首侍立道旁，脚边的网罟内，数十条被扼死的玄貂尸体毫无生气地堆叠着，貂女已不知被送去何处，不见踪影。

　　轻软的玄貂毛拂过海市的面颊，帝旭又将她裹紧了一些。

V

昶王回到王府时，已是上灯时分。侍候晚膳的下人中有个面孔陌生的小婢，想是刚进府不久，样样都觉新奇，一双灵透的眼睛简直就黏上了桌上的象牙坐兽筷架，瞧个不住。

季昶颇觉好笑，唤她近前问道："你叫什么名字，哪里人氏？"

小婢圆润的脸上顿时爬满红晕，讷讷道："回王爷，奴婢叫作小六，是赤山人。"

季昶正待说些什么，执事匆匆进来，附耳说了些什么，季昶便搁下手中银箸，起身欲走，又回头来，从桌上拣起一个筷架丢给那名叫小六的小婢："不过是筷架，你拿几个去玩就是了。"

小六又羞又窘，只得低头盯着手里的筷架，那是一只用上好象牙琢磨而成的小小老虎，逼真可爱。一旁大丫鬟见昶王已然走远，才作势扯了扯小六的耳朵，笑道："好在咱们王爷除了玩耍，其他万事都不放在心上，要是换个主子，你这么不上台盘，非吃一顿排头不可。"

昶王进了内室，符乂立刻起身行礼。

昶王稍稍颔首，面上笑影尽去，神情转为肃杀："又让方诸抢在了前头。"

"他竟能如此铤而走险，属下实在不曾想到。"符乂叹道。

"好一着置之死地而后生。"昶王轻哂，"若那姑娘落在我的手里，怕是真能对方诸有所挟制——也就难怪他宁可将这样一个美人拱手送给皇帝。"静了片刻，又道：

"那方濯缨也是个棘手角色,如今大雪封关,亦不知左菩敦王那边情势如何。"

"听说左菩敦王麾下有个东陆谋臣运兵如神,蛮族对他敬畏有加,有此人在,应是不必过虑。"

"听你这么一说,我真是有点等不及立春了呢。"昶王笑道。

符义一张脸平板如铁,漠然开口道:"王爷,恕属下僭越,消息一再走漏,府内怕有眼线,须得设法除去。"

"府内家奴多是家生的,颇为可靠,从外边买来的不过七八十人,这七八十人中,又只有不到二十名能出入内院,挨个盘诘太过麻烦。"昶王吐了口气,眉头一展,"无妨,我不缺人伺候。"

当夜正是昶王寿辰前夜,王府厨房内误烹了毒菌,二十三名下人中毒发狂身亡,尸身自王府后门运出,送往京畿府仵作房,路人皆侧目疾走。一名戴雪笠的青衣汉子走了两步,脚下忽然踩着了什么,挪开靴子一看,积雪里陷着个象牙老虎,只拇指大小。他从雪笠下望了望,板车辘辘地鱼贯经过他身边,消失在落着零星雪花的街衢深处。

青衣汉子又匆匆行了二三里路,敲开酒肆的侧门,堂倌牵出马来,鞍后缚着长油布包裹。那汉子翻身上马,马小跑了几步,便奔驰起来。往他去的方向,十数里外的山巅上,便是禁城。

一对描金烛眼看即将燃尽,依然蹿升着明丽的红焰。自黄昏至中宵,烛下独坐的男子双眼一瞬不瞬,始终清明如水。

五彩丝绦绾成同心结,左右系起两只满盛醇酿的错金云纹双瓠酒爵。两对金镶头牙箸亦是如此,齐齐整整系了丝绦,连在一处。

百子石榴团花、紫苏余甘子、碧糯佳藕、缕金香药、瑶柱虾脍、鸳鸯炸肚、双百合炊鹌子,满桌吉祥彩头的菜肴未下一箸,眼看着一点点散失了热气,原样冷透。

男子忽有所觉,向房门外问道:"谁?"

"总管,是硝子。"

方诸站起身来,走到门前,将门推开一尺宽窄。

硝子一身青衣,雪笠也不摘,双手抱着个长油布包裹。见了方诸,不由一怔。

方诸还穿着白天的青色朝服,左肩衣裳依然卸在腰下,前后衣裾也不曾解开。

硝子将手中包裹递上去,道:"大公子差人送来的。说是夜袭左菩敦部聚居营地,斩杀了一名东陆谋臣,这便是那谋臣所使兵刃。"

方诸解开包裹层层展开,露出里面一柄铁色暗哑的直刀,形制古朴雍容,寸半阔的刀刃已然劈裂,却仍划破了包裹的两三层油布。

"雕虫斋的钢口阔刃直刀。左菩敦王的这个东陆谋臣，果然是当年失踪的苏鸣。"方诸捧着刀脊，端详吞口处细细镌出的一个"虫"字，淡淡笑道，"此人最识时势，心生七窍，一生聪明机巧，终究难逃刀下横死。"

越过方诸的肩头，硝子瞥见屋内那一桌精洁端整的菜肴，与原封未动的杯箸，仿佛是主人长夜秉烛，静待客来——虽然他亦明知那人永不会回来，是他亲手推开了她。

硝子第一次发觉，面前这个风仪高雅的男子，眼下原来有着隐约疲倦的青影，而双眉间的纵纹，一夜间竟也已深得触目了。忽然，硝子退了一步，右手本能地按上了刀柄。

"怎么？"方诸微微蹙起眉，审视着硝子愕然变色的脸。

纵是沉稳镇静如硝子，亦几乎无法相信自己的眼睛，只有瞠目结舌。像是有无形的利刃飞速划过，他眼睁睁看着方诸的左眼下凭空现出两道斜飞的白痕，又过了一刻，才沁出红来。

方诸迟疑地抬手触碰伤痕，指尖染上了血。他的神情陌生，仿佛那并不是从他皮肤下流出的血。

钢刀铿锵落地。

"总管！"硝子竭力压低惊声。

方诸讶然睁大双眼，用手背拭过唇角，晕开一道鲜艳的红痕——并非内伤出血，亦不会是自行咬伤。硝子清楚地看见，那是一道细密纤小的牙痕，像是孩子咬下的，又像是女子。而一瞬之前，这道牙痕还不存在。

"没事，你先回去罢。"方诸冷声说道，又拧结了眉，"快点。"

硝子行了礼，转身便走，不敢多作一刻停留。令人惊心的不是那些活物一般从方诸青色朝服下迅速渗透出来的斑斑血迹，而是这个身姿一贯挺拔沉静的男人，他竟然抑制不住地，在颤抖。

方诸飞速将房门关上，强撑着回到桌旁，伸手捻灭描金花烛。一阵细微的盏碟相击之声过后，黑暗中只余下一个苦痛沉重的呼吸声。

恨我亦无妨。只要你还活着，哪怕生不如死——只要你活着。

艰难呼吸的间隙中，响起了短暂的轻笑。

华鬓不耐秋（五）

I

那是海的气味。

潮汐起落，风里送来清新微咸的水气，月光下涌动的海洋如同巨大清澈的墨玉。每踏一步，便沉溺得更深，凉润的海水一寸寸殷切地拥抱上来，直到没顶。离开海边多年，她依然隐约记得那温柔的触感。

然而，滑入水中的那一瞬间，她的身体被突如其来的痛楚拉成一张紧绷的弓，伤痕蜿蜒绽裂，如赤红的索条深深陷入肌肤。

"夫人！"有人惊呼着拉住她的手臂，以免她沉入水底。瞬间的紧绷过后，她全身骤然软弱下来，像个无人操纵的人偶，甚至不能支持自己头颅的重量。

玉茸顾不得四溅的水花，赶忙腾出另一只手，将女子的肩抱住，再细细收拢那些黏附于她双颊的丝缎般湿发。随着手指梳理，从乱发中露出的精巧面孔令玉茸无声地吸了一口凉气。这女子有珠贝的眼底、黑曜的眼仁，有珊瑚的唇与澄金肌肤，唯独没有活人的神情。若非裸露于水面上的肩颈遍布殷紫嫣红的细小啮痕，玉茸几乎要以为自己怀中抱着的是一尊人像。

她掬起池水细细擦洗女子肌肤，浅淡的血红迅速在乳白池水中氤氲开来。玉茸轻声太息。那女子，她昨夜听宫人议论说是凤庭总管的养女，一直当作男孩养大，中过武举探花，与早先谋逆弑上的羽林万骑方濯缨多年兄弟相称，想来也有武艺在身，究竟是怎样的一夜，使她这样遍体鳞伤？

今日黎明天色尚暗，帝旭便披衣从正寝出来，传召掖庭局司礼官。玉茸在偏殿耳房内一夜未眠，此时闻声立即趋前为帝旭更衣，帝旭却摆了摆头，道："玉姑，你去里边替夫人收拾。"

玉茾在宫中服役三十余年，连帝旭亦唤她一声"玉姑"，见惯宫闱风波，夜中听见的异声已让她心中有了七八分底。然而当她推门迈入正寝，放眼望去，仍不禁无声地用手巾捂住了口。

正寝内如经飘风横扫，满地皆散乱着轻软锦绣衾褥，二十四扇通天落地的鲛纱帷帐亦撕毁了三五，唯独不见人影。定睛良久，玉茾终于发觉堆叠如山的玄黑捻金龙纹缎被中露出女子红紫累累的半边肩背，忙赶上前去，小心翼翼地揭开缎被，正迎上一双大睁着的眼，深寂涣散，如同一泓噬人的清澈死水。

玉茾率领几名宫人将那女子送往九连池时，帝旭正伸开双手让女官们为他着装，玉茾不由得多看了一眼，心底油然生出森森凉意。皇上仪容如常，连一处最轻微的擦伤亦没有。

"痛……"女子在昏迷中喃喃吐出一个字。

玉茾连忙捧起女子的面孔，唤道："夫人！"

浓黑的眼睫稍稍翕动，女子睁开了眼，目光迷乱。

"阿母……我好痛。"

玉茾听那女子言语音调陌生，像是南边的方言，又轻细得无从分辨，想是呼痛，只得硬着头皮轻声安慰道："夫人，奴婢知道您疼，这珠汤虽然刺激伤口，疗伤除痕却有奇效，夫人再稍稍忍耐片刻便好。"

昏蒙的目光渐渐凝注于玉茾面孔上，转为清晰。海市转动视线，看清了面前这个身穿内宫女官服饰的中年妇人。

"——夫人？"她困惑地开口，声音细如游丝。

玉茾见她此时说的是官话，松了口气，温柔微笑道："恭喜夫人，皇上今日下旨册封您为淳容妃，赐别号'斛珠夫人'，与淑容妃一样，是尊崇仅次于皇后的三夫人之品级哪。"

"斛珠夫人？"海市茫然地复述着。

"凤庭总管一早便差人送来一斛稀世鲛泪珠，说是夫人幼年逢仙，这鲛泪珠是鲛人赠予夫人的嫁妆。皇上那时正向司礼官口授册封旨意，得此吉兆很是愉悦，便赐下这个别号，并赐夫人珠汤沐浴。"

幼年逢仙。

海市身躯猛然绷直，咬着牙似要使力，却终究用不出半分气力，只得依然将全部体重倚靠在玉茾身上。

初初离开海边的那些日子，她一合上眼睛，便看见沉碧的海卷起滔天漩涡，成夜地惊厥噩梦，是他与濯缨轮番照看，决不假他人之手，为的是不让旁人听见她的呓语。这一斛鲛泪珠亦被他锁入库房，不见天日整整十一年，不许她再看一眼，好不再揭起她的疮疤。她原以为这是他们三人深埋于心的秘密，长久不曾提起，她仿佛也就真能当自己只是个无父无母的孤儿，被他一时兴起收养入馆罢了。

可是，被拱手送人的，不止是她这身尚称美丽的躯壳而已。他把她不欲人知的一面霍然摊开，任由那些旧伤在光天化日下哧哧蒸腾起腐毒与血腥来。

海市疲惫地合紧双眼，再流不出泪来。

玉茹亦不便再说什么，只得继续挽着海市的肩，为她擦洗伤口，一股股血色翻上水面，将弄白的池水染成浅红。

海市咬紧牙关忍耐着周身火辣辣的疼痛，却因嗅见了熟悉的清新微咸气息而困惑地睁开眼，四面环视。她浸浴的池水浓白如牛乳，细看之下，原来那水本身是清澈浅碧的颜色，其中却密密麻麻地散布着极细小的星芒，在日光下折出七色虹彩。虽已离开海边十余年，海市毕竟是采珠人家出身的孩子，不禁低低惊喊出声。

"这是海水……还有……舂碎了的珍珠……"她颤抖着抬起一手，搅动池水，眼里满是愤恨与不能置信，"难道，年年上贡的珠赋，就是为了——"她顿了一顿，嘶哑衰弱的声音终于爆发，"每年为了贡珠，海上要死多少人，就是为了……"海市说不下去，将面孔深深埋入水里，乳白色的珠汤下，有什么东西散出隐约的光华。

玉茹疑惑地探出一手摸下去，从水里捧起了海市的手，手心白光漫起，赫然是"琅嬛"二字。玉茹骇得乍然松开两手，水花泼面，海市便直向池底滑落下去。

"夫人！"玉茹慌忙和衣踏入水中四处摸索，终于摸到了海市，将她扶起，急切拍打她的脸颊。

海市虽手足无力，眼神却幽深清醒，眉睫上沾染了珠粉，荧荧惑人："你安心，只不过是没有力气。海水是淹不死我的。"

玉茹松了口气，刚要将海市扶往池边，背后便响起了清朗闲适的男声。

"玉姑，你去把湿衣裳换了。"

玉茹啊的一声，搂着海市转回身来："皇上、方总管……"

海市倚在玉茹胸口看着来人，光丽容颜上的双瞳乌如点漆——两点浓黑的漆，无神无光。

"玉姑。"帝旭稍稍加重了语气。

"是……"玉茹慌乱应声，却不知要如何将海市送到池边。帝旭将眼光投向身边的男子。方诸恭谨俯首为礼，继而向池边走去，面色平静如过去十四年中的任何一日。

苍绿宦官袍服的衣袂无声拂过眼前。凤庭总管在玉苒的面前弯下身来，伸出一只手。玉苒将怀中女子的手臂交给方诸，匆匆踏着台阶走出珠汤池，行礼告退。

"夫人，请出浴。"静寂的九连池大殿内，回响着他温醇的声音。

海市的眸子迎着他，却并没有看着他。

"我没有力气。"她开启了精致的唇。那唇是微翘的，即便它的主人眼中空洞如死水，看起来仍是一抹任性顽艳的红。

"臣会扶住夫人的手。"

她沉默着，没有反对。他稍稍加力，她的身躯便从乳白的池水中一寸寸浮现出来，意想不到的轻盈。

他眼里，有一根细如发丝的弦逐渐绷紧。

原本的蜜金肤色生气全失，只留存了惨烈淤结的红、赭、白，那些色彩，恍然令他想起麟泰三十四年。那年他怀抱着小小的濯缨，在马上回望两军鏖战后的红药原，只有雪的白与血的红，满目疮痍。像眼前的她的身体。

他的左眼下斜飞两道伤痕，唇角细密纤小的牙痕像是孩子咬下的，又像是女子。海市搭在他臂上的手指倏地收紧，满面惊惶。

回忆如一滴墨水浸染在空白的意识上，以令人恐怖的速度无限扩大，重新将她裹入黑暗。

她曾经以为，既然心已经死去，身体亦会随之变得麻木不仁。但是她的身体依然要反抗。

风雪大作的夜晚。

她挣扎着逃避身上压制的重量，要不是帝旭敏捷地偏过了头，她的手指便要划进这一国之君的眼里。不容反抗的亲吻，她亦毫不犹豫地咬下去。那个人用一纸庚帖将她骗回帝都、用神准的一箭葬送了她的往后，那么，她至少要在他一意维护的皇帝身上，留下不可磨灭的伤。她绝望地撕扯着，像是只要足够用力，便能撕碎这可怖的夜。

可是那些伤痕，最终竟都落到了他的身上。

她一直在追寻着的答案就在眼前。只要再一瞬的时间，便能穿过迷雾，触到他那层层掩藏的灵魂。但是她退缩了。只是一个隐约的轮廓，已经令她不忍卒问。

方诸避开她的目光，取过衣袍为她披上。凉滑的纯白丝绸贴附在她的伤上，血混杂着水，晕染出朵朵嫣红来。他半跪在地，以修长美丽的手指为她理顺衣襟。肌肤相贴处，她觉出了他的冰冷。

时光飞速逆行，记忆深处，仿佛也有过那样一夜。那夜他为她绾发，为她一一结紧五色丝绦，为她佩上钢刀与镶金狻猊腰牌。她伸开双臂，像个精巧玩偶，一任他用纱衣与锦裳将自己重重叠叠围裹，轻柔触着她脸颊的手指，曾经那样稳健温暖。

"好了，鉴明，尼华罗使臣大概就要到了，你去帮我抵挡半个时辰。带子不必系了。"帝旭看着海市的指节刹那间握得发白，深黑的眼里有冷诮的光，"不，还是一个时辰好了。"

方诸牵着海市袍带的双手在空中停留了片刻，终于松开，转身欲走——却忽然变了脸色。

海市低着头，怯怯地、然而坚定地牵住了他的袍襟。她自小是男孩心性，胆大妄为，十一年来，这是他第二次见她如此恐惧——第一次是在与她初见之时。

她抬起头来，哀恳乌黑的眼，像是缎子上灼穿的两个空洞。

战栗的痛楚如一支箭瞬间贯穿他的心脏。他仿佛再一次看见了六岁的她，轻盈稚小如一叶羽毛，却又坚强狡黠如一匹幼狼，从十几名官兵的追杀合围中奔出，带着遍体伤痕投向他的怀抱。

帝旭眼里，荡漾着若有若无的笑意。

方诸唇边的旧刀痕蓦然抿直，如同落定了一个沉重的决心。他的手，落向她捉住他衣襟的那只手。而后，缓慢而坚定地收拢，握住了自己的衣襟，从她手里一寸一寸抽回。然后转身离去。

她的神魂，也就那样一寸一寸，从身体里抽离了。眼前世界无声崩坏、风化，雕梁画栋朽化成灰，珠白池水顷刻干涸，这世界离弃了她，留给她的是漠漠无尽的空白。

"明白了？"嗓音清冷，指尖却温暖，慢条斯理划过她的下颌，在唇畔流连。

海市猛然惊觉，短促地抽了一口气，向后退去。

帝旭微笑着进逼一步："鉴明他，永远不会违逆朕。"

海市再退一步，已踏入了水下的阶梯。

帝旭抬起一只手，向自己手背咬了下去，而后，含着恶意而猖狂的笑，将那只手伸到海市面前。肌肤平整如初，连齿痕亦不见一个。

"这伤口，不会留在我身上，流出来的，亦不是我的血。"

海市连退数步，不慎踏着了衣袍的下摆，眼见得要倒在齐腰深的水中，却被帝旭抢上一步，拦腰揽住，魔魅的双眼望定了她："知道是为什么吗？"

那双眼里漾过了冷厉的笑纹："你以为开国之初，方景风凭什么功绩能成为本朝第一位异姓王公？你以为每一代方氏清海公世子凭什么要送入宫内与皇子一同教养？自方景风起，清海公爵位传承至今不多不少恰好五十三代，我褚氏帝王传承至今不多不少也是五十三代，为什么？"他幽冷的眼逼近了海市，"六百七十多年来，清海公几乎没有一个得享天年。战死、病死、溺死、毒死、雷殛而死、无故暴毙，死状千奇百怪，满门孤儿寡母,为什么?因为,方氏一家本不是战将,他们是秘术世家,是我褚氏的柏奚。"

海市清冷的目光直视着帝旭俊秀飞扬的面孔,却不说话。

"不错,就是那种柏奚,百姓家中用来代人承受灾厄、祛除伤病的柏木人偶。只不过,寻常的柏奚是死的,用坏了也就坏了,可是这种活生生的柏奚,却会流血、会死亡,得十分珍爱地使用才行。"

海市闭目蹙眉,片刻之后再张开眼,双瞳中已燃起了细小的火苗。

帝旭不紧不慢地继续说下去:"清海方氏血统奇异,世世代代是褚氏帝王的柏奚,亦只有方氏之子能做帝王的柏奚。帝王与清海公之间亲厚往往更胜血亲,清海公世子也向来与太子被一同抚养成人。每个帝王即位登基之后,即举行延命秘术,清海公便从此成为柏奚,代帝王承担一切病痛、天灾、诅咒。千秋功名与万里河山,那都是帝王的,清海公则得到荣华、族荫、声名——以及双倍的灾厄与苦痛。只要清海公还在,帝王便不会死。有时候清海公死了,帝王还活着,亦不可寻找新的柏奚,那时候,帝王就必须亲身承担自己的灾厄。"

"上一任的老清海公比帝修多活了六年。"海市道。

帝旭露出了冷峭的笑:"那样的事情,偶尔也是有的。那时候,包括与流觞郡接邻的三郡在内,全国十四郡已有九郡揭起叛旗,如果老清海公被杀在先,父皇亦难免一死。在褚奉仪胁裹下,老清海公为保全流觞军战力,不得不假意答应加入叛军,依照褚奉仪的命令解开了延命之约,父皇便受术法反噬而死。当然,对外声称是病死。本朝五十三位帝王中,被解开的延命之约反噬而死的共有十七位。"

海市冷笑:"方家亦为你们褚氏牺牲了五十二位清海公,对付那些反叛的柏奚,你们的手段亦不见得会如何仁慈。"

"不错。我们两家,与其说是羁绊深厚,"帝旭轻嗤一声,"不如说是互相欠下了累累血债,冤冤相报,从此不可分割。"

"可是,义父他已是宦官,方家在仪王之乱中遭灭门之灾,不会再有传人了。"海市稍稍推拒,却挣不出帝旭的怀抱。

帝旭自顾慢条斯理地说下去:"鉴明他本该是伯曜的柏奚。父皇当年暴毙,尚来不及将这秘密传予伯曜,伯曜也就那样窝囊地自缢了。老清海公战死、方氏灭门时是麟泰三十二年,距朕登基尚有两年。那年通平城下一役,惨烈仅次于后来的红药原合战,放眼望去,犹如整个人间堕入了血海。朕在战场上受了重伤,命悬一线,阿摩蓝将朕从敌阵中拼死抢回。那时鉴明统帅东军,与本阵隔绝消息,过了一日一夜终于完成合围全歼叛军,与本阵会合。伯曜迂腐,叔昀早夭,季昶之母聂妃与朕的亡母争宠多年,只有鉴明他从小与朕最是亲厚，倒胜过这些兄弟百倍。得知朕重伤濒死，他纵马直闯中军大帐，衣不解甲照看朕十三天。朕醒来时，周身上下，连一处伤痕也不见，而鉴明倒在地上，无知无觉，胸口那个血肉模糊的箭伤，原是朕的。他代朕承受了重伤之苦，宣称身染恶疾，卧床半年才得康复。鉴明身上那些伤，本该有一半在我身上。"

清晰地感觉到怀里的女子身躯更加僵直，他含着晴明的微笑，更加残忍地叙述下去。

"知行和七七是我杀的。对阿摩蓝、大成与苏鸣下手之前，鉴明他拦住了我。他始终觉得亏欠了我的，总是要替我做这些事，好保全我这一双干净的手。"

秀长的食指抚过海市颈侧，绕开她脖颈间用链子挂着的镶水绿琉璃金扳指，优游轻柔地一路向下。海市面色惨白，紧咬住下唇，轻微地战栗着。

"我与他彼此救回性命已不是一次两次，可是他自小性子就是这样温厚，施恩不念，受恩不忘。多么厌烦的事，只要是为了我，亦能忍耐着做得滴水不漏。至于下代、再下代的褚氏帝王，他倒毫不在意。不论是做兄弟、做同袍，做君臣，还是做柏奚，他为我做的远多于职责道义。可是，想必鉴明他也厌恶了这样代代相欠的生涯，厌恶了将这样庞大的两个家族用镣铐锁在一处，永世不得自由。他比我聪明——他干脆就这样斩断了方氏的血脉，也斩断了镣铐——世上从此不会再有帝王的柏奚。"

帝旭忽然笑了，将她一把横抱起来。

"走吧，咱们可不能这样湿淋淋地去见尼华罗使臣。"

    妃年十六，男装戍边；次年随驾冬狩，帝艳之，召入宫，封淳容妃，爱宠甚隆。

——《微书·后妃·桓懿太后》

II

  雪后初晴的天气最是寒冷难耐。盛夏季节，小黄门每隔四个时辰便向宫室地砖下的夹层内灌入冰水，使室内清凉爽快，入冬之后，便改为灌入热水。今日为有尼华罗使臣波南那揭到访，殿内更着意加了数个精巧炭炉，满堂温暖如春。
  小黄门已经清晰地觉出脖颈里一道热汗蜿蜒曲折地流淌下来，波南那揭却还紧紧捧着他的暖手炉子，面色铁青，如覆了一层严霜："贵国的君王若不愿屈尊相谈，大可以堂堂正正拒绝接见小臣，如此宣召在前，冷遇在后，莫非是欺我尼华罗国小势弱？"
  尼华罗气候温暖幅员辽阔，菽麦一岁三熟，周围吐火鲁、锡甫诸国皆附庸其后，使臣自诩国小势弱，语气已近乎讥讽。小黄门满身热汗登时就要冰结起来。半个时辰来，他生怕应对不周闹出乱子，始终唯唯诺诺对付着，这回怕是要对付不过去了。正焦急时，忽然听见殿内玉座的屏风后传来脚步声，立刻喜上眉梢。
  波南那揭亦怒意稍解，起身整肃衣冠。
  从屏风后转出的人影，却令陪同使臣的礼宾主客郎中瞬间变了面色。波南那揭看见的是个姿仪清贵、神情端凝的男子，虽只是穿着宦官衣装，却令人不由肃然注目。主客郎中却目不转睛地盯着男子腰间的腰牌。华贵的金紫穗子鎏玉孔雀纹腰牌，分明是正一位大臣的品级。这样的尊荣，在宦官中不再做第二人想。
  昨日冬狩中，内宫凤庭总管方诸十四年来初次现身于群臣面前。这传说中权势煊赫的内臣披着厚重紫貂裘，风帽将面容遮掩了大半，即便在鹰狩中曾脱去裘服，亦只不过一刻长短，直到此时，主客郎中才看清了这名权臣的容貌。身边铜炉精煅炭火内杂有苏合香与薰陆香，芬芳宜人，澄青地砖融融透出暖热之气，隐有春意。而凛冽的寒瑟，却从主客郎中的脊背不可遏止地蹿升上来。年近花甲的主客郎中，在帝修年间便曾数次见过那个紧随仲旭左右的英武少年——当年的清海公大世子。

方诸拱手为礼，道：“皇上稍后便来。”青绿色素缎的袍袖中，右手背上一处新伤格外触目。

"不必，朕已经到了。"屏风后传来清朗如钟磬的声音。

尼华罗使臣来访并未大张旗鼓，觐见之礼仪亦简省到极点。因不是仪典场合，帝旭穿的只是常服样式衣装，为示慎重，依然选了一件十二章团龙立水纹。仪仗不过是十二名宫人、十二名内臣，唯有一名少年武官亦步亦趋，紧随帝旭身侧，人丛中格外醒目。那少年眉目清邃，腰如尺素，面色却冷肃得与他那韶秀年华殊不相称。

这位大徵的帝王已经嬉游放诞了十四年。各类税入与贡赋额度逐年增加，仿佛乐师一点点绷紧丝弦以试探乐器能发出怎样的高音，帝旭恶作剧般地试探着庶民耐受的极限。

中州黄金矿脉丰富，冶炼精粹，市面流通却多是银与铜，黄金大半藏入国库，不见天日。即便如此，天下黄金仍有十之七八出自大徵。天享十三年，地方缴入国库的银两终于无处堆放，于是全部设法向南方诸国兑换成黄金，使得金价一时飞涨，居高不下，西陆商人纷纷携带黄金钜万，自雷州港口乘船赶往帝都，东陆人称之为金客。即便各邻国在海港设立诸多关卡，黄金依然无法控制地流向大徵。

今年夏季，大徵国库内连黄金亦已无处堆放，司库监上奏折请求扩建库房，帝旭略扫一眼，御笔朱批，今后十年赋税全免，命将国库一半财货取出用于修建各地堤坝与义仓，司库监主事当朝昏厥。帝旭笑道：“小家子气。有进无出，守财奴耳。”

仅仅七月下半月中，国库内流出的黄金数量已达到国内流通黄金数量的三分之一。起初数日，各邻国尚且欣慰金价即将回复正常。谁想金价很快跌破天享十三年市面五十两银兑一两金的平价，依然一路暴落，始终没有要停的意思。各国刚刚吃回国库内的黄金转眼价值骤降，市面上竟有二十七两银兑一两金的荒唐事。西域与南疆的十数个国家，就这样生生失去了小半财殖，民心浮动，街谈巷议中老幼妇孺均激愤难当。

其时西陆金客依然在络绎进京，消息快的半途便掉头折回，已抵达帝都的那些金客不忍将当初高价收购的黄金贱价卖出，干脆在帝都购置屋舍奴婢，安心住下等待金价回升。可是亦有不少西陆人急于将黄金脱手，东陆商贾乘机极力压低价格，叫他们吃了大亏。那些急于脱手的金客，多半是当初为了投机，在故乡质押了房产、借下高利贷，收购黄金至东陆贩卖，可是，一路担惊受怕保全下来的黄金，如今已低贱至自古未有之价格，眼看无法按期偿还故乡债务，绝望已极。数月中，帝都街头触目皆是独坐愁饮的西陆金客，自杀者亦为数不少。各国使臣均已召集死难家属，准备出发前往天启。

西陆诸国仍在寒冬季节，不克立即前来，尼华罗地处南方，使臣亦抵达最早，名义是来处置安葬与侨民事务，并觐见帝旭，实则隐有兴师问罪之意。

帝旭含着冷然蕴藉的笑，看波南那揭慷慨陈词，始终不发一语。

主客郎中的膝弯在袍服内颤抖。当年寡言少语、明敏果决的少年旭王，为什么会变得如此令人胆寒？

帝旭没有侵略邻国的趣味，兵员粮草方面亦不曾听说什么动静。如此剥掠他国，不是为了拓展疆土，却不过是玩了一场儿戏——以天下为泥盆、以庶民为虫蟋、以国帑为赌金——怎样一场豪奢的儿戏！而那手拈斗草的人，即便逗弄到了兴头上，也不曾仰天长笑，只是如此不发一语地赏玩着盆内的三尺风波。

"波南那揭大人，朕听闻贵国中以鲛人为航海守护之神，绝世之祥瑞，正如吾国传说之天龙，是否真有此说？"澄澈的男声，如水晶相击，在殿内几乎要起回音。

波南那揭料不到帝旭沉默良久，开口便是这样一句，困惑之下，只得简单答一句："是。"

"大人可曾见过鲛人？"

"不曾。"

"那么，待开春后各国上使齐聚天启之时，请大人来宫中同赏鲛人罢。"

波南那揭手中的暖炉猛然锵啷一响，几乎要站起身来："鲛人乃是仙人之属，可遇不可求，怎能拘禁于宫闱之中？"

海市垂于身侧的手，无声地握紧。完好的右掌心里阵阵疼痛。

帝旭微笑不语，瞥了身侧侍立的男子一眼。

方诸颔首，旋即将目光投向波南那揭，神情平和，言语中却挟着巨大的威压："将祥瑞迎入皇宫供奉，是吾国的国运昌隆。大人莫非要质疑吾国国运吗？"

波南那揭言语吃亏，面色通红，可恼的是金价交涉亦未有结果，只得双手怫然交握，答道："哪里，小臣届时定来朝贺。"

方诸稍稍侧目，海市正从帝座的另一侧望着他。仿佛摇摇欲倾的接天楼台被砍断最后一道支柱，她的眸子里，有什么正在轰然崩坏。

帝旭含笑的眼光在波南那揭身上绕了一圈，又兜回了海市身上。

那半个月，帝旭都不曾临幸凤梧宫。

帝旭对新册的淳容妃方氏爱宠有加，是朝中尽人皆知的事实。凤梧宫原是太后居所，富丽堂皇堪与金城宫比肩，后被赐予鄢陵帝姬居住。帝姬事发后，凤梧宫空置十年，又被赐予这位别号斛珠夫人的淳容妃。

角楼敲响了凄清的梆子，瀚正时分已过。

女官门外禀报，今夜皇上独宿金城宫，各宫嫔妃晚妆可卸。

门扉开启一线，海市摇头，前来为她梳洗的宫女只得原样捧着玛瑙盆退下。

宫室轩敞空寂，螺钿珠玉在灯下隐约闪烁。

海市端然正坐于榻上，指尖缠绕的松石链子下悬着掐丝瑶琅薰球。她抬高了手，让薰球垂在眼前，另伸出一只手指轻轻一弹，镂空薰球便如同一个小小的浑天仪飞快旋转起来，三层圆轴内的香杯却始终不曾倾倒。焚的是龙涎香，尤带蜃气楼台之余烈，球内飘出的浅翠篆烟依然在空中凝结不散。她拔下发间金簪，伸入烟缕中，缓缓将翠烟破为两道，然后是四道、八道，最终支离破碎，经她一吹，恍如满捧空幻的羽毛四散无踪。

晚来风吹得窗扉作响，海市无声叹息，终于丢开薰球，起身向窗前走去，在窗纸上投下盛妆环佩的剪影。

她伸手挽起纱帘。

夜晚的禁城黑影幢幢，广大静寂。想六百余年来，多少卷帘美人曾经投影此窗，而后病老归尘，消散于杳杳流年之中。

美人剪影在窗上停了停，眼睫翕动如蝶，而后终于打开窗扉。

檐下风马响动，倒悬的黑衣人影并不闪避，反而坦荡荡与海市对视。

"你要守到什么时候？"海市泛起了轻浅的苦笑。

"守到小公子不逃为止。"硝子答道。

小公子？宫妆女子唇边苦笑更深。她哪里还有小公子的模样？堆云双环髻，左右各押一朵盛放的葛巾牡丹；修眉联娟，额心垂着攒七宝夜明鲛泪珠；唇染胭脂，身披牙白锦织孔雀纹翟衣，领襟内隐约露出一点红痕。

她微微叹息："你回去告诉那个人，但凡他一日要我亲手捕猎救命恩人，我便一日要逃。即便刀逼着我到了海边，入了水，你们也无能为力。"

"小公子您也知道，这两年为着黄金一事，周边诸国多有不满。除了迦满与鹄库正在交战，无暇顾及之外，其余诸国多半已暗地里有了动作。"硝子低声道。从硝子那些言语中，海市仿佛能听见那个人的声音正冷冷重叠于后——嗓音醇净平缓，唇边的旧刀痕一定正微微扬起，成为一抹笑意："南方各国皆视鲛人为航海通商之守护神祇，我国中若有鲛人守护，多少能有慑服之效。仪王之乱平靖尚不足二十年，眼下正值民间金铢筹算混乱，只要有数月的外征内乱，国体崩毁百姓涂炭之大势即难以挽回。难道小公子要犯下这六千万人命的罪愆吗？"

"你错了。"海市昂然地扬起头，冷冷睨视着硝子，仿佛是在对硝子身后的那个幻影说道，"何必自欺欺人？将六千万人拖下深渊，那只能是皇帝的罪愆。"

硝子微微一怔，很快平静了心神："令堂老夫人此时怕是已在来京的路上，待小公子迎回鲛人，便可团聚。"

"你们，竟然——"海市惊怒已极，探手腰间，却寻不到惯用的长剑。

"老夫人听说小公子在京中做了富贵人家的继室，迎老夫人来京颐养天年，想必心内欣慰得很，总想早一刻见到您回京罢。"硝子说罢，倒悬着拱手为礼，继而将身子向后一仰，双手反抓檐头，无声无息地上了殿顶，几个提纵，消失在茫茫夜色之中。

海市定定立在原地，窗前纱帷在冬夜的寒风中飘舞。

次日晨早，女官进来侍候更衣时，发觉宫室内空无一人，金珠璎珞与白锦翟衣凌乱委弃在地，两朵怒放的折枝葛巾牡丹经了一夜北风，已然萎谢失色。

> 夺罕，鹄库左菩敦王夺洛幼弟。纠合右菩敦部、迦满国，篡左菩敦王位。夺洛战死。左菩敦部牧场、牲畜归于右菩敦部者，三之有一。
> ——《内阁大库·奏章合牒·天享卷·十五年一月》

立春前，西南各国使臣麇集瀚州，由黄泉关派军护送前往帝都，顺便捎来了鹄库变乱的消息。左菩敦王夺洛锐意并吞迦满，遭迦满人抵死反击，一贯的凤敌右菩敦王额尔济更将两个女儿许配与夺洛胞弟夺罕，派军扶助夺罕篡取王位。左菩敦部在两面夹击下节节败退，夺罕手刃夺洛，篡得左菩敦王位。

"边疆平靖。每一份边牒都是边疆平靖。从冬至到立春，边疆没有任何动静，鹄库人没有依约佯攻黄泉关，连集结骑兵的迹象也没有半点。"昶王声音不大，太阳穴却隐约浮动着青筋，"唯有这一份不是边境平靖，竟然是夺洛的死讯。"一份缎面折子啪地摔到符义面前，"没有夺洛在黄泉关牵制配合，以我们手中的兵力，对付近畿与羽林军太过勉强。"

"王爷，"符义不易觉察地皱了皱眉，"这回护送使臣进京的武将乃是我在黄泉关的同袍，兵士中亦大多是我的旧部，再加上近畿营中我直系二万余人，善加运用已经足够。如今方诸的养子养女俱已失去兵权，羽林军亦不足惧。王爷不妨寻个借口出京去，待属下将京中打扫干净再回来，省得许多口舌是非。"

"护送使臣的武将，叫什么名字？你对他可有把握？"昶王眯起的眼里闪过精光。

"那人名叫张承谦，平民出身，是郭知行的旧部。"

"——也好。昨天夜里那些打鱼的已经来过了。"

"哦？"符义稍稍动容。昶王私下一贯称呼注辇人为"打鱼的"，可谓厌恶已极。他少年时被送往注辇充当质子，饱受冷遇，难为他一个十一岁的孩子谨慎持重，明敏好学，在宫廷中保全了自己。十三岁上，仪王叛乱，季昶母舅汾阳郡王亦随之作乱，季昶即遣人自注辇投书仲旭，痛切自陈绝无二心，并变卖金珠，购置粮秣送往瀚州，尚要受注辇官员讥讽盘剥。随着仲旭势力逐渐坐大，胜局初定，注辇人对季昶态度方热络起来。早年轻视昶王的注辇使臣蒲由马更借机希求攀附，送来一张上好丝缎扇面请昶王赐字，昶王亦不推辞，挥毫而就。蒲由马得意扬扬将扇面配上扇骨，四处示人。注辇人不识东陆文字，多半曲意敷衍两句便罢，随行的五千名羽林军见了却不免暗自好笑——季昶题的乃是"前倨后恭"四字，确是铁划银钩、神完气足。

帝旭登基后，昶王提出要返回大徵，注辇不仅立即放行，另赠送了大量宝货，进献公主缇兰。二十一岁的昶王那时便深知韬晦之道，将八年之乱中一切功劳推到汤乾自名下，自己摆出一副放荡模样，避过了诸多耳目。

"我对那人说，他们开出的一应条件都算上，再加一条，杀了蒲由马，我登基后便考虑由大徵国库吃回黄金。"昶王露出慵懒的笑容，"蒲由马已经活了七十来岁，这桩买卖已经便宜了他们。"

执事送进信笺来，昶王匆匆浏览，浓秀长眉猛然一抬，看着符义："宫中传来的消息，淳容妃失踪了，皇上并没有下旨搜寻。"

少年将右拳浸入海水，荧白的珠光从指缝间隐隐透露出来。那展开手掌的动作，缓慢得就像是恐惧着自己掌心内的东西。手掌终于完全摊开，发光的东西，是两个纵列的文字。

琅嬛。

少年的眼睛冷凝晶澈。

大半轮明月自波涛尽头升起，细碎白浪勾勒出蜿蜒绵长的海岸。少年解开衣带抛在脚边，接着褪下整身青布衣裳，露出一身青灰光泽的鲨鱼皮水靠，举步走入海水。

每踏一步，便沉溺得更深，凉润的海水一寸寸殷切地拥抱上来，直到没顶。海市昂起头，头顶两尺的水面如同镜子般映出她的容颜，倒影中依稀看见月华粼粼，有如星光。她还能呼吸，幼年时鲛人留给她的印记仍有魔力。于是她继续向海的更深更黑暗处走去，直到走进了洋面下巨大温暖的水流中。洄游往蓬莱方向的虹鲷与鲱鱼群仿佛万千候鸟在天空翔集，斜斜飞掠海草丛林的林梢。水流强劲有如狂风，好像稍稍用力扑打双臂，就能飞翔起来。海市看了看挂在胸前琉璃盒子内的小小司南，一蹬双腿便离开了海底，乘着洋流，让它带她去到她想去的地方。

III

正月十四，立春夜宴，珍味杂陈，乐舞麇集。尼华罗、南毗、注辇、锡甫、央吉塔、吐火鲁、迦满七国使臣均应邀而来，齐聚钧雷宫正殿。

帝旭身着黑缎四金团龙伴日月五色云与万寿篆文弁服，头戴十二旒冕冠，眉目扬峭，神情庄静。

缇兰着五色双凤禫衣，破格与注辇使臣索兰同坐于右上座。索兰身份高贵，是注辇王之幼子、淑容妃缇兰的同母弟。缇兰常年不通故国音信，此时不免十分欣悦，雷云般浓黑的眼眸里含着泪，握住弟弟的双手，以注辇语絮絮倾诉。

昶王则居于左上座，身穿双肩龙纹朱袍，与央吉塔使臣相谈甚欢。尼华罗与吐火鲁二国使臣却皆神色不安，无心宴饮。酒过三巡，尼华罗使臣波南那揭终于按捺不住，向注辇使臣索兰注目片刻，索兰亦答以眼色，随即向帝旭举起手中玉樽道："陛下，听闻贵国近日将龙尾神迎入宫中奉养，可有此事？"

帝旭自青玉冕旒后含笑望着索兰，淡淡答道："有。"

殿上诸臣均露出讶然神色，交头接耳。

波南那揭强压着心中惊骇，拱手道："那真是可喜可贺。吾国与注辇、吐火鲁均倚重海路贸易，笃信龙尾神。既然龙尾神降临贵国，吾等乞望亲见龙尾神法相，为吾国商旅祝祷平安，还请陛下玉成。"

帝旭转头低声询问方诸。方诸俯首道："钟鼓鸣报，半刻前已过继翰门。"

波南那揭尚记得上回觐见，正是这个宦官给了他好大一个难堪，心头自然不豫，于是闷闷地饮下一口醇酒。

"是吗？"帝旭笑声清冽如玉，"波南那揭大人，您往南边看。"

此言一出，殿内百人均侧首向殿门方向探看。

钧雷殿位于禁城中轴，向南可俯瞰整个禁城外廷，再向北则是朝议正殿紫宸殿，以及分隔内宫与外廷的宁泰门。此时流云蔽月，南天天色微红，自禁城正门开平门到钧雷殿前，九里宫室均未点灯，沉沉夜色中只见琉璃殿顶相接如海，当中破开一条正道，称为云道。

波南那揭站起身来极目远望，却不见一丝动静，困惑中回头看向帝旭，帝旭虽是含着笑容，斜飞入鬓的浓秀眉毛却猛然一扬，眼神凌厉起来。

殿内惊声喧哗。

禁城依山势而建，以紫宸殿为巅峰，钧雷殿高度仅次紫宸殿，从殿上便可看见，阔七丈、高五丈的开平门正缓缓左右打开。门缝中红光升腾，是簇拥的火把，一骑自门中奔驰而入。云道两侧石制灯盏均用火引连接，一经点着，灯火便如两道龙潮，向钧雷殿方向一盏盏依次亮起，蔚为大观，而引领着灯火潮头的，便是那势同雷电的一骑。马蹄过处，五道禁门——轰然开启，乾宣、坤荣、久靖、定和、文成、武德、祥云七殿灯火依次亮起，璀璨如巨大珠宝。转眼，那一骑如飞，已到钧雷殿下。马上原有两个人，少年跃下鞍来，将蒙面的另一人抱在怀中，展开轻功身法，足不点地奔上殿来。

末席处，一名虬髯汉子霍地站起身来，喃喃惊道："海市？！"昶王侧目看去，那正是此次护送使臣入京的黄泉关参将张承谦。

几乎是在同时，波南那揭大呼一声，顾不得穿鞋便跣足离席。少年轻捷地掠过波南那揭身边，带过一阵海腥味。波南那揭回头看时，那少年已站在了上席的帝旭面前，发梢凝结盐花，神色傲岸。少年怀中的人从头到脚用湿布裹着，淋淋漓漓地滴着水。

殿内一时静得连百余人的呼吸心跳之声都可以听见。

"捉到了？"帝旭挑起一眉问道。尼华罗、注辇与吐火鲁三国使臣与随人均变了脸色。他们国中以鲛人为龙尾神，地位崇高，他国平日不敬鲛人，在他们看来已是异端，何况对神明使用大不敬的"捉"字！

少年不多言语，只是将怀中那人脸上的湿布揭开。布巾一解，湛青鬓发顿时倾泻垂地，过了片刻，鬓发中有什么东西微微竖起——是一只尖薄白皙的耳。少年单手抱着那女子，让她倚在自己身上，一面将湿布层层剥除，露出灰白的湿滑肌肤来。女子站立不稳，双臂紧紧缠住海市的脖子，离那女子最近的波南那揭立刻号叫起来。女子的双臂上隐隐生有龙鳞纹，指间蹼膜晶蓝明透，与尼华罗国中龙尾神造像模样逼肖，更与缇兰所佩龙尾神纹章坠子分毫不差。

琅嬛蹙紧湛青的眉,大得惊人的眼睛迷茫地睁开,疑惑环视四周。

即令是帝旭,亦不禁低低惊叹出声。

她湛青的眼里,只有乌珠不见眼白,目光流转之下,银色的虹膜反射出七彩珠光,犹如漩涡。

衣襟飘拂、双膝落地之声四起。尼华罗、注辇与吐火鲁三国的使臣与随人纷纷离座,来到殿中,向琅嬛虔敬地行跪拜之礼。琅嬛震惊地看着面前这拜伏了一地的人类,又转回头来看海市,海市却无声地扭转了脸。

鲛人以湿透的鲛绡衣袖掩住口鼻,一颗泪华光闪烁地跌坠下来,落地时已弹跳起来——是鲛泪珠。她抬起一手,淡青色的指甲轻柔滑过海市的面颊,如有无限怜惜与哀矜。

可怜的孩子。随着那湿凉滑腻的抚摸,一个空幻的声音在海市的脑中低声回响起来。

琅嬛将脸埋回海市的怀里,澄泥地砖上响起铮琮之声,宛如乐音。众人定睛看时,原来是无数鲛珠从那少年怀中纷纷落下。

方诸的目光却不曾落在鲛人身上。那抱着鲛人的少年,眼睫与发梢凝着盐花,肌肤被海水浸得惨白,如一抹幽魂。他的眼中,有痛意一闪而逝。

她的瞳仁里有面镜子,将外界投映的一切冷冷反射回去,冰封了她的灵魂。他熟悉那样的眼神——十四年来,每日梳洗时,都能在镜子里见到。

"怎样,波南那揭大人?"帝旭年轻悦耳的声音带有三分戏谑,"吾国拟为龙尾神兴建宫室,延留久居呢。"

波南那揭叩首道:"陛下!您仁怀宽厚,还请将龙尾神送回海中吧!海中若没有了龙尾神,便要蛟龙频出、恶浪横起,我国百姓……"他说不下去,泪流满面,只有顿首不止。

索兰亦抬头急切道:"吾国大半国民依海为生,没有龙尾神庇护,景况不堪设想。恳请陛下念在两国有婚姻之好,恩准此请。"

吐火鲁使臣更缄口无语,膝行至上席之前伏定,周身颤抖。

帝旭斜倚几案,自冕冠上垂下的十二道青玉珠冕旒后,一双飞扬的凤目中稍稍绽出冷厉的光:"除非你们与朕在此结盟,以龙尾神之名誓约,只要莺歌海与降南海一日不枯,你们与你们所有的子孙后裔便永远不可侵略吾国。破誓者,永世不得龙尾神眷顾。"

十五年正月十四,地方进献鲛人。帝旭以示夷使,诸夷咸表羡服。遂结立春之盟，约世代永好，不举兵燹。

——《微书·本纪·帝旭》

"王，那颗星忽然变亮了。"万顷草原上，牵马的金发男孩忽然指向天边。

容貌挺秀的年轻男子在马上扬起头看向东南方天空："啊。那是青诩，在北方的星空是少有的大星。有人说，它是这一代东陆帝王的命星。"他微笑着，眼瞳乌中含金，下巴胡髭薄薄钢青，长发束于脑后，卷曲浓黑犹如冥河的波浪。

"那会怎么样？他会打到咱们鹄库来吗？"男孩转动澄碧的眼珠，叼着草叶问道。

"不会。"夺罕棱角分明的唇边勾起一个冷淡的笑，"那并不是变亮——那恐怕是它最后的爆发。"

青诩原先青白的光芒中透出不祥的猩红，隐隐搏动，如一颗心脏。

青诩星升起来了。海市抱着膝，蜷在巨大床榻一角仰望天空，黑发如一件衣衫遮蔽了她的身体。

床榻的另一端，睡眠中的男子腰下裹着锦被，裸露出精悍的上身，呼吸匀净。海市拿过衣袍披上，无声爬行过去，单手握住领襟，俯身看着他的脸。

这个人的脸，线条骄傲。即使双目紧闭，眼梢依然扬起，说不出的冷漠清峭。她试探着将双手笼住他的脖子，却始终没有收紧。倘若她在这张脸上划过一刀，伤痕只会出现在另一个男子的面孔上；倘若她要扼死眼前的这个人，那另一个男子必先死于她的手下；可是，倘若她亲吻这个人，那另一个人，却将永远毫无所觉。

帝旭睁开了眼，眼神明澈如坚冰。

"知道这十四年来，朕都在这张床上想着什么？"

海市不答，扣在帝旭颈间的双手并未放开，反而加了一点力量。

"十四年来，朕朝思暮想，不过就是一个字，死。"他薄唇中吐出的声音，晶莹剔透犹如窗外的月光，"只要身边没有灯，朕便无法入眠。即便睡着了，只要有人靠近身边一尺，也会惊醒。那八年的日子，朕不在人间，是在地狱里，待到八年过去，朕已经，不是人了。"

"万民都在地狱，不独你一人。"海市沉声答道。

"庶民可以抛下田产逃进深山，可以抱着敌人的双腿哭喊求告，可以如野草一般死去——朕不能。伯曜逃了，他吊死了自己，一了百了。叔昀早年夭折，季昶远在注辇，如果朕再逃避——"他忽然停下，苦笑起来，"朕那年十七岁，空有一身武艺满腹韬略，却一个人都不曾杀过。父皇猝死，叛军压城，朕也畏惧啊。鉴明依约领兵前来助我突围，可是，他那年也不过才十四岁。"帝旭平静地躺着，每说一句，海市的手就感到他胸腔的震动。

"朕得负担这一切：人民与兵士的生死温饱，征战的胜负，内讧与背叛，各路勤王将领的拥兵自重、要挟。朕不能恐惧、不能失败、不能逃避，甚至不能死。战乱的年头，人间就是一片血海。那八年中，朕时常在想——"帝旭的眼里，逐渐浮现出一贯的魔魅神情，"如果把天下的刀剑都铸为犁铧、兵书都化为粪肥，会不会从此便太平些？——那不行。人天生便知道争执仇杀，不过是因为杀的人多了，才讲究起技法与效率，终于有了兵书与刀剑。怎么办？"帝旭仰视着海市美丽的面孔。

"不如，除去那些经略出众的将领。"海市颤抖着唇，声音微弱。

"所谓名将，不过是出众的杀人越货头目。没有了他们，民间只剩下农夫的田塍之争，锄头与板凳的殴斗。不好吗？"帝旭露出孩子一般的微笑。

海市低声道："你疯了。"

"天下敢这样想的人凡数百万，也只有你一个敢于对朕这么说。"帝旭笑意更浓，容貌在金城宫昼夜不熄的灯火下有着邪恶的英俊，"朕想活的时候，多少人要朕的命。如今朕活得腻味了，却没有人肯杀朕，即便向他们下了杀手，都无法将他们逼上反路。宁可替朕杀人，宁可替朕承担恶名，宁可伤残自身——他就是不愿杀了朕。你看，即使朕将你夺来，令你遍体鳞伤，也不能迫使他违抗我。如果朕自杀，就得先杀死鉴明，朕做不到。"帝旭握住海市双手，轻易将她拉向自己胸前，海市嗅到了他鼻息间的淡薄酒气，"你也不行。你和朕一样，做不到。"

海市倒伏在帝旭的胸膛，无声地流着泪。

"不要紧。就快好了，快了。"帝旭抚过海市的发，像抚慰一个同病的孩子。

煌煌灯火透过金城宫的千百扇窗与扉，辉耀着禁城的静夜。

"殿下，就是这儿了。"引路的侍卫躬身施礼，唤回了季昶的注意。他向金城宫方向投去最后一瞥，而后转向眼前的门扉。

房门一开，门内堆积得一寸多高的珍珠奔涌而出，滚过人的脚面，流转着令人目眩的宝光。昶王退了一步，拾起一颗鲛珠细细对光观看，却惊艳地眯起了眼。不过一颗珠子，恍如内有大千世界，光彩幻变万端。那些珠蚌隐忍抱痛，汇日月潮汐之力经年孕育琢磨而成的珍珠，与琅嬛的泪相比，只好算作呆滞的鱼目。

举目望去，房间深处散布着波浪一般湛青鬈曲的华美长发。长发的主人似是哭得困倦了，伏在地上，任及地的长发在遍地珍珠中四处流淌，蜷在身侧的脚踝上，生着细小的鳍。像是感觉到他的靠近，那叶小鳍轻微地摇摆起来。如同云翳破开，展露一线碧海，那对湛青的大得惊人的双目渐渐睁开，模样仍是虚弱，眼神却明澈通透。

她向他扬起一只手，五瓣寸长的淡青指甲，手指间飘摇着晶蓝的水族的蹼。

他向来不信这注辇人的神祇，只当她是海中潜泳的异类。可是，这异类有着她异乎人世的美丽。眼见得青铜般肌肤在烛火下泛起魅惑的光泽，他无从抵挡，只有伸出手去，试探着要接住她优雅探出的素手。而她却没有停下，只是缓慢而犹疑地继续向前，直到她的手指触到了他的面颊。

晶莹润泽的指尖划过他的脸庞。记忆的纷乱头绪，如同从绢布上抽出的线头，轻轻一扯，整匹布帛便哗然崩解。

从学步的年纪起，他就学会了像只猫一样安静地在皇宫中生活。母妃聂氏尚未生下他便已经失宠，太子伯曜的生母岳皇后亦逝世不久，宫中气焰最为高涨的当数仲旭与叔昀的生母宋妃。宫人宦官固然不曾着意欺压季昶母子，那势利轻视的嘴脸却也绝不掩饰。太子伯曜并不讨皇上喜欢，夺嫡废立的谣言早已甚嚣尘上。他自己是不必指望的，叔昀一向病弱，众人的议论，全都暗地里指向仲旭。那时候，皇次子仲旭与清海公大世子方鉴明是禁城中最耀目的一对少年，而他这个皇子，却只能站在角落望着他们纵马嬉游的身影，一面谨慎地掩藏起孩子气的艳羡眼光。

丝线急速抽离崩散，茧结剥裂。

他犹记得九岁那年大暑夏狩，仲旭与鉴明悄悄溜出围场，贪玩藏进了窖存冰块的冰藏中，却不慎被巡山的狩人们锁了起来。

仲旭被救出来的时候，已经俨然是个死人，却还将鉴明紧紧抱在怀里，替鉴明保住了心口最后一丝热气。他跑上去触碰仲旭的脸，那种僵硬与寒冷让他畏惧，然后，他便被宫人匆忙抱开，好给御医腾出地方来。

依然残留在指尖的冰冷触感，就像一个恶意的声音。那声音附在他的耳边，无声问道：如果被锁进冰藏的是他，仲旭还能如此不顾性命地护着他这个异母幼弟吗？

——可是，永远不会有这样一个"如果"。仲旭是从来不要他跟的，倒也未必是嫌弃或敌视，或许只是从小不在一处养育，不甚投缘罢了。

宫中忙乱成一锅粥，上上下下都在为那两名少年的性命奔走的时候，谁也没有注意到皇四子季昶正苍白着一张小脸，在门外远远看着。

两年后，蒲由马送来了紫簪，作为交换，注辇人要求将一名徵朝皇子带回注辇为质。毫无疑问，那就该是他。牡丹姊姊已经远嫁，除了母亲，没有旁的人需要他，而这母亲早就病入膏肓，看不见康复的希望，亦看不见注定的死日，只好这样一直沉疴缠绵下去。西去的路途中，他一个稚小的孩子受暑昏睡，误了赶路的时辰，也要受那注辇使者蒲由马呵斥。

大徵乱起，局势未明，注辇人连勉强的礼数亦不再维持，只当他是一个皇宫内豢养的废物。他变卖财物，在宫中探问消息，随行的少年五千骑则密令心腹军士改换装束潜入民间搜购粮草，向瀚州送去——若是叛军篡据皇位，他便要陷入完全的绝境，说不定注辇人会将他这个前朝皇子作为示好的礼物，送到僭王褚奉仪手中。

要活下去。

那十年，他从孩童成长为青年，像从沙漠中脱困的焦渴旅人需要很多很多的水，他需要很多很多的权势，否则夜间便不能安眠。

冰凉的东西接连落在他的手背上。他从昏乱的神思中猛然惊觉，发现自己的朱袍已然被冷汗浸透。琅嬛纤细妖娆的手依然停留在他的面颊上，湛青的眼中纷纷落下珠泪。

不要哭啊。一个幽谷回响般的声音在他的脑海里低低说道。如同母亲从病榻上支撑着抚摸他的面庞。季昶，不要哭啊。

他慌乱地擦拭脸颊，沾染了满袖不知是泪是汗。

然后他惊愕地意识到，面前的鲛人并没有开口，那个甜美而空旷的声音，来自他的脑海深处。

不要哭。

琅嬛再次为他拭去不自觉的泪水。每当她的指尖滑过肌肤，他便听见那温柔的声音。

他震惊地打落了那只妖异美丽的手，向后退去，却被身后传来的话语惊得肩头一紧。

"那是她在说话。"海市捧着一个大银酒爵立在门口，冷冷说道，"鲛人并不是神。虽然琅嬛不懂我们的言语，却可以依靠触摸读到我们的过去，我们也才能听见她心里的声音。她们在深海居住了太长久的年月，我们这些人在她们慈悲的眼里，无一不是蜉蝣般可怜的生物。"

"是吗？"季昶不紧不慢地站起身来，恢复了人前惯用的那个轻浮游浪的神情，"鲛人既是如此智慧，夫人又怎能劝服她离开她的水晶洞府？"

她并不理会，自顾走到琅嬛身边，挽起锦绣衣裙，蹲下身子来。沉默许久后，她低声说道："她不过是可怜我——在海底，她也这样抚摸过我的脸颊。"

季昶沉默片刻，又道："这么不吃不喝下去，不会死吗？"只有他自己知道，他轻松的语气中尚带着微微的战栗。

海市将酒爵送到琅嬛唇边，头也不回地答道："倘若是我在，她才勉强喝一些海水，旁人都是不行的。"

"怎么不送到九连池去浸着？"

"九连池珠汤内有珍珠粉末,她一旦靠近,便伤心欲狂。"海市看着琅嬛啜饮海水,轻轻抚摸她的湿凉长发。

朱袍的青年叹了口气,道:"那么,这回的送神归海典仪,恐怕只得请斛珠夫人同行了。"

海市转过头来凝视着他。

"是我将琅嬛迎来,自然亦会将她完好送归。"那眼神并不像是深得恩宠的绝艳妃子,却像是个精悍秀丽的戎装少年,锐利警醒。她亦不过是命运指间前途未卜的一枚棋子,却时时焕发出刀锋样逼人凛冽的美丽。毕竟,时间是不会欺骗的——她还那样年轻。

倘若她是一件可以锁闭收藏的珍玩器物,或许他便没有毁去她的必要。然而她这样锐气明敏。那个日子已经迫在眉睫,如此一想,便不免生出些许遗憾来。

冬夜的清风中,隐约捎来尘灰与水气混杂的气息,与扑面的异常暖意。

那是风暴的胎动。

飒然成衰蓬

织金银雷纹与万字纹的红毡从大殿中直铺出去，这华丽的道路还看不见尽头，便被门外白冷的日光湮没了形迹。

　　方诸在人丛之后，看她一步步踏过红毡。玄色翟雉袆衣，重重团了本色暗花与金红缠丝绣，艳丽冷肃，衬出唇上银红的一点胭脂。飞长眼睫浓黑沉重，仿佛一双锁，锁闭了曾是流盼清扬的双目。那赌酒论剑的男装少女像是被从这个身体里逐了出去，而眼前这步不染尘的雅静美人，只不过是借了尸身的死魂，他全不认识。

　　踏出紫宸殿门的那一刻，冷冽的阳光照得她一时盲了双眼，然而她依旧那样走下去，不偏不倚。一早便没有风，漫天米粒般的细雪不缓不急直直落着，满地乌压压的人匍匐无声。

　　为了将龙尾神送归居所，昶王与三国使臣一行于二月初一自天启出发，帝旭宠妃斛珠夫人率女官六十人同往，禁军八千人护卫，其中十八抬镏金飞角大檐子一顶，是龙尾神与斛珠夫人的座乘。

　　登上檐子的那刻，她稍稍偏回了头，清碧的眼向丹墀上扫去蝴蝶振翅般轻疾的一眼。那个人还在——重重人影之后，若隐若现，正是他一贯的所在。

　　昶王拥兵自立眼看就在旦夕之间，近日里总要有一场兵乱，不在京城，就在海滨。此去天涯，他与她，薄弱的缘分，或许今日已到尽头。

　　相隔过于遥远，即便目光曾经相接，他们自己亦无从知晓。浩荡的雪幕将他们分隔开来，缓慢而不可阻挡。

仪仗行列自继翰门逶迤出城，延伸数里之长，蔚为大观。天享十五年的早春，帝都百姓记忆最深的，却不是这豪奢的行列，而是数日后天启内惊涛骇浪般的叛乱，至于新帝的登基，那已经是秋尽冬来时节的事情了。

离开帝都的七日间，琅嬛始终在海市膝上昏睡着，偶尔醒来饮几口海水。人们亦无能为力，只得看着琅嬛清凉湿滑的肌肤一日一日失去原本的光泽，及踝的长发间凝出了盐霜，一把病骨轻如蝴蝶，恍然就要随风飘走，却又不肯海市与玉芮以外的人近身。她们只得不停轮流为她敷上浸透海水的布巾。这夜在行辕歇宿时，海市终于倦极，等不得玉芮回来便沉沉入睡。

夜里，海市被轻轻推醒。她猛然坐起，环视四周，看见琅嬛安然在她身边睡着，方舒了口气。

"怎么了？"海市转头询问唤醒她的玉芮，见玉芮眼中隐隐含泪，不由心口一窒。

玉芮退后一步，在床边正色跪下，双手送上一叠衣物，道："夫人，您走吧。"

海市翻动那叠衣物，都是男子装束，神色愈加锐利："走？你要我去哪？"

"夫人，今日中午近畿营副将符义软禁了大将贺尧，现正集结兵马，明日凌晨即将领兵二万径犯禁城，拥立昶王。"

"什么？"海市失声。琅嬛被惊动，亦惺忪地张开了眼。

玉芮将衣物送到海市手中，顿首道："事起突然，张承谦将军正在设法解救贺尧，取得兵符。明日我们便可抵达海边，上宝船送神的只有夫人、昶王、三国使臣，以及各人亲随，他们一定会乘机对夫人不利，夫人此时不走，就再难有机会了。"

海市凝神瞧了玉芮片刻，露出了笑意："玉姑，原来你也是义父手下的人么？"

玉芮闻言慈和一笑，眼角起了纹路："奴婢不过是个看着皇上和世子长大的老宫人。"

海市摇头轻笑。那个人啊，明明已是身陷重围，却还念着要放她自由。可是，事到如今，未免太迟。他就这样亲手在她身上划下伤痕，又徒劳地捧来珠玉宝石敷在她的伤口上。她要的是最寻常简单的伤药，他却无论如何不能给她。

海市以袖掩面，静静坐了片刻，再起身时，似已定了主意。她将玉芮拉起，问道："玉姑，你能将消息火速送回帝都么？"

玉芮眼睛一亮，答道："能。消息此时送出，明日清早便能抵达帝都。"

"好。你便让他们在民间散布流言，就说——"海市眨了眨眼，"就说昶王一行在海上遇上了飓风，舟毁人亡。如此一来，若是帝旭被杀，皇室血统便就此断绝，叛军之中为了争夺权力，势必要先来一场内讧。快去。"

玉茞深深颔首，旋即出门传信。片刻之后，玉茞推门进来，面有喜色："消息已然出发。"

海市亦稍舒了口气："唯今之计，也只有如此，赶不赶得及，这就要看天命了。"

玉茞取过那些男装，道："夫人，玉茞这就伺候您换装。"

海市却轻轻摆手："不急。行辕外有兵士守卫，丑时三刻趁他们交接再走不迟。"

"是。请夫人休息，丑时奴婢会唤夫人起来。"玉茞说着，便要退下。

"玉姑。"海市唤道。

"是。"

海市替琅嬛理了理头发，为她敷上浸透海水的布巾："义父他小时候，是个什么样的人？"

玉茞一怔，随即展开了温暖的笑。

"世子与皇上，是当年宫中最伶俐可爱的两个孩子。世子被送进东宫与太子一同教养时才五岁，常常骑着小马与皇子们一同出游。皇子中以皇上骑术最高，自然世子与皇上也特别亲厚些。皇上少年老成，虽说样样胜过太子，却因为母亲出身低贱，处处受制，在宫中难得一个同龄友人，也便十分疼爱世子。太子对下人颐指气使，靠近马匹倒每每畏怯，亦不喜欢看旁人骑马射箭，常闹别扭不准世子与皇上出游。"

玉茞说着，微笑着叹了口气，仿佛陷入了深远的回忆之中。

"所以，每逢节庆，各皇子齐聚御前的时候，是皇上最高兴的时候。旁的皇子都在讨先帝与太后的欢心，只有皇上拉着世子躲到一边去玩耍。皇上十五岁那年，正月十五元夕夜，皇上带着世子甩开宫人，扮作出游的贵家公子，要往民间赏灯。谁知还没出宫，便给太子撞见了，于是撺掇太子也换了衣裳，三人各骑了马同去。谁知在永安大道上，太子的坐骑被炮仗惊，太子被颠下鞍子，一足挂在马镫内不得脱身，硬是被拖出去好几丈路。那时皇上身手已十分敏捷，纵马追着太子的坐骑，轻身一跃就骑了上去，想要将马控住，再将太子拉上马鞍。谁知那马吃了惊吓，人立起来，眼看就要将他甩下鞍去。这时候世子追在后面急急连发五箭，竟然全都射中了那马两条后腿的膝弯，那马才终于跪了下来，皇上便拔出匕首将它杀了。五千羽林军闻讯哗啦啦闯进灯市，将他们迎回禁城。皇上与世子只是面色发青，说不出话来，隔日便好了，太子却足足休养了一个月。那可是当年京城里闹得最大的一场乱子啊。那时候世子不过十一岁。先帝本来是要重罚他们，又心疼他们这样友爱，只好下旨将两个孩子各打三杖了事。那之后，这两个孩子越发好得什么似的，一同骑马练武、研习兵书、在棋盘上用棋子推演阵势，像两棵比肩的杨树一样，见风就长。若不是那场战乱，他们不至于就……"玉茞忽然说不下去，悄悄侧转了脸。

"玉姑，"海市像孩子般拭去眼角湿润，微笑道，"谢谢你。"

"夫人，您知道吗？"玉苒转回头来，指尖拈起海市脖颈间挂着的镶水绿琉璃金扳指，"这是老清海公送给世子的，皇上当年讨了好几回，世子都不肯给他呢。"

海市沉默了一刻，抬头对玉苒凄然道："对不住，玉姑，我不能走。倘若我还能为他做些什么，我便不能走。"

玉苒尚来不及收回拈着扳指的手，脸颊上便挨了热辣辣的一巴掌，耳内轰鸣不已。

"老奴放肆！"海市倏地站起身来，指着玉苒的额头厉声痛斥，"好大的胆子！莫要以为你服侍了皇上这么多年，便可以对主子不敬！"她扬声喊道："卫兵！卫兵！来给我把这老贱人拖出去！"

玉苒愕然捂着面颊，呆愣地望着海市。

卫兵远远听见喧闹，匆匆赶来，正赶上斛珠夫人大发雷霆，鲛人死死抱住夫人的手臂，不住摇头落泪。

"明日要出海送神，不可妄破杀戒，真是太便宜了你！"年轻的皇妃盛怒之下摔碎了桌上的茶盏，恨恨道，"你们把她拖出去给我好生看管，明日决不许放她上船，待我送神回来，再慢慢收拾这张老皮！"

玉苒怔怔看着那张决绝而美丽的、孩子似的脸孔，猛然闭上了双眼，老泪纵横，顺从地让卫兵将自己架了出去。最后一名卫兵恭谨地为海市掩上房门。

琅嬛依然跪在床边，紧抱住海市的手臂，哀恳地摇晃着她，海市却阖着眼，久久不答她。

天际已初露了曙色的端倪。可是，京中的那个人，还来得及看见明日的曙光么？

禁城极顶。

紫宸殿的重檐庑殿顶上风势浩大，并肩站立其上的二人衣袂飘舞，直欲飞去。街衢纵横如棋盘，屋宇如豆，广袤帝都尽收眼底，直到视线为黯岚山脉所遮挡。

"鉴明，将延命之约解开吧。事到如今你再不允，也不过多予我半日寿命，白赔上你自己，并无意义。"帝旭俯瞰着开平门外，二万叛军蠕蠕如蚁，拥着十数辆铁角冲城战车，叫嚣喧哗着向开平门撞击过来。

方诸沉默有顷，忽然开口道："旭哥，我明白了，那时候你说的话。"

"什么？"帝旭不曾转过脸去，依然直视前方。

"那天，我们就坐在这儿，躲在吞脊兽和鸱吻后面偷看季昶出发去注辇，你说，倘若我们不是生在这里该有多好。"方诸眼里有着温暖的笑意。

"倘若我们不是生在这里……"帝旭昂然仰头望天，嗅知血气的尸鹫已然远远盘旋，伺机待下。他浅淡一笑，不再言语。

方诸笑道："旭哥，还有时间下一盘棋。"

帝旭环顾脚下帝都，片刻，道："走吧。"

金城宫内，宫人已走避一空，箱柜倾倒，整匹的金翠绸缎堆积遍地。百余盏白牛皮灯无人熄灭，兀自在白日天光中暗弱地亮着。

黑白棋子错落于翡翠棋枰，势力消长，侵吞倾轧，永远困围于经纬纵横之间，是命运巨手下朝生暮死的蜉蝣。半枰残棋间，数十年人生隐约峥嵘。

"那年通平城下一役，你若不救朕，该有多好。你父亲去世后，世间再无第二人知道方氏血脉的秘密，你不必做谁的柏奚，朕求死得死，连季昶也能如愿得到皇位，这也算是各得其所。可是，你就是不愿。"

帝旭不假思索，随手点下一子。

"相识三十年，彼此以命换命不知有多少回，皇帝不皇帝，又有什么干系。"方诸沉吟片刻，正要落下一枚白子。

"即便朕夺走你珍爱的女子也罢？"帝旭淡淡道。

方诸落子的手指稍稍犹疑，依然准确地飞出一步："那孩子，她从来就不该是我的。"

帝旭抬眼看着棋盘对面的人，神色促狭一如少年，眼神却含有隐痛："你当朕已经不认识那枚扳指了吗？"

回答他的，是长久的沉默。

帝旭以手支额，指间玩弄着棋子，态度闲雅。沉吟间，他倏地瞥一眼门外，道："谁说还有时间下一盘棋？这就有人找上门来了。"说着伸手一抹，搅乱了满盘棋子。

方诸哂了一声："老模样，眼看要输，总得找个借口把这一局废掉。"一面将白子逐一拣入翡翠樽中，一面曼声道："硝子，是你？"

现身门外的黑衣军汉答道："是我，总管。"

"是你的人？"帝旭收拣着黑子，问道。

方诸盖上棋樽的镶金翡翠盖子："不算是。"

"季昶的人？"帝旭亦将棋子收拾了，两樽棋子端整地搁在棋盘之上。

硝子走进门来，凛然答道："也不算是。我自己一个人。"

帝旭失笑，道："这人倒有意思。"

"昏君。"硝子腰间长剑铮然出鞘，指向帝旭，"原先我亦不信你竟能昏庸至此，宁愿自欺欺人，以身犯险，潜身羽林军中十年，暗地阻挠昶王反谋。可是，十年实在太长,长得让我不得不看清了你。今日杀你毫不冤枉,却是替天行道。"

帝旭霍然起身,广袖飘拂:"乾坤玩弄朕,朕亦玩弄乾坤。天若有道,为何不降雷将朕殛杀,要假凡人之手?朕十数年乱暴之行,为何至今才有报应?"他将视线转向硝子,眉目愈加飞扬,狷傲不可一世。"是朕亲手杀了自己,与天何干?"

鼙鼓声如万马奔腾,动地而来。乾宣、坤荣、久靖、定和、文成、武德、祥云、钧雷、紫宸九外殿全陷,宁泰门已破,叛军攻入后宫。那有如巨兽脚步般的鼙鼓声,混杂着万千呼啸奔涌的人声,使得帝旭手边夜光杯内嫣紫的葡萄美酒漾起重重细纹。仁则宫方向,当风扬起了赤红色旌旗,人潮如挟着风雷的铅云向金城宫席卷过来。

多像当年,离澜江南,征鸿哀哀。那时候,他们都还是纵马奋鞭的年纪,黑地金蟠龙纹的王旗与血样赤红的流觞军旗,在豪雨中交相辉映。

帝旭回头对硝子轻慢笑道:"留名史册的人只能有一个,机会转瞬即逝。你若要动手,就趁早。"

硝子尚来不及反应,身后却响起了另一个声音。

"陈硝子,走到这一步才背叛你的主子,未免太迟。"门外站立着的男子抽出长刀,遥遥向硝子虚指。他背着光,面容黑得混沌一色。

硝子笑起来,露出洁白的牙:"你的主子待你又如何?他不放心你,又安排我混入黑衣羽林伺机暗杀,你可曾知道过有我这样一个人?府中的消息是我走漏,他亦疑心不到我,却一气杀了二十来个家奴。你听你主子的话,我的主子却只是我自己。"

符义黝黑的面孔纹风不动,手中金刀受杀意激荡,发出了幽幽的嗡鸣声。符义身后的沉默人墙忽然被一个慌乱的喊声撞开,圆脸矮胖的织造坊主事施霖挤将进来,踮起身体向符义耳语几句。符义一贯平板如铁的脸上竟显露出明显的震惊来,手中金刀划然反手,逼住了施霖不过一寸长短的脖子:"你敢发誓你说的是真的?!"

施霖哆嗦着女人一般红润饱满的唇与遍身的垮肉,颤巍巍地说:"我、我怎么能知道真不真……可是不过一个早晨,京中就全传遍了啊!"

"出去传令,传播谣言者,不论战功、衔位、出身,全部视同阵前扰乱军心,格杀勿论!"符义撤了刀,一把揪过施霖,又猛力将他向人墙中推去。那滚圆的身躯如同一块投入海中的石,激起的涟漪越扩越远。

一道凌厉剑风倏地擦过符义耳边。他愕然回首,见硝子趁众人分神,已经向帝旭心口送去了电光石火的一剑。帝旭不闪不避,长身而立,扬起傲慢的笑。剑身深深没入帝旭胸口,一直从后心穿透出来。

人群哗乱。硝子睁大了失神的双眼,犹如亲眼见到了此生最难以置信的梦魇。

待到他想到要将长剑抽回时,帝旭已扣住了他的腕脉。硝子听见自己的尺骨与桡骨寸寸折裂的声音。

帝旭面不改色，他身边的人却猛然弓起了背。

虚空中，有什么冰凉的东西冲破了他的胸膛。起初并不觉得疼痛。他扶住了翡翠棋盘，低头看见自己的胸口缓缓沁出血来。终于，还是走到了这一步，实在已经太疲累了。他舒服地叹了口气，终于抬头向帝旭露出一个笑容，唇边的旧刀痕轻轻勾起。隔着罔罔如流水的岁月，一如他十三岁那年，与仲旭并肩张旗杀出帝都时，尚带稚气的面庞上那无忧无惧的笑容。六翼将绘卷上那弱冠少年颀长俊秀的姿容，至今亦犹可分辨。

殿门外的人墙登时退却数尺。这些兵士皆是跟随符义转入近畿营的黄泉关老兵，每一个都曾在军神祠内六翼将绘卷前虔诚地上过香。

"莫非是……"

"不会错，是靖翼王！"

"太监……"

"不，清海公……"

"清海公不是早就死了吗？"

杂乱的窃窃人声如绳索，渐渐将溃乱的意识缠紧："柔德安众曰靖，刚克为伐曰翼"……他实在早就是一个死人，一枚乌漆灵位，在庙堂内占据不见日光的一角，金粉写着谥号——靖翼王。

"鉴明。"清冽明净的声音穿破黑暗，暂时拉回了他的神志。他想要说些什么，血却呛进了他的气管，每一次呼吸都带出衰竭破碎的气声，和铁一般的腥味。

帝旭扶住他的肩，微笑道："你爱干净，那剑我就不拔出来了，省得让你喷了一头一脸的血。"

方鉴明亦微笑着，什么也没有说，不过轻轻颔首。

帝旭转头扫视着战战兢兢进逼过来的军士，伸出三指，拗断了自己胸前的剑柄，好让胸膛里的剑刃不妨碍动作，锵然拔出腰间长剑，桀骜地指向眼前的人群。

就在此时，海啸般的人声自四面聚拢。那一句流言，即便是格杀勿论的命令也压制不住，最终由无数喏喏私语汇聚成一个巨大而惶恐的声音，遮天蔽日而来。

——"船翻了，昶王死了！"

帝旭眉眼间陡然点亮一道光彩，喃喃自语道："呵，朕越发喜欢这个热闹收场了。'杀百余人，力竭而崩'——这样写在史书上，才像是朕啊。"

他厉叱一声，剑锋催发闪电般犀利的杀气，横斩千军，血雾模糊了视线。

方诸仿佛看见黑暗与寒冷的藤蔓飞速抽枝生叶，从黄泉里向自己攀附上来。记忆化为浩大茫瀚的云海，澎湃万状。

厉痛穿透胸口，如同一支向时间深处射出的箭，带他溯流而上。千万张血污破碎的面孔上伤口愈合，皱纹抹平，飞了霜的苍苍鬓角上，霜花渐次融化——岁月奔流倒转。

灯花摇曳。

十九岁的少年双手拢住灯盏，跳跃的火苗渐渐静了下来。少年看着指缝间透出艳艳的红，那是灯火照亮了他身体内奔流着的新鲜血液。

他转头看着病榻上的年轻男子。曾是飞扬桀骜、叱咤万军的光复之王，此时只像是一尊没有呼吸的石像——除了胸口上那仍顽强渗出血迹的箭伤。

少年取出纤巧的薄刀，不紧不慢地将锋刃凑在灯上灼了一灼。一旁红泥炉上，药已煎成，在文火上咕咕冒着鱼眼大的泡。少年把薄刀搁下，起身将药汁倾入碗中，稍晃一晃，凝神看那乌黑混沌的汤水，蒸蒸袅绕着白气。专注的神情，恍如一柄新开刃的剑，寒光凛凛照人。

少年将药碗搁下，又取过薄刀，比着手腕稍稍使力，便将自己腕上划开。他将手臂抬高，着迷似的看着那赤红的灵药滴落，暗弱灯火下，鲜血如珠如玉。

殷厚的红，一丝丝融进浓浊的黑，终于不见影迹。碗中的浓稠液体，忽然漾起了琥珀般的光，越发明亮，逐渐不可逼视。

从完成秘术的那日起，他与仲旭的命，盘根错节，血肉共生，再不可分。

犹如两颗尘埃般的种子，一同执着地拱出细芽，展开子叶，在每一次死生边缘、每一场搏命厮杀中渐渐长成参天巨树。然后，眼看着从根须开始溃烂，无能为力。或许是错了，但他不甘心就此回头。自始至终，不愿放手的人不是仲旭，而是他自己。是他用命运的锁链将两个人捆绑在一处，走到人生终结，走到再无前路，这漫长艰难的旅途，今日终于到了尽头，再无什么可以牵系。

那自由奔驰于草原的蛮族少年，是从他双臂中放出的鹰隼，亦将会是君临瀚州的王者。而海市……念及于此，另一道劈裂的疼痛撕开了他的胸膛。那英姿飒爽的少女将回到尘土飞扬的人间，结婚生子，在平凡日子的间隙中，偶尔怀想起他，又或许会将他全部忘却。终其一生，她不会知道他是如何珍爱她。如射手珍爱自己的眼睛，如珠蚌珍爱双壳中唯一的明珠——他亦从来不需要她知道。他愿将自己躺平成路，送她去到平安宁静的所在。

倘若我们不是生在这里。

帝旭的声音如暗雷滚过耳边。

何尝不是呢。倘若只是生于市井人家的兄弟，或许孽缘便不会这样沉重；倘若只是乱世中的寻常男女，彼此的背弃与辜负，大约也不至于深到如此鲜血淋漓的地步。

死亡的鬼手一道一道纠缠上来，遮蔽他的视线，束缚他的呼吸。明澈眼神渐渐涣散，失去支撑的身体重量将翡翠棋盘推落地下，黑白棋子哗然散落满地。

这个时候，她应该已经平安脱险了罢？

视野逐渐黯淡，帝旭手中游龙般的剑光渐渐再不能穿透黑暗。土崩瓦解之前的那一瞬，他终于凝聚起一个灰白的微笑。

海水的颜色愈加深郁，像是要凝成一面幽蓝的镜，宝船如一枚小小的梭，平稳地向东北驶去，在镜面上破开雪白的浪。

凉润的海风自窗户灌入装饰华丽的舱中，澄碧冷蓝的鲛纱裙裾翻飞起来，轻盈得只像是染上了异彩的清风。湛青长发中散落着星砂般的鲛泪珠，铺了满膝，一只尖细秀丽的耳朵微微翕动。在潮声中，琅嬛渐渐苏醒，向着海市露出笑容，神色依然是虚弱，那眼神却像是重新活了过来。

纤长的手指抚过琅嬛的发，琅嬛忽然蹙起了眉，轻轻握住海市的手。

海市淡笑道："琅嬛，我现在也只有这十只手指还听使唤了。好在现下到了海上，你若要走，已是极容易的了。"

不知何时伫立于舱门口的朱衣青年含笑地望着她，悠然说道："如何？筋骨麻软，再也不觉得痛痒了罢？再过半个时辰，双眼便会渐渐不能视物，然后聋哑随之而来，最终就连思索也不能了。这吐火鲁特产的曼陀罗花粉芳香甜美，只需在胭脂里羼上一点，总要让人假死三天效力才能消退。但是，这三天的时间，你是用不着的。他们两人此时大约已经死了，你一个人活着也没有什么意思。"

海市昂起头，向着走近的索兰与波南那揭冷冷笑道："一面誓约永不派军进入东陆，一面背地里扶助叛乱，你们对龙尾神，也不过是如此阳奉阴违。"

索兰一手握住琅嬛的双腕，将她拉到自己身后，语气里不乏讥嘲："夫人，帝旭虽然亵渎神明，为我等所不齿，然而攻打禁城的可是你们东陆人的近畿营啊。"

海市转眼看看窗外天色，低声道："已经是正午时分了啊。禁城里杀声惊天，又有谣传说昶王遭遇飓风葬身大海。这会儿，帝都民心大约已经动荡不堪了罢。"

"什么？"昶王心头不由得一凛。

"谣言散播起来，比瘟疫还快。你的属下们，若不是正在为了国玺互相撕咬，就是已经军心涣散，被张承谦一口口吃掉了。"海市伸出颤抖的手，支持着无力的身体，缓缓站立起来，为了祭典而穿着的奢华玄色翚雉袆衣在海风中烈烈翻动。

"张承谦？那个不过二十万两白银就能收买的杀猪人家的儿子？"昶王笑了起来。

"不错，杀猪人家的儿子，也是鉴明当年在战场上救护过的几十名小卒之一。"海市艰难地一步步走向昶王，忽然笑了出来。季昶这含笑的神色，与帝旭是多么相似，恐怕他自己都从来不曾意识到罢？

昶王冷笑。"即便他能守住禁城，也支持不了多久。汤乾自不会坐视帝都变乱不理——就算不是为了我，帝都中亦有他非保护不可的人。"

"汤乾自他绝不会离开黄泉关。关外鹄库左右菩敦二部已经结盟，不再内耗，只要黄泉关一有异动，鹄库人就会蜂拥而来。汤乾自还有良心，这就是我的胜算。张承谦会把缇兰好好留着，那也会是拖住汤乾自的一颗重要砝码。"面前这女子笑得那样愉悦，令昶王心中隐约起了不祥之感。

"若是王姐她有什么好歹，父王绝不会放过你们！"索兰又惊又怒。

话音未落，剑光划然闪过，削落了昶王的一缕乌发。

此时本该是孱弱无力的女子，却疾如闪电地探手拔了昶王腰间所佩长剑，斜斜向他胸口送来，敏捷得令人心惊。可是，曼陀罗的毒毕竟是麻痹了她的肢体，这凝注她全副心神气力的如虹一刺，在半路上已然失去了准头，遭季昶拦腰大力一掌，她已经支持不住，就势自楼舱三层窗口跌出，滚落甲板。季昶缓步下到甲板上之时，海市才刚刚背靠着船沿艰难地站起身来，长发散乱，举止委顿艰难。

季昶丢开手中长剑，向海市进逼一步，她却无力再闪避，只得眼看着他的手探了过来，一点一点地揪紧了她的领口。

"看这狼一样不服输的眼神，倘若是个男子，乱世中怕也是个枭雄。"空气渐渐稀薄，她失去最后的抵抗，而季昶的低语，却在耳边萦回不去，"可是，女人毕竟只是女人。是方鉴明亲手将你逼上绝路，你又何苦为了这样一个人赔上性命？"他残忍而缓慢地加重手上的气力，海市的腰身渐渐被仰面拗了下去，上半身自船沿上倒挂向海面，华丽厚重的锦衣飞扬有如舞蹈。

海市睁开眼，世界急速颠倒，无垠的碧海如天空一般悬于头顶，那样汹涌，像是随时支持不住便要倾倒下来。自她惨白的唇畔，勾起了桀骜而浅淡的笑意。她低声说道："你不会明白。"

她咬住了下唇。

一股浓艳的血自唇边沿着面颊，蜿蜒向下。她以一种近乎温柔的神色合上了眼睛，让细小的血流划过紧闭的眼睫，渗入长发，在发梢凝聚成珠，悬垂，滴坠，旋即如一朵小小的殷红烟云消散无痕。潮声中，似乎激起了清澈的回响。

"鲛海里究竟有些什么，你们这些天潢贵胄是从来不会知道的。"海市再度睁开双眼，面孔上的痕迹如同浓赤的泪痕，妖异艳丽，"帝都中流传着的并不是谣言——它们就要来了。"

碧蓝广漠的海洋下，有什么正被血腥唤醒。

甲板上一阵瑟瑟声响，船身起伏之间，有滚散的珍珠撞击着船沿。那是琅嬛的泪。鲛人那湛青的瞳心如同盛有浩瀚汪洋，默默映出这烽烟四起的人间图卷。

而她听见了那深处的暗涌之声，自平静碧波之下渐渐接近。

人海潮汐，节令更替。八荒四极，流年循环。唯有狂暴的死亡降临之前这一刻，咸的风吹拂伤口，引动细微麻酥的痛痒，仿佛穿破僵死茧壳，令海市空前清晰地觉察到，自己是活着的。

一瞬间，她笑得如同一个无忧无惧的孩子。或许已经来不及挽回这将倾的大厦，又或许，他已经先她一步下了黄泉。

可是，至少她做了能为他做的最后一件事。然后她将阖闭双眼，放弃所有坚执与挣扎，永远沉眠于深海之下——她已经疲倦至极。他是她胸中一道长年不能愈合的伤，非死亡不能治愈。

远雷般的巨响起自天际线，滚沸浪潮自四面包围过来，雪山一般的浪头中，有钢青的庞然身躯破水跃出。

十八丈长的宝船龙骨轧轧断裂为前后两半，桅杆如蒿草般轻易被浪压断，无数荫天蔽日的背鳍撕裂水面，白的水沫下翻腾出暗红的乱流。人类的细小悲鸣，终于淹没于狂涛之中。

她像一片树叶被高高抛向天空，又以令人目眩的速度坠入海洋。

浊绿的海面犹如另一个世界的天空，断裂船板与人类残肢在海流中狂乱旋转。巨大的影子穿梭纵横，她几乎要被水流撕碎。

璎珞。

佩玉。

铺陈的霜还锦。

虬龙纹的七宝金杯，河络的刀剑。

万般锦绣繁华，皆向着无穷无尽的碧水深处沉落。海市微笑起来，咳出一串小小气泡。她自己何尝不是这场繁华戏码里，一个蹩脚的角色？不如，都沉了罢。从此长眠海底，永世不见天日，附生着蛎与贝，海藻珊瑚缠绕。

她合上双目，朝那死寂的坟场沉没下去。

混乱中，有一双纤细的手臂坚定地缠住了她。海市睁开眼睛，在逐渐模糊的视野里，她看见了琅嬛急切的脸。

琅嬛，让我走吧。海市开启了死白的唇，隔着缭乱水流，向鲛人无声说道。琅嬛焦急摇头，将手覆在她的小腹。她的手心中白光涨起，包围了海市的身体。光的温柔的核心内，有一个小小的蜷缩着的胚胎，娇弱得如同一尾透明的鱼苗。

温热的泪逸出眼眶，消散在冰冷的海水中。那浊绿的天空，她渐渐看不见了。

那一天，在海岸上等待着的八千禁军都发誓他们看见了龙尾神。龙尾神有着妖娆美丽的湛青鬓发，晶蓝如纱的蹼膜，眼中有七彩珠光，犹如海中最深处莫测的漩涡。她乘着巨鲛破浪而来，将斛珠夫人送还人间。

十多日后，海浪将少许宝船残骸推上了沙滩。

那年十月，帝旭遗腹之子褚惟允降生，十一月即位，称帝允，改元景衡。淳容妃方氏进封太后，摄政二十二年。

景衡元年，鹄库左右菩敦二部侵吞婆多那部、其朵里部，四部归一，额尔济即鹄库王位。同年额尔济暴毙，夺罕即位。

景衡三年，离澜郡乱起，半月荡平。

景衡四年，鹄库并吞迦满。

尾声

"母后,我的手是不是太高了?"镶水绿琉璃金扳指太大,几乎用丝线缠去了一半,才能在孩子挽弓的右手拇指上勉强戴住。

"惟允,射箭的时候,若心中还挂着一个'我'字,那是不会准的。"身后的女子绾着素净的髻,只簪一支简单的凤头簪,对孩子笑道,"母后教你的,都忘了吗?"

孩子满脸倔强,不服输地将手中特制的小弓开到满圆,弓弦清越一响,小箭钉上了五十步外的靶子,离靶心不过一寸远。旁边的宫人一阵欢声,让孩子很是得意。

"母后,你看!"孩子跑来扯着她的衣裾,稚气眉目间已是酷肖帝旭的飞扬神情,却还有着帝旭脸上从来未曾见过的纯稚欢跃。

"好,待你射中靶心的时候,母后便送你一匹小马。"海市露出了浅笑,一手抚着惟允的头,一手翻阅刚送来的边牒。

一朵细小的红花嗒然跌落于那些纵横齐整的墨黑字迹之上,那点红色烈艳如一枚火星,瞬间像是要灼穿了手中装裱繁丽的纸张与锦缎。她的眼神,亦随之深陷于芜杂回忆中,惘然散失了方向。

那年七月,鹄库王夺罕征服了居兹,七千里瀚北终归统一,各部咸呼夺罕为"渤拉哈汗",鹄库语意为"乌鬃王"。兴建王都,名庞歌染尼,意即"红花柘榴之城"。其后裔统治传承近五百年,史称庞歌染尼王朝,王徽为千叶红花柘榴。

那是景衡九年夏天,帝都正是柘榴如火的时节,焚风萧萧穿城而过,于青天之下扬起一地残红。

番外

一年前初见海市的时候，她才六岁，正在荒山中死命奔逃，身后追着一帮明火执仗的官兵。

临碣郡自古以出产珍珠著称于世，各村各镇皆有上缴贡珠的定例，若缴不足数，官兵便要挨户搜刮，将男女老幼全数卖为官奴。海市的父亲与几个同村男人出海采珠，遇上了鲛鲨，只有她一个人死里逃生，带回一斛鲛泪珍珠。女孩怀里抱着这样价值连城的异宝，让催缴贡珠的官兵们起了贪念，要将鲛珠私吞。

夺罕拔刀杀了那些官兵，七个，或是八个，他记不清了。海市跌倒在他们的马车前，褴褛肮脏，像个用稻草填塞的破烂娃娃。

她不是夺罕在旅途中救下的第一个人，也远非最后一个，这些事对他而言不过举手之劳，方鉴明对此并不禁止，也从不出面。天下尽知清海公方鉴明已死，宦官方诸的面目不宜为人所见，他总是安静地留在马车内，隔着两重厚重的帘子，有时夺罕竟会错觉他是一个人独自赶路。

唯独那一天，方鉴明撩开车帘，踏在遍地滚散的夜明鲛珠之间，向那个不成人形的孩子伸出一只手。

其实他们那时候到临碣郡来，只是为了一个老头儿。老头儿在帝修年间就是朝廷重臣，帝旭登基后被召回天启复职，没两年又上表请求归隐，而后回到故乡开办书院。无论是开蒙的学童，还是年届不惑的乡绅，书院来者不拒，明里讲学授道，暗地里却煽动反叛。夺罕本来要随方鉴明一同潜入老头儿的书院，却不得不将马车停在荒无人迹的海边，留在车上照看这个新收留的孩子。

方鉴明只去了半个时辰便回来了，脸上尽是密密麻麻的赤红污点。看见夺罕的表情，他抬手轻嗅自己的衣裳，眉头随即厌恶地微微一拧。

夺罕伸手拦住他："别过去，你身上都是血味。我替你拿。"

撩起车帘，探身进去打开衣箱的时候，夺罕看了一眼海市。女孩仍蜷在车厢角落里熟睡，小脸深深埋进方鉴明换下的外袍里。她怕黑，却也容易哄，只要在身边留一盏白绢风灯，就能睡得安稳。

他把干净衣裳打成一个小包袱，递到方鉴明手里。

"我去海边洗洗。"男人说着，解下染血的护手，丢弃在地，顺着碎石坡走向黑夜中喧嚣的大海，一面解开衣带。

什么东西从他的方向飞了过来，夺罕扬手接住，是一只小小的土纸包，缝隙里渗出馥郁甜香。

夺罕从早已揭开的红纸封条处往里看："桂花糖？"

"老头儿家门外就是夜集，我看见有卖这玩意儿的，想来你们小孩儿喜欢吃。"方鉴明回首一笑。

夺罕抽出一支笔管般的细长糖条，叼在唇边，再低头细看，灰褐土纸上印着的原不是花，是几枚新鲜湿润的朱红指印。

那是谁的血呢？

他猛然吐掉了嘴里的糖。

整整一年后，夺罕还记得那糖的滋味，甘甜中有股血的酸凉，几不可辨。战马的步子放慢了，他连加了四五鞭，催促它跑起来，仿佛要甩开那血的气味。

夺罕回到天启城，踏入雾风馆时已是深夜。他到海市的卧房去看她睡得如何，床上却空无一人。

他心中疑惑，又穿过回廊，往方鉴明的小院走去。

临碣郡还是初秋，帝都时气却已将近入冬。曲折回廊临水一侧，霜平湖上蘋花落尽，寒瑟微风如蜻蜓点过水面，残荷亭盖下的涟漪便动荡起来。

方鉴明独居的院落内不见灯火，台阶上却有个小小人影。

"濯缨。"她抬起头怯怯唤他。

"海市？"他走过去，月光下遍地清霜，女孩赤脚站在石阶上，平日绾成总角的乌发披散到肩头。

夺罕忍不住皱眉："外头这么冷，在这儿干什么呢？回你屋里去。"说着就要将她拎起。

海市一扭身，泥鳅般滑开："义父去哪儿了？你告诉我，我就回去。"

夺罕飞快反手抓住七岁女孩的脚踝，一把将她倒提起来，举到眼前："小孩儿有耳朵没嘴巴，大人说话你听话，别问东问西的。"

"我有嘴巴啊。"海市冲他吐舌头，"你也才十五岁，算什么大人。"

他二话不说，把她直接撂到肩上："走，回房睡觉。再不老实，罚你明早多练半个时辰的剑。"迈步要走，却被扯住了。回头看，海市两手捞住廊下的朱漆柱，不肯放松。

"我要等他回来。"女孩一脸倔强。

"别耍赖。"夺罕拽了拽她的腿，海市不搭理他，只管抱紧柱子，男孩般的细瘦身子几乎要在空中绷成一条线。

他禁不住气得笑了，撒开她的脚踝，看她轻盈落地。"你到底想干吗？"他无奈地问。

"我要等他回来。"海市固执地说，脚趾在结霜的青璃石地上蜷缩着。

夺罕的头疼了起来："他要是一个月不回来，你是不是一个月不睡了？"

海市没有回答，却提出了新的问题："要是……要是他再也不回来了怎么办？"见夺罕神情微微诧异，她补充道，"我知道他是去杀人的。可是人家也会杀他啊。"

夺罕无可奈何地蹲下身，与她平视："不会的，他办完了事就回来。再说，人哪有那么容易就死了呢？"

女孩静默了半晌，夺罕以为她被说服了，伸手去牵她，却还是被闪开了。她低着头，讷讷地说："可是我阿爸一下子就死了的。"

夺罕一时语塞。他当然记得，去年五月里，从官兵手里救下这孩子的时候，她身上还染着亲生父亲的血。他懊恼地长叹一声，推开方鉴明的房门，下巴朝里一指："进来。"

铜炉里还有余烬，夺罕不去点灯，只是添了些新炭，拿起椅背上一件厚重锦裘，把海市从头到脚裹了起来，安放在书房暖榻上，自己也在她身边坐下。

海市把脑袋埋进锦裘，深深吸气："好香。"

夺罕凑过去嗅了嗅，只是一股涩重的药气。他揉揉海市的脑袋："就在这儿睡吧，他一回来你就知道了。"

"我不睡。"海市使劲摇头，"我醒着等他。"

"那我可睡了。"夺罕和衣倒在榻上，不顾海市拉扯，合眼就睡。

后半夜，他忽然在黑暗中睁开双眼。

凝神静听，院门正低哑作响。夺罕瞥了一眼海市，小女孩早就抵不住困，裹着锦裘沉沉睡了。他无声起身,闪到窗边查看,见月光下顾长人影闪身进来,松了口气,知道是方鉴明回来了。

点了灯,他推开房门。

方鉴明穿着夜间惯常的黑衣,见他迎出来,又一眼望见暖榻上锦绣堆里探出小手小脚,苍白的脸孔上微露疑色:"怎么了?"

夺罕打了个呵欠:"不肯睡,非要等你回来。"

过了半响,方鉴明叹了口气,眉间的结稍见舒展:"你回去睡吧,一会儿我送她回房。"

光脚拍打石地的响动由远及近,海市被他们的交谈惊醒,飞奔出来,直扑向方鉴明,把他撞了个趔趄。小女孩搂着他的腰,两手不能合围,只是紧紧攥住他的黑衣,仰脸对他粲然一笑:"义父。"

男人也微笑了:"怎么连鞋也不穿。"

"刚才下雨了吗?你身上都淋透了。"海市的脸上还有惺忪的初醒神色。

方鉴明怔住了,竟不能对答。

海市凝视着他,小小面孔上逐渐浮现狐疑,终于松开怀抱,低头去看自己微颤的双手,又猛然仰首瞪视方鉴明,黑白分明的眼里满是恐惧。

那瞬间,借着手中烛光,夺罕发觉海市满手皆是触目心惊的红,连一侧面颊上亦是血痕。方鉴明的黑衣,原来自上而下浸饱了血,湿黏沉重。

"对不住,吓着你了。"方鉴明立即避让两步。

海市回过神来,一把拽住他的衣襟:"你……疼吗?"她细声问。

"不妨事,小伤。"方鉴明伸手梳理女孩睡得蓬乱的头发,血顺着男人的指尖往下淌,夺罕看见那些修长的手指在女孩乌发中犁出红湿痕迹,"跟濯缨去换衣服,把手和脸洗洗,好不好?"

夺罕伸手要去抱起海市,女孩却像个尾巴似的转了半圈,藏到方鉴明身后。

"以后……还得去吗?"她问,小手拽死了黑衣一角,指缝里攥出了淋漓的血。

方鉴明回头看她,并不回答,只是沉默地垂下了眼睫。

"不能不去吗?"小女孩摇晃着他,哀恳的声音里已带着哭腔。

他苦笑地说:"总得有人去的。"

"那,我替你去。"海市说完,便咬紧了唇,稚小的面孔因而看来有一种可笑的决绝。

她的身量只到男人腰间,他俯首注视她的脸,略带惊异,唇角的伤痕仍向上勾剔,带起一抹仿佛永远无法褪去的微笑。

"你还只是个小姑娘啊。" 他的声音醇和得如同一阵拂面的春风。

海市眼里滚下泪珠，颊畔的衣褶血印洗得纵横狼藉："我不是小姑娘，我说过要做你的儿子的。"

他的眼里终于有了浅淡笑意："杀人可不容易。"

"不会的东西，我可以学。"海市仰头望着他，"我学会了，你就不用去了。"

方鉴明替她拂开一丝垂在眼前的刘海，温声道："好，谢谢你。"他弯下身，从海市手中轻缓抽出染血的衣襟，将她推向夺罕身边，"去睡吧。"

夺罕一手秉烛，一手抱起海市。女孩还小，依在他肩上轻盈如羽，仍不住回头眺望。

帝旭眼里见不得一丝阴影，禁城内彻夜通明辉煌，唯有霁风馆照着方鉴明的意思，夜间不燃一盏闲灯。游廊深长，朱帷锦帐重叠无尽，层层垂掩，夺罕手中护着那一豆微光，四面皆是照不穿的阴暗。

侧身用肩臂顶开海市的房门，刚要将烛台搁下，海市趴在他耳边，悄声唤他："濯缨。"

"又怎么了？"

"明天教我杀人好不好？"

夺罕僵了僵，转头与她相对凝视。孩子的双眼未染红尘，在黯淡的灯下仍是清如寒水，盈满了企盼的照人神采。

"行吗？"她柔软细短的手臂绕在他颈项上，像一只缠人却又胆怯的小兽。

夺罕心头骤然涌上怒气。

宫人早把盛有温水的盥洗铜盆送到屋内，此时水已凉透了，夺罕二话不说，将海市拎到盆边，替她擦洗。

海市扭着身子，想挣开他的手，夺罕不理睬她，以手撩水，粗鲁搓净她脸上结块的血迹。海市徒劳地躲闪着，一个劲儿喊冷。

"不是想学杀人吗？"夺罕手上仍不停歇，"新鲜的血见了冷水，就会凝在指缝和皮肤的纹理深处，留下好几日都无法洗去的印迹。真正的刺客都喜欢冰冷的水，越冷越好。"

怀里的小身子忽然不再挣扎，也不再出声。夺罕放开了她，她也不动，只是皱紧了脸，踮高身子，自己将鲜红的两手浸入刺骨的水里，尽力搓洗，无声地打着寒战。

夺罕再也看不下去，冲出门外站了一刻，大踏步走向正屋，推门闯入。

方鉴明的屋内仍只有一盏小烛，笼在卧房的织锦屏风内，晕染出一室昏黄。

"濯缨？什么事？"屏风后传出那个人温醇的声音。

"堂堂一国公侯，放着好好的肱股重臣不做，宁可隐姓埋名，半夜潜出禁城暗杀同僚……如今居然把心计使到了七岁的小孩子身上。"夺罕冷笑，"你不累吗？"

静了片刻，屏风后的人也轻笑起来，水声随之荡漾："那天晚上，她的样子你也看见了。被十几个壮年汉子围攻，也没想过哭喊求饶，手无寸铁，还杀了一个官兵。世上有几个这样的孩子？她生来是要走这条路的。"

夺罕的双拳在身侧紧握："她不惜性命，不计后果，是为着维护心里关切的人，不是为了替谁卖命。你明知她亲眼见她父亲死在面前……"

布帛的细微窸窣声响过一阵，方鉴明从屏风背面绕了出来，披着宽大的白缎单袷衣，神情与嗓音同样平和坦然："所以现在我来做她的父亲。"

"那是因为你知道她失去过一个父亲，绝不愿再失去第二个。只要她把你看作是父亲，为了保护你，她就什么都愿意做。"夺罕钉子一般立在原地，低声说，"你一向是要物尽其用的。"

方鉴明并不言语，只是一笑，眉宇间的疲惫却深重得无从掩饰。

外头有人叩门，方鉴明漫不经心朝夺罕点了点头，夺罕唇角抽动，愤懑转头喊道："进来！"

几名宦官应声鱼贯而入，行了礼，将屏风利索地折到一旁，露出后头六尺长的包银柏木浴盆。已是呵气成霜的时令了，刚用过的浴盆里却不见半点热气氤氲，只有一缸冰冷脏浊的红浆。宦官们静默得像一群忙于劳作的牲口，抬起浴盆，收拾了布巾衣物，匆匆经过夺罕身侧出去了。

再回头看方鉴明，他白衣的肩上已无声无息沁出了血痕，衣裾下角在微风中拂动。不知何时，夺罕已与他一般高，视线平齐，无须再仰头看他了。

队列最末的年轻宦官正要倒退着合上房门，夺罕挡住了他，自己甩开门出去。

雾风馆里四处尽是沉重的黑暗，挤压着前胸后背，寸步不离，让人透不过气。树影像挣扎的手，托着一弧黯淡的弯月。夺罕走着走着，干脆撒腿跑了起来，仍甩不脱那紧随的窒闷。他翻上墙头，轻盈奔跑。

呵，你在生什么气？

心底的小声音不怀好意地笑。

是你要救那个女孩儿的，是你把她带到他面前的……你明知道他是个无底的洞，他身边的人没有一个不成为他的棋子。不管那女孩今后的命运是什么样子，里头永远有一份，是你带给她的。

不，不是我！如果当初没有救下海市，她就会被官兵杀死。我总不能见死不救吧？

夺罕纵身攀上屋脊，如同一只夜行的猫，在琉璃瓦顶之上无声跳跃。弯月仿佛未开刃的刀，光芒钝弱。

那现在就可以见死不救了吗？小声音质问。你为什么眼睁睁看着他把她诱上那条路，什么也不说，什么也不做？

宫室的飞檐与垂脊勾连起伏，白日望去绵延数里巍峨富丽的红，夜里化为森冷的霜蓝，像是冻结了的海，任他奔跑其上。可是无论跑得多快，弯月总在眼前，那个阴险的小声音也始终如影随形，在耳畔回旋不去。

等她变成了他手里一柄杀人的剑……当初救与不救，又有什么不同呢？

住嘴住嘴住嘴住嘴。夺罕捂住双耳，蹲了下来，想把脑袋埋进两膝之间。我什么也做不了啊。海市还是个孩子，又那样盲目地敬慕他，就算说了，她也不会懂得，徒然令她恨我。

你也是他的孩子，他的学生，看着他，你就知道你的未来是什么样。总有一天，你也会变得跟他一样，为着想要的东西，即便手上还滴着血，也能平心静气地说出甘美的谎言，去骗取别人的心，和别人的命……

耳语逐渐淡去，消失在一串咯咯的窃笑中。

夺罕喘息着，不知不觉，他停在了北小苑的墙头上。

北小苑是宫中所有御用工匠杂居之处，汇聚百业，宛如一处颇具规模的街市。小院子一方一方，好似玲珑的百宝格，里头填着木料、香药、藤篾、鹰犬猴狐、煮染布帛的瓦缸、假山般巨大的未琢璞玉。铸剑房是这些小格子里最好看的，他们的冶炉终年不熄，每当风箱拉动，火焰呼吸起来，那间石屋里便涨满了温暖的光，在夜里远远望去，像跃跃跳动的心。

不知是木匠的哪个徒弟想家了，在窄小的耳房里猫儿一般抽抽噎噎地哭，他的师父在西厢房里说着断续的梦话，偶尔磨牙。

在这儿，什么都琐碎，什么都简单。工匠做完了活计便摆酒纳凉，学徒办坏了事儿就挨一顿揍，奉承媚上的人自然也有，争来争去，也不过为了些金银布帛。哭是真哭，笑也是真笑，不必费心探究旁人眼角眉梢底下究竟藏着什么心思。

夺罕悄然钻进一棵冠盖如云的柘榴树，在繁密枝叶间寻了个藏身处，背倚着树干，坐下等天明。在这儿待着，手脚暖和，心胸也不再憋闷，像是吸足了乱糟糟热烘烘的人味儿，不知不觉，他睡熟了。

什么玩意儿从树冠里噼里啪啦坠下来，砸在夺罕脸上，把他弄醒。他摸了把脸，把那东西拿到眼前，原来是颗小石砾。

天只微亮，除了几声鸡鸣，北小苑里一派静谧，深秋的寒风在空荡荡的道路上回旋，扬起浮尘。

树下的人还在不屈不挠朝上抛着石子儿,打得枯叶纷纷坠落。夺罕机警地转头去看,见离他不远的枝条上钩着一幅轻软雪白的鲛绡。抛石子的人准头太差,连鲛绡的边儿也挨不上,急得直捶树干,可那树径围足有成人合抱之粗,被捶了几拳,连震动也不大震动。夺罕低头朝下看,原来是个十岁上下的小姑娘,穿一身素洁布衣,眉眼秀朗,额角都是亮晶晶的汗。

小姑娘看看四下无人,赶紧敛了裙裾,在树根下双膝跪地,念念有词道:"树娘娘,求您了,把这绡还我吧。"

夺罕愕然。

小姑娘还在自顾自说:"这是西陆人进贡的,刚够给淑容妃裁一条百褶裙的料,一幅也少不得。一会儿师父起来了,知道我没把它晾好,叫风卷走了,肯定要罚我。师父的眼睛虽看不见,可她一摸就知道,用别的绡混充不来的……要是您肯把它还我,我每天来给您浇水,还给您供最好吃的豆沙馒头……"

一棵树要吃什么馒头?夺罕忍不住咻地一笑,小姑娘惊恐地往上看,却只见浓荫随风摇摆。她又疑又惧,想了一会儿,颤声说:"还是……您喜欢肉馒头?"

夺罕不敢笑出声,只得憋着,四面的叶子震得簌簌发响。他想,再这样下去可要露馅儿了,急忙将石子扣在食指弯里,拇指一弹,石子便打折了那条细枝。鲛绡随着断枝滑落下去,仿佛一片云雾轻曼飘舞,乘着风,又要往远处飞去。

女孩起身追了几步,跳起来牵住了云雾的尾巴,把它扯进怀里紧抱着,像是怕再被风拽走了似的,欢天喜地一路跑开了。

夺罕躺回树干上,想起来还是不禁要笑。忽然他又止住了笑,因为那小姑娘又啪嗒啪嗒地跑了回来,往树根淋了一碗水,搁下什么东西,两手合十匆匆一拜,头也不敢回,就飞快逃开,眼看着拐进了绣师的院子。

他屏息静听,而后悄悄顺着树干下滑,骑到离地最近的粗枝上,两腿缠住树枝倒挂下去,伸手捞起那东西,瞬间又无声隐回枝叶中。

油纸包折得方正整齐,一根细细的红线从中间扎紧,绾了个漂亮的连环结,里头的东西温热柔软,熨帖着手心。拆开油纸,是个饱实雪白的馒头,朵朵热气拂上脸庞。咬一口,里面有肉馅儿,满嘴都是新鲜的肉香。

从那以后,每天拂晓,夺罕都要到北小苑去一趟。

秋天很快就完了,冬意渐重,女孩的衣裳也厚了,穿得像个小棉花包。有时她刚放下油纸包,那个盲眼的绣师就在院子里喊她的名字,她总是答应着"来了师父",在树根浇下一碗清水,就飞奔回去。她叫柘榴,与那棵树同名。

当柘榴以为四处无人的时候,她会对树娘娘说话。

她父母早已在八年之乱中离世，盲绣师流落民间时，收留了她。绣师双目虽不能视，但走针如神，宫里的旧人都还记得，于是她在天享五年再次奉召入宫。织造坊从民间买了三十名五六岁的女孩，跟随绣师习艺，柘榴成了这些学徒的头领，每日要早起给她们做饭洗衣，小女孩们争着玩一只陀螺，也要打到柘榴面前来。

她的烦恼无非就是这些絮絮的小事，夺罕总不能在她眼前钻出来走掉，只得躺在树上打盹，半梦半醒地听她唠叨。等她诉完了苦，回去干活，馒头也早冷了，可夺罕还是会三两口把它吃掉。

第二年的夏天，柘榴的个子高了一寸，胸前有了雏鸟嫩嘴般的起伏。她是绣师技艺最出众的弟子，已可以顶替她体弱的师父做些活计，绣坊里的女孩们也开始懂事了，不再需要她照料起居。她的抱怨越来越少，来了也时常不说话，只是背倚着柘榴树，静静坐上片刻。

海市也在长大。自出现在宫中的第一天起，她就是男装打扮，宫人从来不准近身伺候。柘榴已完全长成少女身段的时候，海市依然瘦直笔挺，像一支纤细的矛。每一个见到她的人都知道，眼前的少年是凤庭总管方诸的第二个养子，没有人见过她幼小年纪女装的模样，只怕她自己也忘了。

夏天的午后常有骤雨，夺罕与方鉴明在廊下铺开紫蒲草席对弈，檐角雨水急落，汇成绵长白线帘幕，垂入霜平湖。海市喜欢穿着男孩儿的宽大素锦单衣，赖在棋枰旁读一本闲书，呵欠不断，终于伏在方鉴明膝头睡去，嘴里还叼着半支没吃完的桂花糖，男人总是轻轻替她把糖从唇间拿开。女孩指间的书页半开着，被湿凉的风簌簌翻动。

不下雨的日子，夺罕会在校场上与海市练习，他将刀剑之术倾其所有地传授给她，却始终不让她接触分毫使毒的技艺。使毒的人最终总会死在毒上，他记得鞠七七这样对他说过。

海市其实是怕血的，她扼死第一只兔子的时候是八岁，方鉴明不许她用刀，只准用双手。兔子白净肥硕，毛茸茸的，在女孩两手虎口之间扭动踢蹬，吱吱尖叫。海市的手在发抖，兔子使劲一挣，翻身就跑，撞翻了屋角一小篮鸽蛋，眼看就要窜出厨房。方鉴明没有理睬那兔子，仍在门外静静看着海市，手里握着一柄玉色缎面折扇，连眉梢都不曾动上一动。海市一咬牙，扑在方鉴明脚前，双手摁住兔子温热的身躯，抓紧举起，猛力往石板地上摔去。兔子立刻不动了，厨妇赶上来把它提走，晃晃悠悠，像是用毛皮包裹的一小袋肥肉。鸽蛋黄白横流的地上，留下铜铢大小的一汪血迹。

厨妇用黄姜与小尖椒把兔子炖了，汤汁鲜浓，是晚膳的一道好菜。每当方鉴明的目光移到海市身上，她便伸出筷子去，夹起一块兔肉送进嘴里，努力咀嚼咽下。

夜里，海市悄悄溜进夺罕的卧房，挤在他身边。夺罕醒了，掀开被子让她钻进来。

"怎么了？"他低声问。

"好像那兔子还在我肚子里扭来扭去，好像……好像它还活着一样。"女孩小小的两手冰冷如石，不知在凉水里洗了多久。

但海市很聪明，第二次杀兔子时，她便学会一掌拍在兔子后脑，干净利落地让它断气。

四年后，海市开始与他们一同在夜间出门，有时一年两三次，有时一月一两次。回到雾风馆时，夺罕的卧房里总是备有一缸清冽冷水，供他清洗血污，不论季节冷暖。他知道海市的房里也是一样。

天享十二年春天，海市练箭时伤了臂膀，夺罕把伤药送去她的房间，撞见她披着袷衣在炭盆上烘烤一匹刚洗净的白帛，见他进来，立刻背转过身。夺罕这才知道她早已开始束胸。他恍然想起她都十四岁了。

也是这一年，盲眼绣师病得越发厉害。从头年的秋天起，她便只能卧床，不见再出来走动。柘榴早过了及笄之年，许久不跟树娘娘说话了，可即便夺罕出门十天半月，回来时仍能在树下找到一只微温的油纸包。

柘榴偶然坐在树下发呆，早起挑炭的剑师学徒见了她，脸会骤然红透，脚下打结，几乎连人带着挑子摔倒在地。夺罕在树冠里往下看，却只能看见晨曦梳过柘榴低垂的浓密眼睫，像是他自己的乌金颜色。

"师父她，大概快不行了。"柘榴低声说。她把头往后仰，靠在树上，茫然盯着夺罕藏身之处，眼瞳是清澈明净的茶色。

一瞬间夺罕以为她看见了他，但他立刻明白那是不可能的——数层厚密枝叶将他挡得严严实实。

"树娘娘，如果我求您，让师父不要死，您能不能答应？"少女停了片刻，没有等到回音，自己苦笑起来，"您也只是一个凡人吧。我十七岁了，也知道一棵树大概是不会吃馒头的。你到底……是谁呢？"

这一问令夺罕猝不及防，心跳得如此猛烈，他几乎怕柘榴会听见它在胸腔中撞击的声音。她站了起来，回身仰望巨木，夺罕不禁绷紧了躯体，注视着她的一举一动。

她知道我不是什么树娘娘，只是个骗子。夺罕的心好像被揉成了皱巴巴的一团。她会生气的……她是不是要哭了？

但少女什么也没有做，只是张开手臂，环抱了树身，将额头抵在皲裂的树皮上。

满树的柘榴花蕾都鼓饱了，好像轻轻触碰，就会炸开一串喧嚣灿烂的花。

"谢谢你。"她悄声说。

那天夜里，夺罕如幽灵般站在绣师床前，看着这个枯瘦的中年妇人。她在出汗，周身衣物被褥都湿得漉在身上，眼窝深陷成凹，蜡黄皮肤紧绷在骨头外面，两颊燃烧着病态的红。

学徒在门外的小花厅里煎药，扇火的小蒲扇还在指尖上挂着，人已经盹着了。绣师发着高热，神志昏蒙，即使她醒来，那双蝙蝠般的灰白盲眼也看不见夺罕。

只耗了一刻工夫，夺罕便确知她并非中毒或受伤，侵蚀她生命的只是实实在在的病。宫中的医官既已束手无策，他更不会有什么良方。

绣师艰难地呼吸，每一次的动静都像是微风穿过多孔的山石，发出古怪的啸声。

夺罕低头看自己的两手。他有千种杀戮手法，却没有一技可活人命。他唯一能做的事，只是拿起床头的布巾，替她擦去额上横流的汗，而后转身离开。

六天后绣师过世了，死状并不体面，卧房里弥漫着临终失禁的恶臭。柘榴板着苍白的脸，独自提了一桶水，替绣师更衣，不让其他女孩们插手。

卧房的窗上糊着洁净白竹纸，滤出温润烛光，那微不足道的光，在深重的夜里凿开一个口子。夺罕隐身在屋檐下的阴影中，向窗缝内窥看。

柘榴将布巾浸了滚烫的水，绞干，俯身轻柔地擦拭绣师的脸与身，又牵过死人冷硬的手指，缓缓擦拭，像是要把她再焐暖回来。

天气眼看要入暑，热气熏蒸，汗珠从少女发间滚下，淌过额头，坠在鼻尖，她腾不出手，只能偏头把汗抹到自己肩上，把光洁的鬓发也揉得蓬乱了。

为绣师洗净了四肢，柘榴再要去擦洗后背，尸体却已僵硬。她咬着牙，用上了肩与手，竭尽全力想把绣师干瘪的身躯翻过来。一试再试，却总是徒劳。她愣怔地站了一会儿，终于双膝落地，在床前跪下，像个孩子似的埋头啜泣起来。

夺罕心中不忍，几乎要伸手推窗，唤她的名字。

你想对她说什么？小声音从虚空中浮现，冷冷嘲弄。说你就是那棵树？说你在树上偷看了她整整六年？她是个可以走在光天化日之下的人，你又算是什么呢？她甚至没见过你的脸。

我又算是什么呢？夺罕自问。

他知道，在宫中侍奉方鉴明的人并不多，不过数十，宫外埋伏的暗线却不知其数。朝臣都管他们这些人叫作黑衣羽林，即便在自家静室议论起来，也需小心翼翼，又是疑惧，又是痛恨。他大概也算作这些人的一员……同样见不得光的一员。

夺罕低下头，只是把紧握的指节抵住墙面，把全副力气都无声地使到那糙硬无知的土石上，他甚至不能一拳拳尽情捶打下去。除了起死回生，他本可以替她做任何事，易如反掌……但这一切必须隐藏在阴湿的角落里，绝不能为她所知。

良久，窗内的柘榴终于站起身来，用衣袖擦干红肿的眼，开门出去喊人帮忙。

望了她的背影最后一眼，夺罕离开了那扇微光朦胧的窗，返身回到静默的黑暗中。

次日，奉方鉴明的手令，夺罕与两名年轻的检肃吏一同化名远赴宛州，寻找顾大成旧部谋叛的证据。

一生中，值得悔恨的事情数不胜数，但这是他日后最不愿想起的一桩。

就在夺罕离开禁城的那一天，盲眼的绣师也被送还原籍安葬，三十一名弟子在宫门长跪叩头送别。午后，从帝旭居住的金城宫来了一位内臣，褒扬了弟子们的感孝尊师之心，并当场赐下每人一盏杏仁茶，饮下杏仁茶的年轻绣女们当夜全都失了明。皇帝一向是任性的，宫中没有了盲绣师，他便要自己造出来。

夺罕两个月后返回帝都，方鉴明遣了两名霁风馆的人时刻跟着他。夺罕深夜推门踏入那名传旨内臣的寝室时，那两人仍然紧随近旁，面无表情地看着。

内臣的鼻子被夺罕两指死死捏紧，不能进气，却又畏惧送到嘴边的剧毒粉末，不敢张嘴呼吸，只得在他两臂的钳制中可怜地抽搐挣扎，死去的时候面目早已青紫。

"你们说，他是被毒死的，还是被憋死的呢？"夺罕放开手，让尸体滑落到地上。

"大公子，请您适可而止。"两人中的一人低声说道。

"他是不是告诉你们，只要不杀皇帝，随便我要取谁的性命都可以？"夺罕挑衅地盯着他们。

身着黑衣的两人沉默不语，麻利地从内臣床上扯下被子，卷裹着尸首抬了出去。再也没有人提起过那个内臣，他消失在宫中，仿如从未存在过。

夺罕回到霁风馆时，又是夜里。远远看见校场上燃起两列火盆，海市拉开一张六石的硬弓，眯眼瞄准百步外的草靶。她性子太急，春天落下的肩伤还未大好，为防旧创复发，方鉴明站在身后，左手替她稳住弓腰上的望把，右手握住她张弦的右手。她的箭术是方鉴明传授的，两人同挽长弓，犹如紧贴的形与影，连气息都匀和如一。

女孩身量已到方鉴明肩头，火光烈艳，在她蜜金色肌肤上更添了一重胭脂颜色，男装正适合她纤瘦的身形，像个爽秀的少年。

七月正是柘榴花树盛放的时节，晚风徐来，落英扬坠如雨，洒得人满头满肩。一瓣残花恰落在方鉴明鼻尖，海市是孩子心性，转头看见，禁不住就笑了。箭仍在弦上，她腾不出手来，顽皮地仰起脸，呼地从他脸上吹去了那点碎红。

箭飒然离弦，却没有中靶。

方鉴明肩背紧绷，温雅面容上仍残留着方才那一瞬的震愕与困惑。

夺罕知道那是怎样的感觉。

是身体里曲折锁闭的机关被逐层拆解,谁的指尖一触,拨动了藏匿最深的那根清越钢弦。

是心腔里满满鼓起了飞扬的风,像是可以就此脱离身体,轻盈飞去。

是自此以后,世间一切都与昨不同。

可是,纵使他敢于站在柘榴面前,她也再看不见他了。

收留海市之初,他曾问方鉴明为何独独留下这个女孩,得到的答案只是一个微笑。

这一刻,夺罕知道自己唇边也浮现了同样残忍的微笑。

义父,您后悔了吗?

前传·缬罗

I

锐烈的风自高空呼啸而下，穿过人们的襟袖与耳畔，仿佛要在面颊上擦出痛痕来。夕阳半浮半沉，摇荡破碎的耀眼赤红，像是淋漓的一渠铁水泼洒在滁潦海上。

狂风亘古不歇，剥蚀了岸边的丘陵，使它们临海的一面深深凹陷下去，远看如同无数金色的岩砾波涛在起伏。那些朱彤地子金团龙的王旗与冠盖，被最后的日光剪成了伶仃的黑影，叫风撕扯得歪歪倒倒的，几欲飞去。

衬着霞红的天幕，那荒凉丘陵的脊线上，一列浩大队伍展开。五百骑兵长队之间，夹有七十五辆骃车，此后又是千名骑兵与千名步卒，前后拥着一张十六抬的朱锦绛金檐子与五十辆骃车。跟着是数百具油毡大车与五百骑兵，另有两千步卒断后。兵士们大多年纪很轻，身架纤细，簇新的军服与轻甲穿着都嫌宽大，肩上与腰间支支棱棱地突出来。十人比肩的行列默默向南而行，竟逶迤出十余里去，放眼出去，亦望不见始与终。

步卒的阵列里，有个戎装少年正控着马谨慎地穿行。少年面貌文弱，十五六岁模样，腰间珮饰不过是五千骑的狮鹰珮，身上穿的倒是正四位的武官服，一望而知是羽林军的禁卫武官。刚到檐子近前，早有女官迎了上来行礼。少年在马上拱手还礼，道："请即刻伺候昶王殿下移驾。"

年长的女官闻言抬起头来，姿态还是恭谨，琅琅的声音里却有怒意："殿下旅途劳顿，又着了风邪，发热得正厉害。"

少年蹙起秀逸的眉，刚要开口，女官又一气说了下去。

"早上殿下不过迟起了半个时辰，蒲由马大人便当众呵斥，已是大不恭敬，现下又三番四次地遣人来催促殿下换乘马匹，究竟是何道理？汤将军，您既是昶王殿下的随扈将军，理当正告蒲由马大人，大徵皇子血脉高贵，此去注辇是为了两国盟好之情谊。蒲由马大人身为注辇使节，却如此轻慢殿下，便是轻慢一统东陆的大徵，还请自重。"一番话不紧不慢说到后来，口吻已颇严峻。

少年微不可闻地叹了口气，并不开脱自己，道："蒲由马大人是听闻此地夜间有狴獠出没，便借着这个由头发作起来。只是我方才问过泉明出身的兵士，据他们说这一带荒丘上狴獠并不多见，一旦出现却必然数百结群，又十分迅猛。过往商团若非迫不得已，绝不走夜路，即便冒险赶路进城，也要备下逃生用的一等骏马，否则……殿下在末将的马上，总比在檐子里安心些。"

女官们均吃了一惊，过了片刻，才有个较稳重的匆匆从驷车内捧出朱红团龙的小衣裳与斗篷，递进檐子的帘幕里去。少年拨马行至檐子跟前，又等了好一阵子，里边的女官才撩起帘幕，送出个围裹厚实的孩童，另有女官围上前来，七手八脚将那孩童送上马背，安置在少年的身前。孩子双目虽然合着，却还看得出是秀丽的丹凤式样，眼梢清扬，因发热昏睡，连眼皮都晕着病态的红。

"汤将军，殿下要是与您共乘一马吗？"先前的年长女官这样没来由问了一句。少年一手挽缰，一手抱着那孩子，怔了怔才答道："末将的马，总比兵士们的强些。"

女官仿佛还要说点什么，却又咽了下去，无言地行礼退下。

孩子微微张开眼睛，停了一会儿，呓语般模糊地唤出一声："汤将军。"

少年低头应道："是，殿下。"

孩子费了点劲，才说出话来："要是真的……遇上很多狴獠的话……汤将军不必过于顾虑我。"轻细的声音仿佛一把碎纸片，刚自嘴唇里断续吐出，便被迅疾的海风一把夺了去，听不分明。

"殿下，您是大徵的皇子，臣下是您的随扈将军，断没有抛下您自己逃命的道理。"少年自幼在军营生长，如此豪壮而殷勤的套话听得熟了，说来也顺畅。等到话出了口，心里才不禁一紧，如同平整的绸子从半腰里被挑了一丝出去似的，寸把宽的一道全抽缩起来。这孩子的伶俐解事是赔着小心的，像是时刻担忧着会触怒了谁，已到了低微可怜的地步。

他早听说过，昶王在皇子中排行第四，是最末的一个，母妃聂氏尚未生下他便已经失宠。皇次子与三子的生母宋妃颇具美貌与手腕，长年专宠，又精于笼络朝中宫中，更兼她所生的皇次子仲旭尚未满十六，天资才器与韬略脾性无不胜过太子伯曜，夺嫡废立的谣言早已甚嚣尘上，是谁也得罪不起的。此次西陆雷州注辇国遣使送来一位十三岁的小公主，名为紫簪，预备数年后婚配徵朝皇子，按例，徵朝也当有一名皇子随使臣前往注辇，名为学习雷州风土语言，实为质子。太子褚伯曜乃是大徵的储君，自不必提，皇次子仲旭日后必是国之栋梁，不可少离，而三子叔昀体质又那样荏弱——所谓质子的人选，除了最年幼的季昶以外，再不做他想。

"我是个当不了皇上的皇子……就算你救了我，我也给不了你什么好处……而且，汤将军你的武艺也……"

年幼的皇子忽然惊慌地住了嘴抬头看他，眼里分明翳着一层水的膜，却自己死死地收住了不许流下，映着滁潦海上近晚的火烧云，在下睫毛上盈出一道金光。虽然心下明白孩子并无讥讽的意味，少年脸上却还是腾地烫了起来。

聂妃已病困幽宫，身边的宫人与内侍亦只是对她虚应故事，宋妃尚不罢休。乘着昶王远放异国的时机，宋妃指使兵部，从当年投考禁军的新丁中拣出武试最后一名，玩笑似的擢了那十五岁少年汤乾自一个五千骑职位，配以五千新兵随昶王往注辇。因宛州与中州西部正有瘴疫流行，大队不得不改由泉明出海西渡。自天启出发以来，已过去了近一个月，汤乾自决断精明，兵士们亦年纪不大，没有什么油滑气，倒还服从他的管束，可禁卫将军竟不通武艺，也不免成为兵士们背地里谈笑的材料。

十五岁的将军与十岁的皇子，就这样共乘着一匹高骏的瀚州马，默默走在旌旆飞扬的队伍中，暮色里都是浓黑的剪影。隔着重重的锦绣衣裳与轻甲，少年还觉得出那孩子身上腾起来的热度，好似一只小炭笼在他怀里焐着。

那天夜里，昶王与注辇使者蒲由马一行六千余人抵达泉明城时已是瀚中时分，较原本的预计迟了近两个时辰。大队在泉明休整三日，而后改由海路，经莺歌海峡航向雷州。

船队离开泉明后半个月，今年投考羽林军的兵法与文试榜单从天启快马送达，鲜红的一列高高张贴在泉明城门口。贩夫走卒歇下担子围到榜下，仰起了脸去看那密密麻麻的黑字榜文，有识几个字的，便拖着腔调，自上而下念出声来："第一甲——第一名——澜州秋叶——汤乾白。"

另一人在旁怯怯地说："……我看着咋像是汤乾目呢？"

II

与港外停泊的数百艘木兰长船相比，眼下这艘首尾尖翘的小舟简直只好算是一支汤匙。船帮子极浅，边上险险荡漾着白腻的水沫，好像一脚踩进船去，便要顺势流淌进来似的。

少年倒是早乘惯了这样的小舟，将自己往那局促的船首里一填，顺手便取下佩刀平搁在膝上。老船夫在船尾不紧不慢地摇着橹，随便谁一伸腿，就能把另一个踹下水去。水面上倒映着街市，五色光影溶散开去，又连同那燠热恶腥的水气一同蒸上人的脸来。纵然已经在此居住了大半个年头，每乘着小舟穿过这座城的深处，少年依然会有微微的眩晕。

在雷州所有的城池当中，毕钵罗城委实是最为奇异的一座。

它占地广大，街巷反倒出奇地紧仄；涂饰浓艳，建筑却参差欹斜。屋宇之间那些盘曲的空隙，晴天里是尘土飞扬的道路，雨季便成为密如蛛网的河汊，每座房子都自成一座小小的岛屿。稍微有点头脸的人家出行，皆是从自家的屋顶出发，几个仆工扛着阔大木板在前头开路，走到哪里，临时的桥梁便搭到哪里。更有排场的是坐在混血的寒风夸父力士肩上招摇过市，倘若力士的血统足够纯正，肩上甚或可以多坐两名舞姬的话，那主人定然是得罪不起的达官显贵了。再往下，肮脏的水面上，力士们粗壮如柱的大腿旁，那些小心翼翼穿梭着的尖头小舟，才是平民们日常乘坐的交通工具，人坐在上边，像两颗豆紧巴巴填在干瘪的豆荚里，还设法塞进各色菜蔬瓜果、布帛盆桶，甚至两三个幼儿，然而若是船再宽些，有些水道就过不去了。

这里的住民高大、黝黑，神情懒散。透早时分，雨暂时歇了，女人们听见叫卖白莲花的声音，便纷纷推开窗户，像是无数紧闭的花苞里先后绽放出五光十色的蕊丝。

卖花的孩子们坐在大木盆里，在街道间漂流来去，腿和脚丫都被霜雪般的花簪儿埋了起来，脸盘肮脏，笑起来牙齿倒是像洄鲸湾的贝壳一样耀眼。雨季里，毕钵罗就是这样在水上晃晃荡荡的一座城，而雷州的雨季又总是长得要命。

啪的一声钝响，什么东西砸到了少年的靴子上，低头看去，原是一朵将开未开的洁白菡萏，粗壮的花梗掐得极短，想来是从女子鬓边现取下来的。他刚一扬首，高处谁家的窗内响起两三个少女的轻声尖叫，织着菀莨花的嫣紫色裙角在窗口一翻，便看不见了。

菡萏上还染有少女发间的甜郁香气，夹在水腥里，一丝一丝袅娜地浮起来。他不曾去拾，只淡淡一笑。

这座城里有极馥烈的香药，亦有极腐恶的沟渠，两者同样闻名于世，也同是东陆三流诗人惯用的譬喻。

这是注辇国的王都，亦是西陆最为繁华的港口之一。

毕钵罗城就是如此毫无章法，仿佛巨兽深幽的肚肠，即便是常来常往的羽族水手与东陆商人也多半只愿在港口近旁停留，不敢过于深入这座城的腹地。因此，在注辇少女们看来，像他这样身穿东陆徵朝武官衣袍的俊秀少年，无论肤色相貌或衣装举止，均是少有的，自是比那些纯金头发的羽族水手还要稀罕。

所有迷宫般的水道最终都将汇入帕帕尔河，他的小舟也正顺着缓滞的水流，向帕帕尔河划去。

自东北港区起，这座城朝着西南方向一气铺展出十一二拓去，到了帕帕尔河跟前，那些挤挤挨挨胡乱堆砌的房屋却猛然刹住了去势，止步不前，像是一伙闲汉迎头撞上了贵人出行，连忙后退几步，远远围观。河对岸于是自然空出一大片平整开阔的高地，注辇国的王城便坐落于彼处。

一河之隔，两重人间。

王城是黄金之城。即便从河这边看去，阴沉沉的天穹下，还是绵延的一道暗金色。因是在高地上，也不必像贫民的屋子一般竭力地朝上挣扎，只中间那九座黄金祭塔，依次层层簇拥，像许多少女尖葱的指甲似的树立着。最高的那一座，顶上攒着一团胭脂碧玺石，总共一百六十九颗，最大的总有人头那么大，北来的商船远在半日航程外便看得见那薄红的光芒。

除了受王家庇护、持有龙尾神纹章的商船外,民间船只一概不准通行帕帕尔河,小舟尚未拐出小巷,便晃晃荡荡地靠上一户民居的石阶。少年下来,付了四个铜铢的船资,轻盈地向前跳过几处石阶,站到沿河人家门前的石台上,向着对岸尖声打了个呼哨。

片刻,便有一点金屑,从对岸那一带暗金中脱离出来,横过稠重的赭色水面,渐渐向着这边来了。那是包铜的平底轻羽船,船头卷起,艉部伸出一支鹅颈,自上而下坠着七盏玲珑的风灯,远远望去正像一支巨大的赤金色羽毛漂浮水面。轻羽船的船腹装有河络的机括,航速不快,却极为稳重,只需五名船夫便可开动,可运载重甲兵士二十名。

"什么人?"船上只有七八名注辇兵士,其中领头的打着呵欠喊过来。其实他们早看熟了少年的脸。

少年取下腰间的珮饰,向他们晃了晃,是琅玕石的獬鹰形珮玉,结着青丝线穗子。"徵国昶王殿下随扈统领,羽林军五千骑汤乾自。"到毕钵罗城九个月以来,他颇学了几句注辇话,以这一句说得最多,所以更是熟练。

"上来罢上来罢。"注辇兵士一搭手,汤乾自跃上轻羽船。船上有名新丁,想是没有见过他,很新奇似的,眼光直盯着他腰间的珮玉看。

"看什么看。"领头的注辇兵士用刀柄照准新丁的后脑勺拍下去,"人家跟你一般的年纪,已经是东陆的五千骑了啊,懂不?有五千个手下,是将军啊。"

新丁不服气地揉着脑袋嘀咕:"将军算什么……还不是跟着那样一个没人要的东陆王。"

"反了你了!我们的公主送去东陆,和他们的公主样样都相同,他们的皇子送来这里,也跟我们的王子是一样的。冒犯东陆王,与冲撞羯兰殿下是同罪啊。你有几个脑袋——"头领翻手用刀鞘又抽了新丁一下,一面连忙转头看看。东陆少年只是在一侧静静地坐着,面色平和,不像武官,倒像个没脾气的读书人。毕竟是东陆人,注辇话也只懂得有限的几句罢?头领这才算稍稍舒了口气。

轻羽船刚离开岸边没有几步路,又是两声呼哨响起,岸边又来了三五个身穿注辇军服、束着轻甲的男人,等不及船只回头靠岸,早已乱纷纷跳了上来。

那新丁正纳罕着为何没有同袍上前去盘查那些人,可是才吃过两次打,学得乖了,也不开口,只管两只眼悄悄地睃着。

"是逢南五郡的人啊。"头领把他的耳朵拽了过来,声音轻得只剩咝咝的一股气。新丁缩了缩肩膀,不胜惶恐的样子。

汤乾自靠在船帮上坐着。那些新上船来的人,衣裳轻甲与王城卫兵皆是相同,只腰巾末端绣的不是龙尾鳞，却是靛青色的犬牙徽记，短刀柄上也缠着靛青的粗绸子。佩有这种徽记的兵士，只听从英迦大君的调度，在注辇王面前，除了下跪叩首，实际上可谓没有旁的义务。英迦是注辇东北的逢南五郡领主，掌握着除毕钵罗外几乎所有的北方海港，富可敌国，从血统上说起，又是当今注辇王钧梁的堂弟，还有一名妹妹嫁入宫中做了钧梁的侧妃。他手中的权势如此煊赫，甚至国君钧梁亦要看他三分面色，宫中朝中，凡乖觉些的人都晓得。眼前这些逢南五郡兵士的徽记与刀柄上都络了金线，阶级更高些，大约是英迦大君的贴身亲随，自然得罪不起。

轻羽船在水面上静静划出弧线，朝西驶去。远眺过去，王城似是平缓的一带，河岸却都用红土与青石夯高，水下设有钢角，以防船只强行靠泊，唯西侧降下一道近三里长的低矮栈桥，供宫内与王城卫兵出入泊船使用。

船帮在包熟铜的缆柱上碰了一碰，发出沉闷的响声。英迦大君的亲随们率先跳上岸去，径自从角门进了王城。汤乾自却不急不缓站起身来，等待着例行的盘查。纵然都是看熟了的脸孔，文牒腰珮——查验起来，也颇费了些工夫，这才放行。

进了王城，便有宫人引他去往昶王的居所。

九个月前，汤乾自初次被召入王城时，几乎辨别不出前路，仿佛被封闭在黄金迷宫匣子里的蚂蚁。雷云两州连一粒金砂也不出产，注辇人却又有着一种顽固不化的富丽天性，王城外城的天顶地面，四壁里外，皆是整幅整幅包覆着东陆搜购来的金箔，金箔上扭了金丝花样，宝石粉混着琉璃釉填合进去，油汪汪的似是随时要滴落下来。祭各色填花以外，螺钿、珠玉与云母亦是不惜工本团团镶坠，那些领路的宫人服色也花缠枝蔓的，走在回廊里，人与墙壁简直分辨不开。他只得死死盯着眼前，那些宫人时不时转回来一笑，看见了她们的脸，赶忙认了路跟上去。就是那几张脸，眼睑上还闪着一抹浓厚的金色，凝红的丰艳的唇，如同她们也是那宫室墙壁上探出来的雕塑一般。如今走得多了，倒也熟悉起来。

王城内城里亦是河道交错，亭台之间，自有无数平桥拱桥长短错落，欹斜相连。汤乾自抬起头，见对面三层高的空中，悬桥上一队下等宫人走过。注辇气候和暖，女人四季穿着紧俏短褂，筒式裙子也只裹到小腿七分长短，把半个肩、两条臂与绕着铃铛的脚腕子大大方方袒露在外。一色是年轻女郎，头顶镏金大盘，盘里满盛着丰硕瓜果，倒像是别致的大檐笠帽，一只手臂扶得稳了，另一手撑在腰侧。走动起来是举止齐整的，十几把纤细黝黑的腰肢左右波动，承住了头顶的重，却又如同蜜糖缸子里搅起了浪，带着一股浓酽的妖娆。她们是往王城深处的宴殿去的，想是夜里又要赐宴贵客。

经过王太子羯兰的寝宫，便是昶王的居所。注辇王子成婚前均随母亲居住，婚后分赐宅邸，搬出王城，只有王太子可在王城内另择寝宫。昶王是东陆来的他国质子，居所形制上与王太子寝宫相同，只是矮了一层，装饰较为简朴，表示身份略有区别，也在礼法许可的范畴内尽可能表达了轻慢的意思。汤乾自倒觉得这未始不是好事，昶王将来总要回到大徵去的，沾染了过多注辇习气反而可厌，于昶王自己亦没有好处。注辇人却抱着另外的心思。为使昶王亲近雷州风土，宫人与女官皆换用注辇人氏，而东陆带来的五千羽林军都是新入行伍的少年，王城内安置不下，也防着他们滋事，被安排在港口附近扎营居住，每日只准二十名进入王城轮值护卫，这已是汤乾自所能争取到的极限——总要留些人在昶王身边，好不让他将故国的语言荒废了去。

"殿下呢？"汤乾自一进门便问。

侍立两侧的羽林军俯首答道："在风台上。"

风台是注辇房屋最顶上的一层，并无四壁，只数根柱子支撑着一片挡雨的檐顶，却不避风，是注辇人宴客、吃吊子烟、清谈的场所，夜间灯火通明，远远望去好似东陆说演义的戏台子。王城内的风台讲究些，若不愿被人瞧见，那么便在四围放下竹帘子或纱帐子——当然也都是羼杂了金线在内的，映得包金的锻花柱子。

风台上空旷如洗，昶王本没有什么访客，一应的案儿小榻也就不曾陈设，只是下着层层叠叠的堆花纱帘，西首单单搁着一张靶子，靶面上已零星地立了几支箭。

约莫十岁上下的男孩儿，立在风台的最东首，脚步扎实，箭已上了弦，却引弓不发。孩子穿了一身清素的日常白绢衫子，因不是军服，略嫌紧窄，于是照着东陆习俗，将左肩与左袖卸到腰间。使的是一张乌木的三石弓，对孩童而言实在是过于强横了，手臂的劲力与弓弦相持太久，发起颤来，使得他瘦溜的身子看起来也像是一道绷紧的弓弦。但他只是端凝地使着力气，目光不曾稍稍离开靶心，小脸被隔着纱帘的天光抹上一层金粉似的黄影子，如同一尊小小的泥金像，瞳子是饱酣的两点墨。

少年将军亦不去惊扰他，抱臂静静地看着。

原先在东陆时候，宫里并非没有武官教头陪同皇子习武，只是多半势利得很，见昶王势力薄弱，自然都不来巴结。宗室少年子弟中最出众的是皇次子仲旭与清海公的大世子方鉴明，禁城御苑内，两人所到之处，武官教头们时时众星捧月一般跟着。季昶年纪只较方鉴明小了半岁，亦是同年开始习武，没有良师指点，也一直不见什么长进。

到注辇后不多时，昶王便说想学些骑射刀法。汤乾自听了颇觉诧异，如此羞缩的一个孩子，是如何想起要习武的呢？但独独于这件事情上，季昶十分坚执。

毕钵罗是这样水流纵横的城，一切交通皆仰赖河漕，王城内连块能跑马的地方亦没有。汤乾自命人在风台四面张挂了轻而密的幔帐，摆放了弓靶刀枪与草人，又安排下六名羽林军兵士把守楼下，不准旁人上来，将风台充作昶王平日习武的场所。

季昶毕竟还是个孩子，当时见了那些玩意便很欣喜，跑上前去看了一圈，又转头问道："那，谁来教我呢？"

汤乾自像是想不到他会有这样一问，一时不知如何应答，只得尴尬地干咳两声。季昶左右看看，这风台上，除了汤乾自与他，再也没有旁人了。

"难道竟是汤将军你吗？"季昶睁大了双目，脱口问道。语方出口，自己也知道是说错了话，连耳郭都烧了起来。

汤乾自亦十分不自在，侧身拿起长弓，右手食指将豹筋的弓弦细细抹了一回，才往箭壶中探手捞了三支箭，分别笼于指间。三箭逐一搭上弦，都朝靶子上射了出去。射术中有所谓"连环"，起势大致如此，讲究流畅迅疾，可汤乾自射得并不快，去势却极其沉实。第一支稍偏了些，后两支都攒在铜铢大的靶心上，挨得那样近，桦木箭杆铮铮震荡，互相敲出闷钝的声响来。

季昶惊得说不出话来。

"殿下可要试试？"少年将军含笑弯身将长弓递了过去。

季昶接了过去，一面仰脸看着他，笑嘻嘻的，眼里晶亮："你教我。"

"但是，殿下，"汤乾自面上的笑渐渐收拢，凝视着孩子，说道，"您私下习武，若是发矢不中，羽箭竟从这风台上落了下去，教外人知道了，总不免有些口舌。"

季昶亦不笑了。他想了一想，又抬起头来："那我便一箭也不射失。"

他果然做到。

习射两个月，他射出的羽箭，总共尚不到百支。一挽开了弓，便是一刻时间，到头来却只是静静将弓箭搁下，歇息一会儿，而后再将弓挽开，瞄住靶心，如是反复一两个时辰。后来膂力渐渐满足，姿态也端正了，便是这样，十有八九还是不肯放箭。然而，每发必中，纵然偏斜，也决不脱靶。才两个月，开弓的右手拇指上已深深勒出扳指的痕迹，那样持久的忍耐与坚忍，简直是令人心疼的。

而眼下，靶子上已有了三四支箭，亦即是说，昶王在风台上待了近半个时辰了。每当这种时候，汤乾自会想，这个褚季昶成年之后会成为怎样的男子，但是他往往又短促地叹口气，放弃了想象——他自己也不过是十五岁的少年罢了。

弓弦清越振响，箭镞深深没入红心，孩子松垂了双手，持着长弓回头看他，笑了起来。

他却叹了口气:"殿下,您又被罚膳了?"

孩子还是笑着,却有些赧然地点了点头。

"为什么?写错了字?还是背错了书?"汤乾自在他身前蹲下来,为他披上外衣。

孩子摇摇头,撇着嘴说:"老东西考问我,君王治世,最要紧的是什么。你知道啦,他们这些打鱼的,只晓得航海通商,通商航海。我正走神,顺口说是武艺与韬略。老东西气得话都说不圆整,你也不在,没人敢挡着他的火气,当然又是罚我的膳,午膳晚膳一起罚。"

汤乾自笑了起来,所谓"老东西",是宫中分派给昶王的先生,每日上门讲授理国恤民、经济田算之类课程。自习武以来,季昶性子渐渐有些野气了。

"君王治世,仓廪丰实才是最要紧的,饿着肚子没有粮草,什么武艺韬略都是扯淡。饿了吧?今天丰远号的商船回港了。"汤乾自从怀里摸出个油纸包,一层层打开。

季昶眼睛一亮,抽了抽鼻子,嗅着了焦甜的米香,欢呼道:"是油茶糕!"捧过纸包,整张脸便如狼似虎埋了进去。

油茶糕是澜州的家常点心,闻起来香甜,入口却粗糙,小时候汤乾自常买,一个铜铢一大块,吃得口干舌燥,嘴角直往下掉粉屑。昶王的母亲聂妃是澜州出身,早些年尚未病倒的时候想必也时常亲手做给他吃,毕竟失宠的妃子生活大多枯索无趣,除了把全副心力扑到孩子身上以外,日子简直无以消磨。因为是如此廉宜的点心,连贸易的价值都没有,而那些原籍澜州的东陆商人,思乡起来宁可买一个澜州姑娘,所以,在珍异满目、市舶繁华的毕钵罗港口,区区油茶糕竟是寻不到的,非得特意嘱托熟识的商船从东陆捎来。路途上辗转一两个月,原本松糯的点心都捂出了油气,变得干硬黏牙,孩子吃得直打嗝。

"我去给殿下倒水来。"少年站起身正要离去,季昶却分出一只手来拽住了他的衣角,急忙摇头说:"不要不要,喝水就、就不香了。"说着,又是一个响嗝,顶得细弱的身体都跳了一跳。

汤乾自只得又在他身边坐下,伸手替他拍抚后背,顺顺气息。倒也不见得有多么疼爱他,只是倘若孩子竟然不幸噎死,汤乾自己,连同那五千羽林军,怕是都要回东陆去领罪的。尽管这孩子的母妃早已失宠,自身又是大徽四位皇子中离太子之位最为遥远的一个,小小年纪便去国万里充当质子,连被注辇使节呵斥都不敢还口——即便是这样一个孱弱的孩子,毕竟还是褚季昶,是大徽皇帝的亲生子息,再轻蔑他的人,也非得称呼一声"昶王殿下"不可。

这整个的事情就是一场笑话。那几年,汤乾自时时在想,许多年后,说演义的台子上，中场歇折的时候，会不会有唱谐趣曲子的河络艺人出来搬演他们的故事。十一岁的王、十五岁的羽林军将军，还有他麾下那五千名连唇髭都还未生出的兵士。单是这些人物，一经铺叙，便不啻一个很好的笑话了。

　　实际上，许多年后，褚季昶的同母姊姊鄢陵帝姬向弟弟问起盘枭之变那一夜的景况，身穿朱红三爪金团龙缎袍子的高大青年懒散答道："啊，那天夜里火烧起来的时候，我吃多了油茶糕，正打干呃呢。"

III

　　回到寝房，一大口水灌下去，季昶猛烈咳呛起来，一名注辇侍女轻轻地拍着他的肩背，好使他呼吸舒畅些。好一会儿，孩子才觉出那梗塞着的粉团渐渐顺着食管滑落下去，终于噗的一声落进肚里，像个结实的小拳头猛然揍下一拳，干呃好了些，一时却还止不住。

　　经了这一番折腾，天已黑透。

　　"震初。"孩子缓过气来，便扬声呼唤汤乾自的别字。

　　若有所思的少年将军肩膀震了一震，随即抬眼应声："殿下，您好些了？"

　　"震初，你在做什么？"

　　汤乾自不答，反而疾步走来，用注辇话向侍女问道："你们的宴客歌舞中，有破阵舞，或是剑舞吗？"

　　"回将军，宫中从未献演过东陆乐舞。"侍女答道。

　　汤乾自思索了片刻，忽然命令道："为殿下穿上外袍与斗篷。"

　　侍女年纪只得十七八岁模样，应对却很老练："将军，若没有吾王的御准，您与殿下夜间不得擅自外出，请不要为难奴婢。"她的身量与汤乾自同高，下颌却傲慢地扬起，一双注辇人独有的浓黑眼睛睨视着少年。

　　昶王从黄花梨木榻上赤足跳了下来："震初？"孩子看着他的近卫将军，满眼茫然。

　　铿锵一声，少年的佩刀出鞘了。那不算什么名刀，只是徵朝军队制式的佩刀，显是有年头的东西，刀脊乌润稳重，如饮饱了血的黑土，不见一丝新淬火的浮亮，锋刃却悉心磨砺过，在灯烛下犹如半轮幽暗的月。

一握黑沉沉的长发被横厉的刀势扫过，连着束发的珠珞被削落下来，直坠到那侍女用蒄蔻花汁绘过花样的赤裸脚面上。

侍女才喊出尖锐而短促的一声，便被刀尖指住了喉咙。

少年面色冷凝，握刀的手使着不必要的力，指节泛白，眼里却有了沉稳而锐利的神光。他的视线始终不曾离开自己的刀尖，已换了东陆言语："殿下，请您即刻更衣。"

漆黑的夜空仿佛重重昏蒙的帘幕笼罩下来，精巧的黄金王城失去了轮廓，只余下祭塔顶上那明炭般的一点红，以及无数穿顶与檐角，兀自在夜里反射着微淡的光。自辽远的黑暗海面，到灯火如珠的港湾，阴暗脏污的庞杂水路上，乃至氓民承接漏水的破碗内，每一处水面上都激起交错涟漪与飒飒的凄清声响。在这广大的雨声里，金铁交击的鸣动渐渐响亮起来。

季昶慌张扣着纽子的小手停了下来："震初！那是什么声……"

接着，他把最后一个字吞了回去。

那声音渐渐明晰起来。即便是生长深宫不谙世事的孩童如他，也能听出那是什么了。不是演兵，亦不是破阵舞或剑舞。那是刀剑劈刺砍杀间撞出的凌厉声响——就在距此处不到一里的地方，这座王城里，两百，不，或许是三百柄刀与剑，连同它们的主人一起，正彼此搏命纠缠着。

汤乾自侧目朝半开的窗飞速一扫。

王城东角，某座高峻楼阁的风台上灯火通明，四面下着帘幕，却有两面已熊熊燃着了，随风散出无数火星，在漆黑的夜里恍如一支巨大的松明，把王城照耀得犹如白昼。人与利器的影子在轻软的纱帛上急速交织变幻，仿佛一场来不及看清的乱梦；喷溅的浓郁血痕却被灯火映成稠黑的浆汁，固执地、缓滞地流淌下来。那是所谓宴殿，注辇王赐宴贵客的所在。

纵然刀尖正稳稳地抵在那侍女脖颈的肌肤上，汤乾自依然觉得出自己的手在颤抖。

他们都听得见，许多轻柔而频密的簌簌声，像穿越草丛的蛇群，隐秘地朝他们包围过来。季昶赤足凑到窗口，目光向下稍稍一扫，便惊恐地收了回来。

"好多人，把羯兰的寝宫围住了，还有人朝咱们这边来……"他竭力要稳住自己稚小的声音，却沙哑得不能成言。往后的情景，也再无须他转述——宫人的凄厉悲鸣已撕裂了天幕。

若非注辇王钧梁在席，宴殿便不能使用。而此刻宴殿上下竟有数百名武士在拼死鏖战，太子寝宫亦遭血洗。毕钵罗是这样挤迫的城市，王城内虽然宽敞些，常年守卫亦不过千把人——这数百人的械斗，无疑就是一场反乱。而那剑与火的漩涡正在他们眼前缓缓扩大，逐渐要将整座王城吞噬下去。

"恐怕是叛军要挟持殿下。您的印信与文书呢？"汤乾自沉声道。

孩子不待他提醒，早已爬上床去，从床头小屉里翻出了朱红拼明黄的绸缎小包，忙乱地挂到颈间。

侍女明艳的红唇早没了颜色，削断的半蓬头发散了开来覆在脸上，跟着她的人一起，止不住地哆嗦着。

汤乾自咬紧了唇，反过手来，刀刃朝侍女脖颈一拉，使了那么大的气力，刀刃几乎卡在血肉里。他猛力一拔，掣回了刀，血却也跟着喷了一脸，也顾不得抹，一手抱起了季昶，提刀便往外走。正在此时，楼上楼下驻守的二十名徵朝羽林军听见外头动静，也闯了进来，个个的手都按在刀柄上。汤乾自朝他们点了点头，简短说道："走。"

侍女们大多逃散了，下楼的途中只撞上两个，汤乾自刀尖上的血还未曾滴净，又染上了新的，季昶大睁着眼看见她们往地上倒下去，空气往破碎凹陷的喉管冲进去，又和着血喷出来，朝他伸出手来，仿佛是哀恳的意思。但是他没有停留，亦没有哭。孩子的心沉重冰冷地向下坠着，深不见底的恐惧里却又有什么滚热的东西翻腾上来。

小楼建于水上，底层是青石筑成，单只借那潮湿阴凉之气贮存新酒，到了二层三层才有数道别致桥梁通往旁的屋宇楼台。汤乾自领着二十名部下直下到底层酒窖。酒窖内有个矮门，是平日将酒桶从小船上滚进来时使用的，他们便从那儿依次钻了出去。青石的楼基下窄上宽，是茶托样的形状，从水里花瓣般向外翻开。外面此时自然没有船，二十余人都收刀入鞘，下了水，潜伏于青石基座的阴影中，头顶的空中，纵横交错的悬廊与小桥上，百来名明火执仗的注辇衣装兵士叫嚷着，自各个方向朝小楼拥进来。

汤乾自向他的人做了个手势，他们便一言不发地簇拥过来，将他与季昶裹在中央。水恰恰没到汤乾自的下巴，季昶紧攀着他的脖子，只露个脑袋在外。他们谨慎涉着水，向北面宫门的方向行去。水面上映出彤红的天色与金粉般飘散的火星，王城里那铺天盖地的金色被火光一照，仿佛都着了起来，光焰再折在水上，像是整座王城都熔了，顺势淌进了密布的河湾里。

不一会儿，河汊到了尽头，迎面一座水榭，内里并无人声，灯火也不见，汤乾自认得那是注辇王子们的画室，再向北不远，便到了连通内外王城的持澜桥。

"震初。"黑暗中,孩子忽然小声说。

"是,殿下。"他即刻答应。

"刚才那是你……第一次杀人吗?"

汤乾自一面单手翻上水榭的栏杆,一面答:"回殿下,是的。"

"你怕吗?"

汤乾自静默了一刻,却不曾停步,约莫又走了三五十步,才又答道:"怕的。"

季昶像是得到了他要的答案,便也静默下去。

"殿下怎么问起这个?"汤乾自觉得季昶话里似乎有沉重的心思,隐约觉得不妥起来。

季昶偎在他颈窝里,低声说:"我不知道第一次杀人到底有多可怕——恐怕我早晚也总要有这样一天的。"

少年将军忽然觉得,方才在水里浸透的军装异常湿冷而沉重,全湿在身上,直凉到骨子里——不知是因这孩子的一句话,还是因为此刻听觉捕捉到的一点异声。不及细想,他扬起一手,示意身后的部下们止步。

水榭内登时静寂如死。高空里,长风送来宴殿风台燃烧的烈烈声响与震天的厮杀声,仿佛都是极遥远的了。又过了片刻,每个人都听见了那小小的异声。就在那一列三十二扇云母抠金团镶柘榴石的屏风后边,有个细碎的脚步啪啪地朝这边来了,是柔软赤足匆匆拍打着冷硬地面,间中还杂着点洗豆般的沉闷哗哗声,也不知是什么在响。

他放下了季昶,独自侧身闪到屏风后,飒的一声轻响,佩刀自鞘中退出一寸,蓄满了劲力。屏风沉重得像堵墙,背面是一道回廊,正对着分隔王城内城与外城的河流,面上零星缀有拇指大的云母片,隐约透出河上摇曳的火光。那一点点跃跃的红有时会被什么东西遮没,转瞬又沁了出来,看得出是有个人正急忙走着,远处的火光将巨大的人影投到了屏风上来。

他们屏息等待着。

到了屏风尽头,那黑影子便绕过这一面来。最先探出来的,是一只手。

汤乾自一把拽过那只手,顺势紧紧箍住了来人的肩,刀也应手跃出鞘来,在空中唰地一横,架上了那人的脖颈,压低声音用注辇话低低喝了一声:"别出声!"

他们都只觉得眼前一亮,刀光如虹如电,明厉得仿佛要在眼底刻下永远的痕迹。但又仿佛,不是为了那一刀。

流水般的铃声霍然响起。

仿佛整整一桌子的琉璃碗盏被人扫到地上,凿雪碎玉,翻滚碰跳,跌破成千万张薄锐甜脆的冰糖片儿，又撞成块、撞成碎、撞成晶莹的粉末。许久许久，直到那铃声终于停歇，每个人耳里还是恍然有着潺潺不绝的余韵，犹如一枚银铢在绝薄的青瓷瓶腔子内弹跳。

羽林军的少年们都惊住了。

那只是个小女孩儿，那么小，只得五六岁模样，怀里抱着个锦绣的包袱，两手腕上堆满了银丝的缀铃钏子，想是害怕行走中银铃响动，用披帛将左右手腕缠好，只剩下那种洗豆般的闷响。经汤乾自一扯，披帛都散落了，一手的银铃便恣肆地响亮起来。她有张浓秀微黑的尖俏脸蛋，服色灿烂，像是宫中门阀贵族的孩子，满头卷曲的乌发却披散着，衣衫也系歪了，狼狈无措的模样，一双杏核眼惊惶地大睁着四下张望。那瞳子，比最深的渊裂还要深，吞噬了一切的光，视线却始终落不到人身上——原来是盲的。

汤乾自清晰地觉得怀里箍着的盲女孩儿周身在止不住地颤抖。她一手被他扯着，却不拍打抵抗，也不喊叫，只管死死地在腿脚上用力，要站稳身子，另一手抱定了怀里的包袱。许是太用力了，那包裹内竟挤出哇的一声响亮的婴孩啼哭。小女孩儿惊跳起来，唯一自由的那只手却正抱着褓褓，她只得笨拙地用脸孔去贴着婴孩的脸孔，一面喃喃地哄着，自己亦怕得哭了出来。

"你是谁？你们是谁？"小女孩儿声音细弱，断断续续地说着注辇话。

"殿下。"汤乾自咬了咬牙，转回头来看了季昶一眼，"不能留她性命。"他面色严峻，预备着要有一场争辩似的。

季昶劈口答道："我明白。"他们说的都是东陆语言，注辇女孩是听不懂的，季昶还是将脸撇向一边去，仿佛畏惧与她目光相接。其实也是荒唐的，这女孩儿哪里能有什么目光。"我们的行踪不能泄露，哪怕是一分的险也冒不得。若是我落入叛军的手里，他们必然要拿我当作要挟注辇王与父皇的筹码……可是等他们明白了我不值那个价钱。"季昶的话到这儿就收住了，后半截被他咬进了嘴唇里，眼里有薄薄的、倔硬的泪。

"咱们也都得死。"有个羽林近卫低声地接口道。

又一个少年咬着牙说："五千个都得死。"

外头的火依然熊熊地燃烧着，听得见木石崩毁，楼台倾圮。事态恐怕是已坏到了不可挽回的地步。

小女孩并不知道他们在说些什么，亦看不见他们神情，只晓得这些人至今尚未对她不利，或许不是恶人。她捉住了汤乾自的手臂，牵扯着哭喊道："去救我妈妈和我哥哥，救救他们！我赏你很多很多钱，还有田地……"

汤乾自握紧了手里的刀。这女孩儿果然是贵族出身,然而事到如今,怎样的显赫家世或丰厚财富,在生死面前,都是无用的了。他少年失怙,倘若今日命丧于此,寡母晚年何依尚且不论,如季昶亦死,他这随扈将军的亲族,怕都是要问罪的。

这五千名羽林军兵士都还年轻,有父母兄姐,预备着有漫长的来日,或许混个一官半职,娶隔壁街上余家的二闺女,没有一个人是已经打算好了要死的。是他把五千个活跳跳的少年领到了这个异国他乡来,也需得把他们尽可能好好地领回去。

情势如此危急,带着这个女孩儿逃走,便是平白多了一个累赘,断无生路。若是将她抛在这儿,他们的行踪必然泄露。

他们得活下去。

他咬死牙关,攥住了女孩儿纤小的肩。女孩儿大张着无光的眼,茫然地抱住怀里的婴儿,大半细弱的脖颈袒露在外。她两眼不能视物,亦对这些人的言语一无所知,更不明白有一刃军刀正虚横在她脖颈上,只要朝内稍一压迫,再向右猛然一抽——只要那么一抽。

那一瞬间,短得仿佛是燧石击发的火花,又漫长得犹如殇州极北永无尽头的黑夜。

就是那一瞬间,有松明火把的光亮自汤乾自眼角一闪而过,水榭外,一个声嘶力竭的嗓音高喊道:"在这里!在这里!"纷乱的注辇男人声音在后边轰然应和道:"在这里!陛下钦命,不留活口,提头领赏!"

烛炬明晃晃连成一行,自对面拱桥上绕了过来,如同游动的火蛇。火光照耀下,那些人的衣装甲胄都清晰可辨。

汤乾自凛然一惊,推开女孩儿,飞身朝季昶扑了过去,将他拉到身后。

原来截杀他们的,竟是效命于注辇王钧梁的王城卫兵。

IV

乱蝗般的箭雨朝水榭里落进来，一时间箭镞破空的锐响不绝于耳。那箭劲力惊人，钉到身上，自己都听得见骨头碎裂。

"退到屏风后面！"汤乾自喝令道。总有五六人中了箭，少年们彼此拉扯着，避入屏风背后，咬着牙，相互削去了身上的箭杆。流矢追着他们钉上了屏风，只见啪啪啪炸碎了云母，宝光四溅，腾起冰晶般的小股雾粉，漆黑的精铁镞头从破洞内刺出近寸长。纷飞的箭矢的罗网里，独独剩下那盲眼的女孩儿在屏风外头，一声迭一声地撕心裂肺尖叫着，婴儿号哭得全哑了，却还如同濒死的小兽，吊着最后一口气，不停不歇。汤乾自闭目竭力谛听，想要估出敌人的数量。可是充耳尽是那女孩与婴儿的哭叫声，仿佛是两把刀，一把飞快雪亮的，一把是钝粝的，豁了口的，交替地割着他。他只数到了十七，终于忍耐不住，霍然站起来，猫了腰朝屏风前飞快绕出去。

人人皆惊愕地看着他，却又纷纷垂下了脸，没有一句话可说。他们都还是未经战阵的大孩子，为了自己活命去杀人是一回事，眼睁睁看着别人死在面前而不去相救，又是另一回事。听着那女孩儿在外面凄厉叫喊，谁心里没有不忍？

女孩儿还倒在方才他将她摔开的地方，腿上肩上都像是被箭擦过，殷殷地汪着黑红的血，人蜷作一团，把婴孩裹在自己身体当中，或许也不是要护着他，而是畏惧中非得搂着点什么不可。汤乾自奋力挥起刀鞘打落两三支箭，一手将女孩儿捞起来，冒险侧身向来路上一跃，滚了几滚，也不管她遍身擦伤，就势将她猛力推进屏风后面，自己亦跟着闪了进去。

还不及喘息，汤乾自心里立刻就懊恨起来。倘若放任那女孩不管，再过片刻，她必死无疑；即便将她救了进来，到头来也还是得由他自己亲手将她了结，岂不虚伪？

"震初，你看清外面的情形没有？"季昶低声问。

"外头现下有二十来个人，大约不敢贸然攻进来，只在外头用弩机发箭，若是一会儿增援到了，怕就……"

季昶忽然冲他摆了摆手，神情惊疑不定。外头急雨般的箭声逐渐疏落，渐至于无，这才听见远处隐约断续的粗粝声音，如磨刀一般。汤乾自拧起眉，重又侧身出去望了一眼。外头并不见增援，却弃了一地的火把，是那二十来名王城卫兵见弓弩攻击收效甚微，干脆预备突入进来了。

"他们……怎么不等增援呢？"有个少年捂着肋侧的伤，声音里因疼痛起了颤抖。

汤乾自冷冷一笑。他的父亲原是黄泉关的参将之一，他出生在黄泉关，刀剑丛中长大，直到去年父亲战死，才回到原籍澜州秋叶，这些军汉的花招，他见得多了。

"他们这是在争功。原先放箭，是因为贪图赏银不愿请求增援，力量却又薄弱，不敢轻易近身，现在冒险冲进来，是怕拖得太久让我们逃脱，反而成了别人的猎物。"他顿了顿，目光往眼前的二十人脸上逐一扫过，少年们皆不自觉地肃然挺直了脊背。

汤乾自锵然出了刀，刀尖在屏风后三尺的虚空中划出一道笔直的线，道："你们都站到这儿来。"于是他仅有的二十个士兵都无声地拄着刀，歪歪倒倒地站了起来，退到那道虚空的线上去了。隔着身后的水面，祭塔的黄金轮廓在烈焰扰动下起了波纹，恍惚是映在水面上的倒影，又如同许多高大的金漆尖烛在燃烧中融化，焦臭的灼热气息隔着水面直扑到每个人的背上。

如同天际传来模糊的远雷，二十来道铮铮的金石声自远处响起，迅疾地贴着地面，依次朝屏风前划了过来。那是注辇步卒惯用的长柄乌铁大刀，冲锋急行的时候为了不妨碍行动，都侧拖在地，夜间远望往往不见刀身，却有一线火星在地上跳跃，唤作"鬼拖"。鬼拖的刀势极为沉实，若非有一身惊人的蛮力，便无法举过头顶，然而若是借着奔跑的劲力，将拖地的刀刃骤然向侧上斜飞抢起，既快且重，眼前的敌人如稻子般被扫倒下去，即便是北陆的良马，一举亦可砍翻一匹。东陆军士使用的佩刀虽然有成年男子一臂长短，入手也颇有分量，与鬼拖相比，却不过算是孩子玩耍用的铁片刀罢了。

长刀划地的声音愈加清晰，是毫不弯折的直线，迅猛如电，转眼已到了近前。原是那些注辇兵士畏惧遭遇埋伏，干脆打算仗着鬼拖那悍烈的力量将这三十二扇厚重屏风斫翻，与他们全面接战。

平日温文俊秀的少年，发际与眼梢凝着血污，决然扶刀而起。

身后满城的光焰背景上，他是个黢黑的纤细剪影，唯有手中父亲传下的旧军刀映着烈火，犹如刚从河络锻炉内淌出的一段铁水，散发着炙人的热与光。

"贪功图大、不愿与僚友同进退的人，上了战场会是个什么下场，"他顿了顿，声音骤然像烈风中的旗帜一般高高扬起，"就用你们手里的刀告诉他们吧！"

少年们被逼到了绝处，反而按捺不住胸中翻腾的血气杀心，野兽一样呐喊起来，合身向屏风上猛力撞去。那一列三十二扇云母抠金团镶柘榴石的屏风早已损毁得不成样子，经他们这样搏命的一撞，轰然向前坍倒下去。

使鬼拖长刀，讲究的只有重与快，毫无灵动与转折，单凭那股剽勇的气魄。一旦刀手奔跑起来，便如离弦的箭朝目标飞去，一往无前，待到他们发觉势头不对，已不及走避。

屏风阔重得有如一面墙，劈头盖脸朝他们砸将下来，一气便翻倒了七八名注辇卫士，有人当即被自己的长刀拍断了肋骨。

东陆少年们呼喝着冲了出去。

鬼拖虽然势不可当，水榭内的格局却是有限，难以施展，第一斫未能伤人，再要发动起来便拙重多了。这二十名少年身板尚未完全长成，还有着孩童般的柔韧，在鬼拖长刀虎虎生风的攻势间隙中钻滚跳跃，得空便捅上一刀，竟然应付裕如。

季昶怕极了，手足并用爬到一旁，抱着那小女孩儿，小女孩儿亦紧紧搂住怀里的婴孩，也不哭泣，一面咬着季昶的袖子，强忍着不叫出声来，两手的铃铛抖得铮铮作响。

在冲天火光的辉耀下，整个夜空都是猩红的。像是天上亦有一座燃烧的王城，王城里亦四处淌着血，天上的河承不住了，便淋淋漓漓地洒到了人世来。王城里遍地是搏杀的呼号与惨叫，鏧鼓震撼着屋宇，所有的梁柱间都在簌簌地刺响。没有旁的人注意到这座黑暗的水榭里，有两支小小的队伍，正死死纠缠着以命相搏。

注辇人死伤已经过半，季昶的护卫亦折损了五六名。铁锈般冷腥的血气在水榭内无声弥漫，死去的躯体颓然倒下，袒露着骨肉翻折的伤口。少年们列成一弧，顶着注辇人的沉重长刀，护住角落里的两个孩子。刀光翻滚，如同礁岩上拍起的万千碎浪。

此时，屏风残骸一侧，却有个注辇卫士从尸堆中挣扎着站了起来，左眼血糊糊的，眼珠子在染成鲜红的眼白上凶狠地转动着，终于在人群中寻到了目标。那卫士咆哮一声，长刀在芙蓉石方砖地上拉出一连串迸跳的钢花，直向交战两方的阵列里撞进去。羽林军们无暇分身阻挡，竟被他冲到了季昶的跟前，锵然一声，刀锋已自地面上抬起，黑暗中一线杀机骤亮，朝拥作一团的孩子们扫了过去。那样恐怖的力量，若是孩童挨上一记，恐怕五脏六腑都要碎裂了。

季昶心知躲避不及，只得紧闭了双眼，将脸埋进女孩的长发里。

千钧一发之际，斜刺里却有个人影猛然冲出，挡在他们面前，迎着鬼拖长刀汹汹的来势，双手立住了自己手中薄弱的佩刀——只是那样螳臂当车似的凝立着，便不再移动了。

注辇刀手血红的眼里露出了属于胜利者的讥嘲笑意。他仿佛已经可以看见两刀相交时，那柄徵朝的军刀会如何旋转着脱手飞出，持刀的人又会如何流着血，跌落尘埃。凭着来人疲惫虚浮的脚步与中平的刀法，要阻挡这样霸道的一柄鬼拖，是办不到的事啊。

然而，预想中钢铁交击碎裂的声音，终于也还是不曾响起。电光石火，交击之前最后的一刹，那柄东陆钢刀的主人微微加力，双腕内绞，锋刃所向无声一转，不再朝着鬼拖长刀的刀身，却迎向了注辇刀手的腕子。

锋刃如线。

血肉之躯挟裹着强横的力量，撞上了飞薄的刀锋。刹那间，布帛、皮肉与骨骼依次削断，势如破竹，只是干净利落的一声"唰"，鬼拖长刀竟转向朝一侧跌出去，一只拖着血线的断手还顽固地攀附在刀柄上，跟着一同抛了出去。

注辇刀手捂住断腕伤口，失声痛叫。足有一人长的鬼拖刀柄失去控制，在空中翻转过来，狠狠拍在人影的左肩上，那人身躯一偏，几乎倒地，却强忍疼痛翻手转刀，自下往上斜斜朝刀手颔下的柔软处狠劲一挥，刀手便蹶然倒了下去。

鬼拖长刀沉重地跌落在季昶与女孩儿面前，又在地上跳了两跳，滚进了主人的血泊。

"殿下，您没事吧？"那人气息破碎地说道。

季昶周身一颤，睁开了眼，满面皆是不知何时流下的泪。汤乾自垮着无力的左肩，提刀立于面前，原本秀雅的脸孔上尽是血污纵横。

纵然已战栗得不能成言，季昶还是勉力向汤乾自点了点头。

少年胡乱用指背替季昶擦了擦脸上的泪，不意抹了季昶一脸血污，稍稍一怔，停了手无暇再管，倏然蹙眉起身，重又杀入战团。

注辇人中尚能厮杀的只余五六人，季昶的随扈羽林军却几乎两倍于此。眼见情势扭转，注辇人都失了斗志，且战且退。汤乾自喝令部下不必追击，自走到季昶面前，朝他伸出手来，道："殿下，走吧。"

季昶像是被惊吓得失了魂，依然跌坐着，惶然抬眼道："……去哪？"

"咱们得先设法离开王城，到了港口，便可乘熟识的商船出海。待局势安定后，再做打算。"少年的手因苦战力竭而颤抖着，却依然坚执地向孩子伸出。

季昶慢慢地松开了怀里的女孩儿，握住汤乾自伸出的手，站了起来，膝盖还在发抖。"那她呢？"他问。

小女孩独个儿抱着婴孩坐在地上，嫣红绞金银丝的垂条莲袍子下摆拖在地下血泊里，已吸得饱了。一对大得可怜的盲眼，惶惑地向虚空中瞪着。

汤乾自深深吸入一口气，缓慢而沉重地摇了摇头："殿下，不能留她性命。"

季昶脸色煞白，多半是因为恐惧。他抿着唇，面颊上的血污被新的泪洗了下来，却只是无言地点了点头，将头埋进汤乾自的身侧，不忍再看。

刀尖上悬垂着一滴血，将坠未坠，佩刀扬起的那瞬间，血滴甩到了女孩儿脸上，她惊跳了一下。

少年擎着刀，却无法立时斩下。远处鼙鼓震响，透过漫天飞扬的火星，亭台楼阁之间，隐约可见有数百火把映在水上，蜿蜒曲折地朝这边来了。他们就要被发现了。

"妈妈……哥哥……"

小女孩儿不明白为什么身边的人都离开了她，喃喃地呼唤着，伸出一只手来四处探寻，像是要找季昶。遍寻不着，又去地上摸索，却摸到了满手冷腻的血。她怔住了，好一会才像是猛醒过来，小小的身体里爆发出凄厉得难以置信的锐声叫喊。

喊声划破了猩红的夜空，仿佛宣告着这一夜乱象的真正开始。

火光骤乱。王城内四面八方，都是咆哮喧嚷的人声。鼙鼓的轰鸣猛然紧密起来，以惊人的速度向他们靠近。

汤乾自震愕地看向火光来处。这感觉仿佛是熟悉的，在港口附近的街衢就常常能够遇见，然而这一回，竟猛烈得教人不敢置信。他不自觉地退了一步。季昶诧异地睁开了眼睛。

鼓声已经迫近了，混杂着金属拍击的声音，仿佛有许多铙钹跟随其后。梁柱间纷纷落下尘灰与木屑，如同整座水榭都被震荡得跳了起来，然后檩子、榫头、檐角与瓯瓦又一件件落下来，重新叠合成原先的模样。脚下的震动顺着骨髓酥酥地直向上钻，水榭下的细浪越发频密，每个人都不由自主地握紧了手中的刀。

通往水榭的桥梁多半已经倒塌或是焚毁,注辇兵士索性将松明举过头顶,纷纷跳下河道,涉水向他们涌来,喧天的呼喊声连成一片。一河流淌着炽橙光焰,照亮了人群前方一马当先的巨大黑影。

V

  那形体仿佛是刚从河络神祇的砧锤之间锻造出来，钢甲间裸露的肌体泛着铜的光泽。乌黑浓密的额发中每流淌下一道汗水，都如滚沸的岩浆般灼热明亮。他奔跑着，对人类而言是齐胸的河水，刚没到他的膝上。每一次抬起脚来，河面便激荡着降下数寸。雕饰华丽的桥梁在他的肋上撞成碎片。并没有什么鼙鼓，是他的步伐使大地颤抖，他的巨剑与甲胄随着步伐铿锵拍击，有如数百名战士同声用长矛敲打盾牌。所有分散在雷州大地上的他的同族，没有一个能高过他的腋下。

  在瀚州腹地以外，谁也不曾见过如此魁伟的夸父武士。他奔跑着，阻拦在面前的一切都颤抖着崩毁。

  没有一个人想到逃走，如同谁也无法从山脉、海洋或天空面前逃开。钢刀一柄接着一柄纷纷跌落在地，刀刃上还纠缠着凝滞的血痕。在这个十八尺高的巨人面前，人类的武器显得那样细弱可笑。

  随着夸父的脚步，河水的潮涌越来越高，越来越急，终于飒然涌进了水榭，地面震动得令人站立不稳，如同有一支所向披靡的大军正呼啸着向他们冲撞过来。季昶却没有闭上双眼，也不再哭泣。他怔怔地看着那个庞大的影子飞快地遮了过来，仿佛乌云吞噬明月，满城火光一瞬间尽被隔绝在外，水榭内陷入黑暗。

  骤然，一切都静止了。有如千军万马的脚步轰鸣、海潮一样的人声呼喊，刹那间全都消失殆尽，若不是四处的火焰还在毕毕剥剥地燃烧着，几乎要令人疑心自己是聋了。潮涌逐渐平息，却不曾退去，荡漾的余波拍打着他们的军靴。

夸父以一种惊人的敏捷收住脚步，在水榭外的河道里站定了。他身后数百人的军队满怀敬畏似的在十多尺外整齐停步，松明的光焰全被巨人的身体遮没，一丝也透不进来。少年们站在黑影中，只能看见他粗如梁柱的腿，裤子是整幅犀牛皮拼接缝制，腰间悬垂的精钢巨剑有一人多高。大如重盾的护膝用两寸宽的狌獠皮带子捆绑在膝头，模糊扭曲地映出少年们的脸孔。如死的沉寂中，他们脚下的水面开始再次缓慢而显著地上涨，水里开始有隐约的赭石色细流扩散，很快涨到了小腿高。季昶扑了出去，拉起茫然无知跌坐在地的女孩，退回到人群中。汤乾自猛地扬起头，眉峰微蹙，却不肯再退后一步。季昶和女孩就在他的身后，活着的十来个人中间，也只有他的手里还握着佩刀。

夸父低下身子，单膝跪在了水榭前的河水里，整个人仍有一层楼那么高。水榭微微摇撼着，巨人身边的河水里，赭石色的细流急速扩散成一大蓬鲜明的红，从水底翻了上来。原本看似赤褐的胫甲上，竟渐渐洗出苍青的光泽，那些斑驳红黑的颜色，原来都是干固的血。究竟要榨净多少人的鲜血，才够浸染出这巨人遍身的红？

夸父俯首注视着他们。他的脸孔与身材相比显得狭窄严峻，纯黑的眼珠有茶盏大小，像是注满了醉墨，饱含着猛兽般明净、犀利而暴烈的神情。除了他们的同族以外，那样的眼神无人敢于直视相对。那是继承自远古先祖的血脉与精魂，如同荒原深处羯鼓的回响。

"缇兰……"黑暗中，有个嘶哑的声音在低声呼唤，"缇兰啊。"

腕上的银铃铮铮一响。被季昶抱在怀中的女孩如小兽般警觉地抬起头来，猜量着声音的来源。

少年们循声望去，这才发觉夸父的左肩上原来还坐着一个人。逆着光看去，那个瘦小枯槁的身体坐在斜飞如屋角的巨铠上，安静、不起眼，只像一枚浮凸的吞兽环。

小女孩儿跳了起来，甩脱季昶的手，冲出人群朝前奔去，一面尖声哭喊道："舅舅！妈妈快要死了，救她呀，救她呀！"

"殿下，殿下！"旁边早有注辇军士踏水冲了上来，拦腰抱住了女孩儿。女孩儿小小的手脚竭力踢蹬着，怀里的锦绣襁褓几乎要飞出去。

"缇兰！不可造次！"那个声音严厉地责备道，"现下你怀里抱着的，已经是我们注辇的王太子了。"

名叫缇兰的女孩儿忽然搂紧了啼哭的婴儿，不再挣扎了。

"羯兰哥哥……是死了吗？"

缇兰向虚空中扬着头，却没有得到回答。

过了片刻，夸父肩上的黑影仿佛叹了口气，本来嘶哑的声音顿时更加疲重："舅舅没能救下你妈妈……零迦她，也已经不在了。"

缇兰整个人忽然毫无生气地软了下去，沉甸甸的长发波浪般颓然垂落水面，若不是还有喘息，汤乾自几乎会认为挂在兵士的手臂上的只是一件华丽的空荡荡的小衣裳，缀着银铃，在一片昏暗里发出两声清冷的碎响。

"戈乌图。"黑影说着，做了个手势。

夸父武士应声将手伸进水榭里，比枪杆还粗的手指戳了戳那个抱着缇兰的军士，军士便恭谨地将缇兰连同婴孩一起交了出去。夸父两尺多长的巨大手掌轻轻收拢，怕把缇兰捏碎似的单手握着她的腰，将她提起，送到了自己左肩上的黑影身边。

黑影将缇兰揽在身畔，向着下面遥遥说道："这位是大徽的昶王殿下吧。"

季昶愣怔地仰头看着眼前的夸父武士，仍是一时说不出话，也不知道行礼。

黑影低哑地笑了，道："吾国照拂不周，今夜让您受了惊吓，实在惭愧。王城内的肮脏东西，三两日怕是不能清理干净，不免冲犯了殿下，不如另拨一所宅邸，请您移驾小住？"

季昶眨了眨眼，不知如何应对，脸上腾地红了起来。连那夸父岩石凿刻一般的唇上，亦泛出了笑影。

汤乾自踏前一步，在浅浅的水里单膝跪下，用注辇话朗声答道："蒙英迦大君厚意，不胜惶恐。昶王殿下的随扈羽林军在港口近旁扎了营，末将正预备护送殿下往大营去。"

夸父肩上的黑影稍稍一怔，想不到会被一个素未谋面的少年辨认出身份似的，语气里露出一点笑意："那么，便留几个人护送殿下到港口罢。您此来注辇，真是带了一位良将。"他对呆立原地的十一岁男孩儿点了点头，又唤那夸父武士的名字："戈乌图，走吧。"

巨人站起身来，淋淋漓漓带起瓢泼大雨般的河水，转身便大踏步走了，步履动地。血红的火光失了屏障，骤然倾泻而入，少年们被刺得几乎睁不开眼。数百注辇军士尾随夸父而去，只留了约三十名在原地，预备护送他们往港口去。那些军士腰巾末端都绣了逢南五郡的靛青色犬牙徽记，短刀柄上也缠着靛青的粗绸子，络了金线，确是英迦大君的贴身亲随。

夸父转身的那一瞬间，连绵的火光簇拥下，汤乾自看清了那个黑影的模样。那想必曾是一名颇英俊的青年，如今却枯瘦成病，容貌损毁，单剩下一对注辇人独有的浓丽深沉眼眸，烽火乱军里仍有明晰的神光。松绿抬金的袍子底下，一双腿软绵绵地耷拉着，鞋底雪白，竟是从来未曾下地行走的样子。据说英迦大君十七岁上在逢南狩猎时，坐骑踏到了毒蛇，受惊人立，将大君摔下马去，此后便不能再行走，果然是真的。

天穹猩红，朝着毕钵罗城垂笼下来，夜风里有浓厚血气缓滞流动。

注辇人的大队已去得远了，季昶依然伫立在原地，久久地静默着，脸上泛着潮红。

"殿下？"汤乾自低下身子，将他一把抱了起来，"您怎么了？"

季昶转过眼来看他，汤乾自一时竟被那秀丽丹凤眼里的神情骇住了。十一岁男孩那浅茶色的瞳仁变成了深郁的黑，有如暴雨前沉潜浩大的云涡，凛冽蛇行的电光，在其中奔窜隐现。

"震初，我不要习武了。"季昶抱着他的颈子低声说，"从前我总以为要做英雄须得有一身勇武胆气，战功出众，就像演义里说的羽烈王一样。可是震初，你看那个人，他没有武艺、没有战功，连行走都不能，单只要开口说一句话，就能让那样雄悍的夸父俯首听命。他身上有种东西……我就想要那种东西！有了它，生杀予夺，令出即行，谁也不敢再欺侮我，天下万事都遂我的心意。"原本甜稚的声音绷紧了，埋在他的肩上低喑地、一字一句地说，"总有一天，这九州十国的人都要知道我褚季昶。"

两国军士在他们身边齐整行进着，谁也没有听见那孩子的话。

据后世史书记载，那一夜，注辇王钧梁的一名随臣起心反乱，乘着钧梁王宴请英迦大君的时机，在席间欲行弑逆，王妃零迦与王太子羯兰先后以身阻拦，母子相抱而死。英迦大君的亲随卫兵奋起击杀反贼，然而钧梁王身受重伤，不能视事，太子亦已暴毙，只得暂由英迦大君摄政。零迦王妃遗下的公主缇兰当年不足六岁，幼子索兰出生方才三月，均由英迦大君抚养，索兰另立为王太子。宫人内臣与王城卫兵，牵扯入罪者不下三百之数。既是叛臣作乱，为何王城卫士与英迦大君的亲卫竟夜鏖战于宴殿风台之下，为何大君的亲随夸父会暴起闯入王城内城，这些关窍枝节，自那之后也都是无从追考的了。适值夏末，尚有溽热之气，腐食的青翎猎枭昼夜翔集于王城之上，半月不散，因得名"盘枭之变"。钧梁王这一伤，延宕了三十余年，直到他崩殂的那一日，始终没有痊愈。英迦大君的摄政，亦就此持续了三十余年。

隔着苍茫暧昧的烟气，汤乾自依稀看见夸父肩上那个幼小的公主正朝他们这边回过头来，无光的、盲了的双目空洞地转动着，在这缭乱动荡的夜里，仿佛寻找着谁。颊边凝着一点殷艳的红，是他方才刀尖甩出的那一滴血。

再见到那个小女孩，已是两三年后的事情了。

VI

　　红漆桌子有了年头，叫滚热的盘碗烫下不知多少重重叠叠的白圈子，永远附着一层薄油，一捺下去就是一个指印。金铢在脏腻的桌面上旋转着立了起来，成了一枚小小的呼啸着的金色影子。

　　金发与黑发的水手们高声议论着，仿佛是某个同伴被歧城港妓馆的老鸨从二楼窗子丢出来的丑事，说到乐处便哄然大笑起来，粗陶杯碟翻倒一桌。

　　独坐暗角的少年兴味索然地看着眼前金铢旋转，手边的酒早冷了。一张阔大柔软的哑灰素缎子将他兜头盖脸裹了起来，直披到腰下，旁人只能看见半个俊秀的下巴，与半张冷薄的唇。这身打扮本来寻常，瀚州道上风沙狂暴，商旅多是如此打扮，可在这四季暖湿的城市里，却颇为醒目。

　　这是毕钵罗港旁再寻常不过的一间小酒馆，充满了粗话、呕吐声、劣酒的刺鼻芳香与下酒菜的油盐味。水手们下了船便先往这样的地方来喝几杯，待到脸涨红了，身子也活络了，再勾肩搭背出去寻别的乐子，当然也不乏一醉到底，睡倒在酒馆桌子底下的。商人们亦喜欢在此处会面，昏暗嘈杂的地方，宜于掩盖一切违禁的小本生意商谈。

　　少年忽地抬了抬头。有个矮墩墩的身形跳上了少年对面的椅子，不由分说将一块破油布在他面前摊开，露出里面的东西来，是三五朵淡青色半透明的干燥花朵，薄绢裁成的一样。

　　"少年仔，挽梦花要不？"河络女人粗嘎地问了一声，见他不回话，便起劲地说了下去，"好东西啊！从闵钟山上弄来的，拿一朵泡酒喝下去，能做一天一夜的美梦啊，做皇帝、娶美人、金山银山，活生生的，都随你的意！平常都是一个半金铢一朵，给你一个金铢拿去，可算是便宜你了……"说着，便从油布里麻利地拣出一朵干花，要往少年的酒杯里丢，另一手便去取桌上转动的那枚金铢。

少年的手却比她快，右手将木杯掩住，左手修长食指向下一按，金铢便被按在了肮脏的桌面上："阿姐，别哄人了。"少年声音里似乎含着笑，"这不就是缬罗花么？晒干和酒喝下去，是能做一日的梦不错，可只能梦见自己往日的情形，拿去卖给思乡的水手倒不错。我这个金铢留着还有用，你别打它的主意。"

河络女人也不纠缠，面上全无惭愧之色，仍然麻利地收拣了东西，用油布一裹，腾地跳下椅子走了。

少年方才收回掩着酒杯的手，便觉得屋宇渐渐震动起来，顶棚上落下红土，簌簌地洒到清澄酒面上，想是有夸父在街上行走。少年在阴影里拧了拧眉，右手看似漫不经心地垂进裹头缎子的皱裥里。

夸父的脚步在外头停下了，过了片刻，只见一根竹竿粗的手指头伸了进来，替雇主将腻黑的门帘拨到一旁。他的雇主是个商人打扮的中年注辇男人，堵在门口，朝里望了一圈，直朝少年的桌前去了。

少年又将头颅稍抬高些，并不说什么，掩在缎子下的淡漠眼神早将他自上而下打量了一回。商人自己也觉得了，很受了冒犯似的，瘦长的身子挺得越发直了，声音也生硬起来。

"公子，您这一回做得可太不地道了。"

少年轻轻哧笑一声，道："您这么辗转曲折地托了人传话，与我约见在这种地方，难道又是为了什么地道的事不成。"

注辇商人脸色青了一层，待要发作，又勉强按捺住了，拉过椅子来坐下，将脸逼近了少年，压低声音道："前儿晚上，我们商行里货仓起火，遭人劫了一批霜还城的上好锦缎去。那二十来名夜匪都是使刀的，进退划一，咱们追到大营旁便不见了踪迹。这事儿，怕与公子您脱不了干系吧。"

"那您可点算过损失？"少年左手里反复掂量着那枚金铢，语调沉静。

"霜还锦近来有价无市，公子您也是知道的。这一批货出自名匠，质地上乘，足足要值八千金铢啊！"注辇商人竭力压着嗓门，咻咻的气息直扑到少年脸上。

少年向椅背上一靠，慢吞吞道："那也就抵得上五百柄河络弯刀，和半条船龙骨了吧。"

注辇人的脸色，这才青透了。

"上个月,丰远号的商船在莺歌海峡上遇见海贼,人家高价急订的五百柄河络弯刀被夺了去,船也被凿了,差点儿回不来。偏巧您柜上就到了五百柄一色一样的弯刀,补上了这个缺,进账不薄啊。"哑灰缎子下,传出少年清畅的笑声,"自盘枭之变以后,东陆徵朝商团在毕钵罗港的行号仓船,都是咱们看顾着,虽说不上台面,两年多来同行们也都还赏脸。海上的事,我们确实保不了,讨还总是可以的吧。"

桌子嘎嘎作声地颤抖起来。注辇商人瞪着少年,满额挂着晶亮的汗豆子,青筋迸凸,仿佛是使着极大的劲,却说不出话来。

少年扬手唤了声堂倌。小酒馆的堂倌何等伶俐,见两人相谈间有言语不谐,早悬起一颗心来在近旁候着,见少年一扬手,连忙赔笑迎了上来。少年也不多话,将手里那枚金铢递了出去,说:"把账结了。"

堂倌一愣,嬉皮笑脸地推了回来,口里说:"客官,这都够买十七八桶酒了。您不过喝了两杯,不要这许多。"

少年却捉过堂倌的手,塞进金铢,替他将手指折拢起来,拍了拍道:"不多,不多的。"

堂倌心里已经明白,急得只待要哭,少年却洒然起身,将裹头缎子遮严了,自顾往外走去。

桌子对面的注辇人这时候倒像是缓过了气,也跳了起来,扯着嗓门往空中喊道:"阿盆!你来!"满屋的人都被骇了一跳,环顾四周,也没见谁应他。酒馆里静了一刻,又热闹起来,划拳的划拳,说笑的说笑。可是一口酒还没倒进喉咙,他们就都明白过来了——原来那叫阿盆的人是在门外候着的。

滁潦海畔的所有注辇港市里,总有那么一块敞亮的地方搭建有高大的十二角牛皮蓬子,其中一面不设帐幔,可容骈马驾车进出,节庆时是说演义、唱幛子戏的地方,平日便是夸父聚集饮酒的处所。至于城中普通的酒馆,既不备有长桌大椅,又没有桶样的杯子、巨盾似的碟,房屋也都狭小,向来是不做夸父的生意的,自然门就开得低矮了,这一家亦不例外。

可是,此时这门旁的砖石竟开始蠕蠕而动,灰粉如流水般一股股涌了出来。

少年顿住了步履,注辇商人他在身后冷笑一声。

掩在黯影下的薄唇顿时抿成更加冷直的一线,懒于多言似的摇了摇头。

房屋震动得越发猛烈了,杯子在桌上腾挪着,满墙砖石如同要争相迸出来,眼见得一块块松动推挤,缝隙里刺目地透进了外头街上的天光。

少年却不后退,只是默默立于原地。

终于,酒馆临街的墙壁有一大半轰然倒了进来,原本是门的位置上,赫然剩下一个参差的豁口，砖碴木屑还在零零落落往下掉。阳光霍地泼进尘灰里，析成一丝一缕，仿佛无数犀利森凉的剑气。少年立在蒸腾的尘灰与日光之间，整幅灰旧柔软的缎布被气流翻了起来，露出里边一张温雅的脸孔。

少年扬起头，便与豁口外面那个跨立着的高大夸父面对面了。他已经十七岁，在同龄的孩子中亦算高挑，可是与巨人岩盘般的身躯比较起来，仍是纤细得像根苇草。

"阿盆，你还在等什么，捏死他啊！"注辇人跳脚喊道，"你还要工钱不要？"

夸父搔了搔后脖颈，粗声应道："喔。"便当真伸出铜锣大的手，向少年的头颈握下去。

少年却避也不避，披到腰间的缎布仍在飘摇。

注辇商人脸上的冷笑还未及咧开，便僵在半路。有人自背后一把托高了他的下颌，紧跟着就有一柄冰凉的短弯刀抵到他喉下绷紧的皮肤上。他死命斜着眼睛朝后望去，眼角扫见那持刀的是一个金发灿烂的中年汉子，才在一旁饮酒谈笑的水手们也纷纷拔刀走上前来，登时懊悔万分。

两年前，一伙青衣夜匪开始在毕钵罗港出没，显是受雇于东陆徵朝商团，平日并不在商号货仓近旁守卫，人数总在三十以下，行动却极迅疾。但凡有企图盗窃大宗财物或劫杀商人的，这伙蒙面夜匪便即刻赶到，护卫滴水不漏，打着徵朝商团主意的人渐渐也就稀少了。

毕钵罗港本来是一座鱼龙混杂的港都，乘着海船而来的无数财货消息、武器人口，不动声色流入毕钵罗城深奥曲折的腹地，复从各处汇聚流出，昼夜不绝。这座慵懒而斑斓的城，吸纳了过多金钱、欲念与贪婪，仿佛肥硕块根日渐膨胀，养育出罪恶的明艳繁华。白日里昏昏欲睡的当铺小二，或许是个谋算冷酷的海盗接头人；屋脊飞走如履平地的惯偷，换了衣裳绾鬟簪花，又成了邻家的年轻妇人。在这座城里，盗窃与欺诈并不耻辱，可耻的是失败。

为了今日会面，这注辇商人亲到夸父酒馆里拣出这个看似最为高大凶狠的阿盆，重金聘下，还预先打发了人来酒馆内探察过，满以为是布下了万全的准备。那年轻的夜匪首领傲慢自矜，果然孤身赴约，那么，即便讨不回货物来，凭着阿盆一身气力总可以将这夜匪头子除去，余党寥寥二三十人不足为患，谁料竟是这样下场。

若店内的水手都是乌发的东陆人氏，自当提防是否埋伏，可中间又杂着几个羽人，前来察探的伙计便松懈大意了。其实那些身份较为低下的岁羽与无根民，平日同东陆人混在一处的并不少，临时唤几个来简直是再容易不过的事。

"阿盆，快来救我！"注辇人逼尖了嗓门气急败坏叫嚷，然而他的夸父亦已陷入刀丛的包围里了，"说好不带旁人的，你说话怎的不算数！"

少年笑道："难道您是孤身来的？"说着重又拉起缎布遮盖了脸面，自墙上的豁洞里径自走了出去，南国炙人的热气里挟裹着蚊蚋般营营市声，迎面扑了过来。

雨季里，毕钵罗城内看起来正经像座城的，也唯有这片港区了。这儿的街道极少被雨水淹没，地块也算齐整，没有那许多错综复杂的河流，红土路被常年来往的客商与夸父保镖们踩得硬实如铁，一勺油泼下去，半天也渗不开。

走不多远，只听见身后沉闷的一声巨响。回头看去，隔着两条街，原来那酒馆所在的地方腾起一阵滚滚的红土烟尘。少年薄唇上露出一丝笑意。

天空旷远，夏末的日光将喧嚣的街市洗褪了颜色。北面就是毕钵罗港的码头之一，屋瓦上露出远处商船无数帆樯桅杆，盘旋的海鸟是数十点苍青的灰。少年吹响一声尖厉的呼哨，海鸟中忽然有一只离了群，向这边疾飞过来。

少年向着天空伸出右臂，脚步却不停，那飞禽便收敛羽翼，朝他直直投了下来，一气坠到离地不过十尺，才展开翅膀盘绕一圈，栖停到他右臂上，原来是只青羽钩喙的三途隼。少年抚过它坚韧光亮的尾翎，旋即探手到翅根下，解下一个小革囊。他一面走，手腕稍稍一振，三途隼便振翅跃起，落上了他的右肩，让他腾出手来解开革囊，自内取出二指宽的纸卷。

轻捷的脚步骤然停顿。

三途隼嘶哑地鸣叫着，啄了啄主人。

海风呼啸着穿过街衢，细窄的绵纸卷在风里簌簌抖动，遮面缎布亦飘舞起来。人流喧嚣，长风过耳，唯有少年自己凝滞如石。

慢慢地，纸卷被握成小而硬的一团。

猛禽长唳一声，自主人肩上振翅腾身飞起，因为它的主人已经开始疾跑，沉默地、不要命地、仿佛要把整副躯壳甩下似的奔跑着。他离开大道，跳过沉瀣的沟渠，穿梭于狭仄巷道内，一手始终紧紧地拢着裹头。迷宫般蜿蜒的幽巷内到处堆积着垃圾与污物，三步一折，五步一弯，永远看不见在前头等待着的是什么，永远有着意想不到的岔道与死路，但少年仿佛对它们烂熟于心。拐过上百个小弯之后，他来到某条窄巷尽头，闪身消失在一户民居的房门后。

外头还是白日，屋内却昏黑杂乱，一角矮几上燃着小灯，供着注辇人信奉的龙尾神像，是唯一的暗弱光亮。箱子内随便地堆积着香料，朽腻芳香和绸缎的生丝气味一同散发出来。少年不曾停留，继续朝楼上拔足飞奔。他跳过楼板上搁着的大捆大捆用生革裹扎的硬物，不慎踢翻了其中一卷拆过封的，便有十来把镔铁韭叶刀哗啦啦散了出来，照得一室微明。顾不得捡拾，少年匆匆上了三楼，推开窄窗，纵身跃入对面相距不到三尺的旁人家的窗户。那是一栋更加破旧的小楼，看似无人居住，却同样满满贮藏着刀甲弓弩，珍货美酒。他下到酒窖，推开墙边两个巨大空桶，拔出腰刀在石板地上一撬，掀开一片阔而薄的石板，露出底下的阶梯，尽头有着隐隐火光。

少年下了地道继续向前飞奔，一面扯下肩上的缎布。他从来没有一气跑得这么迅疾、这么久过，汗水淌进了眼里，地道两侧石壁上挂着的昏黄小风灯化成七彩的虹光，视线模糊。直跑了小半刻工夫，阶梯转而向上，地道到了尽头，少年用刀柄敲了敲头顶板门，很快便有人自外头打开了锁，掀门让他上来。

"把衣服拿来，快。"他竭力压抑着喘息的声气，对那学徒模样的年轻东陆人说。那人行了个礼，径自去了。

这是间阴凉的屋子，金碧绯青的衣料样子累累地挂了一墙，当中小桌上设有茶点，对面墙边立着昂贵的大水银镜，是裁缝铺子内贵客试衣的静室。少年将汗湿的上衣全脱了，胡乱擦了汗，甩在地上，在屋子里焦躁地、困兽似的走了几步，先前那学徒便进来了，捧着他的冠戴与军袍军靴。他利落换上，一边扣着纽子一边向外走，低声对学徒道："交代营里，我进宫去一趟。"学徒大步跟在他身后，闻言又是无言地拱手为礼，直将他送到店堂门面内，替他打了帘子，高声唱道："汤将军，您慢走，衣裳咱们改好了立马给您送去。"

方才地下不过两里多长的笔直路途，已拦腰穿过半个狭长的港区，到了毕钵罗港的西北面，五千徵朝羽林军驻扎的营地附近。

汤乾自抬手抹去了额上的汗。经过一阵疾奔，心跳猛烈敲打着耳膜，眼前微微发黑。

他探手入怀，取出那卷绵纸。汗水洇染，一行墨迹已沁散了，却依然触目。

"七月卅日，帝修殂落。八月初三，仪王锢围天启。初五中夜，旭王突围脱走，城破，宗室尽殁。"

那是徵朝麟泰二十七年的夏末，相隔瀚海的东陆上，八年仪王之乱不过刚刚拉开序幕一角。在这八年间，那数十万注定要被划入死籍的氓民与军士，此时仍忙着他们日复一日的生息歌哭，全然不知冥冥前路。

VII

团龙纹的柘榴红锦缎外袍刚刚披上季昶的右肩，寝房的门便被人轰然撞开。侍女惊得双手一松，袍子又飒地落到了地上。

她认得那个长驱而入的人，是季昶的随扈将军，姓汤，年纪极轻，平日态度安宁文雅，全然没有武人的气魄。然而这时候她却忽然感到本能的畏惧，他不再是她认得的那个和气的少年了。

他扫了她一眼。

侍女瑟缩了一下，连掉落在地的衣袍也不收拣，便匆匆退了出去，视线始终低垂着，不敢再触及这个少年分毫。

"震初？"季昶困惑地拧起眉头看他，一面自己弯腰去拾起外袍穿上。

汤乾自唇舌干涩得发不出声音，只是默默从怀里掏出个小东西递了过去。那是一道二指宽的绵纸卷，被胡乱地攥成了一团。

纸卷几乎才展开一半，十三岁的半大男孩儿便骤然紧紧闭合了双眼，被那些字灼疼了似的，过了好一会儿，才能再读下去。

寝房里充塞着沉重的静寂。"这消息确实吗？"过了很久，季昶终于开声问道。他的声音虚无而零落。

汤乾自艰难说道："这是今天下午入港的商船捎来的消息，他们刚从云墨镇回来。"

季昶重又垂下眼去看手里的字条。

"父皇死了。城破，宗室尽殁……'宗室尽殁'算是什么意思？那七万羽林军、十二万近畿营是干什么用的……难道连母亲和牡丹姐姐两个人都没法保全吗？"季昶喃喃说到后来，声音越发嘶哑刺耳，"仲旭他突围出去，领了多少兵马？三万？四万？能打仗的，他一个不剩全都带走，他自己的娘去年病死了，却把我的娘和牡丹姐姐抛在宫里等死！"

他猛然发起狠来，拼尽全身气力将字条往面前一掼。

汤乾自并非没有料到季昶的反应，却仍是无从应对，只得上前一步，紧紧按住了男孩儿单薄的肩。

聂妃卧病多年，季昶小小年纪已知道避让顺服、察言观色，在宫中并不比一只猫更醒目。他的同母姊姊，乳名"牡丹"的鄢陵帝姬还稍得父亲帝修的青眼，也亏得有她，季昶才免受不少难堪与欺侮。他自天启起程前来西陆时，一切安排皆是潦草匆促，鄢陵帝姬远嫁澜州，临行前竟来不及赶回帝都见他一面。

这是世上仅有的两个疼惜他保护他的亲人了。变乱的狂澜灭顶而来，仲旭拔剑入阵，英迦大君拥兵覆国，哪怕一个穷苦的十三岁少年，也会牵着母亲与姊姊逃难去吧？然而，他谁也不是，他只是褚季昶。连手里这仅有的五千兵马也来不及调遣，只能在这个遥远可厌的异国，眼睁睁地看着母亲与姊姊流血、呼喊、死去。他褚季昶，本事仅止于此。

季昶静了下来，两眼直勾勾追着自己方才掷出去的字条。

字条是轻软的，一脱手便没了根，蝉翼般在空中缓缓飘荡了半刻，才无声无息地落到地上。那些霍然爆发的愤懑与言语，仿佛都被这房间无声地吞下去，不留一点余烬与回响。

"殿下……"汤乾自斟酌着字句，安慰道，"鄢陵帝姬已然下嫁张英年，此时应在封地夏宫消夏，不在天启城中。"

季昶没有答他，又过了好一会儿才抬起头来："那母亲呢？"

汤乾自被季昶凝视着，一时语塞。那男孩儿的眼里没有泪，黑白分明的，都是无从抚慰的绝望。

门上响起了轻叩，那注辇侍女不敢进房，只隔着门扇说道："殿下，今日是十五，这会儿您该去向陛下问安了。"

季昶眼里霍然又燃起了怒意，转头刚要开口，汤乾自抢先答应道："知道了，你先下去吧。"

季昶挣开了汤乾自，扯下身上的红团龙袍子摔到地上，昂头瞪视："震初，你是什么意思？父皇崩殂，大徽国殇，难道你还要我穿着一身红，去叩拜注辇人那个半死不活的国王？"

"殿下！"汤乾自放低声音，责备似的说道，"皇上崩殂的消息最快也要到明日午后才能正式呈递到宫中，您今日又如何能够知晓？难道告诉他们，是您的羽林军从民间买到的密报？咱们与商团的来往，难道是能让注辇人知道的吗？"

季昶看着他的随扈将军，睚眦欲裂，仿佛在疑心这个人的腔子里没有心肝肺腑，全是冰冷的铁与石。

"殿下，眼前的当务之急是，您得赶紧写封书信，我去找个可靠的水手，设法转交旭王殿下。"

季昶不能置信地盯着他，竟然冷笑起来，声音全是哑的："给仲旭写信？说些什么？"

汤乾自看着他，良久，叹了口气。季昶心里更是一股恶火燎了上来。那神色分明竟是在怜悯他，仿佛在说，你难过，我是明白的。

他不由自主地拔高了声音，嘶声喊道："你明白什么？死了的又不是你的母亲！不是我自己愿意生在皇家，也不是我自己愿意到这个鬼地方来，你们这些人自由自在，想做什么就做什么，又怎么能明白我！"

汤乾自的面色一下子变了，立即又镇静下来，道："殿下请低声。"

季昶怔怔看了他一会儿，握紧的两拳颓然松开，整个人矮了下去。

"震初，你说得对。"他一字一字地说，仿佛是怕自己弄不明白，要讲解给自己听似的，"盘枭之变的时候，是你领着我逃走；后来港口起了骚乱，是你将兵士派出去保护大徵来的商团，说日后他们会回报我们；是你叫心腹的那些人夜里出去为商团巡逻守卫，换取财货消息，积蓄经营……你一向是对的。如今褚奉仪起兵作乱，若是竟然得逞，东陆归了他，这些打鱼的注辇人为了能和东陆继续贸易，自然会毫不犹豫地把我交给褚奉仪处置。我若是要活下去，只有倚仗仲旭。如果仲旭败了，我只有死。"

季昶走到桌前，展开一卷新纸，在砚上润了润笔锋，又道："把银钱取出来，明日到市集上收购粮草，还有咱们存下的那些兵刃……打听打听仲旭扎营在哪儿，雇几艘胆大的好船给他送去。"

言语虽这样流利，他的手却还在空中迟迟悬着。他从小就学会了如何向命运俯首称臣，如何将孩童稚小的骄傲与任性寸寸弯折，压迫在铸铁般牢不可破的笑脸之下。每一次他都想，这是最后一次了，然而每一次，总是失望的。

汤乾自也不催促他，拾起地上柘榴红锦缎的团龙外袍，掸去灰尘，走来搭在他肩膀上。

墨蘸得太饱，渐渐凝至笔端，季昶手一颤，便嗒地坠下一颗，转眼沁入洁净纸面，无可挽回地洇开去。

他咬住下唇，索性就着那墨痕，飞快落笔写道：

"仲旭皇兄左右：时局危急。"

男孩儿的眼里猛地涨满了泪，但还是一气写了下去。

书信写就，总是不多不少的十二行，笔致清端。徵朝的皇子，个个都有这样一手本事。季昶在那白纸黑字上落下他朱砂的印玺，细细端详，而后折叠起来，交予汤乾自。那脸上幼稚而决绝的神色，教汤乾自想起赌坊里押下最后一枚金铢的赌徒。

"那么，我去向钧梁问安。"季昶整理了衣袍推门出去，想了想又道："你送我去。"汤乾自收起书信，默默跟从在后。门外一个伺候的人也不见，走到楼下，才看见注辇侍女全被他从东陆带来的羽林军们隔在这里，不得上去。

季昶看着他的羽林军们，忽然笑了笑。他还是个十三岁的半大孩子，笑容仍是灿烂，却又疲累，眉眼沉重，仿佛再也不会飞扬起来。

季昶匆忙走在曲折幽暗的廊道里，偶尔有一束落日的余光穿刺进来，在金碧叠翠的墙上溅起炫目的宝光。他低头看着自己朱红的袍裾，略长了点，总是要踩着似的。汤乾自在他身后，往侧错开两步，影子般无声无息跟随着。

"震初。"季昶忽然停步，却没有回过头来。

"殿下。"汤乾自应了一声。

季昶静静地说："刚才那些话，真对不住。你的母亲还独自留在秋叶城，音信全无。我只晓得自己伤心委屈……我太没用了。"

汤乾自怔住，道："殿下言重。"

"震初，你也有你自己想做的事吧？那天夜里我问过你，你并非没有武艺，何以禁军武试落到最后一名的地步。你说，你父亲生前是个副将，母亲盼望你也从军，可是你却一心想跟着河络匠人去学手艺，于是在武试场上刻意卖出许多破绽，指望着落了榜，好对母亲交代。"季昶顿了顿，低声说："想不到兵部会将你选来护送我，害你跟着我背井离乡，不知何年何月才能回东陆去。没有谁是自己愿意到这儿来的……我们都是一样不自由。"

汤乾自站在身后昏暗的转角里，良久，才听见他说道："殿下，问安快要来不及了。"

季昶点点头，又迈步向前走去。

回廊眼看就到了尽头，外面明艳夕照中亭台凌空错落，梯级转折连接，其中最宽阔的一处悬台上，三面流水般垂下藤蔓花枝，一径如火如荼开着，镏金阑干上倚斜几个人影。季昶拧起了眉头。那悬台通往注辇王钧梁的寝宫，每月十五的晚膳前，注辇王室子弟便聚集此处等待宣召，进入寝宫向钧梁问安，季昶亦不能逃避。除了学习注辇文字以外，这是他最厌恶的一件事情。

悬台俨然是个不小的园子，俯瞰着半个毕钵罗城，凉风爽适，极目远眺，尚可望见一线碧海。他们方才登上悬台，便有人迎上前来，笑嘻嘻说："小酥酪，你可真慢啊。该不是又迷路了？"

季昶脸上腾起了厌恨的红晕，别开头去，并不理睬他。蔷薇架子下设有秋千，四处草茵花畦之间零散铺设着锦毡，或坐或卧，都是浓丽黝黑的贵族少年与少女。唯有季昶与汤乾自两个东陆人夹杂其中，尤为白皙触目。

过来搭话的注辇少年与汤乾自年纪相仿，身材高大，穿着紫金轻绡宽衫。他将脸凑近季昶涨红的面颊，忽然露出一口白亮齐整的牙，大笑起来："天哪，你们看，小酥酪的白脸皮儿上还擦了胭脂呢。"

那少年左鬓边一绺乌黑鬈发内辫入了细巧金链与珠宝璎珞，胸前悬有沉重的皇家龙尾神黄金坠子，龙尾上那些米粒大的鳞片皆是名贵海蓝石镶嵌，显是出身较高的王子之一。

"五弟，你可别欺侮小酥酪啊。他乳脂一样的人儿，要是被你那漆黑的手留下印子可怎么办？回了东陆，连他父皇也要不认识他了呀。"另有一名装束相仿的注辇少女在秋千上摇荡，一面嬉笑着说。

听见"父皇"二字，季昶面色唰地白了下去——他已经没有什么父皇了。汤乾自上前一步，由后边一手压住了他的肩，却觉出手掌下的单弱肩膀绷得死紧，仿佛立刻便要爆发出惊人的力量来。

恰在此时，钧梁王的寝宫侧门打开，出来一队袅娜宫人，在他们面前恭谨伏下，将头顶的硕大车渠碟子奉上。碟内浅浅清水养着素馨花串子，各人取出一串，双手捧着，知道是要觐见钧梁王的时辰了，都不再喧哗。

宫人在门内依次召唤王族子弟的封号名姓。王太子索兰还是个不足三岁的幼儿，由乳娘牵了进去，随后便听见宣召季昶的名字。汤乾自跟随在侧，一同进了钧梁王的正寝。

自盘枭之变至今，将近三年内，钧梁王再也没有离开过这座正寝。窗子都用锦缎绷了起来，不许进风，日夜点着灯，气味憋闷而污浊，龙涎、瑞脑、苏合与沉香一捧一捧堆在四角的香碟内，烧炭一般不惜工本地薰着，却还抵不掉那股隐约的腐臭。

隔了几十重鲛绡帘幕，来问安的人们只能隐约辨认出一个蜷曲的人形。传言钧梁当年受了极重的伤，除了御医与少数几名宫人，谁也不准踏入帘幕一步，说是怕带进疫病。有一回，外头拜谒之礼才行了一半，钧梁忽然狂乱起来，身子板直地在床上反覆翻滚，手足痉挛，喉间发出骇人的呼呼声。宫人们立刻召来御医看视，又开了通往悬台的侧门，请王子公主与大君们各回寝宫去用晚膳。那天海上起着暴风，扬沙蔽日，凌厉的气旋窜入正寝，贴着地面横冲直撞。季昶侧头避风，眼角却瞥见身后层叠帘幕被疾风掀起了近两尺高。他看不见里边的人，却觑到床脚边搁着一只银盆子，明晃晃烛光照耀下，水面上浮着的满是黑红的血与稠黄的脓。自那以后，每踏入钧梁的正寝，季昶总会不自觉想到那个名义上的一国之主，在朱紫鲛绡遮掩之下，是怎样从骨髓里渐渐腐软出来，于是手心里就攥出一把冷汗。可是那些华服灿烂的少男少女们却从来懵然不觉，依然无忧无虑低声谈笑，眼风暗中传递。

鲛绡帐子前有张矮几，上面置有一尊半人高的髓玉龙尾神像。神像是昂首而歌的绝艳女郎模样，腰上为人，腰下为蛟，耳郭尖薄，一头湛青鬈发丝缕纷拂，如同在看不见的水波中飘摇。

乳娘引着王太子索兰走上前去，轻捉着他的两只小手，将素馨花串捧至眼前，顶礼膜拜后，再将那花串恭谨盘在神像颈间，礼毕而退。

接着轮到的便是季昶。

他向前走去，每一步都缓慢艰难，几乎控制不住要扭身逃走的冲动。光华莹润的神像背后，隔着数十道极轻薄的帘幕，若有若无的酵臭气味犹如千百条毒蛇一般吐着芯子蜿蜒游出，紧紧勒住他的咽喉。那气味，令他回想起前年夏天那个乱离的夜晚，遍地人尸被烈火烧出乌黑的漆光，面貌指爪与炭石炀化在一处，仍是依稀可辨，如今的天启禁城内，只怕也是那样触目惊心的景象。兄弟星散，至亲的姊姊生死尚且未卜，父崩母薨，遗容是如何的情状，他不敢多想。季昶竭力含住眼里滚动的泪，向龙尾神像叩过头，起身将花串绕上神像脖颈。

"你看，小酥酪的脸色多难看，活像刚死了爹娘一样。"少女银铃似的声音，纵然刻意压抑，仍是清晰地送到了季昶耳边。少年低沉的笑声来回荡漾，像一阵阵涟漪涌动，推得季昶摇晃起来。

季昶觉得有什么东西在他身体内迸碎炸开，而后熊熊地燃烧起来。一瞬间，满眼泪水蒸干，触目所及，万物皆被泼成了深浓血红的颜色。不知道哪里来的气力，他猛然回身，宛如一匹人立起来的暴戾马驹，向着面目模糊的人群冲出了第一步。

这是褚季昶前后三十五年人生里，面貌最狰狞的一刻。虽然眼前没有镜子，他也知道自己的神情一定是恐怖骇人的，他看得见那些天潢贵胄、韶年绮貌的人儿在纷纷后退。

他已经没了躯壳，没了神志，只有一个狂烈的念头：他要打死这些人，所有胆敢阻拦的人，也都得死。十三岁的男孩儿握紧了拳，满身的力气都攒在上面，下一刹那就要挥出去。

天地洪荒般漫长的一刹那。他听见汤乾自的呼喊与少女惊惶尖叫，他甚至听见自己双手指节绞紧时发出的清脆声响，却又都不真切，是从水底窥听岸上的喧哗，遥远模糊有如隔世。郁积在肺腑深处的怨恨，仿佛灼热岩浆蓦然冲破地面，眼看就要化成嘶喊喷发出来——但终于还是没有。

重物落地的砰然炸响镇住了每一个人。

半人高的龙尾神像滚倒在地，生着隐约龙鳞纹的胳膊仍向空中妖娆伸展着，两手却齐肘折断了，眼眶里镶嵌的金色珠铭骨碌碌滚了出来。

季昶的拳头里，捏碎了一手的素馨花，花串的另一头还死死缠在神像精巧的脖颈上。他喘息着，像只小兽，两眼里仍满是茫然的凶残。

那些注辇人震愕地看着遍地的髓玉残片，全都忘记了言语。

"天啊！"不知过了多久，才有一名侍女哭喊起来，扑到季昶脚下，徒劳地想要将神像重新拼凑起来。

那些出身高贵的少年少女这时候也才恍然醒悟似的，慢慢朝季昶围拢过来。汤乾自闪身上前，将季昶拦在背后。

领头的少年弯下腰来看着季昶，冷笑道："打碎神像的人，须得做一个月奴隶赎罪，这一个月，你，还有你这个跟班，都是我们的奴隶了。"

隔着汤乾自的肩，季昶昂头看着那少年的脸。眼里的红翳开始渐次退去，他一丝一毫分辨清了那张脸上的残忍，又一点一滴刻进记忆里去，好让自己永志不忘。

"不。"良久，他才开口回答，声音还轻微地颤抖着。

少年从没想过世上还有这样的回答。他瞪大眼睛道："你说什么？"

"我不做奴隶。"季昶清晰地、低声地说。

"疯了！不赎罪的人都得烧死祭神，就是国王陛下也不能豁免！龙尾神要是震怒降罪，海上就会掀起白浪，你知道白浪是什么样子？连九桅的木兰船都会被甩到半空，再砸碎在海面上，没有一艘能够逃脱！"

季昶盯紧了他，眼神已回复原本的清澄："你们活该。"他淡淡一笑，意态轻慢，说不出的桀骜。

注辇人举国笃信龙尾神，自然听不得这样的言语，少年愤然揪起季昶的襟口，扬手欲掴。汤乾自眼疾手快，一把抓住了少年的腕子，道："殿下还请自重。"

"呵，奴隶的奴隶，你也想被烧死祭神啊？"少年愈加骄横，恨恨甩开汤乾自的手，拔出一柄名贵短刀来。

汤乾自拧紧了眉，一手已按到自己腰间佩刀的柄上，却猛听得身后一阵豁琅琅的脆亮银铃响动。有人自鲛绡帘幕下弯身钻了出来，甜净声音断然喝道："依施闼尔，那是我的奴隶，你不准动！"

帘幕外，众人一时都噤了声。

季昶听见自己心里有个声音说，啊，是她。

往后的二十二年里，他每每忆起这一幕，女孩儿的姿容顾盼、衣装打扮，皆是模糊的，只是那句甜净斩截的言语还在耳边宛然回响，似昼夜交接时第一线清明的晨光，划然刺穿了这尘浊的世界。

王太子索兰从乳娘身边奔了出来，拽住女孩儿的裙裾，迭声唤道："姊姊、姊姊！"

女孩儿蹲下身子，摸索着将索兰抱在怀里。她额下横系着一道素白宽阔的缎带，在脑后结起，遮掩了一双盲眼，姐弟俩胸前悬着一色一样的龙尾神纹章坠子。

汤乾自也记得了——这个八九岁的小盲女，竟是盘枭之变夜里险些死在他刀下的那个小公主。盘枭之变的次日，零迦王妃的两名遗孤即被英迦大君送往逢南五郡，待到当年冬季王城修葺完毕，迎回了王太子索兰，公主缇兰却始终留在逢南养育，想是刚回到王城来的。

依施闼尔低嗤了一声："我差点儿忘了，小酥酪当年是你的救命恩人，难怪你这样急着从哥哥手里抢人，是吧缇兰？"

"既然我要这两个奴隶，依施闼尔哥哥也要，就去求英迦大君裁断吧。只是哥哥别忘了，大君是我的舅舅，可不是你的舅舅。"缇兰语气平缓，骄横态度却更甚于依施闼尔。

依施闼尔颊上的筋肉抽紧了。他们的父亲钧梁名义上仍是注辇王，实则早已成了废人，英迦大君才是真正的一国之主。他抿紧了唇，扭转脸大步走开。

缇兰亦不再理睬他，唤了声"弓叶"，便有个与她年纪相仿的小女奴应声上前。缇兰把索兰送进小女奴怀里，道："你和乳娘带着索兰回寝宫去用晚膳，我要出去走走。"

弓叶骇了一跳，当即跪下了，道："殿下，要是没人扶着您，上头怪罪下来，弓叶就没命了。"

"怕什么，这儿不是现成的新奴隶？喂，你们过来给我领路。"缇兰还蹲在地下，一只小手蛮不讲理伸在空中，就那样等着人牵她起来。

季昶的面孔一下子烧得火辣辣的，是耻辱，又似乎还夹杂有旁的什么，他自己也分辨不出。"我不做奴隶。"他说。

"不做奴隶就得死,你难道不怕死吗?"缇兰歪着头,仿佛很困惑的模样。

季昶咬着牙说:"我不怕。"

缇兰一愣,又忽然展颜笑了起来,说:"你骗人。那天你整个人吓得发抖,说话也发抖呢。"

她双眼上拦着寸把宽的缎带,谁也看不见她眉睫下的波光如何流转——人们能看见的,单只是她半个笑容而已。可就是这一瞬间,季昶觉得有什么东西冲破他的胸腔,乘着风扑棱棱飞了出去,消失在青天深处,再也回不来了。

"喂,你发什么呆呢?拉我起来啊。"缇兰顿足,腕上踝上银铃乱响,"我要去外面。"

季昶自己也惊异,他会那样自然而然探手出去,将她牵了起来。

"还有一个呢?那个高个子的呢?"缇兰另一手在空中茫无目的地探寻着。

汤乾自握住了她,应道:"是,殿下。"

缇兰又笑了,仰起头说:"是你,我记着你的声音。你胆子比他大,那时候你手上也发抖,可是说起话来,又好像没事儿似的——哎呀,你做什么?"她倒吸一口冷气,眉心拧结起来。

"回殿下,小心脚下台阶。"汤乾自凛然一震,缓缓放松了瞬间不自觉收紧的手劲。

那个烈火焚城的雨夜,栩栩地在他眼前重新活了过来。不止一回,他竟对这样一个孩子动过杀心。犹记得那夜隔着凄冷雨幕,看见她在夸父肩上茫然回首的模样,颊边那一点殷艳的红,是他扬刀将斩时,刀尖甩出的一滴血。可是,她至今还以为季昶与他曾救过她一命。多可笑,起意杀她,是那样明晰简单不费思量的一件事,如今他却连直视那盲女孩儿脸蛋的勇气也忽然丧失了。

缇兰却浑然不知他的满腹心事,只管一手拖着一个人,兴冲冲地要向悬台上跑:"走,看星星去。"发觉他们步履踌躇,她又嘻的一声笑了出来:"真笨,你们看,然后说给我听啊。"

VIII

外头天已黑透了。雨季刚刚过去,自帕帕尔河向东北十多里,绵延不绝的皆是灯火,偶尔有一屑亮光顺水流动,是尖头小舟上颤巍巍坠着的风灯。白日的尘嚣都帖服下去,悬台上花木芬芳凉寂,他们在一瀑九重葛旁并肩坐着,腿脚垂在栏杆外。划船叫卖饴糖果子的声音悠扬地浮了上来,海天深处渔火漂游。

"你看见的星星是什么样子?月亮呢?是明月还是暗月?"晚风浩浩从海上涌来,缇兰挤在他们当中,及腰的长发和素白缎带四下乱舞,一缕缕携着蔷薇香,酥痒地拂过少年们的脸颊。

汤乾自颇有些为难,经不起再三追问,只得说了实话:"殿下,今天是阴天。"

缇兰一下子静下来,满脸扫兴。过了片刻,才老实抱着自己的腿,将下巴搁在了膝上,闷声说:"这样也好。那些宫人怕我生气,哪怕是阴天,也能睁着眼说瞎话,青栩星如何如何、印池星如何如何。我只是瞎,可不傻,只要白天走到太阳地里,不就知道是晴是阴了?你没骗我,你和弓叶一样好。"

汤乾自只是笑了笑,缇兰却又像只雀儿般喋喋不休起来:"对了,你们的国家在哪儿?"

少年轻声说:"在那儿……风吹过来的那个方向,海的另一边。"

女孩儿抬手,迎着风指向天际:"那边?滁潦海中央有座岛,你们去过吗?"

"闵钟山吗?我们来的路上在那儿泊船祭了龙尾神。"

缇兰又问:"闵钟山又有多远?"

汤乾自回想片刻，说："满帆的风赶着船走，也总要十天吧。"

女孩儿不说话了，垂下的小脸半晌才又抬起来："我从来没去过那么远的地方，没有人领着，我哪儿也去不了。"她叹了口气，忽然想起身边的男孩儿已沉默了许久，于是用手肘捅捅他："喂，听故事听傻了？哑巴奴隶我可不要的。"

季昶不理睬她，静默地俯瞰着脚下大半座毕钵罗城。正是晚炊时分，每一方细小昏黄的窗内，都藏着一户人家，老的小的聚在一处，热闹关在了里边，外头只剩下孤冷靛青的夜色。他的脸色渐渐黯淡下去，眼里却有了流转的光。

缇兰觉得了季昶身上传来的轻微战栗，奇道："咦？你怎么了？"一面就伸手出去，不由分说找着了他的脸，纤柔手指抚摸下去，竟触到了一手冷滑的泪。她慌了手脚，捧着他的脸，急急说道："哎，你别哭啊。我又不是真要你当奴隶，你们救过我，我不会让你们被依施闵尔折腾的。"

季昶扭头躲开她的手，自己用袖子胡乱凶狠地擦着脸，粗声说："你真吵。"然而泪水再止不住了。

"那你就别哭啊。"缇兰嘟着嘴，执拗地把比她高一个头的男孩儿约束在自己的两臂之间，声音却也开始发颤。

另有一只暖热的手落到了季昶背上，他抬头看去，是汤乾自。依然是沉静无波的眼神，仿佛在说，你难过，我是明白的。

男孩儿的心像是一尊幽深的青铜鼎炉，吞下了所有无法消融的委屈与绝望。他始终幼稚地相信着，只要隐忍密闭不去触动，它们便会熄灭下去，永不复燃。可是他错了。家已亡，国亦将破，这消息如一点火花投入宁静的死灰之中，竟如此猛烈地燃烧起来，积郁日久的苦痛化为无数毒烈火舌，从内里舔舐着他那层薄而脆的壳子。他苦苦煎熬着，不愿露出丝毫软弱的迹象。妒忌、羞辱、渴望与仇恨，他心上蒙着的那层茧壳什么都能抵挡，却经不起那些温柔手指的轻轻一触。男孩儿终于不能再忍耐下去，猛地痛哭出声。胸口霍然撕裂，柔软易伤的血肉都袒露在外，而后碎为齑粉，被泪水冲刷出去。

缇兰抱着他的颈子，吓得也抽泣起来，遮在眼上的缎带都沁湿了，依稀透出底下闭合着的乌浓眼睫。

血总会流尽的，而后只剩下泪水。季昶自己知道，等那些咸涩的泪也流尽之后，他的茧壳会重新弥合起来，比原先更加坚厚，至于内里那些斑驳的伤口，亦只有身边这两个人能够窥见。从那一夜起，他的童年是真的完结了。

少年无声叹息，将两个哭成一团的孩子轻轻揽进怀里，仿佛是另一重黑暗温暖的夜色，把他们妥帖地包裹起来，隔绝了一切被窥探与被伤害的可能。

孩子们哭得疲累了，相继倒在少年的膝上沉沉睡去，呼吸甜柔匀净。少年独坐于港都辉煌而清冷的广阔灯海之上，海风轻缓地拨弄他的头发。

他这几年一向睡得极少。最初是恐怕派出去护卫商团的兄弟们夜半出了岔子，一时指挥无当，便要牵连季昶与全营五千人，总是彻夜警醒着。这习惯养到后来，干脆养成了病。每夜不在宫中，就在大营，也有时是在那两个由海盗手中并吞来的据点内，一盏枯灯，半枕兵书，非要到东方熹微才能入眠。十七岁的人，鬓边新生的发根都是灰的了。

渐渐到了更深露重的时辰，长风破开浓云，自半空的高台上仰望，那密如银砂的星辰仿佛要落入人的眼中来。

少年听得膝上银铃一阵急促振响，刚低头去看，缇兰小小身形猛然从睡梦里跳了起来，像是受了巨大的惊吓。汤乾自防着她慌乱中跌落悬台，连忙捉住她的手，问道："殿下，您怎么了？"

季昶也被闹醒了，惺忪坐起。

缇兰两手摸着了少年的衣襟，便牢牢抓住，喘息着说道："海里有好多怪物，把船掀翻了……他，他掉进海里去了！"

"谁？"汤乾自怔了怔，旋即明白她说的是季昶。见她脸色还是惨白的，唇角不禁浮上了笑，毕竟是孩子，思虑这样清浅，刚听旁人说了航海，连梦里也是海了。

"他到哪儿都有我跟着，不会出事的。"他替她理了理衣襟，含笑说。

缇兰却还是一味摇头，惊魂未定的模样："可是你不在那船上……他旁边还有好些人，我看不见他们的脸。"她怯怯扯着季昶的手说，"真吓人啊，你以后别搭海船了吧。"

"我将来总是要回东陆的。"季昶低声道。

她摇着季昶的手："那就别回去啊！"

季昶勉强笑了笑："别闹了，你怎么知道掉进海里的就是我？你根本没见过我的脸。"

小女孩不知为何愤怒起来，摔开他的手，尖声嚷道："我就是知道！"

汤乾自与季昶一时都惊住了。季昶伸手去拉她，她却挣脱了，跌跌撞撞向后退。盲孩子的动作笨拙可怜，又那样倔强猛烈，被什么东西一绊，扑到蔷薇架下，几乎跌倒。

汤乾自跳起来去扶她。缇兰却自己抱住秋千的绳索，支撑着重新站起身来，不知是费了多大的气力，饱实温润的唇都抿成一线。腕间堆叠的银丝钏子与细韧蔷薇花枝纠缠在一处，解脱不开，就用另一手去拽，花刺儿的小獠牙咬进肌肤里，她还是赌着一口气，使劲撕扯。忽然，她短促尖叫一声，觉得自己被人从背后一把拎了起来。那是双温热的手,并不特别强健,可是已经有了成年男子的气力。

那双手把缇兰安置在什么地方坐下,微凉的夜风扑面而来,她整个人竟也跟着轻轻摆荡起来,她想了想,明白自己正坐在秋千上。

她的钏子是一道两尺多长的纤细银丝,上边细细密密缀满了银铃,柔顺地绕着手腕一直盘上去,又转回来,头尾扣在一处。那个人在她面前跪下,捧过她的手,指尖顺着钏子的纹理一圈圈慢条斯理走上去,始终留心着不让缠绞的花枝刺痛她。那是种细致宽忍的慢,叫人不由得松一口气,安下心来。

"疼吗?"他问,声气间是一副惯于照顾孩童的模样。

缇兰摇头。

她记得他的声音。盘枭之变那一夜,就是这个清澄稳健的声音,让她恍然觉得,只要他还活着,她就还能活下去。

他冒着箭雨将她扯入屏风之后的时候,她觉出他冰冷的手上传来轻微而不可遏止的战栗。他并非天生胆气豪勇,只是有数十人还听从着他的号令,而像他这样的人,既然做了别人的依靠,就再没有畏惧的权利了。这层道理是她多年以后才明白的。她不懂他们的言语,可她忘不了那些简短有力夯在耳畔的句子,在她往后无光的世界里,是手边唯一坚实的支撑。

终于,汤乾自找到了扣锁,替她把钏子层层解开,精心抽去蔷薇枝子,又要重新将钏子戴上。

缇兰把手抽回来,藏到背后,伸出另一只手,道:"这也帮我解开。"

他照办了。

她又将一双柔软的玲珑小脚抬了起来,娇蛮地说:"都摘掉。"

他仿佛笑了,问她:"全都不要了?"低沉的声音,压抑在胸腔内,依然温煦如晨曦。

"嗯。"她鼓着腮帮子说,"我不喜欢。她们怕我乱走,把我上下左右都系上铃铛,叫弓叶一天到晚跟着我,这也不行,那也不准……可我又不是猫狗,多讨厌哪。"

于是他将她的脚搁在自己膝上,把足踝上的铃铛也摘下了。四只繁杂精巧的缠丝钏子都交到她手里,沉得坠手,如两副银打的镣铐。

她甩着光溜溜的手腕,咯咯一笑,两手抓住秋千的绳索,双脚向上一缩,小小的人儿就在秋千板子上站了起来,几乎和少年一样高了。

"大个子,你闪开。"她说。

汤乾自刚从她面前让开,就听见一阵银铃响动,急管繁弦似的,从他耳边掠过去了。缇兰咬着嘴唇，使出全身的劲，将那一把钏子朝着夜空抛了出去。她整个人，整架秋千，都随着那一抛的力道晃荡起来，前后摇摆，越来越高。

女孩儿的气力太小，钏子还没飞出悬台，便落到季昶脚边。

"真不要了？可别明天后悔了，又叫人去替你找。"季昶将钏子拾到手里，掂了掂，亦忍不住微笑起来。

"不——要——了！"缇兰在秋千上笑着尖喊，衣袂飞扬，脑后两道绝长的缎带在夜色里泛着新雪一般洁净的丝光，当风飘舞。

季昶笑道："好，扔了它！"便站起来，将整把钏子狠狠甩了出去，使了那么大的劲，仿佛把自己胸臆中压抑着的一切的重量也甩出去了。明日，故国将倾的消息才会送到宫中，那也就是他褚季昶开始孤身而战的日子了。直到那几点银光翻滚着消失在漫漫的灯海上空，铮钑清亮的铃声还在隐约响着。

秋千高高向着夜空飞上去，在茫瀚星海与灯海之间来回摆荡。盲女孩儿脆甜带笑的声音喊道："大个子，接着我——"

汤乾自愕然回首，秋千正荡到最高，一身白衣的女孩儿两手一松，整个人从秋千上跃了出来，宛如一道清亮耀目的泉水自灿烂群星中飞流直下，向他怀里落下来。

IX

　　皎白的衣裾在风中烈烈扑打，女孩儿像白鸟似的从临水楼台上凌空落了下来，正撞到汤乾自怀里。他支撑不住，朝后连退几步，眼看要从桥上跌下去，多亏季昶侧身用肩膀抵住了他们，三人最终跌成一团，几乎都落了水。所幸这小桥偏处太子寝宫一侧的僻静处，才不曾惹出骚乱来。这是草木绽芽的暮春，王城内处处是盛妆的宫人三五成群，香风袭人地向外走。

　　"大个子，你真没用啊。"缇兰跳了起来，踢了踢汤乾自。

　　汤乾自笑着站起身，一面将季昶拉起："哪还是什么大个子，昶王殿下早就比我高了。"

　　"是吗……哎，真的啊。"缇兰眼上依然蒙着缎带，伸出双手胡乱去摸他们的肩，模样神情像极了捉迷藏的小姑娘，可原本孩子气的唇却变得那样丰润浓艳，一笑起来就仿佛是荒野蔷薇的蓓蕾逐瓣绽开。注辇天候温暖，万物早发，她这样十四岁的女孩儿，身段颦笑已俨然是东陆十六岁少女的风韵。

　　季昶替她拍去衣衫上的灰土："这套宫人衣裳倒还合身，是弓叶的吧？她没拦着你？"

　　缇兰笑道："姑娘们都被我放了假，欢天喜地跑出去看祭典了，只剩下弓叶穿着我的衣裳，在房里装睡。"

　　"没见过你这样不体恤的。"季昶亦笑，"万一弓叶有了心上人，不能出去一块儿看祭典，怕要怨死你。"

"弓叶是我买来的人,几时轮到你心疼?再说我从来没看过醴雨祭,弓叶可是每年都能看呢。"缇兰驳道,自己也知道是娇蛮的,脸上于是涨红了,换了口气道,"你们穿的是什么衣裳?"

"震初就是平常那一身,我弄了身羽林军的军袍,扮成他的手下,倒是像模像样的。"季昶答道。忽然他眯起清俊的眼,倾听王城外边传来的隐约鼓点,而后一把抓起缇兰的手,道:"再迟就没有船了,快走!"

缇兰却赖着不肯挪动半步,笑着把他的手抹开:"现在你可不是东陆来的皇子殿下了,我也不是全王城最骄横的公主缇兰,咱们只不过是侍卫和女奴啦。"说着又转向汤乾自的方向,巧笑道:"汤大将军,你先请。"

汤乾自摇头苦笑,只得走在前头,缇兰与季昶在后边低眉顺眼跟着,时时窃笑着拿手肘推来撞去。没走两步,汤乾自却猛然停了脚,回头来端详缇兰片刻,上前解下了她蒙眼的缎带,道:"全王城里扎着这玩意的只有你一个,这么出去岂不是露了馅。"

他将那五尺长的素白缎带折了折,收进怀里,转头欲走,缇兰还不知所措站在原地,紧闭着的眼睫毛乌沉沉的,宛若露水沾湿的蝶翼一般合在脸上。

"傻瓜,把眼睛睁开啊。"季昶揉了揉她的头发,"哪有人闭着眼走路的。"

缇兰的眉蹙了起来,全身仿佛都憋着劲,眼睫不胜沉重似的微微翕动,过了好一阵子,终于艰难地扑闪着张开了。

他们相识近九年,这是他第二次看见她的瞳子。那一双全无光彩的眼眸,却有着惊人的美丽,唤起了季昶孩童时代记忆里存留着的无数影像。

菡萏瞬间绽放。

白鸟振翅而飞。

火苗在黑暗中飒然旋舞升腾。

一切白驹过隙不可再得的吉光片羽,如一连串晶莹气泡般汩汩浮出水面。

"张开也是看不见嘛。震初?"缇兰唤着汤乾自的别字,摸索着牵住了他佩刀上的缨子。

季昶低垂了眼,没有人辨得出里面流转的神光。

守卫角门的王城卫兵地位低微,几乎从未见过季昶与缇兰容貌,也并不仔细盘查,向汤乾自施过了礼,便将三人放行。汤乾自每日在王城内外进出,人都知道他是昶王身边手足一般亲信的人物,早年曾刁难过他的那些卫兵,有些已晋升了小头领,见了他分外恭谨老实。

东陆内乱已然将近五年，早前王师最艰难窘迫的时候，僭王褚奉仪占据泉明，封锁了闵钟山以东的一切航路，西陆王师的运输补给只得经由西面的莺歌海峡运送，然而这又是一条白潮频起、海匪出没的凶险航路。注辇与徵朝原有盟约，旭王唯一的王妃乃是钧梁王的妹妹紫簪，一旦旭王登基，紫簪便是东陆的皇后。然而钧梁早成了一具活尸，把持着一国权柄的英迦大君未必乐见紫簪册立为后，更兼东陆局势未明，注辇人便借口航路不通，延宕着不愿履约，暗地却支使商旅将粮草武器运至北陆，高价向流亡的王师卖出牟利。寄寓注辇的昶王那时不过十四岁，竟有胆气直闯英迦大君座下，慷慨陈词，英迦大君这才将原先应许的物资交予昶王，由昶王自雇船队运送。那两三年内，王师的粮秣军饷倒有小半是从毕钵罗港送往北陆霜还城的。往后僭王节节败退，褚仲旭俨然露出霸主气象，眼看即将夺还帝位正朔，昶王一支也必将成为徵朝仅次于皇帝的势力，连带着这亦师亦友的随扈将军，亦是不能得罪的了。

汤乾自身后那个年轻徵朝羽林军士斜睨着肃然行礼的注辇卫兵，唇角抽起一丝迹近于无的冷笑。

"震初，你看看他们这些嘴脸。见了权势富贵，哪怕与己无干，也要争相簇拥过去；若是一朝失意，又是人人皆可落井下石了。"他压低声音，操着东陆语言说。

汤乾自淡笑道："世人就是这样趋利避害的天性，殿下。"

季昶微微颔首。

城墙外人声嘈杂，隐约有笛鼓声飘扬。缇兰没听过这样阵仗，向季昶身畔缩了一步，他便握住了她，轻声道："别怕，我们在呢。"

王城角门在他们面前缓缓打开了，万千种芬芳与色彩的庞大洪流便兜头盖脸席卷过来。原本只有王室特准船只方可通行的帕帕尔河上，目之所及，拥塞着各式彩饰小舟，舷侧的水流里漂浮着的尽是花叶蕊瓣，妃紫、石青、娇黄、苔绿、日落红，如一匹灿烂锦绣霍然抖开，世人想象得到的纹样与光色虹霓全数搅在一处，反复转折、盘曲扭结，不计其数的经纬上，密密织出泼天的奢华。

依东陆纪年，这是徵朝麟泰三十三年的春天，汤乾自已是二十三岁的青年，褚季昶亦已十九，再过几个月，才是缇兰足十五岁的生日。

褚仲旭将北陆瀚州的霜还城立为陪都，据地抗战已近六年之久，却始终不曾即位称帝，他的亡父帝修所使用的麟泰年号也就一直这样传承下来。局势固然已初见曙光，然而那是血一般凄厉的曙光。徵国的不少村镇早已寻不到成年男丁，大军过处坟茔累累，不要多久又会被饥饿的豺狗全数刨开，可是那样瘠瘦的尸首，连豺狗也喂不饱。

对于毕钵罗港的人们来说,这却是个绝佳的年景。去年秋天菽麦丰熟,到了晚春时节,新酒经过一冬贮存,已酝酿得醇厚圆熟,新的雨季不久亦将如约而来。这是醴雨祭,亦是毕钵罗城一年中最热闹的日子。

从清晨开始,城中所有的小舟便彩饰一新,在蛛网纵横的水道中穿梭,贩卖香药、鲜花、脂粉、烟火,以及一切讨人欢心的小玩意。而后,毕钵罗城便开始了盛妆的一日。

从少女到老妪,每个贫民女子都用廉价硕大的假珠宝和鲜艳布帛将自己妆饰得像异国的公主与皇后,男人们的髭须上抹着橙花、乳香和松脂调和的香膏,梳理成神气卷翘的形状,炫耀财富的商人甚至会在里面捻进金线。从三陆十国汇聚而来的游浪艺人将河流与楼宇变成了舞台,歌舞、杂耍、演剧,喧杂乐曲和铜毫子叮当落入锡碗的声响交织一处。浮夸而廉价的豪华倒映在腥臭狭窄的水面上,荡漾不已,人人都知道那是假的,但他们都欣然投入这目眩神迷的白日之梦,成为它的俘虏。

"快走,一会儿人越来越多,我们就找不着船了!"季昶高声催促着,向河面上扬手示意,一艘空驶的小艇子随即向他们转来,在拥挤的船流中费了好一会儿工夫,才艰难地兜到他们脚边。

小艇子里外包裹着粗劣花布,经过一个早晨,水面下的颜色已褪得面目全非,船身依然那样浅窄,除了船夫,只容得下一人乘坐。

"糟了,我们出来得太迟,这会儿肯定找不到三艘船了。"季昶轻盈地向船内的空位跳了进去。盘枭之变后,他有半年时间居住在港区附近的羽林军营地内,看醴雨祭也不是头一回了。"先把这艘霸住了再说。"

汤乾自往河面上稍一眺望,便微微笑了。他松开缇兰的手,俯首对船夫说:"你上来,把位置腾给我。"

"啊?这……"船夫面露难色。

三四枚金铢当啷啷落到他脚下的木板上:"你这船我买下了。"

"那缇兰怎么办?"汤乾自跃下栈桥的时候,季昶诧异问道。

汤乾自不答,却弯身探手,敏捷地从缤纷的船流中远远拽住了什么,使劲儿一扯,那东西磕磕碰碰地靠了过来。满眼繁杂色彩里,却是一道清凉耀目的白。

"两位军爷,买朵花吧,送给姑娘是再好不过了!"那原来是卖花孩子惯用的大木盆,满盛着将开未开的洁白莲花,小女孩儿从雪堆般的花里露出个肩膀,扯着稚气的声音喊道。

"多少钱一支?"青年问道。

"一个银铢。"小女孩儿见他们是东陆人的模样,狡黠大眼一转,开出个价钱。

见那个拽住她的青年笑着摇头,晓得是哄骗不成了,连忙又接口道:"五支。"仍是比平日贵出一倍。

青年将手探进怀里,像是要成交的样子,小女孩儿喜滋滋起身去接,入手的东西却惊得她一跳。

那是一枚黄豆大的蔷薇晶石,握在手中寒砭入骨,犹如正在消融的冰块。举凡珠宝皆有赝品,唯独蔷薇晶石无从假造,非但那欲滴的血红色深浓入骨,连在太阳下折出的光也是娇艳的虹霓,这样的大小品相,市价总要近百金铢。

"连盆带花全都买下,你卖不卖?"青年含笑问道。

小姑娘张口结舌看了一会儿,忽然把晶石往嘴里一塞,噌地跳出木盆,从挤挤挨挨的船缝里钻出去游走了,想是唯恐这出手阔绰的东陆人反悔。季昶看着,笑不可抑。

"殿下恕罪。"汤乾自在船上站稳了,两手握着缇兰的腰,将她托了下来。季昶一手稳着大木盆,另一手将缇兰牵了过去。

缇兰一脚踏到一尺多厚的花朵上,低低地哎呀一声,就笑了起来。那是雨季来临前最后的晴和暮春天气,日光烘得人骨头发酥,熏风带着一朵朵毛绒似的暖意扑上脸来。她的白裙子被这风吹着,千百条褶裥顿时飘扬展开,像一面崭新的帆。她头上戴着朵巴掌大的花,足赤黄金打的,栩栩如生,花芯子里抽出蛾须一般细滑的金线来,被末端针尖样小的红宝石屑子坠着,颤颤弯了下去,风一吹过,铮枞作响。汤乾自认得那花,就是港口时时有人兜售的,叫作缬罗。

缇兰挽起裙裾坐着,木盆里硕大洁净的花骨朵儿直埋到她膝上。她仰起头,让阳光熨帖着自己精巧黝黑的小脸。盆子被涟漪拥抱着轻轻打转,一下下地轻叩船帮,连带着船上的人们心里也跟着动荡起来。汤乾自与季昶一人牵牢了她一只手,无须桨楫,小艇与木盆一同顺着缓滞的水流向下游淌去。

"我们去哪儿?不是看彩船巡行吗?"缇兰问道。

"彩船要夜里才出来呢。这会儿我们顺着水向下漂,到了快入海的地方,就是港区了。只要是世上有的东西,港区没有买不到的,你想要什么,我都买给你。"季昶神采飞扬地说。

缇兰假意想了想,笑盈盈道:"不知道港区可有卖小酥酪的?"

季昶窘红了脸,别开头去不再理睬她。

"呀,这是什么?快替我拿开!"缇兰惊喊起来,在空气中胡乱拍打着,一撮撮柔细的白绒球随着她的动作轻盈地飞旋起来。原来是旁边船上的孩子淘气,拿着一枝蒲公英向缇兰猛地一吹,花絮全都扑在她身上。

季昶忍不住笑，只好一面替她扑打，一面好言安慰道："别怕，这东西顶好玩了。港区有卖的，拿竹纸袋子仔仔细细地把整枝罩起来，打开来一吹，就全飞上天了。只是卖这个的并不多，一会儿咱们找找。"

汤乾自默默望着他们。

季昶自幼就是郁郁寡欢的孩子，十三岁后，原本软弱畏缩的样子渐渐脱胎换骨，如今已是个漂亮的年轻男子了，进退应对都是懒洋洋的，意态悠闲，笑起来每每令人如沐春风。可是注辇国满朝的权贵重臣敬重他，不过因为他的父亲是故去的东陆帝王，而他的哥哥即将成为东陆的帝王，如此而已。他们没有一个看得出，即便是笑着，这东陆少年王侯丹凤眼睛深处闪耀着的神光，仍是冷然讥嘲的。

他知道，唯有与缇兰和他一道的时候，季昶才有这样孩子气的神色。

方才缇兰鸦黑头发扫过脸庞的地方，仿佛还留着那一瞬间蓬松微痒的触感。汤乾自伸手触了触。

X

三人在港区上了岸，人丛里走了一个下午，还没寻着卖蒲公英的小贩。

虽有季昶与汤乾自左右遮挡着，缇兰行动起来还是跌跌绊绊的盲人样子，只得一手一个挽住了他们。

"小娘子，给断个命吧！"时时有酒气熏人的水手凑上来，嬉皮笑脸要搭缇兰的肩，她便一脸嫌恶地闪身躲进两名高大同伴后。

"他们都把你当成盲歌者了。"季昶笑着说，"你们荦人怎么会相信盲人能预言人命呢？我见过的那百十个在街上摆摊的盲歌者啊，都是些比星算师还没谱的人，真是瞎人说瞎话。"

缇兰登时脸色阴沉，在他手臂上狠劲拧了一把，说："你答应我的蒲公英呢？快找！"

季昶笑着告饶，转眼又被路边的幛子戏勾走了魂，拽着缇兰就钻进了十二角牛皮篷子。

篷子原是夸父饮酒集会的地方，敞亮非常，这一天门口却下着厚厚的牛皮帘子，一片漆黑里依然摩肩接踵挤满了人，热腾腾的汗味儿钻透衣裳，直贴到身上来。尽里头贴着墙搭起一座戏台，两边各有大火盆，熊熊地照亮了舞台。

"哎呀，都演了一半了！"季昶从人缝里直往前钻，一手高高举着装满零嘴的纸袋子，汤乾自护着缇兰，几乎要跟不上他。

台后幛子是一张霉斑累累的黑布，戏正演到热闹处，一个衣衫鲜艳的河络女人怀里不知抱着什么，慌慌张张在幛子前跑来跑去，后边有三五个打扮成军人模样的男子追逐着，唇上一概用油彩画了蜷曲凶恶的胡子。河络女人身材娇小，腿脚飞快，士兵们始终虚张声势地落后几步，做出杀气腾腾的表情，多兜了几圈，下边就有人喝起彩来，大约是赏识他们演得卖力。

"缇兰你听，戏台子旁边有好几个人唱长歌的，唱着故事呢。"季昶兴致勃勃道。

缇兰看不见台上情形，唱长歌的声音又被台下几百人如潮的彩声全压倒了，只得茫然睁着一对浓丽的眼，汤乾自牵了她的手，忽然替她觉得凄凉。这样美妙的一个女孩儿，一辈子都是有残缺的了。

河络女人一面跑，一面回头去看追兵，河络一族眼睛本来大而明亮，更兼用油彩浓酽酽描过，活像是个注辇人了。忽然她作势往地上摔倒，怀里的东西滚了出来，篷子里一时全静了，只听见一连串木器相击的呆板空响——原来这女角怀里滚出来的是个人偶，胡乱裹了一层粗缎算是襁褓，那硕大的木脑袋敲在戏台地板上，一路弹跳过去。河络女人匍匐前行，做出种种艰难痛苦表情，去够那个人偶，士兵们在后面扬起了包着铁皮的木刀。那河络女人却十分敏捷，翻身一滚，拎起人偶冲进后台，士兵们也跟着追了进去。

台子旁，粗野热闹的长歌不失时机地锐声唱了起来："啊！啊！王弟啊！姐姐一定要让你活下去啊！"

缇兰纤细的肩，像是挨了一鞭子似的猛然耸起。汤乾自觉出他握着的那只小手一瞬间成了死的，冰冷沉重地向下坠着。寒意凉浸浸地爬上汤乾自心头，季昶回头来与他对视一眼，彼此都看见了眼里惊愕神色。因孩子不几年便要长高，训练更换起来过于费事，戏里的孩童角色常用河络扮演，原来那女角演的竟是个女童，怀里抱着的人偶便是婴儿了。

他们尚来不及有所反应，肮脏的黑幛子轧轧有声地卷起，露出后面更深的半截台子来。

衬底的那重幛子泛着焦黄的颜色，不知是因为旧，还是多年烟熏火燎的缘故。单薄布料上画了匠气而工致的梁柱墙壁，像是宫殿的意思，在火焰的热烟里不吉祥地颤抖着。

戏台上首的几案后坐着一对王家打扮的男女，左右又皆设有几案，一边是个披挂严整的河络，另一边是个华服少年，举杯宴饮的场面。

上首男子的面孔上厚厚敷过白粉，操着南方山村口音，旁若无人大声说道："恨哪！朕是堂堂的一国之主，怎能受这样一个瘫子摆布！"一面却又堆起满脸笑容，向左首的河络举杯，朗声致意："挚爱的妻子的兄弟啊，朕祝你健康永寿。"

看戏的人轰然全笑了，台上的人却都极镇静，只作没有听见国王方才的恶言恶语似的。那河络男人想来是扮瘫子的，冷笑着饮尽了手里金纸糊的空杯。

国王又向右首少年举起杯子，道："朕的长子，眼珠一样宝贵的孩子！朕的王国将来只属于你一人，你的兄弟都要向你臣服！"

少年颇俊俏，只是面上的胭脂有些重，大概是表示醉了的意思。

而后国王转向身边的女子，一手揽住她的肩，把她颈上巨大俗艳的假宝石链子摇得叮当作响，柔声说："朕的妻，心房里的蔷薇啊！今天是可喜可贺的团聚日子，朕为你们备下了美好的礼物！"

女子脉脉地回望着他，饮尽了手里的酒。他立刻又变了脸色，在她面前高唱："啊！多么可厌的女人！她的家族在蚕食我的王座！"她还是那样欢喜地将头颅依在他颈下，浑然不觉的模样。

台下这时候骚动起来，人们渐渐明白了这出戏影射的是谁，兴奋地交头接耳，喋喋不休，亦有人开始愤懑地往外挤。人潮涌动，汤乾自与缇兰被挟裹着退了老远，季昶却被隔在五六行以外的前排。

"殿下……殿下！"汤乾自在缇兰耳边低声呼唤，一手莽撞地去托她的下颔。

缇兰出奇顺服地抬起头，带起两点沉重滚热的泪，砸在他手上微微生疼。

"走吧，殿下，别看了。"汤乾自握着她的肩摇晃，只觉得他们是闯入了一个极荒诞残酷的梦里，一心只想着要快点离开这座篷子，回到外面光天化日的世界去。

缇兰面色死白，精巧的下唇止不住地颤抖着，随时都要魂飞魄散的模样，却极慢、极坚定地摇了摇头。

人群推挤着他们，像夜里沉默魅黑的森林，没有面目，只有被舞台两侧妖红火光映照的那一瞬间，才显出鲜明畸异的五官来。这时候，汤乾自却开始庆幸缇兰是盲的，她看不见这样可怖的景象。她在他怀里颤抖得像只刚孵化出来的鸽子。他们与季昶之间的距离越来越大，隔着无数涌动的人头，季昶努力伸过手来，却始终无法触及他们。

国王尖厉的嗓子在台上喊道："来人哪！来人哪！把朕的礼物送上来！"

仍是上一幕的那三个士兵，轰隆隆跑了上来，仿佛就是千军万马的意思，手里照样提着裹了铁皮的木刀，朝着河络男人扑了过去，纷纷将刀架在他脖子上。

女人这才大梦方觉的样子，冲上去撕扯着士兵，干哭道："陛下啊！我们为何失去您的宠信？"

其中一名士兵将女人一把摔倒在地，明晃晃的刀指着她。女人连滚带爬回到国王的几案前，握住国王的手道："究竟我犯了什么样的罪啊，难道为您生育了三个可爱的孩子也不能抵偿！"

右首的少年拔剑而起，嘶声唤道："母亲啊！"

国王夸张地颤抖着，却终于长叹一声，将女人向士兵的方向猛力推去。

被围困的河络男人悲愤呼喊："陛下啊，难道您忘记了，当年若不是我们家族为您效力，您怎能夺得王位！"

国王跳上几案，面目狰狞："你们没有一时一处不在提醒朕这件事，所以你们才该死！"

少年手持长剑冲过去与那个攻击女人的士兵搏斗，士兵稍一犹豫，腹上便吃了一剑穿刺，滚倒在地。

国王在几案上顿足道："杀！杀！杀！"

台畔旁的长歌又响了起来，这一次唱的是："啊！啊！国王心意已决，王妃所有的儿女都该死，哪怕他们的血管里都流着一半国王的血！"

另一名士兵放开河络男人，朝少年挥舞木刀。原本软倒在地的女人却如猛兽一般跳了起来，挡在少年与士兵之间。

少年又凄厉地唤了一声："母亲啊！"

士兵将刀刃贴着他们俩的腋下伸过去，露出一个刀尖，意思是将少年与女子一块刺穿了，而后面目狰狞地一拔，母子便一同倒下。

这时候台下一阵惊呼，半是因为这杀人的戏码，半是因为后台里猛然冲出来一名巨汉，或许只有少许夸父血统，在人类中却算是魁梧的，戏台上冒充夸父倒也足够了。

"主人！我来救您！"巨汉一手挥开两名士兵，在河络男子面前拿腔作势地跪下了。

"背负着污名的人啊，他不是叛逆！是那乖戾的命运在作弄他啊！"长歌的调子起得高峭，歌者的声音都扯裂了。

观众哗然。幛子戏最拿手的就是这种戏码——史册记载的明君，其实每天都要活饮一个孩童的鲜血；裁判官亲手判决的死刑犯人，竟是他失散已久的亲生儿子；歌姬矢志不嫁，等待多年的情人终于从海上归来，传为佳话，其实那个英俊的羽人水手早已在风暴中死去，归来的只是他短刀上附生着的一只魅。

所谓幛子戏，一切场景皆是幛子上扁平空洞的画，人们全都屏息等待着那些绮丽的帐幕一重一重揭开，最深处遮掩着的那个收场是真是假，他们倒不在乎。

鼎沸的人声里，缇兰的哀鸣微弱得几不可闻。她向后一软，倒在汤乾自怀里，癫狂死黑的眼睛直瞪着篷顶，火盆的烈烈光焰在她面颊上跳动。

"殿下！殿下！"青年将军握住公主纤细得快要折断的肩，呼喊着。

季昶仍被拥塞在篷子深处不能脱身，汤乾自抬眼，从遥远的人缝中看见了他年轻主君的脸。

　　火光下，清峭的鼻梁将季昶的脸划成斩截分明的红与黑。他对汤乾自微微颔首，于是汤乾自将缇兰护在胸前，倒退着用肩背顶开人群，向外挤去。戏篷的出口就在他们身后，那一线光，明朗锐亮不可直视，像是从云隙投下的晨曦。

　　季昶看着他们出去，帘子又遮严实了，于是也就没有光了。

XI

澄蓝天色转为黯青，幽凉晚风穿过巷道，卷来外头隐约的人声。欢腾了一天的城市在黄昏中奇异地沉默下来。

"殿下……殿下！"汤乾自抵着缇兰的两肩，把她像一件长袍子似的钉在墙上。轻盈得没有重量，也绝无支撑，仿佛只要他一松手，她整个人就会落到地面上，叠成一堆衣料。

缇兰并没有昏厥过去，她始终清醒，眼睛黑洞洞朝天仰着，像两口无限深幽的井。

"殿下，您听得见我吗？"他握着缇兰的手臂，轻轻摇撼，"您听我说，那都是戏，都是假的。"

"不是的，震初。"少女垂下一双盲了的眼睛来看他，狂乱鬓发盖了满脸，"那天，我看见了。"

青年将军茶色的瞳仁骤然收缩："你看见……"

缇兰微不可闻地说："看见了。"

叹息般轻细的三个字，合着街市深处传来的不祥鼓声，在汤乾自心底深处震响。

女孩儿站在一片虚空的黑暗之中，但她并不恐惧。从出生的那一刻起，她所能见到的就只有这样没有光，也没有色彩的世界。有时候，在睡梦中，会有一些纷乱的光从眼前流过，它们有着不同的温度与气味，她猜想，那就是她未曾见过的所谓"颜色"。

但是那天的梦令她害怕。有一片颜色,从黑暗深处蜿蜒地向她流过来,炽烈浓郁,带着温热的铁腥气,像个不怀好意的活物。但是流到半路上,它就渐渐冷了,枯干了。唯有一只垂死的触角碰到了她的裙裾,于是那颜色又飞快地、一丝一缕地攀了上来。她后退,却始终退不出那片颜色的纠缠。

她看见一个美丽的女人,跌坐在那片浓稠的色彩中,头发像最上等的丝缎一般飞舞着,徒劳地向空中伸着手。

"王啊,吾王!零迦何以如此触怒了您?即使为您生育了那样可爱的三个孩子,也不能赎回零迦的罪吗?"

于是女孩儿在睡梦中恐惧地蜷缩起来。她听出那个美丽的女人是她的母亲。她想要醒来,但是这个梦牢牢锁住了她,不肯释放。

有个男人向她的母亲走过去,于是那颜色也爬上了他的衣裾。女孩儿没有见过任何人的脸孔,但她知道那是她的父王。那常常拥抱着她和母亲的手臂,此时只是紧紧抱着他自己,仿佛不胜寒冷的样子。

英迦舅舅和太子哥哥愤怒的言语,混杂着钢铁交击的动静,在黑暗中回响。父王俯瞰着母亲,神情既冷漠,又畏懦。他甚至不能够回答她的问题,只是转开头,对着虚空里的不知什么人说:"去把缇兰和索兰找出来——不留活口,提头领赏。"

太子哥哥提着剑站在更遥远的黑暗中,一片新鲜的色彩在他脚下扩散开来。英迦舅舅抓起一只琉璃灯盏,向虚空中掷了出去,于是炽热的颜色从母亲和哥哥脚下铺天盖地喷涌上来,甚至把混沌的黑暗也吞没了。那是划破手指的时候会流出来的疼痛的颜色,也是火焰的颜色。后来有人告诉她,那颜色就是所谓的"红"。

"后来,我就醒了。我哭着求母亲别走,别去见父亲。母亲叹着气,说我是世上最傻的孩子,西陆已经有四百多年不曾出现过真正的盲歌者,还说我听多了宫女哄人的故事,就会做这样奇怪的梦。她在头发里簪了新鲜的香花,因为那天夜里英迦舅舅来了。我抱着索兰不肯放手,她只好把我和索兰都留在寝宫里。我一直趴在窗口,等着听她回宫的声音。忽然外头起了很大的风,阳光照在脸上简直烫人,可那已经是夜里了。那不是阳光,那是火。"

缇兰断断续续地说着,大睁的两眼空洞得骇人:"我抱着索兰偷偷跑了出去。震初,是你救了我。后来我问英迦舅舅,那天夜里出了什么事,他始终不肯说。"

最后一线夕照隐入海平面下。

四合的暮色里,鼓点猛然震响三声,振聋发聩,仿佛大地雄浑的脉搏。飘浮在毕钵罗城上空的昏蒙尘埃都骤然沉落下来,满城寂静。

自迢遥的远方，有个转折苍凉的男声随风送了过来，那是大司祭在祭塔顶上唱颂年景，祈求雨水丰沛，海疆平靖，龙尾神庇护一切航船，为了取悦神明，他们愿以百十万人一日一夜的狂欢作为献祭。

歌声渐歇，鼓点再起，这一次却是疾风骤雨，清澄空气里跳跃着粗蛮快活的节拍，催促人们将身边的一切灯盏点起。帕帕尔河岸上排列着的数千个乌铁火盆燃了起来，整座城就轰的一声被点亮了。

庞大彩船在河面上缓慢行进，夜晚通明如昼，一切人与物都在河面与两岸建筑上投下跳荡巨大的黑影。两个有着青铜般光亮肌肤的高大夸父女人身穿兽皮短衣，相互紧贴着妖娆起舞，肘与踝上都缚有刃尖朝外的匕首，飞薄的刀锋总是贴着对方喉下腰侧擦过，却分毫不伤。二十名一色一样打扮的歌姬坐在船边，齐声唱出靡丽曲调，垂进水里的纤巧小脚上皆用菟葭花汁画着吉祥的龙鳞纹理。

"母亲和太子哥哥都死了，父王是什么模样，我虽看不见，可是他那气味分明是个死人。如果当初我拦住了母亲，事情或许不会变成这样——也说不定，只要我不做那个梦，就不会有这种事了……"缇兰空洞的眼里坠下剔透泪水，仿佛一枚细小的晶石折射出巷口外绚烂混杂的浮世光影，"我怕。每夜合上眼睛，我就害怕要做梦。可是我也不敢和旁人说，哪怕是英迦舅舅。"

她攀着青年将军的衣襟，如同一个行将溺毙的人捉住救命的稻草，全然不知自己的面孔与汤乾自之间只隔着那样危险的窄窄一寸："你们早晚是要回东陆去的，你们走了，这个王城，我也一日都待不下去了。震初，我要和你一块走。" 话说完了，死白的脸上才泛起热病般的红晕。

汤乾自缓缓地吸入一口气，那充满白莲花芬芳的春夜空气，像是会灼伤他的胸臆。

"殿下，臣实在惶恐。"

少女听见他自称臣子，猛然撒开双手，往身后民宅的门墙一靠，鬓边簪着的缅罗花一阵玲玲脆响，是红宝石的花蕊敲打在秾艳的黄金花瓣上。她扬着眼睫，幽黑瞳子哀恳而涣散地望定了他。

"那时候是你救了我。现下能救我的人，也只有你一个了。可是原来你也不明白。"

他凛然心惊，却只能别开头去，无以应对。

河上炸开了焰火，熔金流翠在夜空中划出仿佛永不消退的烙痕，然而转瞬也就星散了，漫天闪烁的余烬向毕钵罗城笼罩下来。

他们头上的窗子纷纷砰然打开，喧嚷人声与肴馔香气飘散到阴暗的窄巷里，而后只听得泼喇一声，什么东西兜头盖脸浇了下来。缇兰却木然站着不知道躲避，人已湿了一半。汤乾自揽住她的肩，硬拽着一气从巷子里跑到了河岸边，却始终被骤雨似的水瀑笼在里面。他才恍然明白过来，那并不是雨水。自四面八方向街道倾洒下来的，都是甜郁芬芳的琥珀色液体，泼进火盆里，焰光便腾地蹿起尺把高，散出迷醉的气息来。

到了这个时候，醴雨祭才算是真正开始了。

寻常注辇人家，酿酒绝不肯存过两个夏季。每年春夏之交的醴雨祭典上，去年的酒都要搬出来痛饮，喝不尽的便从窗子里泼出去，是个除旧布新的意思。

这座城里从来没有不必破费的快乐，可是只要有足够的银钱，亦没有买不到的快乐。只有醴雨祭这一天，这座冷苛精明的城会像个慷慨醉汉一样，大把大把地将狂欢与迷醉的甘霖洒在每一个人头上。

万众欢腾中，唯独缇兰的微笑是残破的。她黝黑光丽的脸上，都是蜜一般的酒液纵横淋漓，又被泪水一洗，都凝在尖秀下巴颏儿上，滴滴落了下来。

"震初，我晓得我是为难你了。世上的事，皆有这样那样的拘束与规矩。你和我虽然贵为将军与公主，也有许多行不通的事情。"她一身白衣裙与乌油油的鬒发都叫酒浇透了，狠狠地贴在肌肤上，野蔷薇般的唇上浅笑着，吐出来的字，一个个却都是凄凉的。说完了，眼里又聚起泪光来，还是倔强忍耐着，紧紧咬住了食指一个指节。

浓烈酒香被体温焐成了热气，钻入鼻端，魂魄像是要脱离躯壳浮游起来。汤乾自定定地看着缇兰，终于叹了口气，伸手去将她的手指从齿间挪开了。又过了好一阵子，才沉声说道："我带你走。总有一天，我带你走。"

他们俩坐在熙来攘往的帕帕尔河边，眼前三层楼高的金漆龙尾神像彩船顺流而下，万人沿岸追随，雀跃欢呼。神像手中托着圆径三尺的白玉荷叶盘，盘上坐的是全城技艺最为宛妙的少年笛手，百鸟鸣啭般的笛声一路从王城门前响到港区，两岸窗前与风台上的少女们用浅口碗盛了酒，一碗碗尽向着笛手身上泼去，却又都够不着，徒然在空中扯出一道道七彩虹光。

这是一年一度的庆典，油腻烟火的生活里陡然绽放的一朵庞大的、不会结果的谎言之花。

汤乾自唇间甘甜辛辣的酒味逐渐褪了，这才觉出旁的滋味来——原来甘醴一般的女孩儿，泪水终究也是咸苦的。他周身血脉奔涌，心里知道是醉了。

"走吧，阿盆，送我回宫里去。"季昶弯下腰，对着夸父的耳朵说道。这夸父正是六年前在港区拆毁酒馆的那一个，当时被汤乾自手下一伙人围住，挨了十几刀也不退缩，他那雇主却把他撇下跑了。众人欢喜阿盆有骨气，求过了汤乾自，把他拖到城里那两座小楼之一里边去养伤，最后干脆召他入伙当起夜贼来。

夸父眨了眨眼，道："殿下，后头可还有东陆的戏法呢。"

少年手里抚摸着三途隼的翎羽，眼神却遥遥地落在帕帕尔河对岸，隔着舞踏喧嚷的彩船，隐约看得见对面白衣胜雪的少女。过了好一会儿，才心不在焉地说："不看了。"

"给将军的信也不送了吗？"

季昶一振手腕，三途隼便向火光映红的空中飞去。

"又不是一刻也离不开，让他独个儿多玩一会儿好了。咱们这就走吧。"

阿盆答应一声，转身小心翼翼往人丛外边走。

季昶坐在夸父肩上，慢慢打开膝上搁着的硕大竹纸袋子，抽出十多枝特别稠密的蒲公英来，也没费劲去吹，夜风一过，纷纷拂拂，一场雪似的全都落净了。

XII

　　麟泰三十三年暮春的那场醴雨祭典之后，缇兰反复地做着同一个不可解的梦。

　　那是一个东陆女子，两支钢镞长箭凌乱穿过心窝，自高峻城楼决然纵身跃下，曳着烈艳丝绢衣衫，直到坠落地面，始终像是一团不肯熄灭的火焰。

　　缇兰总是在夜中霍然惊醒，反复回想那张面孔，眉目历历，竟是从未见过。

　　那些乱梦，在时光的漆黑幕布上纵横划出裂隙，容她觑看未来的一角，然而看见的是谁，或是怎样的情形，却不由她选择。

　　日子飞快过去了。叛乱的僭王军队失去了澜州的最后一座城池，不得不冒险急行横穿东陆，兵力折损惨重，流窜至中州西北负隅顽抗，褚仲旭的天下几乎已成定局。麟泰三十四年一月，僭王褚奉仪残部渡海北进，他多年前远嫁瀚北鹄库部的异母姊姊红药帝姬亦挥军南下，突破黄泉关前来接应。眼看着褚奉仪即将逃入蛮族地界，旭王褚仲旭与清海公方鉴明率领王师全力追击。

　　整整八年，吞没了数十万军民的骨殖腐肉，东陆的土地就算再怎样贪婪嗜血，也快要饱足了罢？

　　西陆各国却是一派安泰景象，靠着贩卖刀甲粮草，都所获不菲，其中尤以把持大半航路的注辇为甚。二月的宫内纪事里，只记着预备三月王太子索兰的八岁诞辰的种种冗长事务，公主缇兰豢养的一对东陆锦花狸猁下了一窝崽子，倒是最热闹的事情了。

缇兰午后无事，让弓叶扶她去昶王居处闲谈，谁知季昶早一步叫英迦大君跟前的人宣走了，汤乾自当然也随侍着去了。缇兰想了想，道："也不知道那些狸猸怎么样了，既是出来了，干脆咱们上别苑去走走。"

别苑外头伺候的人见是缇兰来了，早在地下跪成一排。缇兰身份本来尊贵，更兼是英迦大君的亲外甥女、王太子唯一的同母姊姊，宫人对她格外奉承。

"咦？今天怎么搬出来了。殿下当心，全在您脚下呢。"弓叶道。

缇兰笑着便俯身去摸，原来草地上铺着毡褥，母兽蜷成一盘打盹，蓬松大尾巴将绒绒的幼崽圈在里边，只露出五六个粉嫩嫩的小鼻头。这锦花狸猸是养熟了的，由着她抚摸，懒洋洋的十分惬意。

忽然缇兰疑道："哎？这小的怎么少了两只？"

宫人回道："那两只特别弱的不敢见日光，放在屋里呢。"

缇兰道："怪可怜的，弓叶你扶我进去瞧瞧。"

弓叶答应一声，领头的宫人却慌了手脚，叩头道："实不敢隐瞒殿下，那两只不大好了，样子怪可怕的，徒然惊吓了殿下。"

缇兰眉心一扬："我说是瞧瞧，其实又看不见，总归你们说是什么样，就是什么样罢。"

宫人们知道她脾气上来了，不敢多话，只是一个劲叩头。

缇兰抬脚就往前走，弓叶连忙赶上去搀着她的手。人是进门去了，还有一句话轻飘飘丢在外头："我顶讨厌人说瞎话哄我。"

领头的宫人伏在地上不敢起来，满头是汗。

刚进了屋子，便听见幼崽哀叫与水声扑腾。弓叶像是吃了一惊，以东陆言语极快地喝了句什么，又是一阵水花泼溅，幼崽凄厉细弱的叫声才算渐渐平息下去。

缇兰不明就里，面上还含着笑，问："怎么了？"

弓叶愤然说："这个东陆婆子要把小狸猸浸在桶里溺死呢！托殿下的福，咱们要是来迟一步，可就没救了。"

"怎么无缘无故这样狠的心？"缇兰恚道。

狸猸性子娇贵，宫里配给八名老成宫人，临产前还特意聘了两个东陆妇人来照看，语言不通，平时缇兰来的时候，都是弓叶在一旁转述。

妇人察言观色，知道闯下了祸，也不等弓叶问话，自己在地上磕着响头，用东陆语言反复喊着什么，像是告饶。

缇兰听着心里陡然一紧，攥牢了弓叶的手，说话音调都不稳当了，一迭声追问："她说什么？她说什么？"

弓叶答:"这婆子说,这两只崽子眼看就养不活,还要把疫病过给别的崽子,当真不能留了,请殿下明察。"

缇兰嘶着声音道:"前八个字,只要那前八个字!你给我一字一字说明白了!"

弓叶忍着手上钻心的疼,急急说:"她前八个字说的是……'殿下,不能留它性命'。"

那股攥着弓叶的、仿佛要将她绞出汁来的气力,慢慢松脱了。缇兰全身的血冲上两太阳穴,眼前昏黑,心里却顿时空旷得像个雪洞。

这句东陆话,她不懂,却记了将近十年,音调起伏抑扬顿挫,皆是历历在心。

烈火焚城的夜晚,六岁的她抱着索兰在王城中奔逃,无处藏匿。三十二扇云母抠金团镶柘榴石的屏风,她在这面,少年在另一面,为各自的命运追逐着,竭力奔走。屏风到了尽头,忽然被他一把拽住了手,两道不相干的丝线,就此绾成一个死结,无从拆解。她头一次听见这少年将军的声音,他说的就是这句话。

再往后,追兵尽灭,搂着她瑟瑟发抖的小男孩儿终于松开了双臂。四围那样静,遍身血污的兵士们围绕在他们身边,将动荡的杀伐声隔绝在外,令她觉得前所未有的安全。他说的,还是这句话。

那果决勇毅的清澄声音,想来是能够号令万军的,连她这般言语不通的异国女孩,每每听见他的话语,也燃起微小的勇气,咬牙忍下了一次又一次要惊恐尖叫的冲动。

人人都说当年是他救了她,她也一直这样相信。

原来他说的是,殿下,不能留她性命。

东陆妇人在地上伏了许久,听不见动静,大着胆子偷眼窥看,只见那白衣公主直愣愣站在原地,眼上遮着毁带看不清神情,旁边扶着的女奴也不敢出声。约莫过了小半刻的工夫,公主才开口说:"那只好杀了罢。"说毕风也似的掉头走了,白裙如崭新的大帆一般飘扬起来。

XIII

被准许接近英迦大君身侧的人不多，季昶是其中一个。

注辇一国有两个君王，名义上的那个，终年累月在华丽帐幕后散发着腐臭的死气；实际上的这一个，萎缩的肉体穿着小锦袍，陷在重重衾褥之间，像个骇人的怪婴。每次见到英迦大君，季昶总是忍不住要恶意地想：扼死这个权倾一国的人，只需要用到一只手吧。

季昶见了礼，宫人随即捧来几个羽毛垫子，侍候着在矮榻跟前坐下。

"两个月不见，殿下又长高了些。"英迦大君斜过眼来看他，笑道。

注辇人轮廓本来深邃，肤色黝黑，多半有着乌浓流丽的大眼睛，可是英迦大君长久不见天日，有种阴沉沉的白皙，衬着炽亮的眼睛格外惊心。季昶从来厌恶他那种眼神，面上自然不露出来，也笑道："白长个子，不长脑筋，有什么用呢。"

大君依然是笑，自己从床上一把撑了起来，顺着那股劲，将身体掼在堆积如山的软枕上，恰好面对着季昶，喘口气说："那也是好的。"自十七岁落马摔断了脊梁之后，这就是他所余下的全部力气与灵巧了。

季昶微微一笑："若能有大君百分之一的睿智，倒真好了。"

英迦若有所思看着他，道："你这孩子真伶俐。你那个小将军虽然也聪明，却是一种傻聪明。"

"震初他虽然斯文多智，实是武人的刚方性格，哪能像我这样油滑。"

"多智而刚方？呵，这两样品性都是极难得的，只是同搁在一个人身上，未免相互掣肘。殿下这样器重他。"

季昶面色肃了一肃："震初于我，如兄如友。若没有大君与他，季昶十年前就没有命了。"

英迦瞥了他一眼，轻笑："若殿下在吾国出了什么闪失，他也是一死，职责性命相系，自然竭尽忠诚。待回了东陆，天高海阔，良材更如飞鸟投林，尽归殿下麾下，即便小将军一时不在身边，也尽有人可供差使。"

一瞬间季昶气息凝滞，很快又笑起来："那还远着呢。"

"说远，也不远了。"英迦大君点头，"对了，今天请殿下来是有正经事要问的。殿下觉得缇兰这孩子如何？"

季昶脑子里嗡然响了一声，压抑着心里波澜，道："公主殿下端庄淑德，姿容绝代。"

"这样说来，殿下真是不嫌弃缇兰的了？那我就安心多了。"

"大君，这是……"

"钧梁陛下有个妹妹紫簪公主，你往我们西陆来的时候，她也往你们东陆去了，预备将来许配给皇子的。后来嫁了你二哥旭王为正妃，你都是知道的。这个月旭王追击褚奉仪到了黄泉关，紫簪在陪都霜还城的王府里养胎。刚刚我收到消息，唉，她如花似玉的一个人，竟然遭人投了毒，殁了。"大君本来是闭着眼的，此时眼皮子下撩起一道缝来看着他，慢吞吞道："我想着再送一名公主过去，你们兄弟或许眼光近似，你喜欢，旭王八成也是喜欢了。"

季昶心里万丈波澜一瞬间变了地狱火海，却展颜笑道："缇兰殿下身份何等高贵，若非我二哥那样帝王之姿，又有谁堪与相配呢。"

"说起来世事也是无常。前年夏天，听说旭王在通平城下受了重伤，几乎殁了，我那会儿就在想，倘若旭王当真殉国，少不得我这边也要打点准备，送昶王殿下您回东陆去力挽时局。缇兰日常与殿下最是亲近，就订了亲事，跟着去侍奉殿下也无不可。没想到旭王天佑吉祥，眼看霸业将成，没福气的却是紫簪。殿下若有欢喜的公主，也只管跟我要去就是。"

"我六七岁上，母亲给定过一门亲事。因只是朝臣的女儿，不曾通传各国，想来大君不知。说来惭愧，国内变乱生死茫茫，寻不着她，我也无心另娶。"季昶仍是笑。

英迦明知他是扯谎，也不计较，笑道："贞信重诺，殿下真是深情的人。这样，殿下日后荣归东陆的时候，也顺带为缇兰送嫁好了，我那些使臣都是草包，叫他们送些书牒礼物也就罢了，送我那个宝贝外甥女儿却放心不下。"

季昶俯首道："定当不负所托，护送公主平安抵达天启。"

"如此我就安心了。今后与殿下这样促膝相谈的机会，也是没有了。旭王登基后，下诏召你回国，只怕就是这一两个月的事情。先与殿下道一声恭喜与保重。"

二十岁的皇子抬眼注视着眼前人的双目深处。当年，正是这个残弱之人教他知道，要反身扼住造化的咽喉，除了刀枪剑戟，尚有别的路途。那一刻，他心底里另有一扇门打开了，门内喷薄而出的，是野心的烈火。

此刻季昶却看不出他一丝心思端倪，只得立起身来，慎重行了一个礼。英迦大君含笑受下了，道："一介废人，不能起身与殿下握别，恕罪。"

季昶望外走了两步，忽然又回头来，躬身道："有一件事，季昶心里存了许久，时时想着请教大君，又怕僭越。"

"不敢。但凡能为殿下解答，自然知无不言。"

"盘枭之变至今已近十年，坊间谣言流布未曾少歇，虽然遮遮掩掩，意思竟是指大君您窃国篡权。"季昶见英迦面色如常，大着胆子说下去，"大君为何从不辟谣，把实情传扬出去，却白白背负污名呢？"

英迦失笑："你是说实情？"

季昶沉稳点头："实情。"

那残废的霸者缓慢收敛了笑容，娓娓说道："我是一个废人，不能纵马挽弓，亦不能航海行商。自然，凭着这个出身，只要愿意静静躺在床上等死，也能过几十年安泰日子，可是我偏不愿意。手中无权，我便觉得不安稳，然而天下的权势就那么些，我进一步，就有人要退一步，钧梁自然要猜忌我，可我就是放不了手。权力是多醉人的东西，哪怕我躺在这儿，也能兴风作浪，只因我手里把握着旁人想要的东西，他们便甘愿充当鹰犬去为我夺取更多，这权势便像雪球越滚越大。我这个废人是一笔宝藏，这些贼啊，分赃永远不均，若有一个要杀我，必也有一群要护卫我——你看，他们用自己夺来的东西供养着我，还得乞求我的恩宠！"

他这话说到后来，笑不可抑，止不住地咳嗽起来。缓了口气，又说："钧梁不杀我，我将来也要杀他，并不算是白担了虚名。哪个君王能逃一死？我一日活着，不能一日没有权势，可两眼一闭，也就万事皆休。我是这样的人，更谈不上什么传承后嗣，一切最终还是索兰的。那些流言放在街巷间，将来对索兰也是好的。"

季昶背后寒毛支支竖立，摇头道："大君深虑，季昶不甚明白。"

英迦笑起来，像是真被他逗乐了似的："殿下。殿下可记得，您十四岁那年直闯这个寝殿，向我说出一番取信于世、唇亡齿寒的大道理，端的是针针见血，语气又委婉巧妙。那日我便写下手谕，命将所约的粮草布甲交予殿下，转运北陆大徵陪都霜还城去。那可不是被殿下一番话唬倒了。"

"那日我方才从逢南回来，就是宫内的王子，也不一定就知道。宫人、侍卫、内臣，我不知你买通了哪一路人，这是机巧的小手段，布线却不是一两日、百十个银铢的事情，于是我知道殿下早有远见，也有心思。

"照理来说，世人被当面指斥背信弃义，多半要气急败坏，奇的是你一番话说完，我不仅颜面无损，还觉得你这孩子真是体恤懂事，我肚子里那些见不得人的心思，你都知道一个个绕过去。好人揣测坏人的心思是难的，只有坏人才这样明白坏人，我又知道了，殿下有谋，还是恶谋。

"那时候旭王身边义军与勤王军队日渐壮大，粮草自然很快不能支持，纵然有商团扶助，毕竟有限，远比不上注辇一国之力。你也是走投无路，才行此一招，足见殿下明时势，有胆识。

"殿下那时候年纪小，思虑或许不甚缜密，其中一半的主意，我看还是你那个小将军出的。做君王，未必要样样皆能，只要知道什么事儿该听谁的见解，也就算得上是半个明君了——霜还城里那位旭王我不知是何等样人，可殿下这般的样样俱全，我不由得想，这一代的东陆帝王，莫不是就在我眼前？"

季昶听他这一番话缓缓铺排，正不知道凶吉，及至听到这最后一句，猛然一激灵，连忙笑道："大君莫要取笑季昶。"眼里却凌厉起来，竟是有了杀意。

英迦笑着摆了摆手："我啰嗦了这许多，不过是要殿下明白，你与我虽各有苦衷，倒是心思相近的人。"

季昶心里稍为平静，依然满面懒洋洋笑意："我年纪小，贪玩不懂事，大君既然将缇兰嫁与二哥，如何又纵容我在二哥身边调皮捣蛋。"

这一下英迦是真的畅快大笑起来，声音尖细犹如夜枭。

"殿下惦记的又不是我手里这点破东西，我何必多管闲事？倒是殿下有一日壮志得伸，切不要忘了注辇才是。"

季昶告了退，才走到楼下花厅，汤乾自便迎上来道："殿下，港口新传来消息，紫簪王妃故去了。"

季昶一手揉着眉间，疲惫地说："我知道了。"

缇兰回到寝宫，宫人禀报说昶王已等了好一会儿。

她走上二楼南边小暖阁，便听见衣襟窸窣与刀甲相撞之声，晓得是季昶与汤乾自都从座椅上站了起来。

季昶见跟进来的只有弓叶，道："你们那个八宝茶呢？我老惦记着，就是你们小气，总不拿出来奉客。"

弓叶看看缇兰脸色，微笑道："这就去做，只是那玩意费工夫，殿下多坐会儿。"说着退了下去。

汤乾自静听着弓叶脚步去远，才走过来牵缇兰的手道："缇兰，我们有话要和你说。"

缇兰虽是笑着，明净眉宇间隐约一股愁郁，道："我也有话要和你说。"

"英迦大君要送你去东陆，与我二哥和亲。"季昶咬着牙，"他要你跟我一同回去。"

缇兰缓缓扬起脸来，唇齿皆白，扶着汤乾自的手，指甲全抠进他手腕里。她盲了的双眼掩盖在绶带下，再也看不出神情，却有一种凛然透骨的奇异寒意。

汤乾自觉得自己手中握着的是一段冰，正缓慢地、无可阻挡地消融下去。

她沉静点头道："方才我去看狸猧，回来路上大君派人来传我，说的也正是这事……我应承下来了。"

此言一出，两个青年都是一愕。

"缇兰，那你与震初……"季昶急急说到一半，说不下去了。

汤乾自握着她的手，不自觉用了极大的气力。没有话语，只有一肚子岩浆翻滚煎熬，却吐不出来。

缇兰任由他握着，良久才抬首说："震初，对不住。"

他们俩看惯了她平日跋扈任性，竟是从未见过如此柔顺和气的模样，知道她当真是狠下了心。"你们莫不是吵架了？不要赌气。"季昶道。

缇兰神色平板无波，说话的声气亦轻弱，像是个受了重伤的人似的，道："我哪有。"

趁汤乾自渐渐放松了力气。她将手轻缓无声抽了出来："人人尊我一声'殿下'，都说我是未来王上的姊姊，我嫁人，原是替索兰去嫁的。平日里奴隶内臣由着我支派折腾，身上随便摘一件东西下来，够平常人家半年开销，岂是平白无故的吗？就是等着派这样的用场的。再说，英迦舅舅定下的事情，谁又能违逆呢。"

听见英迦名字，汤乾自与季昶脸色也白了。

屋子里静了半晌，季昶才滞涩地说："你且别急。这事儿有个法子，只是极险，未知能成不能成。"

缇兰没有半点喜色，默然颔首道："只怕不成。"

季昶登时被她噎住了。

这时候弓叶送了八宝茶进来，道："殿下，贡缎的样子候在外头，等着您选了裁新衣裳呢。"

"等会儿。"缇兰摆手，转身走到窗前去。弓叶行毕了礼，下去了。

二月的阳光是淡白清冷的，从镂刻十二代先王史诗故事的黄金窗棂间映到屋内，在缇兰脸上投下曲折纤细的黑影子，仿佛罩着一层阴暗的纱。桌上的茶盏谁也不去动，转眼散尽了浓甜热气，冷透了。

"缇兰。"

缇兰面朝着窗外，曼声答应："嗯？"

季昶道："如今宛州西面海上海寇横行，不能通航，应是穿过滁潦海，往泉明港去。到了泉明，便有皇宫女官与车辇前来迎接。你们注辇人送嫁时要披十八重皂纱，不到新郎面前不得揭开，不如……"

"不如？"她仍是没有转回头来。

"若弓叶能替你进宫，你不如就在泉明暂且住一阵子，震初再转回来接你。"

缇兰略一沉吟："然后呢？"不等季昶回答，她自顾自道："然后你是一人之下，万人之上的小王爷，这不会错了。震初是你嫡系中的嫡系，自然在朝为官，或是边关大将。我深居简出，只说是汤将军在西陆娶的夫人，若是夜里得了梦兆，自然通报给你们知道。你们主从一心，一个位极人臣，一个常胜不败，大家平安和美，倒也不错。"

季昶听出她话里讥讽，反复思量，却始终隔着点什么，他揣测不透。

"缇兰，我答应过，总有一日要带你走。如今已耽搁不得了。"汤乾自望着她纤细背影，五内如焚，握刀的手暗暗迸出了青筋。

缇兰点头："原来你一直记着。"顿了顿，又说，"时候不早，外头还等着送绸缎样子给我选，顺便唤他们进来吧。"

季昶待要说些什么，见缇兰显是逐客的意思，只得忍下。

汤乾自深深望了缇兰一眼，如鲠在喉，声音却还是清朗坚毅："臣下告退。"说罢决然转身便走，军袍下摆卷起一阵小小气旋，仿佛多一刻亦不能停留。

弓叶引着一队宫人，送进几十本花样册子来，却见缇兰两手攀住黄金窗棂，原本纤巧的两肩像是忍着巨大疼痛，都垮了下去。那鸦黑的头发全拆散了，如子夜海上的波澜一泻至地，两道绝长缎带夹杂在内，白得触目惊心。

"殿下！"弓叶合身扑上去，慌了手脚。

缇兰霍然转回身来，下唇咬成了殷浓的朱红颜色，却是在忍笑。艳丽寒苛，与年纪绝不相称，然而那神情，的确是笑。

弓叶骇得几乎要哭了，心里倒还明白，忙屏退了宫人，一阵簌簌衣襟响动后，屋子里只剩了缇兰与她。她去掩上了门，转回来时，缇兰已在桌畔支着额角颓然坐下了。弓叶轻手轻脚取了暖炉搁在她脚下，重沏一杯热茶送到手里，却被缇兰握住了手，纤细冰冷的五指捆在腕子上。

"弓叶，我有事求你。"她说，"你能应承我吗？"

弓叶见缇兰脸色凄凉，忙在她膝侧跪下了："弓叶的命都是殿下的。"

缇兰摇头道："这事非你应承不可，我求你。"

弓叶止不住流下泪来："殿下，海贼村寨之间，火并灭门从来不是稀罕的事情，不知有多少寨子里的女孩儿被掳到岸上来贩卖，卖不掉的全成了海贼祭祀龙尾神的人牲，若不是殿下，弓叶七岁上就没命了，哪能锦衣玉食活到今天？哪怕殿下要弓叶的命……"

缇兰眼里亦盈满酸楚，弯身下去抱住了她的女奴，眼泪打在弓叶的轻绡衣裳上，都是铜钱大的印子，却还是强笑着道："那回表哥表姊们领我去挑奴隶，容貌艳丽、能歌善舞的都让他们选走了，角落里只剩你一个，大家都说又黑又瘦不好看，我本不想买，只是你拽着我的衣角不放，说你会讲故事，我才买下了的。买你一辈子，却只花了半个金铢，实在是笔一本万利的生意。"

弓叶哭得更厉害了，道："不，殿下听说卖不掉的奴隶要拿去祭神，连价钱都不问，便要买下弓叶，弓叶一辈子记得。"

缇兰抚着她的头发，垂泪道："弓叶，我实在舍不得与你分开。只是那件事，希望再渺茫，我终要一试，你知道，我等了这许多年。"

弓叶猛然抬起头来，一脸惊惶泪痕。

三月十二，东陆传来消息，黄泉关北四日五夜的红药原合战中，王师一役毕功，歼敌五万余，叛军残党全灭，鸰库军大折，六翼将中的顾大成斩得僭王褚奉仪头颅，红药帝姬则被踏死于乱军之中，只收得残肢数三。

四月十七，褚仲旭于东陆帝都天启登基，称帝旭，改元天享，领军还朝。

五月初九，大徵使者抵达毕钵罗，呈递文书，通报新帝践祚、故紫簪王妃册立为皇后等一应事宜，又向昶王转呈了召还的诏书。

昶王与缇兰公主一行的行期，定在五月廿日。

XIV

　　出了毕钵罗港，乘着仲夏的西南风航入潦潦海，昼夜兼程十五日，远远就望见了闵钟山。从半天航程以外，便看得见天际蒙蒙一带灰烟，逐渐驶得近了，才自苍灰迷雾中显露出峥嵘形状来。

　　水手们轻捷地在帆索间跳跃摇荡，几张右副帆以精巧准确的角度兜住了风，木兰长船便平缓优美地渐渐向左划出流畅弧线，人们惊叹着涌向右舷。这是地中三海上最大的岛屿，亦是一座漂浮于海上的山峰。岛南的迟染湾内，劈面赫然就是数十丈高的石崖，如赤红瀑布自半空中泼泻下来，陡直险峭，绝顶处有飞鸟唳叫盘旋。据说这是数百年前一场山崩留下的遗迹，而坍落下来的万斛岩砾都堆在断崖脚下，成了一片嶙峋的血红石滩，潮头飒飒涌上，又自无数罅隙中倒流出来，风与细浪一同呼啸着穿过那些罅隙，吹出凄凉呜咽的悲声，令人胆寒。

　　船身走了一个大弯，已几乎是船头向海，倾侧着缓缓向西靠泊过去。这样荒蛮冷清的石滩旁，却有一列数个码头，每一个都有二十泊位。往来的只有注辇船舶，多半也只是中午入港停泊一夜，船东与商人们登岸，自一道盘曲小路登上石崖顶上的龙尾神庙祭祀祝祷，夜求一梦，次日清早便起锚出航。这样水深径阔的少有天然良港，却没有商集市镇，连海盗也不愿扎营于此，俨然是座无人之岛。

　　商船从极东的浩瀚海带来谣言，据说在那里，数百年来始终有驱策鲛鲨的海语者出没，亦有流言说，若能寻到涣海与潍海上某些隐秘海域，用篮子坠下货物，吹响螺号，便有鲛人浮上海面与之交易，若他们满意货物，便会用那些绚丽轻软如晚霞虹霓的鲛绡来换取。但是注辇人对这些传闻一向置之不理，他们谨慎地与传说中的神祇一族保持着敬而远之的距离。他们懂得倾听海底的歌声，以此指引商船满载俗世的幸福，平安返回港湾。

缇兰独自立于船首，惯常的简净白衣已换了铺金洒赤的薄绡袍子，后裾如珍禽翎尾般曳地三尺，飘然欲飞。她眼上的白缎带亦除去了，海上风大，外头笼着明蓝绣本色牡丹的霜还锦披帛，浑身上下，除了颈间的龙尾神黄金坠饰与鬓边巴掌大一朵黄金缬罗花，一件旧物也不见了。

"缇兰。"

她闻声转回头来，向着身后唤她的人一笑。浅淡的三分笑意，经唇上明艳的胭脂渲染夸张，倒也像有了七八分。近身的时候，他们总要唤她的名字，以防惊吓了她，久之成了习惯。那两个自小领着她玩耍淘气的男孩儿，都已经是气宇轩昂的年轻男子了，老习惯始终未改。

季昶走上前来，与她并肩迎着海上腥咸的清风。她看不见，却也知道汤乾自一定是落后两步，侍立在侧。

"好久不见你来，几乎不认识了。"季昶笑道。

缇兰亦笑："不过是换了衣裳罢了。起程之前总是忙，选衣料、裁衣裳、学你们东陆宫里那一套一套的规矩，脱不开身往你们那儿去。"

静默了片刻，缇兰道："你不怕吗？"

"什么？"季昶说话总是快活懒散的声调，只像个寻常纨绔少年。

她盲翳的双目望着遥远的海天之交："你打碎神像的那天，我做了个噩梦，梦见你死在海上，还记得吗？"

季昶哧地笑出声来："怎么不记得，你那会儿哭着不准我再回东陆呢。"

缇兰轻轻摇头："万一是真的呢？"

少年王公嬉笑着说："那就有劳殿下再做个梦，梦我死里逃生不就得了。"

缇兰蹙眉道："我没有那本事。"

季昶亦逐渐收敛了笑意："世事不过一场豪赌，我不是不怕死，只是，在那毁灭的限期到来之前，不论付出何等代价，也必要做成我想做的事情，否则……我就全盘皆输了。"沉寂了一会儿，像是发觉自己失言似的，他猛然兜开话题道："我记得你从小就想来这儿。"

缇兰又摇头，鬓边的黄金缬罗花瓣便随着轻轻摆动："那是小时候的事儿了。"她唇角含笑，"那时候，弓叶每天夜里陪着我睡，给我讲海贼船上那些荒唐又美妙的故事。她说，闵钟岛的深处有片湖泊，岸边满是火一样的缬罗花树，比银子还明亮的湖水深处埋藏着沉没的宫殿。它的墙壁是整面的晶石，台阶是整块的玛瑙。黄金、珊瑚、髓玉和龙涎香，龙尾神把他们无穷的财富，还有几千年里所有沉船上的宝藏都堆积在那儿，就算有十个最高大的冰川夸父，一个踩在一个的头上，还是会被珍宝淹没。"

季昶嘴边拧起一丝冷哂，他从来不屑于注辇人的信仰。但缇兰的声音有种催眠的魔力，他沉默着，让她说完这个流传千年的故事。

"神祇们坐在结冰的宫殿里，回忆起远古的年月里那些还能在大地上纵马驰骋的日子，就流下泪来。龙尾神的泪水是宛如晨星的珍珠，每一颗跌落地面，都在宫殿里激响叹息的回声。回声泛起小小的涟漪，从湖底传递到海底，一路上涟漪变成波纹，波纹变成浪涛，浪涛像山一样站起来，又像山一样倒下，于是天空中起了风暴，这就是白潮。滁潦海上所有的海贼都知道那个宝藏有多诱人，就像他们知道白潮有多可怕。无数人怀着野心与梦想，出发去寻找那座宫殿，可是他们一个也没有成功。闪钟的森林和湖水是会吃人的，许多人仅仅是去湖边摘采缬罗花，就送了命。"

这时候弓叶来禀，马匹备妥，即刻便可起程往山上神庙祭拜。缇兰微笑道："正和昶王殿下说你那故事呢。"说罢，向他们微微垂首致意，洒然转身走了。弓叶连忙跟上去搀扶，不知为何，眼眶是红的。

通往神庙的岩壁小路只容一人，侍臣卫兵均是纵队徒步而行，只有两匹驯化了的娇小善攀的岩羚马，供缇兰与季昶乘坐。起初还听得见海涛咆哮，到半腰时耳边就只剩下巨禽振翅般的风声，迅疾的风巴掌似的推在人身上，传令下来的时候，一路都是喊叫着的。纵然当年初至注辇的途中已走过一次这条小道，季昶低头鸟瞰断崖底下，还是不由得目眩心惊，原本半人高的海浪只像是一圈细碎的白边儿，犬牙交错的石滩全看不见了，脚下海鸟唳鸣飞翔。汤乾自替他稳稳牵着辔头，弓叶牵着缇兰的马，一行人小心谨慎，但求行路稳妥，抵达崖顶花费了两个多时辰，已是午后雷中四刻时分。

极目四望，南面是金屑粼粼的海面，迟染湾内泊有整支王家船队的码头只剩一道模糊的白线。北面神庙背后，细瘦松树皆顺着海风的方向倒伏而生，先是疏朗，到了避风的低处才直立密实起来，一垛垛阴浓油绿，堆积得严不透风，树隙中稍为宽松的便是路了。

数百年前的那场山崩把山体劈裂为两半，连带着神庙也只留下半座。那不像是注辇人精巧繁杂的建筑，有人说建造它的是一个早已消亡的远古民族，也有人说，建造它的就是龙尾神自己。建筑出奇地简单高大，洁白云石堆砌而成，绝无嵌饰。合抱的云石柱基上雕琢龙鳞纹，有的站立冲天，有的倾圮在地，小半已被红色的砂土掩埋起来，像远古巨兽的骨骸了，剩下半座神庙寂寥地站在那里，迎着猎猎的风露出空洞而肃穆的腔子。

十二名司礼官唱起了颂歌，表示甘愿畏服于神明威势的意思。调子悠长奇异，言语陌生，据说是那些从风暴中捡得一条性命的水手们流传下来的。不管是多么晴朗宁静的正午天气，只要远处传来这样的缥缈歌声，转眼黑夜就会降临人间，天空中风云奔突，桅杆上亮起幽幽的冥火。那是召来风暴的龙尾神的歌声。

季昶伸手牵了缇兰，走进残破的神庙穹顶荫蔽下，汤乾自与弓叶拱卫两侧，侍臣随后鱼贯而入。地面上曾铺砌着的云石六角巨砖大半破碎逸失了，露出下面斑驳的基石来，阳光零散地投射在这里那里，留下光斑。神庙大殿尽头，从那些灰淡的基石里忽然立起白得耀眼的两人多高的云石海浪来。

它们雕琢得那样精致而逼真，翻卷着、沸腾着、怒吼着，像猛兽追逐可怜的猎物一样追逐着每一艘敢于驶入深海的船舶。

在那静止的、荆棘花冠般的巨大漩涡中心，海洋的主人就坐在那里。西陆诸国崇拜的龙尾神像，皆是这一尊的缩小仿制品——昂首而歌的绝艳女郎模样，腰上为人，腰下为蛟，耳郭尖薄，一头湛青鬒发丝缕纷拂，如同在看不见的水波中飘摇。但是没有一件仿制品能与她媲美。她高大、壮丽、神色如生，仿佛在亘古静寂中追忆着万里风涛的回响。

十人高的龙尾神坐像面前摆放着累累的花串与果物，有些已然枯干，有些还新鲜。在这些供物之间夹杂着小小的陶瓮，疾风吹过便扬起烟尘，是海贼奉献给龙尾神的人牲的骨灰。在龙尾神的神庙内，海的子民不起争斗，于是海贼与商旅竟然也就各自祭拜祈祷，相安无事了，只是那些彼此矛盾的愿望，龙尾神会如何裁决，谁也不知道。

侍臣流水般送上果物、鲜花与新酒，颂歌宛转飘扬，像一线青烟升上天宇，无穷无尽。

百十人齐整跪伏于神像跟前，低声祝祷两国安泰，海疆宁靖，世代永好，不举兵燹。季昶在人群最前，抬眼睨视面前的神像，相隔十年，初次来时他怯懦稚小，任人摆布，去时却已不是当年的十一岁孩童了。他无声咧嘴，露出一个悖逆而讥嘲的笑。有什么关系呢，所有人都追随在身后，谁也看不见他的神情，而他身边的这个女子干脆是瞎的。面前的石像是这些愚民的神祇，可不是他的。没有人能管束他了。

颂歌的调子顿挫，乍然一收，歌声又烟气般消散无踪了。司礼官首领随即整理了衣袍，到缇兰与季昶面前跪下，禀报祭礼完毕。

季昶颔首站起,伸手去搀扶缇兰。俯身下去的那一瞬间,他听见缇兰正在低语。

"神明啊,求你容赦我,扶助我。"

女奴弓叶也正要弯身搀扶缇兰。季昶看见,背着光的昏暗中,女奴美丽的眼里坠下一滴无声的泪。

汤乾自站在他们身后,像一抹幽微的影。

XV

众人服侍缇兰与季昶上了马,士卒重整队伍,预备在天黑透之前赶回迟染湾码头去。

缇兰取下肩上披帛交给弓叶,海风猛然灌进她铺金洒赤的薄绡衣裙里,像是要转蓬般乘风飞去了。

弓叶怔怔看着手里明蓝的霜还锦披帛,骤然痛哭失声,把披帛丢在尘埃里,双手挽定了缇兰那匹岩羚马的辔头不肯放松,道:"殿下,我与您一道去!"

众人都惊呆了,不知是何变故。

马背上的女孩儿面色比弓叶还要苍白,却微笑着摇头道:"弓叶,你可曾说谎骗过我?"

弓叶哽咽摇头。

"那我可曾骗过你?"缇兰再问。

弓叶一语不发,只是摇头,满面都是泪痕。

"所以,你去又有什么用呢?放手。"缇兰苦笑。

弓叶却死死攥住马缰不肯松开。缇兰探出手去,摸着了弓叶纤细有力的手,极温柔地握了握,忽然扬起手里装饰用的黄金细鞭,照弓叶的手狠狠抽了下去。

季昶简直料想不到缇兰会有这样大的力气,弓叶大约也不曾料到,猛一吃痛,不自觉放松了掌握。缇兰反手又是一鞭摔在马臀上,岩羚马灵巧地脱出人群,顺着海风吹去的方向,直朝神殿后的松林中奋蹄奔去。

一干侍臣兵士都是措手不及,纷纷追赶,却被岩羚马远远甩在后头。

季昶正要拍马追上去，汤乾自却拦住了他，急道："我去！"

季昶看他眼里焦虑神色，只得下马来，将鞭子交在他手里。未及一言，汤乾自早已绝尘远去。

密林深处绿沉沉的黑暗里，赤与金的衣袂在翻飞。阴风飒飒穿过耳边，令缇兰回想起盘枭之变那夜的迅猛箭雨。她咬牙忍着细密枝条撕裂皮肤的疼痛，以及盲目的恐惧，干脆将缰绳缠在手上，伏低身子紧抱马颈，纵马奔驰。岩羚马是聪慧而忠实的生物，只要足够深入森林，它就会带着她找到水源，找到那片传说中的湖泊。

她听见木叶摇动，兽物咆哮，但是岩羚马迅捷如风，转眼就将那些可怖的声音抛在远处，跃过低矮灌木，继续放蹄奔跑。

"神明啊，假如你还怜悯我……"缇兰握紧了胸前的龙尾神坠饰，面颊依偎在温热的马颈上，喃喃祈祷。

岩羚马闪电般穿过树丛，冲破藤萝的封锁，蹄下有时踏起水花，有时在废墟的石板上溅出火星。从离开神庙之后，它就一直在走下坡路，如同毫不犹豫地向着破灭的道路奔跑下去。缇兰觉出四周湿凉的空气还在继续冷却，逐渐要凝出露珠来，或许已是夜里了——又或许，是离岛心的湖泊更近了。

她听见身后远处有人呼唤她的名字。

他险些没有寻到她。

越是深入这座森林，树木的模样越发浓密可怖。松树早就消失了，取而代之的是粗壮狰狞的植物，戟张的花叶整片整片被苔藓与枝蔓缠扭在一处，分辨不出种类数目，如同许多挣扎的膨胀的阴魂，散出郁腐恶臭。缇兰就伫立于道路尽头，在马背上安静得像一滴水，整个人掩埋在妖绿的瘴气里，连一身的新鲜血痕与略有破碎的华服都被浸染成灰暗颜色。

听得他马蹄声到了跟前，她仰起脸来嫣然一笑："你来了。"说着若无其事拨转了马头，轻踢马腹，驱策着岩羚马继续向前。

汤乾自催马赶过了她，从前面侧身拦住，抓住她坐骑的辔头道："殿下，跟我回去。"

"来不及了，震初。"缇兰微笑道，"天色暗了吧？咱们出来总有两个时辰了，若是往回走，摸黑自然更慢，正赶上夜行的野兽出没。唯一的路，就是往前走了。"

"往前走也是死路。现在他们大概已经进林子里来找咱们了，不如回头。"

缇兰摇头道："前面走不了多远就是湖边，夜里野兽是不敢接近湖水的。"

"为什么？"他疑惑地拧起了眉。

缇兰重新簪好了鬓边歪斜欲堕的黄金缬罗："你记得弓叶说的那个故事么？湖岸边开着火一样的缬罗花。"说着就轻笑出声，拍了拍马颈，马儿轻盈地向前跑去。

"你到底想做什么？"他几乎愤怒了，"外头几千人的性命都系在你身上呢！"

但她不答他，单只回头展开笑颜，恍如春天一路开放的荒原蔷薇，即使在夜色里也是耀眼的。那笑颜让他回想起多年前那个夜晚，他向她扬起了佩刀，却始终没能斩落下去。他亏欠她，纵然她自己是懵懂不觉的。

他叹了口气，又追上去，牵过她的缰绳道："我在前头。"

两匹岩羚马前后相随，消失在更深的绿雾里。

囚牢般的阴绿色似乎永没有完结的时候，然而不知何时，四围的景色已开始逐渐改变。仍然是绿，却暗中透出荧亮的微光，像有无数小灯盏，点在稠密的叶子背后。又走了半个时辰，最后一丝天光也被吞没了，可那幽凉的光始终照着他们的路。

汤乾自望见远处树隙里透出一点跃动橙红，分明是火光，待走到半途，却又不见了。他不知自己正去往何处，只是任由两匹岩羚马带领方向，沿着陡峭低陷的地势一路向下，马蹄子在地上砸出的清脆声响越发密集，最后干脆像阵疾风似的并辔奔跑起来。剧烈颠簸中，他一手勒马，另一手始终不肯放松缇兰的缰绳，刚要并马过去将缇兰拉过来，却猛地觉得身体一轻，被一股大力突如其来直抛到半空中。

两匹岩羚马先后纵身腾起，凌空跃过一人多高的茂密灌木，静夜莽林中忽然有浩大的光扑面而来，一瞬间映得他眼前昏黑。

汤乾自身体重重砸到马鞍上，又向一侧跌落下去，摔在草丛里，被锋利草叶划伤了面孔。他支起身子，发觉缇兰亦被甩落在地，半个人倒在水中，他急忙过去，刚揽起她的肩，手却定在半空，不再动作分毫了。

四下静谧，夜雾如纱流动。

林木密密层层簇拥，最低凹处豁然展开一面水波，是神祇凝视星夜的漆黑巨眼，莹澈而窅暗，广阔得令人心惊。万千细小银芒自水面蒸腾起来，如烟如絮，向着天宇浮游飞升，潋滟湖光底下汪着一池浓酽的墨，仿佛埋藏了深不可测的秘密。

两匹岩羚马想是跑了太远的路程，焦渴难忍，早已直冲进眼前湖水埋头痛饮。

缇兰伸手掬水。湖面如漆，倒映天穹，水却是明透无垢的，从指缝间漏下去，回声清寂。她欣喜不能自禁地笑了起来，像个无忧无虑的孩童。终于，这片传说中有隐秘水道与海底相通、深埋无数宝藏的湖，她还是寻到了。

隔着广漠烟波，对岸暮然起了一处细小火苗，倒影在乌银的水面上透迤着直铺到湖心。转眼又是两三朵火焰相继点亮，搅碎了粼粼光晕。

汤乾自忽然拽起缇兰，带着她急退数步远离岸边，借着方才那数点火光，他发觉一道隐约波纹破开湖面，朝他们过来了。

那是一个人，自水底向着湖岸上行走，渐渐露出了头颅、脖颈与赤裸上身。

"震初……怎么了？"缇兰被汤乾自笼在怀里，茫然发问。

汤乾自却不答她。

青紫色长发湿淋淋地贴着峻削脸颊，额上花样繁复的黥纹一直盘绕到眼下，那个人看起来颇为年轻，线条流畅的筋肉上覆有湿滑肌肤，泛着深海鱼类的灰青色。身姿纤瘦挺直，每走一步，就像是紫云杉的弓脊微微曲张，蕴含着沉默的力量。

汤乾自耗费了全身的气力，才压抑住喉间即将爆发的惊喊。

那些从东陆来的亡命海贼们并不买龙尾神的账，他们会闯入这片密林，咬着鱼鳔气囊跳进湖水，向梦想中的宝窟潜下去。为什么他们中的一些再也没有回来；为什么一些流落海港酗酒度日，很快会在某一个清晨被人发现倒毙街头；为什么还有一些回到了家乡，但从此说不出一个完整的句子。现在他完全明白了。

湖岸浅缓，幽暗水波在那人身前分开，随着他一步一步近前，露出了手上提着的鱼筋弩，和腰下钢甲一般的锐亮鳞片。并无双腿，人身下生着一条修长强健的蛟尾，盘立于地，如上古神话中的龙神后裔。东陆虽从不将鲛人奉为神祇，却也极少有人目睹过他们的形貌。那样非人间的美，数千年前那些在风涛间挣扎求生的西陆先民初次见识之时，除"龙尾神"三字以外，怕是再也无以名之了。

"那是什么？"缇兰蹙眉谛听水声。

那看似半神半人的异类，此刻与他们不过二十步距离。

汤乾自心里思量着鱼筋弩射程既远，力道又十分沉重，贸然发难绝无胜算。即便他缠住了眼前鲛人，缇兰目盲，独自逃生亦极为危险，一时间竟束手无策，只得揽着她又退了几步。一匹岩羚马似是饮饱了，优游地漫步噬草，渐渐靠近了他们身边，浑然不知凶险的模样。

见汤乾自一意退避，那鲛人男子也不再向前，朝着身侧抬起手中弩机，只听得锐声破空，另一匹仍在湖畔饮水的岩羚马痛嘶一声，倒地毙命，想来箭镞是淬了毒的。他又将生着青蓝蹼膜的手指向自己跟前一划，神色漠然，仿佛是划地为界，不可侵犯的意思，而后蛟尾扭转，旋身向湖里去了。不一会儿，又是镜湖宁寂，山林泼墨，若不是那匹马尸还倒在水中，汤乾自几乎要以为是幻梦了。

对岸的火光渐次熄了，可是四处星星点点，又有火光相继亮起，或许是远处有鲛人相互传递消息。

哧的一声，身后引燃柴草似的声音令他心头又是一寒。缇兰也自先惊呆了，转眼间又明白过来，欣喜若狂挣脱了他的手臂，循声跑了过去。

一朵明丽的火焰之花当风摇曳,一瓣一蕊栩栩分明,照亮了旁边枯槁如铁的枝干。那树木没有叶子,枝条峻直,每一道都指向天空,其间零落地缀有拳头大的莹白花苞,被火光映出寒芒闪烁,细细看去竟是蒙着一层绝薄的冰壳。

缇兰低低惊叹一声,向那火焰的融融温暖伸出手去,却一下子被燎着了,抽了口凉气,缩回手指来轻轻吹着。

"缇兰!"汤乾自捉住她的手,不让她再靠近。

"震初,它是什么样子?"缇兰也不生气,微笑着朝他回过头来,脸上光彩照人。

他刚要答话,她却又踮起脚来,孩子气地两手堵住他的嘴,笑道:"不,还是别告诉我。"

恰在此时,那朵火焰之花燃烧得越发剧烈,灿烂至不可直视的程度,一阵山风急掠而过,却噗地熄灭了,飞散白烟里露出原本模样,是硕大淡青花朵,重瓣拢成碗盏形状,又抽出蛾须一般细滑的花蕊。

汤乾自瞥见缇兰鬓边足金打造的妆花,一瞬间醒悟过来——那就是缬罗,烘干浸酒饮之,一朵可得一梦的奇异花朵。得不到的仍是得不到,留不住的亦无从挽留,这花朵予人短暂的三个时辰,好让人在梦里重温那些电光石火的幸福,以及今生再难得见的面容。然而,愿意为此付出昂贵代价的人却那样多。这毒药般令人成瘾的花朵,与醇酒一起,每日每夜,不知填补多少人胸臆中深不见底的空洞。

"震初,你说过会带我走。"缇兰抬起幽深的盲眼,像是在看着他,又像是目光穿透了他。夜风里送来远处火焰噼啪跳荡的声音。

"说过的,总有一天我会带你走。"他安抚地握着她的肩。

她笑意更深,语调却黯然:"那是我逼迫你的,或许你并不情愿。"

"何苦这样说。"他叹道。

她还是笑:"想不到有一天,你与我之间会变成这样。第一次见我的时候,八成是想着这孩子怎么这样讨嫌,恨不得当包袱甩开了吧。"

汤乾自一时语塞,记忆的河却已决了口,自遥远的年岁里奔流咆哮而来了。

他们当年都还那样小,他年纪最大,十六岁,已负担着季昶与五千兵士的生死,除了手中的佩刀,再没有可以倚靠的东西了。猩红的夜空里落着雨,火光冲天,连雨点也都是猩红的。新鲜的血肉溅在他脸上,渐渐迷了眼,但他无路可退。身后就是十一岁的季昶与六岁的缇兰,两个孩子颤抖着缩在一处。

人都说他当年救了缇兰,可是他自己明白,留下她性命的并不是他,只是他那一点不争气的怜悯之心。从来没有舍己护人的襟怀,那个血流成河的夜里,到处都是杀戮与阴谋,为了保全他自己与季昶,纵有一百个缇兰,他也会不假思索地扬刀斩下。

乱世的狂暴涡流中,他们不过是随波逐流的蝼蚁,弱小得连自身也无法保全,只能抱结成团。他与季昶,不过是被命运的绊索纠缠着难分难解,说是尽忠职守,心里却时刻通明雪亮——若非如此,便不能存活。

"是不是,震初?那会儿是嫌我累赘的吧。"缇兰朝他仰着脸,顽皮笑道。

他惊醒过来,斩截地说:"不是的。"

缇兰却像是被这答案惊吓了,面上笑影渐渐褪去,显出一种凄凉的惊诧神情来。他刚要伸手去牵她,她却一转身走开了。

那朵熄灭的缬罗旁,有枚花苞微微鼓胀,凝冻在外的薄冰上细纹蛇行,咔嚓作响,竟带着漆黑的枝条颤动起来。僵持了片刻,洁白花苞顶端遽然裂开一线,火舌自内吐了出来,接着冰屑猛地碎裂四迸,所有收束着的花瓣粲然绽开,熊熊燃烧,放出炽烈的光与热。

缇兰探手过去,摸着了花梗,不顾灼痛将那朵花折在手中,道:"震初,你知道,眼睛看不见的人,是顶讨厌被人骗的。"

他自己觉得周身一下子冷了下去。

"我知道你那时候也才十六岁,也怕死,不知道我是谁家的孩子,不愿被连累,还怕我泄露了你们的行踪。"她怀里笼着那朵火焰,却还是背对着他,不肯转回来。是何等神情,他看不见。

汤乾自开口,只说得一个"我"字,见她静静摇头,就再也说不下去。

"我从逢南回到王都的时候年纪还小,你不敢告诉我,自有你的道理。我那会儿骄横跋扈,你们的苦衷自然全不明白,一怒之下难免要为难你们。后来我们渐渐……要好起来,那样久远的事情,也不必去掀腾了吧?一切原由,我都替你想过了,震初。道理我都明白,可还是一样不甘心。"她声音里含着酸楚泪意,却觉得身后那个人的胸膛里亦传来了压抑的震颤。

她骤然转回来,两手抚上他冰冷干燥的面颊,在眼角旁触着了一滴连他自己亦未曾发觉的泪。只一滴,在她指尖上颤巍巍转动。

这时汤乾自才发觉,缬罗的花芯里原来满盛着清澄的夜露,缇兰将那沾着泪的指尖刚一浸下去,露水便成了熔化的银,白光愈盛,从火焰中穿透出来,火焰反倒慢慢暗弱下去,终于是熄灭了,只剩下琉璃盏似的花朵,盈盈托着一泓冷碧的水。

缇兰猛然扬头,如同要一饮而尽的姿态,却是将一盏夜露往自己额心急急浇了下去,水花四迸,宛如雪雾飞扬,几乎要模糊了她的面貌。纵然隔着数步,汤乾自亦能感到那砭人肌骨的寒气。缇兰却毫无畏缩,任那夜露泼洒如泉,淌过她大睁着的双眼，在睫上与发间凝出细小澄蓝冰珠，转瞬又匆匆化去。

汤乾自隐约知道这是一场惊人的变故，却又存着侥幸，不敢置信。他甚至不敢上前去触碰她，那孤决的少女身姿，仿佛水中倒影，一触即溃。

她昂首伫立许久，蝶翼般眼睫上承着水珠，眨了数眨。仍是如石的凝固姿态，只是站着，大睁的眼迎向天穹，汤乾自只看得见她无声轻笑，神色极尽欢欣，泪水却又无遮无拦淌了满脸。

缇兰垂下头来环顾四面，眼神流连而贪婪，仿佛是要用目光将眼前湖影林木、飘摇光焰都攫了去。

最终，她的目光转了回来，实实在在是注视着他了，一瞬不瞬。

相识十年，她在黑暗中听着他清澄少年声调日渐沉实，转为温厚的男子嗓音，像是由铁的牢笼里伸出手去，捧住的一掬阳光。他的面貌模样，她无数次猜想过，亦无数次以指尖读过。他肩脊清削，不似武将，必定像个戎装的文臣，眉目间自然敛藏英气，如同剑刃上隐含的锋锐，单在那出鞘的瞬间，才见一线慑人寒芒划过。

这一刻光景，她曾反复揣测描画，如一枚蚌吞下沙砾，琢磨成珠，苦痛中有深埋的期望与甘甜。设想过万种情境，唯独不当如此。

常在身侧，却素未谋面的恋人，此生第一眼望见，他的神情不是向来的沉稳温煦，竟是歉疚与退缩。

缇兰开腔说话，身上瑟瑟战抖，声气却出奇冷定。

"八岁那年弓叶告诉我，海贼村寨间有个古怪的传闻，说是用缅罗花芯内蓄积的夜露洗眼，可令盲歌者双眼复明，变回常人。可是，假如缅罗还在燃烧，就取不出露水，待它自然熄灭的时候，露水也早就蒸干了。若是用水浇熄火焰，夜露便随水流去，若是以冰雪来掩埋缅罗，这骄傲的花就立时枯缩为焦黑的一团。世上唯有一个办法能够熄灭缅罗的火焰，留存夜露……说来好笑，只要一个长年的谎言，与那说谎者的一滴泪。"

"谎言"二字一出，汤乾自面色震动，缇兰看着他，只觉得脚下的土地亦开始动摇。眼前这个人，这许多年，只要是他与季昶牵着她，不管是领她去哪儿，她都不问，亦不畏惧。纵然世上的人都欺瞒她哄骗她，他对她也只有实话——她一贯这样以为。她伸手反抱住自己肩膀，那样用力，像是若非如此便箍不住身体，一松手，整个人就要哗然散落成灰。听见自己的声音，她也惊诧，像是身外的另一个人，无动于衷地、淡静地叙述下去。

"多荒谬，世上罕有真正的盲歌者，可谓百年一见，那些声名大噪、备受王室礼遇的，自然不愿变回常人，而那些不自知的，默默终老乡野，怕是连这说法也闻所未闻。就算有愿意变回常人的盲歌者，就算他找着了缬罗花，又怎会有什么说谎者愿意随他前去？自古至今，这传说不曾有一次确凿的应验，简直渺茫得荒诞。可我是个注定要终生关在黑屋子里的人，哪怕只是一丝光，一线希望，也愿意将性命押在这上边。饶天之幸，竟让我赌赢了——只是我总以为这说谎者的泪，该是我自己眼里流下来的，没想到竟是你的。"

她从没有一气说过这样多的话，亦从未想过，亲手揭开旧疮疤竟是这样血淋淋的痛快。

"整整十年，你们虽算计着我，待我的那些好意也未必都不是真的。可你们想不到，这小丫头纵然被蒙在鼓里，却也已经算计了你们。我守口如瓶，除了弓叶，谁也不明就里，就是防着旁人横加阻拦。你就不曾想过，如此性命攸关之事，何以独独对你吐露无遗？"

他苦笑着微微点头："如今我明白了。我若知道了你是个盲歌者，自然不会瞒着季昶，以季昶的性子与野心，他必要千方百计将你带回东陆，为他所用。回东陆的途中总要停船祭神，这大约是你一生能名正言顺踏上闵钟岛的唯一机会吧？我向来知道你心思灵透，却不知已到了这样地步。"

缇兰一字字说："我再也不会做梦了，震初。从今往后我不做公主，也不是什么盲歌者，单只是一个我自己了。你还会与我一起走吗？"

他想不到她忽然有此一问，怔了怔，才答道："会的。"

话才出口，他就知道是错了。十来岁的女孩儿是何等敏锐，他那不自知的一怔，早揭发了言语的伪饰。他只得看着她的眼神逐渐黯淡下去，终于是凉透了，无可挽回。

"你还是回你的主君身边去吧。"她再不肯看他一眼，言语里含着讥诮，"我绝不听你们摆布。"

渐近夜中，正是缬罗盛放的时辰，焰光摇曳相连，映得满湖火树银花，剔透照人。缇兰背转了身，独自向着窅暗的树影深处走去。她默默数着自己的足音，每迈出一步，便像是一道深不见底的渊裂，一重一重地，将那些嬉戏欢笑的往日遥遥隔在身后。

但她听见他唤她的名字，缇兰。

不是剖白，亦不是辩解，只是呼唤。那样温柔而悲哀的声调，两个字，万箭穿心。

她脚步一滞，而后竟不管不顾地跑了起来，仿佛有猛兽追逐在后。稠密枝叶抽在身上，丝丝生疼。

过了片刻，听得身后蹄声如风逼近，转眼到了身侧，她只觉得一步踏空，整个人就被拦腰捞起，搁在了鞍前。她挣不脱，倒也敏捷，拧身抽出汤乾自腰间佩刀，往他咽喉上胡乱一横,几乎削去半个下颔。他心中震惊,伸手来夺那柄刀。两人本来贴在一处,刃身且长,拉扯中狠狠脱了手,唰一声在他右膝上划下深长的伤痕,鲜血转瞬间填满了,又溢出来。

他咬着牙不发一语,她却被自己吓着了。乘着她尚愣怔,他夺回佩刀送入鞘中,也不分出手来控缰,只是一味将她紧紧箍住,不容挣扎。岩羚马承不住他们两人重量,走得极慢,在林中漫无方向穿行。无边无际的深重黑暗里,幽绿林木发着奇异的微光。

良久,终于听得他说:"你走吧。"

她扬起眼来看他,没了戾气,满脸都是警醒与疑惑。

他神色却是沉静难测,缓缓道:"你要是失了踪,哪怕他们进林子来搜不着你,也必然要封锁迟染湾港口,一样是走不掉。你若是决意要走,只能随我回去,待船队到了泉明再设法离开。去哪儿都行,只是不可留在东陆。旭王也好,昶王也好,无论哪一边找着了你,你都走不了。"

"那,你呢?"

"我不能这时候离开季昶。"

"季昶是什么样的人,你会不知道?当着人面,他多么马虎随和,可私底下他是不瞒着你的,连我一个瞎子也揣测得出他野心所在。就算我舍得让弓叶替我去葬送一辈子,到时候你折回泉明却接不到我,季昶会拿你怎么办?"缇兰声音逐渐激昂起来,"他费了这许多周折,不过是想要一个盲歌者,壮他羽翼,即便得不到,也不能让我嫁给皇帝——他要韬光养晦,只怕我揭他的底。"

汤乾自淡然说:"眼下除了我,他没有别的武将可倚重,不会对我如何。"

缇兰冷笑:"眼下如此,回了东陆,巴结他的人还会少?这一次你私放了我,就是对他不忠,你又知道他这十年情状,他自然也顾忌你会投效新皇帝,焉知不会来个兔死狗烹?"

他静默片刻,才道:"这你不必再管。"

缇兰怒极反笑:"他许了你什么,值得你这样不顾性命,是王侯之位,还是五分天下?早知如此,当年武试的时候何必做那些清高姿态?"

他望着她,眼里有着奇异的哀伤:"我还有母亲在东陆,若我入了罪,她亦会被株连。"

缇兰无言以对,心一寸寸冷下去,终于是明白了。不论是为了母亲,为了季昶,或为了他自己,汤乾自这辈子早就与东陆割离不开了。他非得在那条权争恶斗的道路上走下去,看不见尽头,若不能全身而退,便是万事皆休。

而她是这重重机关中要紧的一枚棋子,她若抽身一走,满盘皆乱,汤乾自下场只有一个"死"字,他自然知道。可是无论如何,她决不会眼睁睁看他去死,这他也是知道的。他姿态这样委屈退让,不过是拿稳了这一点,她再怎么挣扎,亦脱不出他的手掌心。这条路是季昶与他选的,却要捆绑着她一同走下去,纵然她甩开了天赋的痛苦枷锁,他仍不肯放她自由。

缇兰脸色惨白,几乎要扬手一掌掴在他脸上,却还是在身侧攥成了拳,道:"汤乾自,你太卑劣!"话音低嘶,近乎失声。

他转开头去,再不忍看她,胸臆绞痛,却也如冰霜般冷澈明白。她最终还是会屈服的。

次日午后,在密林中搜索推进的兵士们迎面撞上了缇兰公主与汤将军。两匹岩羚马只余其一,公主乘坐其上,衣角裙边稍见撕裂,倒还体面。年轻禁军将军的右腿上却有一道狰狞伤痕,因牵马步行过久,整条裤管与包扎的布帛已浸透了血。奇异的是,公主自出生起便盲了的双眼竟复明了,说是跌落马背,恰撞着后脑,便昏死过去,醒来时便能视物了。故事虽蹊跷,总是一件吉祥的征兆,公主的女奴弓叶扑了上去,抱着公主的膝痛哭不止,随身伺候的宫人内臣等听说了,亦频频拭泪,说是龙尾神赐下的奇迹。

夜间,王家船队扬帆起锚,取道莺歌海峡,一路航向西北,灯火辉耀如海上浮城。

XVI

天享元年六月廿三日，五十艘巨舶鱼贯驶入中州泉明港。

船刚近岸，便看见码头近旁旌旗蔽日，华盖辉煌，是帝旭遣来迎接的两万军士，人群前列另有五百名女官，簇拥着两顶檐子。

季昶立于舷侧，顶心结着七宝金冕，身穿朱色锦缎常服，左肩上绣着条栩栩如生的金虬龙，一派贵不可言的气象。他远远望见那一顶朱色地子金团龙的檐子，不禁对身旁的汤乾自轻笑道："什么都变了，这玩意儿倒是没变。"

去国十年，汤乾自亦是万般感慨，却还抵不过心中思虑忐忑，只是强笑了一笑。

那檐子的用色形制均极尊贵，仅次于御用的玄色地子金蟠龙，与十年前季昶抵达泉明时乘坐的一色一样。因着缇兰尚未正式册立的缘故，她那一顶只是玉色的，织着鲜浓翠绿的孔雀纹。

舱内宫人拥着公主出来了，是金红孔雀蓝的衣裙，兜头披着十八重皂纱，自头发面孔一遮至踝，以示贞洁宁静。皂纱边上密密缀着豆粒大的黑曜石珠，虽细小，阳光下颗颗两面皆有着七色迷离光圈，如美人瞳子流盼，是俗话说的双彩虹眼。

船上放下长梯，又有内臣铺出一卷金线掐牙的彩毡，底下仰望上去，只见率先步下梯级的一个是红衣的俊秀年少王公，一个是纤姿弱骨的少女，身上裹着的重重皂纱乌云般在风里翻飞，底下露出绯翠灿烂的裙裾，定是那和亲的注辇公主。当下万人拜舞鼓呼，欢声动地。

汤乾自紧随于季昶身后，却不由自主回首向船上望去。舷侧甲板上立着个灰蓝衣衫的女奴，纱障遮面，见他转回来，便旋身走开，像是不欲与他照面。

"那是缇兰？"季昶亦转头来看，低声问。

汤乾自无言颔首。他在东陆商旅中素有势力，早已托信请相熟的船队东主在泉明为缇兰赁下一座小宅院，只等她下了船便接去居住。宅院内服侍的人亦颇安排了几个，每一个均是来路不善，却又忠诚可靠，都是早年在毕钵罗结下的关系，足有本事遮断外人眼目——旁人见不到缇兰，缇兰亦见不到旁人。

季昶一笑，眼光扫过身边的皂纱少女："你又是谁？弓叶？"

隔着十八重面幕，少女仪态安恬如水，唯臻首微不可见地点了一点。

女官们迎上前来搀扶公主，珠拥翠拱，罗衣叠叠，转眼已与他们隔得远了。汤乾自在马背上回首再望，舷侧已不见装扮成女奴的缇兰身影。

这一去，是千里红尘了。

注辇公主所携奁资丰厚，珍奇万象，此时已在川流不息地往船下抬。计有高山血碣、沉水、降真、乳香、苏合、麝香蜜蜡等六味名贵香药各二十匣，莺歌海鲛珠、金绿猫儿睛石、蔷薇晶石、海蓝宝石、碧玺石、金刚石等六色珍饰亦各二十匣，连匣子皆是百年的乌楠木，价胜黄金。红白珊瑚树一人高者各十株，砗磲杯碟百件，五彩烧琉璃床榻及妆台各一座，玳瑁二十四叠屏风一扇，精粹蔷薇水二十桶，东陵玉凉簟十领、翠翎衾十领，纯白犀角十支、象牙五十对，首饰衣衫更是不能尽数。

光是照管公主奁箱的侍臣宫人便有三百人之多，却一个也不带入禁城，送嫁使由昶王权充，乳母女奴亦一概不用，说是年前故去的紫簪皇后所用旧人尚有不少滞留东陆的，皆可调来差遣，态度可谓谦柔顺服。唯有那前后七八尺长的清单细细数来，与十年前紫簪公主初来时妆礼分毫不差，竟又是个皇后的品级。

泉明至天启的数十天路途上，新嫁娘斋戒禁言，除了原先侍侯紫簪的近百名宫人内臣，及少数几名东陆宫廷女官，旁人连一面亦不能觑见。

天享元年七月十九日，天启禁城紫宸殿，昶王与注辇公主入朝。

时值盛夏，殿外一天一地都是炽白日光，眩目欲盲。季昶垂下视线，看着脚下丹墀，那样鲜艳以至狰狞的红色，仿佛正随着蒸腾的热气盘旋游动，预备着择人而噬。灼人的焚风轰然扑了上来，扬起他身上双肩缂金龙纹朱袍，襟袖烈烈飘拂。

紫宸殿的宽广殿门深陷在明晃晃天光中，是一方幽邃莫测的黑。那就是他父祖先辈君临天下的帝位所在，轩敞殿堂内埋葬着他微贱无光的幼年岁月，不堪言说。季昶勾起半个淡漠的笑，轻振衣裾，一步踏进那黑暗里去，并无犹疑。

一瞬间他眼前只是昏蒙的黑,像是谁一巴掌捂住了他的眼。渐渐眼神缓了过来,无数脸孔从深邃的暗处逐一浮出,熟悉的与不熟悉的,一张张逼近前来。这才看清了文武官员分列两侧,一道织金银雷纹与万字纹的红毡直通大殿尽头的最高处。

季昶迈步前行,汤乾自列于武将末位听宣。

起先身侧官员的服色是品级稍低的紫,由浓至浅,越数十列,方见着了位阶更高的青色,再向前,行列却戛然断了。前头本该是朱衣的宗室王侯与皇子,旧年里驻在京畿的总有十余位,此时却空荡荡的,不见一人,只有猩红的毡继续一路向前。狂澜淘沙,经过这八年战事,昔日枝繁叶茂的皇家,竟像是没有几个生还的了。

青衣行列之首,一侧是五名服色高贵的陌生武将,皆是少壮之年,其中更有一名女子;另一侧只孤零零站着一个人,起先被后头的文臣们遮挡了,此时才侧转身来向季昶轻轻一揖,一身五重轻绢衣全露了出来。

季昶心头发紧,面上却懒洋洋笑着颔首回礼。

那人外袍四重皆是极薄的浅天青,里头实地子的浅天青色织锦亦极尽华贵,下襟堆绣着麒麟纹,血一样鲜艳的峥嵘头角,隔着外袍隐约透露出惊心的暗红色——那是清海公的纹徽。清海公方氏世袭五十三代,先祖方景风与大徵开国帝褚荆同起草莽,乃是徵朝唯一的异姓王公。历代清海公大世子皆送入宫中,与太子一同教养,可谓位高权重。

麟泰三十二年夏,前代清海公方之翊围剿东陆中州涂林郡叛军,大世子方鉴明随侍于北陆霜还城旭王左右,时年二十,功勋无匹,是六翼将中最受倚重的一个。七月,方之翊战死,流舫、合安两郡先后陷落,方氏一族血脉几乎无存。方鉴明阵前承袭父爵,为本朝第五十三代清海公,流舫郡领主。

季昶记得方鉴明年纪与自己大略相仿,脸容还是少年时的端方俊雅,只是唇角多了道旧刀痕,轻轻上挑半寸,像是随时含着似是而非的笑,无端端令人不敢直视。定睛再看,那眼光看似温和,深处原来肃静警醒,是久经沙场的神色了。

季昶照规矩又走了几步,越出群臣行列,才停了下来,俯首跪拜。

"小七儿,你回来了。"

大殿尽头至高处的人依然是端坐着,唤出季昶的乳名。暌违十年,声音浑厚了些,依然是清凉爽净,朗如钟磬。面貌眉目均是不见的,湮没于暗影深处不可分辨,一身衮服缁黑,唯有身下帝座上的珠玉与衣袍上纯金蟠龙纹时时折出清冷的光,刺目生疼。

"托皇兄的洪福。"季昶抬头,微微一笑。

一切皆如季昶意料,帝旭将城西的宁王府赐予他居住,食禄三百万石,仆役七百,一应的器物早由府库司开了流水样的单子,送了过去。

汤乾自护卫有功,擢为黄泉关副帅。八年平叛中,六翼将战功彪炳,除了方鉴明仍是王公身份以外,其余五人分任黄泉、成城、莫纥、近畿四大营与羽林军主帅,皆是扼守要冲的重臣,其副帅自然也是出众将才。

汤乾自御前谢恩,正与季昶比肩而立,不禁对视一眼。他们皆料到汤乾自必会被调出羽林军,安插到远离京畿的职缺上,却想不到是这样高的地位。汤乾自亡父曾是黄泉关参将,得此任命,身在秋叶的寡母想来十分欣慰。

这时候有内臣上殿禀报,注辇公主已整妆完毕,请求觐见,群臣中有不少人面露微愕。

季昶淡淡笑道:"他们西陆人嫁女儿的规矩是这样的,到了男家,只让新郎第一眼瞧见面容,而后便弃去皂纱,向宾朋夸耀新嫁娘美貌。"

帝旭颔首:"当年皇后与朕大婚时,亦是如此。"

文武百官闻言全都屏了声息,看丹墀下一道如蝶人影缓步走了上来。焚风如焰,一朵朵灼红的柘榴残花横空急来,扑打在她障面的十八重皂纱上,簌簌作响。

褚仲旭与注辇公主紫簪结缡的那七年,正是他最艰难的七年。

大婚次日他领军出征,此后常年戎马倥偬,紫簪曾取笑他道:"刺客来得倒比你勤快多了。"但也只是取笑,并非怨言。在那之前,因刺客惊吓,她小产过一次,亦受了几回伤。她成不了叱咤三军的奇女子,却抱有那样坚执豁达的勇气——世人皆对褚仲旭寄予厚望,称他为光复王,她不肯拖累于他。

决战将近,紫簪在王府内遭人下了慢毒,发作时受了两日三夜的苦痛折磨,去世时未足二十四岁,腹中尚有六月大的胎儿。临终前一日已认不得身边伺候的人,高热中喃喃呓语,女官俯身去听,才知道是唤着仲旭的名字,细弱低微,至死方休。

消息送来时,仲旭在极北荒野上,天空中铅云汹涌无声,恍如万匹战马衔枚疾走。眼前茫茫雪砂尽头,便是后人传说血流漂杵的红药原战场,八年乱世的终局近在咫尺,紫簪竟等不到。他的泪流不出来,都向胸臆里倒灌进去。多年来他力挽时局,所向披靡,马蹄下踏碎过多少血肉与野心,人皆将他奉为天之骄子,然而在乖戾的命运面前,他只是一颗微渺的尘芥。厌恨的,总要强加于他;钟爱的,却永远不能留存。

他登基,从旭王变成了帝旭,帝座旁那个属于皇后的侧位上,裹在凤纹袆衣里的只是一面灵位,各色金玉锦绣团团围簇。

为着他,一个女子该吃的苦,紫簪都咽尽了,最终连自己的性命与婴孩亦没能保全。他所能给她的，不过是几枚永远无人动用的皇后印玺、一道冗长谥号，与史册上数百枚冰冷如铁的字。终夜披阅奏折军报时，总还会有人蹑足上前来，为他添上一件厚暖衣衫，但那永远不能是她了。

帝旭眼看着那少女进了紫宸殿，一步步行来，虽是掩着重重皂纱不见面容，身姿却轻盈得几欲飞去。一式一样的皂纱与华贵衣裙，恍然是十七岁的紫簪新嫁，穿过荒漫岁月向他行来，纱帐下红唇还噙着柔暖的笑，一如当年。

少女并不旁顾，亦无彷徨，直向红毡尽头走去，步履轻软无声，只有皂纱纷拂如云。

季昶眼里压抑着静静的笑，却不浮上脸来。

弓叶与缇兰同年，身量绝似，容貌亦姣好，换上王族装扮，当真天衣无缝。

他这个二哥自小睿智明敏，声名煊赫，登基做了皇帝亦是众望所归，仲旭断然料不到他那窝囊了多年的弟弟会在他眼皮底下戴着恭顺的假面，将一个女奴换走了他的新嫁娘。这一切，都还不过是个开场。

在市井江湖中的庶民眼里，昶王风流自赏，年少矜贵，世上怕再没有什么不顺遂的事儿。可是站在当年比肩的四名皇子行列中，季昶却黯淡得不足为道。他不过二十一岁，却从小知道世上最凄凉难过的情境不是走投无路，亦不是众叛亲离，而是"人皆有，我独无"。

他从来不愿伸手向人索取任何东西，因为知道多半是得不到，即使得到，也一贯是瘠薄残破的。残酷的、复仇的快乐升腾上来，是从未有过的丰盛畅快。这快乐一下子宠坏了他，从今往后，再没有别的东西能填补他心里的渊裂了。

季昶看着那少女款款行来，仿佛看着自己一切的愿望都成了真实，着落在她那纤薄的肩上，光彩照人。

少女原本握在胸前拢着皂纱的两手，此时缓缓松开了。那些浅墨色的纱绡袅娜如烟，逐一被气流揭了去，一层层相继坠落地面，似乎是无数透薄的蝉蜕遗落在静寂大殿中央。而她的面貌，亦一分一分清晰起来。

她不是弓叶。

季昶忽然觉得他似乎是刚从紫宸殿外进来，眼前昏黑，一切的情形都看不明白。太过震惊，面孔上竟还是平静无波的。

就这一刹那，少女经过了他的身侧。她放缓了脚步，裙裾荡漾，宛若醴雨祭典那一日帕帕尔河上繁花漩流的水波。多年来听熟了的柔软声调，随着一阵轻风掠过耳畔。说的还是注辇话，极低声，道："为了索兰……我答应过舅舅。"

她越过了他，继续前行，几乎到了帝座脚下，才自己撩开了最后两重皂纱。

帝旭望着少女面容，清峭眉宇间神色动摇，几乎要脱口唤出一声"紫簪"。

眼瞳一样明亮沉重有如宝石，卷发皆是乌润妖娆，脖颈间亦悬着注辇王室的鲛人纹章坠子，多么相似的容貌神气。

然而只恍惚了一瞬间，他又自己明白过来，紫簪已然死了。

眼前这孩子艳丽得近乎肃杀，顾盼间全然不见紫簪的和婉温柔，纵有相似处，无非是血缘罢了。亦是极美的，只是世上再没有人如紫簪，全无尘垢。

少女稍稍侧转回头来，仿佛在寻找着什么，依稀是当年夸父肩头上的小姑娘神情。

汤乾自终于觉得一柄炽红的利刃飕一声穿透了他的胸臆，心中奔涌的鲜血全数滚沸起来，灼干了，涓滴不留，烧出一道贯穿肺腑的空洞。风吹过，里边的灰烬便簌然落尽，激起了疼痛。

他徒然开了口，却唤不出她的名字。她的名字，就是他心上穿刺的那柄赤红利刃，梗阻着血流，每一次搏动，都是沉重的钝痛。

缇兰。

她一贯固执骄傲任性妄为，他只当她是个孩子，她恨他，大约也只是孩子气的恼恨。可是他想不到，她心底里竟已是荒芜了，如千顷赤地无声坼裂，一寸寸死去，不可挽回。她再不肯做他身边的依附，听任摆布。可悲的是，纵然恨他入骨，她仍是不能忍心一走了之，将他陷于险境。于是她向季昶说了谎，将一切罪责推到英迦大君头上，却保全了他的性命。她宁可就在他面前，将一辈子践踏毁弃，好叫他看见：你看，全是为了你。

她不过才十五岁。

是他用荆棘捆缚了飞鸟的羽翼，是他逼迫她踏上这一条玉石俱焚的路途——是他亲手将她送给了别人。

少女向帝旭行过了礼，洒然转回身来，群臣惊声四起。

如远游的水手坐在桅杆上，追忆起少年时擦肩而过的恋人，当年刻骨铭心的眉眼已模糊了，可是每想起来仍说她是世上最美的女子。就是那样绝色的容颜。

她望着他与季昶，一双眼深寂如井，只有他看得懂其中隐藏的冷冷笑意。

  元年七月，取注辇王女珂洛尔提氏，册淑容妃。妃名缇兰，冀后珂洛尔提氏女侄。喜靡丽，日取金箔剪重蕊妆花，落瓣如吹雪。内臣争服扫地役使，竟至有贿买者。

——《徵书·后妃·淑容妃珂洛尔提氏》

XVII

  天享元年本不该是三关换防的年份。然而战乱频仍，关上人马困乏，兼为着六翼将中有三名要离京赴任边关主帅，新帝登基大典后，兵部上了破例换防的折子，自然是准了。

  夏末八月，九万换防兵马麇集承稷门外，森严阵列。人马集结的那几日，天启城中酒肆生意还是热络，繁华市声底下却掩不住人心惶惶。当年叛乱起时，正是趁着黄泉、成城、莫纥三关兵马换防空隙，其中往麇关与莫纥关的六万人马更会同叛军，掉头合围帝都。人们才刚从颠沛流离中安顿下来，伤痕犹新，纵然是太平日子，这样重兵拥城的情景看在眼里，仍心有余悸。

  那日拂晓澜中时分，天色还是墨黑的，唯天际一抹淡淡薄曙光，灰白凄冷。城下环绕着人影旌旗，乌压压铺出数里去，却肃静无声，偶有几声马嘶，亦立即被安抚下去。

  宫中传出消息，说御驾已在往承稷门的途中，淑容妃缇兰随同在侧。

  人丛里星星点点亮起了火把，继而薪火传递，连绵如海，焰光映得通明，三营衣甲分作赭黄、靛青、黯赤三色，自成方阵。

  过了片刻，承稷门上灯火骚乱，城门两侧霍然各垂下一面五尺阔、十二尺长黑缎金蟠龙令旗来，竟是御驾到了。鼓声为号，九万兵士齐斩屈膝，山呼万岁，宏大声浪扬起滚滚尘土。

  黄泉关前列的副帅旗帜下，汤乾自扬首眺望城头。缌衣帝王身边，一剪纤细人影裹着孔雀翎的斗篷,不胜晨露清寒的模样。一旁内臣高声颂读圣旨,漫长单调的异国语句,她怕是听不明白,只得安宁伫立于雉堞前,垂下头,像是在遥遥地望他。她在城上,他在城下,眉目神情皆是模糊的。

检阅已毕,城上鸣炮为号,三营将士川流分路,武威营取道河西往麋关,成城营往莫纥关,黄泉营绕行西北往黄泉关,各自换防。

汤乾自上马拨转方向,随着帅旗西行而去,身后是三万人马的大队。天色灰淡,墁着层云如绵,竟不知道是何时亮起来的。

那一整日终究还是没有放晴。一早不见太阳,仍觉得闷热,内臣们捧了大琉璃碗,将歧钺送来的藏冰往内宫各殿穿梭分送。

到了午后,天色已昏暗如夜,乱云涌流中,有青蓝电光穿刺如戟。飘风骤起,愈安宫檐下的风马铮铮乱响,四处窗门碰合,不多时,疾重的雨点便如鞭子般抽了下来。

缇兰立于北窗前,天地漆黑,密白的雨帘一阵阵被风赶着,斜飞如瀑,远山皆没入苍茫浓云,望不见那个人的去路。

从此后天涯迢遥,相隔瀚海,再见不着,亦不愿再见了。她退了几步,坐回了苏坊织锦的矮榻上,看着檐下如注的雨渐渐出神,不觉睡去。

缇兰睡得极沉,再没有那些不祥的梦,只有无际无涯的黑暗拥抱过来,她心中却空旷适意,只愿一直这样陷落下去,不再醒来。

熟睡中,她蓦然觉出什么冰凉坚硬的东西无声地贴了过来,触在脸上,散发出钢铁的腥冷。

她猛地睁开了两眼。

那沉重的触感还在,水珠滑落下来,钻进襟领里,她激灵一下打了个寒战。那是一只手,钢甲下的牛皮衬底都湿透了,大约是怕惊醒了她,只是久久停留在她面颊上。夜已深重,灯烛不知何时被风扑灭了,外头雨还是湍急的。眼前人单膝跪在她的矮榻前,整套羽林侍卫轻甲滴着水,面貌身形都遮挡了大半,但她认得。

她坐起身来,恍在梦中,只唤了一声他的名字:"震初。"

"跟我走。"他压低了声音,黑暗里只有一对清澈的茶色瞳仁,闪着焦灼的光。

缇兰脸色死白,道:"我不听你的摆布。"

"我连夜潜出营地,赶了七十里路来见你,就不打算再回去了。"他两手捧住了她的面孔,不准她转开脸去。他身上散发着夜雨的寒气,一丝丝渗入她肌肤底下,叫她周身起了寒栗,是愤怒,是哀伤,或是欣喜,她分辨不清。

"跟我走。"他急切地重复道。

"你的母亲怎么办？"她茫然地问。

汤乾自毫无犹疑："我安排了人护送你到云墨镇，即刻出海。我到秋叶去接了母亲，就上霍北港去，乘船南下与你会合。到了海上，就再没有人拦得住我们了。"

"季昶呢？"

他摇头："他是个大人了。"

"那你的官位呢？"

"不要了，全都不要了。"他忽地微笑起来，"我带你走，我们去做海贼。"

她愣怔地看着他，过了许久，才逐渐明白过来似的，摇着头，用力将他的双手推开。

"太迟了，震初。"她说着，丰厚的鬓发散落下来，遮盖了她的面孔。

"缇兰……"他几乎惊惶起来，重又抓住她的肩，低头凝视着她。

"皇妃与将军漏夜出奔，于两国而言皆是可怕的耻辱，若是皇帝和英迦舅舅不肯甘休，再起战端呢？万一追缉的文书人马抢先抵达秋叶，羁押了你的母亲呢？"缇兰骤然扬起眼来。那眼光沉重灼热，像是铺天盖地的野火燃到终尽时那一瞬不可直视的炽烈。

"一切总可以设法。"他声音嘶哑，神色却已动摇了。

"震初，你付不起这代价。这些事情若成了真，你是一定会后悔的。"她亦微笑起来，眼里明厉迫人的光渐渐冷下去了，"但你是个明白人，你不会责怪我，只会恨你自己，恨一辈子。"

他望着她。白亮电火点燃了他的瞳仁，只是一瞬间，又熄灭了。

"太迟了。"缇兰静静摇头，"你回大营去吧……趁着天还没亮。"

年轻的武士猛然将她整个人揽紧了。那样凶狠的气力，几乎要将她节节捏碎，碾为齑粉，再和着自己的血肉塑出一个新的缇兰来。他的甲胄钢鳞边缘如无数粗钝的刀，湿而冷，将痛楚深深刻入她的肌肤，她沉默地忍受着。这痛楚是他给她的印记，深至骨髓，永世不能抹除。

霹雳裂响，隆隆滚过屋脊。缇兰合上眼睛，仿佛看见万千世界倾圮崩毁，星辰焚烧成灰，随着无休无止的雨瀑冲刷而下，黑暗中卷挟着火花，落向永不见底的地渊。

这一夜雷声轰鸣。可是一切燃烧过的，终归都要熄灭。

次日缇兰醒来时，已是个明晃晃的清朗天气。若不是窗扉敞开，残叶遍地，她几乎要疑心昨夜的疾风暴雨是否真的曾经来过。

天享二年新春，帝旭降旨命天下寻访皇亲贵胄。

春末时节，百雁郡守上折，称寻访到了鄢陵帝姬与驸马都尉。鄢陵帝姬褚琳琅乃是昶王的同母姊，乳名"牡丹"，当年在封地夏宫被乱军卷走时，年仅十三。

初见鄢陵帝姬时，缇兰心中一凛，手里一盏茶打翻在地。她忆起两年前那个纠缠不去的噩梦。梦中那个长箭贯心、坠落高城的人，面孔仍历历在目，原来就是眼前这言笑晏婉的清丽女子。

犹疑数日，终于还是遣可靠的人给季昶送了信去，却一直未曾收到回音。缇兰自己亦明白，那样支离破碎的画面，不知是何时、何地，无从阻拦。命运诡谲，疑阵重重，倘若挣脱不开，又何必提早揭开终局的幕布，徒然毁坏了眼下的平和日子？

自天享二年八月至次年新春，因坠马、难产与反逆，六翼将中已有半数死于非命，帝旭早年平叛时追随身边的大将，只余下寥寥三人而已。

天享三年闰二月初四，清海公方鉴明急病心痛而死。赐国姓。柔德安众曰靖，刚克为伐曰翼，因追谥靖翼王。

六月，莫纥营主帅顾大成因放纵部下劫掠，为游侠击杀。

七月，黄泉营主帅苏鸣接到旨意，令他返回京畿，接任方鉴明的镇远使职位，黄泉关军务暂由副帅汤乾自领替。他是六翼将中存活的最后一人了。

天享三年十月三十，鄢陵帝姬毒害帝旭未遂脱逃。为羽林军追赶至外城角楼，身中两箭，自拔了穿胸的箭镞，从五丈高的角楼一仰而下，跌死在繁丽的永乐大道上。死前自述是汾阳郡王庶女，亦是鄢陵帝姬与昶王的表姊妹，声色俱厉，城下庶民皆听得明白。汾阳郡王聂敬汶当年随褚奉仪反乱，事败灭族，此女便仗着面貌肖似，冒充帝姬入宫，伺机复仇。

民间哗然，有流言说那鄢陵帝姬本是真的，为了要扶助昶王篡位，亲身前往毒杀帝旭，却失了风。为求保全昶王，不惜诡称是汾阳郡王庶女，坠城而死。这流言，世人多当笑话看待，这位昶王的浮浪短志，即便在民间亦是有名的。

隔了几日，内苑里开了初冬第一枝小寒梅，昶王领头嚷嚷着要夜张灯烛，赏花煮酒。那夜缇兰亦在，见他饮得很急，醉眼蒙眬，可那目光最深处仍掩着一点清明的寒霜。

次年四月十一，镇远使苏鸣出使殇州，六月中旬方有了回报——使团未出国境便遇到黄沙风，在居兹和都穆阑之间的大漠中失去了形迹。

苏鸣失踪的消息传来，当夜帝旭宿在愈安宫。将眠未眠那一瞬恍惚之间，他握着缇兰的腰，喃喃说了声"紫簪"，便睡熟了。

缇兰轻轻支起身子越过他，挪开绢纸罩子要吹熄灯盏，那一瞬间红暖烛光下，依稀看见帝旭眼睫间有湿润的光。

自麟泰二十七年至今，不过十二年，褚仲旭与六翼将的乱世传奇结束，曲终人散。那段纵马如风的岁月被后人编成演义,在市集酒肆传唱多年,弦歌齐喑、繁华落尽的最末一折,演义本子上题名写得分明:自断六翼。

缇兰总以为宫中岁月漫长,可是四季轮转,那么多日子川流而来,亦川流而去,留不下痕迹。

她极少遇见凤庭总管方诸。此人虽是内臣,却深居简出,除了帝旭居住的金城宫,并不往旁的地方走动。也难怪,他原本的那个身份已然在史册上死去了,定了谥号,灵位供奉在宗祠,他却换过一身衣裳,在暗影里宁静地过着下半辈子。望着那张熟悉淡定的面孔,与唇角旁似笑非笑的刀痕,她总要想,这个男人究竟是抱着怎样的心思,才舍弃王侯之位,入宫侍奉呢。

帝旭登基之初任命的黄泉、成城、莫纥、近畿四大营与羽林军主帅皆不在了,天享四年夏,原本领替职责的那些副帅都宣召入京述职,擢升了主帅,本当是次年举行的三营换防亦提前了。黄泉关主帅汤乾自二十七岁,是这几名将帅中年纪最轻的一个。

愈安宫内的日子波澜不惊,来去皆是那些看熟了的面孔,挂心之事无非四时新装,画眉深浅。汤乾自有时一年进京两回,有时好几年不来。缇兰入宫时年纪尚幼,逐渐长成了明艳照人的女子,东陆语言亦流利,日常却总是沉默的。她养着一只西陆的三途隼,颇有年纪,已不能传递消息。女官偶然撞见她抚摸着三途隼黯淡的翎羽,素日冷淡桀骜的神情全不见了,换了怔忡的温柔。

当日朝堂上帝旭第一眼看见淑容妃缇兰,那样震愕,册妃之后未满半月,出宫阅兵时又携她在身边,这原是皇后的地位。人都说,往后淑容妃专宠是一定的了,册后亦是指日可待。可是谁也料不到,天享九年、十四年的承稷门阅兵,帝旭再不曾亲临,淑容妃亦始终是淑容妃。

天享十三年以降,徵朝国库仓房不足,出尽银铢换购黄金。市面金价连月疯涨,西陆金客趋利而来,黄金钜万亦随之流入东陆。天下黄金十之七八出自中州,而雷云两州并无矿脉,到了天享十四年夏季,大徵国库内连金锭亦已无处堆放,西陆诸国市面流通的金铢却几告罄尽。

司库监上奏折请求扩建库房,帝旭略扫一眼,御笔朱批,今后十年赋税全免,命将国库一半财货取用于修建各地堤坝与义仓,司库监主事当朝昏厥。帝旭笑道:"小家子气。有进无出,守财奴耳。"史书上提起帝旭末年的狂悖无理,总少不了这段事迹。

西陆诸国乘机大量购回黄金，谁知仅七月下半月中，徵朝国库内流出的黄金已占去东陆流通的三分之一。金价很快跌破早年五十两银兑一两金的平价，依然一路暴落。西陆诸国刚刚吃回库内的黄金转眼价值骤降，生生失去了小半财殖，民心浮动，滞留东陆与瀚州的金客无力偿还债务，自杀者众多。

　　那年冬狩后，帝旭新册了一名淳容妃方氏，别号"斛珠夫人"，女官们传说是凤庭总管方诸的养女，武将出身，一直当作男孩儿养育的，亦时常男装随驾伺候。缇兰见过淳容妃数面，娟丽中自有英气勃发，是不可多得的美人。

　　次年立春前，西陆各国使臣麇集瀚州，收取破产自杀的西陆金客骨骸，抚恤遗族，而后由黄泉关派军护送前往帝都。

　　那年正月十四，立春夜宴，珍味杂陈，乐舞麇集。尼华罗、南毗、注辇、锡甫、央吉塔、吐火鲁、迦满七国使臣均应邀而来，齐聚钧雷宫正殿。使团首领乃是注辇王太子索兰，缇兰破格列席，姐弟睽违十五年，索兰已是二十四岁的青年了。

　　　十五年正月十四，地方进献鲛人。帝旭以示夷使，诸夷咸表羡服。遂结
　　立春之盟，约世代永好，不举兵燹。

——《徵书·本纪·帝旭》

XVIII

　　索兰焦躁地往复踱步，如在囚牢。

　　这愈安宫的小阁内，一切布置皆是注辇式样，舒适懒散。缇兰遣走了当值的宫人，自己捧了一碟金丝糖胡桃进来。

　　索兰猛然转回头来，道："王姊，你不该嫁给他。早知道你是要嫁给这样一个疯皇帝，我就不让你来了！"

　　缇兰微微一笑，道："你就不让又如何？我来东陆的时候，你才九岁。"说着便把糖胡桃递到索兰手里，"给，你最喜欢的。"

　　索兰气得也笑起来，轻轻挡开碟子，道："王姊，我早不是小孩儿了。"

　　她扬起眼睫看索兰："是呵，你都这么高了。"神情飞扬温柔，还像是当年盲眼的小公主。索兰忽然一阵心酸，伸手接过碟子搁到一旁，抓住她清瘦的手，孩子般笨拙说道："王姊，当年是你抱着我逃命，如今换我来救你出去。"

　　缇兰一怔。

　　索兰一口气道："这个疯皇帝多活几年，西陆诸国都要被掏空了，我们这次往东陆来，就是已经有了打算，见一见褚季昶。先前我们遣了人与他密会，他已经应承，登基后由徵朝国库吃回黄金。褚季昶也是早存了一份心，人马调派都是现成的，近畿营副帅是他的人，到时候把主帅打发了，用近畿营压制住羽林军，天启便拿下了七分。原本他还与北方蛮子的左菩敦王议好了，叫他们开春佯攻黄泉关，绊住整个瀚州的兵力，可是那左菩敦王前月被杀，这算盘也就落空了。一旦事起，他会下令黄泉营分兵南渡，打着勤王的幌子，到了京畿，便可压制成城营与莫纥营。"

缇兰静静听到这一节，摇头打断他道："黄泉关的兵马不会来。要是北面蛮族骑兵真有入关袭扰百姓的危险，震初绝不会离开黄泉关半步。"

索兰不以为意地轻笑："汤乾自不是心地慈柔的人，别说褚季昶的命令他不会不从，只要王姊你还在天启，他亦不会不来。"

缇兰鸦翅样浓黑的长发上笼着灯烛的光，那样静，像是乌檀木刻出来的波浪，披了一背。沉默许久，终于开口道："若他是那样放得下的人，我也不必煎熬这十五年了。"

索兰叹息道："王姊，你不必担忧这些。真到了那个时候，我必然要褚季昶遣人来护卫你，万无一失。"

"什么时候？"

"二月初一，褚季昶送龙尾神归浩瀚海，方才席上王姊也听说的。京中叛乱，他要避开这个风头，往海上去最好。"

缇兰淡笑。季昶就是这样的考究，行了篡位的实，却不愿意担这个名，他喜欢一切轩敞堂皇，不容半点瑕疵，至少看起来须得如此。她想起十五年前船队航入泉明港时，他俯瞰舷下人头蠕蠕，眼里神光是明敏冷锐的。倘若没有帝旭，褚季昶未尝做不成一个好皇帝。多年前，在她父王寝殿内没能挥出去的那一拳，此刻重新积蓄了力量，要将桎梏着他熊熊野心的枷锁砸得粉碎了。

他必还记得她八岁时那个噩梦——他总有一日会死在海上。然而缇兰也知道，以季昶的性子，决不肯放过这一线时机。与其全盘皆输，不如放手一搏。为着攫取他自小渴望的东西，纵使早知道了是怎样破败的终局，这条路他也还是会走下去。

索兰接着道："我们注辇、尼华罗与吐火鲁的使臣均与他同去，一是避嫌，二是仔细着他翻脸无情。"

缇兰心里突地一沉，道："你不能去。"

"我非去不可。我是王太子，却不是嫡长子，多少人在一旁等着，只要英迦舅舅一去世，便跳出来夺这个王位……倘若连身边人也觉得我是懦弱的孱头，又有谁会愿意追随我？"索兰说着，浓秀的眉头拢在一处。

缇兰身上一阵发冷，眼前昏黑，仍竭力压低了声音喝道："你连我的话也听不进去了？褚季昶是注定要死在海上的，指不定是哪一回就舟覆人亡，莫非你要陪着他冒险？早知如此，我当年何必救你！"她纤细的手死死箍着索兰，指甲全陷进他的皮肉里去。

索兰轻柔而坚定地推开她，说："王姊，我的胆气总不比褚季昶差。你在天启好好等我们回来,旁的都不必担心。"他大踏步走出小阁,下楼自去了。

缇兰木然地站着,身上一阵阵发冷。她不是没有想过,哪怕是以自戕威胁,只要能留下索兰亦是好的。只是方才那一瞬她看清了索兰的表情——躯体里燃着旺盛而蓬勃的火焰,将整个人都照亮了,可心腔深处却是不化的坚冰。这样的年轻男子,都有着猛兽一样的慑人双瞳,有时黯淡,有时收敛,或冷锐或狂乱,却绝不会有卑屈与退缩。那炽热的是野心,冷如寒铁的是意志,不可阻挡,亦不可扭转。

像极了季昶。

缇兰缓缓跌坐在地,泪水终于无声淌下,她知道她是失去这个弟弟了。

为了将龙尾神送归浩瀚海,昶王与三国使臣一行于二月初一自天启出发东去,淳容妃方氏率女官六十人同往,禁军八千人护卫。

七日之后的拂晓,缇兰睡梦中依稀觉得有夏日灼烫的焚风一阵阵扑在脸上,又像是阳光晒得烫人。她猛然醒来,才知道那不是阳光,而是火。她起身赤足奔至窗前,见愈安宫四周已被数百名羽林军士护卫起来。开平门方向有令人胆寒的铁石巨响与砖檩崩坏之声,数万近畿营兵士拥着十数台铁角冲城战车,叫嚣喧哗。

小阁的门忽然被人推开了,她惊跳起来,一手紧紧攥着心口,转身去看。来人是个高大壮实的虬髯军汉,万骑腰珮,周身轻甲结束妥当,奇异的是他衣甲靛蓝,竟是黄泉关的服色。她依稀觉得哪里见过,转念想起来,原是领军由瀚州护送索兰南渡的黄泉关参将,立春夜宴时在外殿末座的。那军汉在门口略略一揖道:"末将张承谦。请淑容妃安心,此处叛军是决计攻不进来的。"言辞简短,是多年行伍的习惯,语毕便匆匆离去。

缇兰心里凉了。此人原来不是季昶派来护卫她的嫡系近畿营军官,却与卫戍禁城的羽林军是一路的。

鼙鼓如万马奔腾,动地而来。乾宣、坤荣、久靖、定和、文成、武德、祥云、钧雷、紫宸九外殿全陷,宁泰门已破,叛军攻入后宫。仁则宫方向当风扬起了赤红色旌旗,人潮如挟卷风雷的铅云向金城宫席卷而去。

人们的呐喊声汇集成潮,直冲霄汉,铿锵的刀剑相击声不绝于耳。人声的浪头一遍遍退却,又一遍遍越发猛烈地涌上前来,粉碎在愈安宫的红墙上。密雨般的流矢冲破窗棂,有些是除去镞头,裹了油绵的,一落地便不管不顾地烧起来。最危急时,近畿营的叛军已闯入了愈安宫东侧殿,亦即是说,季昶的人距她只有数步之遥了。然而羽林军亦不断有增援前来,很快便簇拥上来填补了被突破的缺口,一面裹着她退上小阁,一面将叛军阻隔在外。

这是天享年间禁城中第一场白刃之战，亦是最后一场。鲜血如泉，自丹墀潺潺流淌而下，尸身淤塞御沟，惨状不逊当年仪王叛乱破城，屠戮宗室的情形。整整两日厮杀，单在禁城内叛军便折损逾万，遍地的青璃石地上层层叠叠淤积着血，始终不能干涸。军靴在尸身之间的缝隙里踏过，脚下都是红黑的薄泥，一步一滑。

缇兰坐困愁城，每想到索兰，她便坐立不安，时时向护卫愈安宫的羽林军士询问外边情形。那些军士一概态度恭谨，却始终推说不知时局，只是奉命行事，亦不肯放她踏出宫门一步。愈安宫墙下近千具尸首无人收拣，夜里腥风带来垂死军士的呻吟，黄绿的污水汪在血泥之上，恶臭难言。

第四日午后，那个名叫张承谦的虬髯将军来了，只说请她挪到别处居住，旁的问题一概不答。她再三追问，他亦不肯吐露实情，一挥手，数名女官拥了上来，将她半牵半拽地搀走。

缇兰挣扎着转回头来直视着他，一字字道："张将军，你告诉我。"这注辇女子乌油油的头发全散乱了，盖了一脸，却遮不住疯狂而炽热的眼神，令人心惊，"那船是不是……翻了？"

张承谦不过半个时辰前刚收到急报，未曾提防缇兰这样一问，脸上神情压抑不住，便索性默认了，道："眼下生还的只有淳容妃一人。"

出乎他的意料，缇兰周身颤抖，却不曾哭泣。她只是茫然地看着他，像是点了点头，苍白单弱，如同一枚纸剪的小人儿，大而无光的眼是白纸上两点淡墨，蒙蒙地洇散开来。她顺服地被女官搀了出去。

二月十一，她暂迁进凤梧宫偏殿居住。叛乱起时淳容妃方氏远在海上，凤梧宫内无主，宫人内臣多半逃散了，只是遭了劫掠，倒还干净。张承谦指派了一百五十人昼夜轮值，说是护卫，实为软禁。

进来伺候的宫人说，帝旭在初七日已然崩殂，临去前白刃贯身，仍斩杀了数十名叛军将兵，力竭而亡。凤廷总管方诸随侍在旁，亦亡故了。缇兰倒不意外，只是一切来得太快，她仍觉得懵懂。她戴着枷锁过了半辈子，挣开一重，又扣上一重，永无自由之日。如今这围困了她十五年的牢笼真坍塌了，四顾茫茫，她竟无处可去。

她想起幼年时，每到盛夏，英迦舅舅总要遣人给她送冰盏来。是大块的冰，旋出琉璃一般的透薄碗盏，削下的碎冰砸成雪粉盛在里边，伴以各色珍果香蜜，在终年炎热的西陆是极稀罕的玩意。她喜欢那凉滑的冰盏，总是捧着不肯放手，可是捧得越紧，化得越快，不过一刻工夫，全溶成涓涓雪水从指缝里漏走了，刺骨寒痛。

她的半生，不过是这样一只冰盏。父母、兄弟、挚友、恋人，所有她要挽留的人们，为着这样那样的缘由，都远离了她。每迈出一步，脚下都有无穷无尽的歧途，各往各的方向去了，到头来，每个人都孤身前行。

缇兰在凤梧宫住到了七月，禁城内忽然喧嚷起来。淳容妃方氏自海难中生还后，随行御医诊出她怀着近两个月的身孕，只得暂留越州安胎，身体稍见起色，她便执意返回天启，此时凤驾已近京畿。

二月至今，整整五个月间黄泉关守军按兵不动，未曾分出一人一骑进京。汤乾自不算心地良善，却也绝不会将北国重关敞开，拱手揖盗。变乱以来，宫内消息封锁得严密，天启城中都说，淑容妃缇兰在乱军中失去了踪迹。纵然他遣了人来，亦寻不到她下落。

缇兰俯瞰着满目疮痍的帝都，暮春的熏风扬起她的妖娆长发。她早知道他是这样的人。

外头宫人通报，张承谦将军到了。近畿营副帅符义反逆弑君，为帝旭手刃，主帅贺尧遭符义拘禁，解救出来时已伤重濒死，近几月来，张承谦俨然已是帝都中把握兵权的第一号人物。他久不来探视，缇兰心知来意大约不善，然而人为刀俎，她倒不如坦荡些。左右她已是一无所有，也就不必再存着什么畏惧了。

张承谦亦不与她客套，略拱一拱手，道："请即刻整理简单衣装，末将护送您上路。"

缇兰料想着他是来取她性命的，可若是如此，自然不必整理什么衣装。她反而疑惑了："往哪儿去？"

"往北去。"张承谦一笑，硬朗爽快。

张承谦走在前头，她步履匆匆跟着出了偏殿，迂回绕到宫门外，约有三两百军士在外头候着。缇兰幽闭数月，此刻日光兜头盖脸朝她泼下来，不由得微微眩晕，忙遮严了身上松石绿的丝绒斗篷。军士们簇拥着她，沿着那青琉石的宽大步道朝南行去，在雾风馆前正要折向垂华门，南面有车辇仪仗行来，逐渐近了，看得出前头一顶檐子是皇妃的品级。军士们齐齐立定了，一声令下，皆退到步道旁，单膝跪地，独剩缇兰一个凝伫原地。

那灿烂华彩的十八抬镏金飞角大檐子缓缓过了她的面前，忽然停了一停，侧面绯紫的绛金锦缎帘子撩起一角来。檐子内的女孩年纪极轻，不过十六七岁模样，虽是盛妆端凝，神色疲倦，仍看得出眉眼间曾有怎样飞扬的英气。她望着缇兰，只微微一笑，便放下锦帘，檐子重又向前行去。

那是淳容妃方氏，凤廷总管方诸的养女，别号斛珠夫人。彼时她已怀胎六月，腹中的孩子在那年十月降生，命名褚惟允。褚惟允当年十一月即位，称帝允，改元景衡。淳容妃方氏进封太后，摄政二十二年。张承谦深得器重，到帝允成年亲政之时，张承谦已位至兵部尚书。

尾声

那一年黄泉关的冬天来得尤其早，十月就降了雪。

已近日暮，天地远山皆陷入混沌，只有沉重的雪花无休无止，簌簌扑上人的脸来。三两百人的骑队顶着风雪艰难北行，在耀目欲盲的广阔雪原里只是一道蠕蠕的黑线。

两个时辰前，远处就能隐约看见零星火光，却一直到不了近前。直走到天全黑了，才看见营前哨卫。骑队头领勒住了马，掀开雪篷，露出一张虬髯的刚毅面庞，道："主帅呢？有访客。"

哨卫认得是关上的参将张承谦，赶忙肃立行礼，一面偷眼觑看那另一匹马背上的人。即便裹着厚重的雪篷，仍看得出那访客身材矮小，全不是行伍之人的模样。

营房内灯晕柔暖，书卷漫摊了一桌，若不是墙角架上悬着甲胄刀剑，几乎不像是边关守将的居所了。多少年了，那个男子还是瘦，伏在桌上，披着的裘衣已滑落了，露出肩背上清峭的线条。

裹着雪篷的人影轻轻在身后掩上了门，踌躇着，无声无息地走上前去。桌前的男子已睡熟了，面容宁静，微黄灯光抹消了脸上峻烈的风霜痕迹，看得出少年时温雅模样。他手边搁着只青瓷酒碗，酒清如水，荡漾着奇异银光，甘冽香气幽幽向人鼻端探上来。裹着雪篷的人影探手取过酒碗细细端详，那底下还沉着什么皱缩的东西，经了浸润，舒展开小半，明透淡青，如同纱罗裁成。

那是缅罗，烘干浸酒饮下，一朵可得一梦的奇异花朵。得不到的仍是得不到，留不住的亦无从挽留,这花朵予人短暂的三个时辰,好让人在梦里重温那些电光石火的幸福,以及今生再难得见的面容。然而,愿意为此付出昂贵代价的人却那样多。这毒药般令人成瘾的花朵,与醇酒一同,每日每夜,不知填补着多少人胸臆中深不见底的空洞。

男子沉沉地睡着,呼吸匀净。

缇兰脱去了雪篷,将碗中残酒一饮而尽。那澄净清凉的酒淌下去,火辣辣地割着她的嗓子,一股热流从胸口浸入四肢百骸。冰冷的手渐渐暖了,长途跋涉的倦意亦一瞬间全涌了上来。

她静静地坐在地上,头枕着他的膝,合上眼,便陷入了深沉的睡眠。

她梦见那年晴和的暮春天气,日光烘得人骨头发酥,她十四岁,乘着堆满洁白菡萏的大木盆,漂流在帕帕尔河上。梦里有人牵着她的手,温暖坚定,仿佛一世都不肯放开。

纵然此刻窗外莽原暮雪,关山如铁。

图书在版编目（CIP）数据

九州·斛珠夫人／萧如瑟著.
—武汉：长江出版社，2020.4
ISBN 978-7-5492-6913-6

Ⅰ.①九… Ⅱ.①萧… Ⅲ.①长篇小说—中国—当代 Ⅳ.① I247.5

中国版本图书馆 CIP 数据核字（2020）第 057056 号

九州·斛珠夫人／萧如瑟 著

出　　版	长江出版社
	（武汉市解放大道1863号）
选题策划	柯　伟
市场发行	长江出版社发行部
网　　址	http://www.cjpress.com.cn
责任编辑	陈　辉
特约编辑	宋　鑫
印　　刷	北京盛通印刷股份有限公司
版　　次	2020年4月第1版
印　　次	2021年11月第2次印刷
开　　本	700mm×1000mm 1/16
印　　张	17
字　　数	330千字
书　　号	ISBN 978-7-5492-6913-6
定　　价	42.80元

版权所有 盗版必究（举报电话：027-82926804）
（如发现印装质量问题，请寄本社调换，电话027-82926804）